A parteira de Auschwitz

ANNA STUART

A parteira de Auschwitz

Tradução de Elisa Nazarian

VESTÍGIO

Copyright © Anna Stuart, 2022
Copyright desta edição © 2025 Editora Vestígio

Título original: *The Midwife of Auschwitz*

Todos os direitos reservados pela Editora Vestígio. Nenhuma parte desta publicação poderá ser reproduzida, seja por meios mecânicos, eletrônicos, seja via cópia xerográfica, sem a autorização prévia da Editora.

DIREÇÃO EDITORIAL
Arnaud Vin

CAPA
Lisa Horton

EDITOR RESPONSÁVEL
Eduardo Soares

ADAPTAÇÃO DE CAPA
Alberto Bittencourt

PREPARAÇÃO DE TEXTO
Sonia Junqueira

DIAGRAMAÇÃO
Guilherme Fagundes

REVISÃO
Eduardo Soares

Dados Internacionais de Catalogação na Publicação (CIP)
Câmara Brasileira do Livro, SP, Brasil

Stuart, Anna
  A parteira de Auschwitz / Anna Stuart ; tradução Elisa Nazarian. -- 1. ed. -- São Paulo : Vestígio, 2025.

  Título original: The Midwife of Auschwitz
  ISBN 978-65-6002-109-9

  1. Ficção histórica inglesa 2. Holocausto judeu (1939-1945) - Ficção I. Título.

25-269093   CDD-823

Índices para catálogo sistemático:
1. Ficção histórica : Literatura inglesa 823
Eliane de Freitas Leite - Bibliotecária - CRB 8/8415

A **VESTÍGIO** É UMA EDITORA DO **GRUPO AUTÊNTICA**

São Paulo
Av. Paulista, 2.073 . Conjunto Nacional
Horsa I . Salas 404-406 . Bela Vista
01311-940 São Paulo . SP
Tel.: (55 11) 3034 4468

Belo Horizonte
Rua Carlos Turner, 420
Silveira . 31140-520
Belo Horizonte . MG
Tel.: (55 31) 3465 4500

www.editoravestigio.com.br
SAC: atendimentoleitor@grupoautentica.com.br

Este livro é dedicado à memória de Stanislawa Leszczyńska e a todos aqueles que, como ela, lutaram para manter acesa a esperança nos dias mais sombrios do Holocausto.

PRÓLOGO

ABRIL DE 1946

Há berços por toda parte. Eles preenchem o saguão com chão de madeira que ecoa os sons mais sutis, e de cada berço uma criança pequena espia, toda olhos. Não há esperança, os bebês ainda não têm idade suficiente para isso, mas há um tipo de anseio que me toca profundamente, puxando não as cordas do meu coração, mas algo ainda mais profundo, direto ao meu ventre. Já faz muito tempo desde que houve uma criança dentro de mim, mas talvez essa sensação nunca desapareça completamente. Talvez cada filho que eu dei à luz tenha deixado algo para trás, um pedaço do cordão umbilical que sempre permitirá que um par de olhos infantis e grandes derreta facilmente meu coração. E talvez cada criança que ajudei a nascer em meus vinte e sete anos como parteira também tenha me afetado da mesma maneira.

Avanço alguns passos para dentro do salão. Os berços são toscos e velhos, mas limpos e cuidadosamente arrumados. Em um deles, um bebê chora, e escuto uma voz feminina se erguer numa canção de ninar, suave e reconfortante. O choro vai se transformando em soluços até cessar por completo, restando apenas a melodia. Como tudo neste salão, não é brilhante nem sofisticado, mas emana amor. Sorrio e rezo para que este seja o lugar pelo qual procuramos há tanto tempo.

— Você está pronta?

Viro-me para a jovem mulher parada à porta, cujos dedos apertam firmemente a madeira caiada do batente, os olhos tão grandes quanto os de qualquer um dos órfãos lá dentro.

— Não tenho certeza.

Estendo a mão para segurar a dela.

— Foi uma pergunta tola. Você nunca estará pronta, mas está aqui, e isso basta.

— E se não for...?

— Então continuaremos procurando. Venha.

Puxo-a gentilmente para a frente, enquanto uma senhora simpática se aproxima, caminhando entre os berços, sorridente.

— Vocês conseguiram chegar. Estou tão contente. Espero que a viagem não tenha sido muito difícil.

Não consigo evitar um riso amargo. A viagem desta manhã foi simples, mas os anos anteriores a ela foram um emaranhado de sofrimento e dor. Trilhamos o tipo de estrada sombria e enlameada que ninguém deveria precisar percorrer para chegar até este lugar precário, onde a esperança quase se extingue. Essa jornada nos enfraqueceu profundamente e não sei, independentemente do que acabei de dizer, até onde seremos capazes de seguir.

A encarregada parece compreender. Toca meu braço gentilmente e acena com a cabeça.

— Os anos ruins acabaram agora.

— Espero que esteja certa.

— Todos nós perdemos demais.

Olho para minha querida amiga, que se aproximou lentamente, atraída pelo berço próximo à janela. Nele está sentada uma menina, cabelos loiros emoldurando um rostinho sério banhado pelo sol que entra. Ao perceber a aproximação, a bebê se levanta com esforço, as pernas bambas, mas determinadas. Minha jovem amiga cobre os últimos metros rapidamente e estende a mão até a grade. A criança enfia os bracinhos entre as barras, e meu coração se parte com essa visão – houve grades demais, cercas demais, segregação e divisões demais.

— É ela? – pergunto com a voz falhando.

— Ela tem algo parecido com a tatuagem que você descreveu – a senhora dá de ombros, constrangida.

Algo parecido... Não é o bastante. Meu coração despenca, e, de repente, sou eu que não estou pronta. De repente, desejo que aquela estrada sombria e enlameada continue serpenteando, pois enquanto estamos viajando, ainda podemos viajar com esperança.

Pare! Quero gritar, mas a palavra fica presa na garganta porque agora a jovem mulher se inclina sobre o berço e levanta a criança nos braços, e o anseio estampado no seu rosto é maior que o de todos esses pobres órfãos juntos. Chegou a hora de descobrir a verdade. Hora de saber se nossos corações podem enfim ser curados.

PARTE UM
ŁÓDŹ

UM

1º DE SETEMBRO DE 1939

ESTER

Quando o relógio da catedral de Santo Estanislau bateu meio-dia, Ester Abrams sentou-se com alívio nos degraus logo abaixo dele e ergueu o rosto em direção ao sol. Os raios suaves aqueciam sua pele, mas o outono já se insinuava nas pedras, frias contra suas pernas. Por um instante pensou em tirar o casaco para se sentar sobre ele, mas era novo e comprado numa ousada cor azul-claro, que sua irmã mais nova dissera realçar a cor dos seus olhos. Não queria correr o risco de sujá-lo.

Ester corou. Tinha sido uma compra tola, na verdade, mas Filip estava sempre tão elegantemente vestido. Não de forma extravagante – um aprendiz de alfaiate tinha pouco mais dinheiro do que uma aprendiz de enfermeira –, mas com esmero e orgulho. Fora uma das primeiras coisas que chamaram sua atenção naquele dia de abril, quando ele se sentara pela primeira vez no outro lado dos degraus, e ela sentira cada célula do corpo despertar, como as flores que explodiam em vida na cerejeira próxima. Claro, baixara os olhos imediatamente, fixando-os com firmeza no seu *pierogi*,* mas comera cada um dos pequenos bolinhos sem sentir o gosto do delicioso recheio de cogumelos e chucrute feito por sua mãe.

Só ousara levantar o olhar novamente quando, enfim, ele se levantou para ir embora e ela arriscou uma rápida olhadela. Ainda podia imaginá-lo agora: seu corpo era longo e magro, quase desajeitado não fosse pela firmeza com que caminhava; o paletó era simples, mas bem cortado; sua quipá,

---

* Prato originário do Leste Europeu, sobretudo da Polônia, consistindo em pastéis cozidos geralmente recheados com batatas, requeijão ou ricota e cebolas fritas. [N.T.]

delicadamente bordada, firmava-se no topo da cabeça. Ficara absorvida observando-o, até que, de repente, ele se virou e seus olhos se encontraram, fazendo-a corar não só no rosto, mas em todo o corpo, com algo que deveria ser constrangimento, mas se parecia mais com... felicidade.

No dia seguinte, chegara cedo, tensa e cheia de expectativa. Meio-dia havia soado, mas não aparecera o rapaz, só um homem velho com um chapéu muito enterrado, subindo com dificuldade as escadas apoiado numa bengala. Ela correra para ajudá-lo, em parte porque era o que sua mãe esperava dela, em parte na esperança de que, quando saísse, o rapaz estivesse lá. Ele não estava, e ela se sentou irritada com seu *bagel*, arrancando pedaços do pão como se este fosse culpado pela situação, até que, quase na metade da refeição, percebeu que ele retornara ao mesmo lugar do dia anterior. Estava tranquilamente comendo seu próprio lanche e parecia mergulhado na leitura de um jornal, embora, sempre que ela o olhava, ele parecesse menos concentrado na leitura do que a olhar através do papel.

Por seis longos dias haviam comido em lados opostos dos degraus, enquanto o povo de Łódź apressava-se, empurrava-se e ria pela rua Piotrkowska, logo abaixo. Durante todos esses dias, ela ensaiara mentalmente frases que se emaranhavam em nós agonizantes quando tentava forçá-las para fora dos lábios. Até que, enfim, uma mulher passara entre eles fazendo um sonoro muxoxo. Quem sabe o que a incomodara, pois quando ambos levantaram os olhos, ela já havia entrado na igreja, e Ester e Filip se viram encarando-se diretamente.

Todas as frases inteligentes rodopiaram na cabeça de Ester, obstinadamente presas, e no fim ele dissera algo banal sobre o tempo, ao que ela respondera algo ainda mais banal, e então haviam sorrido um para o outro como se tivessem acabado de ter o mais sábio dos diálogos — talvez ele tivesse outras frases ensaiadas também. Uma vez ditas aquelas primeiras palavras, as outras vieram com mais facilidade, e logo estavam, não exatamente conversando, pois nenhum dos dois era dado a muitas palavras, mas compartilhando fatos simples e tranquilos sobre suas vidas.

– Gosto da sua quipá – conseguiu dizer. – O bordado é tão bonito.

Ele a tocou, meio constrangido.

– Obrigado. Eu mesmo que bordei.

– Você mesmo? – ela exclamou, surpresa.

Ele ficou vermelho, e ela notou que, apesar de seus cabelos serem escuros, seus olhos eram tão azuis quanto os dela.

– Estou treinando para ser alfaiate. A maior parte do tempo é só casacos, calças e camisas, mas gosto... – puxou a borda do barrete com os dedos – disso aqui. Meu pai chama essas coisas de "frufrus". Não aprova, acha que bordado é coisa de mulher.

– Mas você faz tão bem, que ele certamente está errado.

Ele riu, então, uma risada curta, mas gostosa.

– Obrigado. Acho que as roupas devem expressar algo de nós mesmos.

Ester puxou agora o seu casaco azul-claro, lembrando-se daquele comentário e de como a surpreendera. Fora criada para acreditar que as roupas deveriam ser limpas, simples e modestas, e jamais pensara nelas como uma forma de expressão pessoal além do simples cuidado doméstico.

– Conte-me mais – ela pedira, e ele contara, abrindo-se aos poucos enquanto falava, de forma que ela teria ficado feliz em sentar ali a tarde inteira, não fosse o fato de ter apenas meia hora para o almoço, e a enfermeira-chefe ser uma tirana. Bastava atrasar-se um único minuto para ser castigada a limpar penicos durante toda a tarde, e, embora pudesse valer a pena ficar com o jovem alfaiate, seus pais haviam feito muitos sacrifícios para que estudasse enfermagem, e ela lhes devia fazer bem o seu trabalho. Fora muito difícil afastar-se dele, e talvez fosse melhor ter ficado nos penicos, já que prestara tão pouca atenção ao seu trabalho naquela tarde. Mas ele estivera lá no dia seguinte, e no outro também, e ela aprendera a valorizar aquelas meias-horas do meio-dia como as joias mais preciosas das minas russas. Então, onde estaria ele hoje?

Ansiosa, olhou rua abaixo. Talvez tivesse ficado preso no trabalho ou tivesse acontecido algum imprevisto. O ar parecia estranhamente carregado naquela manhã, as pessoas mais agitadas que o normal, as lojas mais cheias. Todos que passavam pareciam carregar sacolas abarrotadas de mantimentos, como se tivessem medo de que misteriosamente faltassem. Os vendedores de jornais gritavam mais alto que nunca, mas Ester já tinha ouvido aquele desagradável emaranhado de palavras – nazistas, Hitler, invasão, bombas – tantas vezes nos últimos meses que não dava muita atenção. Era um lindo dia de outono, ainda que o degrau estivesse um tanto frio, e ninguém poderia fazer algo muito terrível sob um céu tão azul, não é mesmo?

Lá estava ele, finalmente, serpenteando pela multidão diante do açougue, caminhando facilmente por entre as inúmeras pessoas. Ela meio que se levantou e logo voltou a sentar-se. Durante três meses haviam se encontrado assim, almoçando cada vez mais próximos, nos degraus da catedral de Santo Estanislau, enquanto as flores da cerejeira davam frutos e as folhas escureciam, começando a secar nas beiradas.

Eles conversaram, ganhando confiança a cada pequeno detalhe compartilhado. Ela já sabia seu nome, Filip Pasternak, e evidentemente já o testara junto ao seu próprio, Ester Pasternak, embora quando sua irmã mais nova, Leah, fizera o mesmo, ela logo a repreendera por tamanha bobagem. Ele era aprendiz na oficina de alfaiataria do pai, homem respeitado na cidade. Filip não recebia tratamento especial algum e dizia sentir-se feliz por isso, embora Ester duvidasse que fosse inteiramente verdade. Não era esperado que se casasse tão cedo, pois tinha "trabalho a fazer".

A conversa ficara presa nesse ponto. Ester conseguira dizer apenas que parecia haver nele muito talento para oferecer ao negócio. Filip sorrira agradecido, mas logo acrescentara, num tom estranhamente brusco, que "os pais nem sempre estão certos sobre tudo". Ambos olharam em volta, receosos, verificando se alguém havia escutado tamanha blasfêmia, e então o relógio convenientemente batera meia hora, fazendo-os levantar de um salto. Ester ficara incumbida dos penicos naquela tarde, mas mal notara, com os pensamentos rebeldes rodopiando em sua mente.

Ela estava certa de que seus pais a considerariam muito jovem para casar, ou talvez demasiado dedicada à enfermagem. Para ser justa com eles, Ester passara os últimos dois anos dizendo que não tinha interesse algum em rapazes e que provavelmente jamais teria. Sua mãe sempre sorrira um sorriso sábio, que antes a irritava, mas que agora lhe parecia reconfortante. Claro que não houvera nenhuma menção a casamento, nem mesmo a jantar ou passeio no parque, nada além dos almoços nos degraus da catedral de Santo Estanislau. Era como uma bolha rígida e delicada que ambos tinham receio de romper, caso não houvesse nada além daquilo.

– Ester!

Ele gritou seu nome através da multidão. Um bonde se aproximava, e por um terrível instante ela achou que ele tentaria atravessar à frente do veículo. Apesar do olhar estranhamente aflito, ele esperou, e por segundos angustiantes o bonde passou. Quando o caminho se abriu, Filip cruzou rapidamente os trilhos, chamando-a outra vez:

– Ester!

Ela se levantou.

— Filip! Está tudo bem?

— Não! Quero dizer, sim. Comigo está tudo bem, mas não com o mundo, Ester, não com a Polônia.

— Por quê? O que houve?

— Você não ouviu? — Ela ergueu uma sobrancelha para ele, e Filip bateu a mão contra a testa com um gesto tão cômico que quase a fez rir, não fosse o semblante preocupado dele. — Claro que não ouviu, senão não perguntaria. Me desculpe.

Ele estava dois degraus abaixo, e pela primeira vez seus olhos ficaram na mesma altura. Ela o encarou profundamente, preocupada demais para se envergonhar.

— Não precisa pedir desculpas, Filip. O que aconteceu?

Ele suspirou.

— A Alemanha invadiu a Polônia. A Wehrmacht atravessou nossas fronteiras, e nenhum de nós está seguro.

— Você terá que lutar?

— Talvez. Se der tempo. Mas eles avançam rápido, Ester. Estão a caminho de Cracóvia e Varsóvia.

— E Łódź?

— Quem sabe, mas tudo indica que sim. Somos uma cidade grande, com muita indústria. Alemães gostam de indústria.

— Mas não gostam dos judeus.

— Não — concordou Filip. — Dizem que alguns já estão partindo, juntando seu ouro e indo para o leste.

— E sua família?

Ele balançou a cabeça.

— Meu pai não deixaria a oficina por nada. E mesmo que deixasse...

Ele parou, encarando-a profundamente nos olhos.

— Mesmo que deixasse...? — Ela o incentivou.

Ela viu o queixo dele se erguer, os olhos escurecerem com repentina determinação.

— Mesmo que ele partisse, eu não iria junto. Não sem você.

— Sem mim? — Ester murmurou surpresa, mas ele já segurava suas mãos, ajoelhando-se diante dela, com as pernas compridas desequilibradas nos degraus estreitos.

— Ester Abrams, você me faria a grande honra de aceitar ser minha esposa?

Ester piscou atônita. Por um instante, toda a rua Piotrkowska pareceu suspender sua correria ansiosa e se voltar para eles. Duas senhoras que puxavam um carrinho abarrotado de compras pararam para observar. Ester as encarou de volta, e uma delas piscou e acenou encorajando-a, fazendo-a voltar os olhos ao belo rapaz ajoelhado à sua frente.

– Eu...

– Porque isso é a guerra, Ester – continuou ele –, e desde o momento em que soube, desde que pensei em soldados, armas e inimigos marchando sobre nossa cidade, só conseguir pensar em uma coisa: que poderiam me roubar você. E então percebi o absurdo que foi ter desperdiçado vinte e três horas e meia de cada dia deste verão longe de você, e não suportei a ideia de perder nem mais meia hora. Então, Ester, você aceita?

– Casar com você?

– Sim.

– Sim!

A palavra explodiu da sua boca. Então ela o puxou para cima, ele a tomou em seus braços, seus lábios tocaram os dela, e o único pensamento que ela teve foi que também desperdiçara tempo demais. O mundo girou ao redor da alegria de tê-lo ali. Um grande ruído zumbia em seus ouvidos, como se Deus tivesse colocado todos os anjos para cantar. Mas, se ele tivesse feito isso mesmo, precisaria escolher melhor o coro, porque o som parecia mais um gemido do que um cântico celestial. Foi só quando se afastou que percebeu que o ruído era o alarme antiaéreo crepitando dos velhos alto-falantes enferrujados ao longo da rua.

– Rápido – disse Filip, puxando-a pela mão, subindo os degraus para dentro da catedral, enquanto, no céu acima deles, dois aviões alemães cortavam ameaçadores a imensidão azul, deixando Ester confusa, sem saber se aquele era o dia mais feliz de sua vida ou o pior.

Era uma pergunta que faria a si mesma repetidas vezes durante os anos sombrios que estavam por vir.

DOIS
19 DE NOVEMBRO DE 1939

ANA

Ana Kaminski segurou o braço do marido enquanto primeiro Filip, e depois uma Ester corada, eram conduzidos pelos pais até a *chuppah** e ficavam frente a frente sob a delicada cobertura. Ana sorriu ao ver o jovem casal se olhando nos olhos, visivelmente emocionados por unir suas vidas, e sentiu a alma se acalmar. Graças ao bom Deus decidira vir. Hesitara quando o convite chegara. Talvez fosse a idade avançando – já estava com mais de cinquenta anos –, mas se perguntara se Deus aprovaria sua presença numa cerimônia judaica. Bartek, abençoado homem, rira desses medos.

— Claro que Deus quer que você vá ver esses jovens celebrarem o amor. Há ódio demais à nossa volta para desperdiçarmos essa chance, independentemente do lugar onde aconteça.

Ele tinha razão, e Ana sentiu vergonha por ter duvidado. Os judeus eram sinceros, gentis e respeitosos, virtudes preciosas num mundo onde se impor aos outros parecia estar virando regra. Tinham sido dois meses e meio terríveis desde que os nazistas invadiram a Polônia e começaram a impor suas regras e ideologias rígidas ao seu país querido. Ana sentia raiva a cada soldado arrogante que desfilava pelas ruas, trocando placas e inventando leis sem o mínimo respeito por tradições, costumes ou mesmo bom senso e decência.

Jesus ensinava a oferecer a outra face, mas os nazistas chegaram esbofeteando ambas ao mesmo tempo. Era difícil perdoar uma ofensa

---

* Tenda sob a qual ficam os noivos durante o casamento judaico. [N.T.]

quando outras dez surgiam na sequência. Nesses momentos sentia-se mais uma cristã do Antigo Testamento, ansiando por fogo e fúria, do que do Novo Testamento, algo irônico considerando o lugar onde estava agora.

Olhou ao redor da sinagoga enquanto o rabino entoava um cântico baixo e místico, ecoando pelas paredes decoradas. Uma camada fina de geada cobrira a calçada pela manhã, mas o sol brilhava forte agora, entrando pelas janelas altas e fazendo reluzir as colunas douradas e o mobiliário, dando a impressão de que o lugar inteiro brilhava. Não era tão diferente assim de sua amada catedral de Santo Estanislau, reconheceu consigo mesma, apertando o braço de Bartek, grata por ele ter insistido para que viesse. Era o momento mais tranquilo que tivera desde o início do outono.

Observou atentamente enquanto Leah, a irmã mais nova de Ester, a conduzia num círculo em torno do noivo sete vezes, o rosto doce e solene e os olhos fixos no chão – talvez menos por piedade religiosa e mais para não pisar na barra do vestido da irmã. Ana lembrava bem dessa sensação. Seu próprio casamento com Bartek ocorrera havia vinte e três anos, em 1916, em plena guerra – a grande guerra, como a chamaram, aquela que acabaria com todas as guerras. Mas não terminara. De algum modo, ali estavam eles novamente, com as potências arrogantes de cada lado da pobre Polônia pisoteando suas pacíficas cidades e aldeias. Por que não os deixavam em paz? Por séculos, russos e alemães tinham visto sua pátria como algo a ser dividido entre si, e agora seus vizinhos voltavam a marchar sobre eles, desta vez com tanques e armas pesadas.

Ana estremeceu, tentando concentrar-se na cerimônia alegre enquanto Ester retornava para a frente de Filip, que ergueu delicadamente o véu por sobre seu rosto, simbolizando que valorizava não apenas o corpo dela, mas também sua alma. Este momento era uma bênção, um dia de amor em meio ao medo, um lembrete de que, independentemente das disputas travadas pelos poderosos, as pessoas comuns queriam simplesmente continuar suas vidas: casar-se, ter filhos, formar famílias. Haveria algo mais precioso?

Instintivamente Ana tocou os documentos profissionais que carregava numa velha lata de pó dental no bolso do casaco. Nunca se sabia quando poderia ser chamada, e era melhor tranquilizar as mães em trabalho de parto mostrando experiência. Atuava como parteira havia vinte anos naquela cidade e frequentemente era chamada no meio do jantar, durante encontros com amigos ou mesmo no teatro. Se uma peça parava abruptamente, ficava tensa, esperando o anúncio inevitável: "A parteira Kaminski, por favor, dirija-se ao saguão". Bartek suspirava, dava-lhe um beijo rápido na testa, e ela recolhia seu casaco e a pequena bolsa com seus instrumentos, dirigindo-se à noite.

Parte dela lamentava perder o restante da peça, mas no momento em que entrava no quarto de parto, o drama encenado era esquecido pelo espetáculo natural que se desdobrava à sua frente. Era um trabalho privilegiado. A cada nascimento que acompanhava, sua alma sentia-se como se presenciasse novamente o nascimento do menino Jesus, dissipando todo cansaço diante daquele milagre feliz. Que poder tinham armas e tanques diante dessa simples renovação?

Ana observou Ester com atenção, impressionada com a passagem do tempo. A bela jovem diante do noivo havia sido um dos primeiros bebês que ajudara a trazer ao mundo. Recém-saída da faculdade de parteiras em Varsóvia, ainda se maravilhava por poder atender sozinha. Fora chamada ao amanhecer para a casa limpa e arrumada de Ruth, recebida pelo marido dela, Mordecai, encolhido na porta fumando nervosamente seu cachimbo. Ao vê-la, levantara-se rapidamente, apertando-lhe as mãos.

– Graças a Deus você chegou. Ela precisa de você. Minha Ruth precisa. Vai cuidar dela, não vai? Vai mantê-la segura?

Ele falava como uma criança, e Ana sentiu o peso de seu amor e confiança. Toda a felicidade dele naquele dia estava em suas mãos, mas eram mãos bem treinadas. Com uma prece a Deus, entrara rapidamente na casa.

No fim, não fora difícil satisfazer Mordecai, pois Ruth era jovem, forte e tinha a ajuda de uma mãe rigorosa que a fazia seguir suas instruções sem demora. Ester nascera saudável menos de uma hora depois, e Mordecai entrara radiante, agradecendo efusivamente. Ana assegurara-lhe que o mérito fora todo de Ruth e então recuara, assistindo-o pegar delicadamente a bebê, como o tesouro mais precioso do mundo. Agora, aquele bebê era uma mulher.

Ana escutava atentamente enquanto Ester pronunciava seus votos para Filip em voz firme e clara. Formavam um jovem casal adorável, ambos tímidos e muito sérios quanto aos caminhos escolhidos. Ana via algo de si mesma em Ester. A garota claramente era apaixonada pela enfermagem, e Ana esperava que ela conseguisse, assim como ela própria fizera, manter sua vocação ao constituir família. Observou Filip, que estava altivo e orgulhoso ao se comprometer com sua noiva. Talvez o único lado bom da ocupação fosse o fato de que seus jovens ainda não eram convocados para a guerra, permitindo que Filip estivesse ali ao lado de seu padrinho, Tomaz. Quem poderia dizer se o voraz Reich não os recrutaria no futuro? Contudo, certamente nem Hitler seria tão louco a ponto de convocar seus inimigos para lutar por sua causa. Talvez Ester pudesse manter seu marido em casa.

Não que o pobre rapaz pudesse trabalhar. A região de Łódź fora "honrada" ao ser incorporada diretamente ao Reich, e duas semanas antes o comandante alemão proibira os judeus de trabalhar nas indústrias têxtil e de couro – uma medida que, de um dia para o outro, tirou quase metade da comunidade judaica de Łódź do mercado de trabalho. O aprendizado de alfaiate de Filip terminara imediatamente, e seu pai fora obrigado a entregar sua preciosa oficina a um alemão corpulento, de dedos grossos e nenhum talento.

A cidade empobreceria com essa medida absurda, enquanto as autoridades nazistas locais impunham um "trabalho compulsório" aos judeus, arrancando-os de suas casas e escritórios para destruir monumentos poloneses, varrer calçadas e trocar placas de rua. Outro dia, Ana vira dois homens chorando copiosamente enquanto retiravam as antigas placas da rua Piotrkowska para substituí-las por placas reluzentes com a inscrição *Adolf-Hitler-Strasse*. Os nazistas repetiam o mesmo em todas as ruas da cidade, apagando nomes históricos e substituindo-os por outros arrogantes em alemão. Nenhum bom polonês usaria esses novos nomes, mas eles permaneciam ali, zombando de todos.

E ainda havia as braçadeiras. A ordem fora emitida poucos dias antes: todos os judeus deveriam usar uma faixa amarela com dez centímetros de largura logo abaixo da axila, num local escolhido para causar o máximo desconforto. Era como voltar à Idade Média. Tantos líderes despóticos haviam imposto distintivos aos judeus ao longo dos séculos para "prevenir miscigenação acidental" – como se seres humanos não conversassem uns com os outros, não conhecessem as famílias uns dos outros, nem compartilhassem histórias; como se o Estado pudesse decidir com quem alguém deveria se unir em matrimônio.

Ana encontrara Ruth e Leah outro dia na rua, angustiadas pelo impacto da medida em seus elegantes trajes de casamento, rezando para que a ordem não fosse aplicada antes do casamento. Mas não: a SS – os representantes mais ferozes e sádicos da Alemanha – estivera nas ruas a semana toda, apontando armas para qualquer judeu que não usasse a faixa amarela, e muitas vezes disparando. O velho Elijah Aarons, o padeiro mais talentoso da cidade, não faria mais seus *kołaczki* ou *szarlotka** para alegrar tantos clientes; fora morto a tiros na própria padaria por protestar que ainda não conseguira tecido amarelo suficiente para contornar seu largo bíceps. E ali estavam eles, quase todos os membros da congregação, exceto Ana e Bartek, marcados pela amargura da discriminação. Até Ester tivera que usar uma faixa, embora alguém esperto – provavelmente Filip – costurara-lhe faixas douradas brilhantes ao redor dos braços em obediência desafiadora, fazendo-a parecer mais uma rainha que uma excluída.

A cerimônia aproximava-se do fim, e Ana afastou os pensamentos sombrios, focando no momento glorioso em que o véu de Ester era novamente levantado, e o rabino oferecia-lhes uma taça da qual ambos beberam. Após esvaziá-la, o rabino colocou-a num saco de veludo, fechou-o firmemente e o pousou no chão diante de Filip. O noivo olhou para Ester, que sorriu encorajando-o e segurou-lhe a mão. A congregação avançou enquanto Filip levantava o calcanhar e pisava com força no vidro. Ana ouviu o primeiro estalo antes que fosse encoberto pelos alegres gritos de "Mazel tov!" e, ao juntar-se aos demais, percebeu que todas as culturas se uniam nas bênçãos de um casamento feliz.

Virou-se para beijar seu marido enquanto todos ao redor conversavam animadamente, abraçando-se e aproximando-se para erguer os noivos e desfilar com eles pela sinagoga. A festa seria no salão atrás do belo edifício, mas parecia já ter começado ali mesmo, com as braçadeiras amarelas ridículas rodopiando num aro dourado ao redor do jovem casal. Ana viu Ester rir alto enquanto Tomaz a separava de Filip, ajudando-a a subir nos ombros dos convidados antes de erguer Filip também. O casal foi carregado triunfalmente pela sinagoga, mas assim que as palmas dos convidados se uniram num ritmo vibrante, as portas se abriram abruptamente e tiros ecoaram pelo edifício. A multidão paralisou enquanto

---

* Pratos tipicamente poloneses; respectivamente, biscoito polonês recheado com geleia e torta de maçã com uma camada superior crocante. [N.T.]

soldados da SS invadiam o local, gritando rudemente em alemão: "*Raus, raus!*" – Saiam!

Ana ouviu o riso de Ester transformar-se em horror enquanto soldados apontavam suas armas para ela, vulnerável no alto dos ombros dos convidados. Instintivamente, Ana avançou.

– Por favor – disse em alemão –, isto é um casamento.

O oficial a olhou surpreso. Ana aprendera a língua na infância e era praticamente fluente. Isso lhe fora útil por anos, já que muitos de seus clientes eram alemães estabelecidos na Polônia, mas nunca imaginara usá-la com soldados.

– Um casamento? – O oficial ergueu o braço, contendo seus homens e observando o lugar, o que permitiu ao menos que os convidados assustados colocassem Ester e Filip no chão em segurança relativa. Ele riu maldosamente. – Um casamento judeu! É exatamente isso que viemos impedir, senhora. Não queremos que esta escória se reproduza. Já existem judeus demais. – Ele a analisou da cabeça aos pés, reparando em seu bom casaco, sem braçadeira alguma. – E o que a senhora está fazendo aqui?

– Celebrando o amor – respondeu-lhe Ana com firmeza.

A risada foi mais sombria dessa vez, mais ameaçadora. Pelo canto do olho, Ana viu Tomaz, de peito largo, montando guarda enquanto Ruth e Mordecai levavam discretamente os noivos pela porta dos fundos. Sentiu alívio por eles terem escapado, mas o restante dos convidados permanecia em perigo. Benjamin e Sarah, os pais de Filip, tentavam acalmar a todos, mas o pânico aumentava.

– O senhor precisa de algo? – perguntou Ana, forçando-se a ser educada, embora as palavras rasgassem sua garganta.

– Preciso de algo? Sim, senhora – precisamos pôr abaixo este prédio blasfemo e todos os judeus miseráveis que estão dentro dele. Ei, você! Fique aí mesmo.

Ele percebera a porta dos fundos enquanto outros convidados tentavam sair discretamente e agora avançava, puxando a dama de honra de Ester para dentro. O coração de Ana apertou. Leah, com apenas quatorze anos, parecera tão crescida ao chegar atrás da irmã, com seu cabelo extraordinariamente loiro preso no alto da cabeça e uma leve maquiagem destacando suas feições, mas agora parecia uma criança aterrorizada. E não era para menos: as armas eram enormes vistas assim de perto, poderosas demais. Se os soldados da SS resolvessem disparar naquele espaço fechado, nada poderia salvar os convidados honrados de Ruth e Mordecai.

– Por favor – Ana insistiu –, deixe-os ir. Há idosos aqui, crianças.

– Crianças *judias*!

– Crianças como quaisquer outras.

Ele a encarou, o rosto contorcido de ódio.

– Não são iguais – rosnou. – Os judeus são uma praga na Terra e é nosso dever erradicá-los.

Ana sentiu como se todo o ar tivesse sumido de seus pulmões. Já vira judeus sendo obrigados a cobrir poças com areia, vira-os fechando suas lojas e escondendo-se em casa, mas até aquele momento não percebera a profundidade do ódio contra eles. Não se tratava apenas de zombaria e desprezo; era diabólico. Ela arfou, sentindo a visão turva, quando o braço firme e determinado de Bartek envolveu sua cintura.

– E nós lhe agradecemos por isso – ele disse calmamente, seu alemão não tão bom quanto o dela, mas suficientemente claro. – Porém, quais são suas ordens hoje?

Ana quis esmurrá-lo por aquela aparente cumplicidade, mas ao tentar recompor-se percebeu o soldado desconfortável, mexendo suas botas brilhantes. Ordens. Bartek estava certo, esses homens eram autômatos que só obedeciam ordens.

– Temos ordens para explodir todas as sinagogas de Łódź.

– Mas não as pessoas?

– Ainda não – cuspiu o oficial, mas Ana percebeu hesitação em sua voz e agarrou-se a Bartek quando ele prosseguiu.

– Então, talvez, por enquanto, o senhor devesse permitir que saíssem para a rua, onde poderão assistir à destruição do prédio sagrado.

– Sim! – O oficial agarrou-se à ideia. – Uma humilhação e um aviso do poder do Reich. *Raus!* – gritou ele, e seus soldados imediatamente repetiram. – *Raus, raus, raus!*

Leah liderou a fuga até as portas, as pessoas tropeçando umas nas outras na pressa para sair antes que o templo desmoronasse sobre suas cabeças, como tantas vezes ocorrera na história deles. Bartek encostou-se num pilar, escondendo o rosto entre as mãos, e agora era Ana quem o amparava pela cintura, conduzindo-o para fora com os outros.

– O que eu disse? – lamentou-se ele. – Foi horrível, horrível!

— Foi corajoso e audacioso, e salvou a vida de todas essas pessoas — disse Ana.

— Por enquanto — respondeu Bartek sombrio, e enquanto corriam em direção à rua Piotrkowska, agora Adolf-Hitler-Strasse. Com o casamento arruinado, Ana sabia que ele estava certo. Os invasores tomaram sua cidade e agora dividiriam o povo. Algum louco decidira que o bebê que Ana trouxera ao mundo havia dezoito anos, nu e inocente, era menos valioso que os outros e deveria ser eliminado da face da Terra, junto com todo o seu povo.

Aquilo certamente não era só uma guerra, mas o fim da civilização. Enquanto voltava para casa, toda a paz daquela bela cerimônia se apagava da alma de Ana, substituída por uma terrível sensação de mau presságio. Tudo que podia fazer era rezar para que Ester e Filip tivessem alguns dias felizes juntos, pois precisariam de toda força possível nas semanas e meses que viriam.

TRÊS

8 DE FEVEREIRO DE 1940

ESTER

— Filip, cheguei!

Ah, como Ester gostava de dizer isso! Nunca imaginara que o simples ato de entrar pela porta de casa pudesse ser tão maravilhoso. Embora o apartamento fosse pequeno, modestamente mobiliado e ficasse no alto de vários lances de escada, era deles, e Ester o valorizava como se fosse o mais esplêndido dos palácios.

— O jantar já está quase pronto — respondeu Filip, fazendo-a rir enquanto pendurava o casaco e entrava na cozinha estreita, encontrando-o diante do fogão com um avental amarrado na cintura e o rosto bonito corado pelo vapor das panelas.

— Que cheiro bom — disse ela, aproximando-se dos braços dele para beijá-lo.

— É *bigos*,* ou pelo menos deveria ser. Minha mãe escreveu a receita, mas não consegui quase nenhum dos ingredientes nas lojas. Deveria levar sete tipos de carne, mas só consegui dois e, sinceramente, nem sei se dá para chamar de carne propriamente dita.

Ela o beijou novamente, limpando uma mancha de molho do rosto dele.

— Vai ficar perfeito, Filip. Obrigada.

Ele sorriu com gratidão.

— Tive que ficar horas na fila e, quando chegava perto da frente, sempre aparecia alguém para me empurrar para trás.

---

* Tradicional cozido encorpado polonês, consistindo em vários tipos de carne, chucrute, cebolas, maçãs e algum outro legume. [N.T.]

– Você não reclamou?

– Com a SS em cada esquina? Imagino como eles reagiriam se eu pedisse ajuda.

Ester sentiu um aperto no peito. A cada dia de 1940, amigos e parentes eram agredidos, chutados ou espancados pelos nazistas, que se divertiam com isso. Outro dia, uma amiga, Maya, aparecera chorando em sua porta, implorando por ajuda. Os nazistas haviam obrigado seu pai, já idoso, a carregar tijolos com as mãos nuas durante toda a manhã, para depois fazê-lo levá-los de volta ao ponto inicial. Seus dedos tinham ficado dilacerados, suas costas encurvadas e suas costelas arroxeadas pelos chutes recebidos cada vez que caía.

Ester fizera o possível para limpar e enfaixar seus ferimentos, mas, na manhã seguinte, a SS voltara batendo na porta, exigindo que o "preguiçoso" fosse trabalhar novamente, reiniciando o pesadelo. Agora o homem estava internado no hospital e Maya prometia vingança, mas o que poderiam fazer? Os nazistas tinham as armas e o poder. O resto do mundo entrara na guerra pela Polônia, mas parecia que o país só podia abaixar a cabeça e rezar por socorro. Muitos jovens haviam fugido ao exterior para juntar-se a outros exércitos. Embora compreendesse, Ester era imensamente grata por Filip ter permanecido ao seu lado.

– As coisas estão meio invertidas, não? – disse Filip. – Você trabalhando fora e eu cuidando da casa.

– Eu gosto – ela respondeu, sorrindo. – O avental combina com você.

Ele fez uma saudação teatral que a fez rir mais uma vez e puxá-lo para um beijo mais profundo e prolongado. Mal acreditava que fazia menos de um ano que aquele homem maravilhoso sentara-se diante dela nos degraus da catedral e agora estavam casados e morando juntos. Já não conseguia lembrar como era o mundo sem ele e duvidava que algum dia se cansaria de encontrá-lo à sua espera.

– Está pronto? – perguntou ela.

Ele provou o ensopado, franzindo o rosto concentrado.

– Acho que precisa de mais meia hora.

– Ótimo – respondeu, puxando-o pela mão até o quarto.

– Sra. Pasternak, você está me seduzindo?

– Sim – ela concordou feliz.

O lado físico do casamento deles não começara da melhor forma, considerando o horror de serem expulsos da sinagoga logo que as comemorações tinham começado. A família de Filip preparara uma pequena cabana na floresta Łagiewniki para passarem alguns dias, mas na primeira noite tinham estado tão abalados que tudo que conseguiram fazer fora ficar abraçados diante da lareira, desejando voltar para junto da família e garantir que todos estivessem bem.

Cansados e incertos, finalmente se recolheram, mas uma noite nos braços um do outro os acalmou. Na manhã seguinte, sob a luz suave filtrada pelas árvores, haviam finalmente se encontrado. Depois disso, Ester teria ficado ali para sempre. Com Filip, descobrira que não precisava sentir timidez. Confiava nele tão completamente que a timidez parecia desnecessária e, além disso, haviam chegado ao casamento igualmente inocentes, iniciando uma jornada conjunta que, ela esperava, duraria muitos anos.

— Então, cama? — provocou, arqueando a sobrancelha e vendo os olhos dele escurecerem em resposta.

— Por favor. Ah, mas tenho algo a te dizer.

— Pode esperar? Ah! — Ela puxou as cobertas, pronta para pular na cama, mas encontrou o colchão coberto de roupas. — Filip?

Ele apressadamente recolheu as roupas, enfiando-as num saco de estopa.

— São ajustes. Todo mundo está perdendo peso tão rapidamente que precisam apertar as roupas, e correu a notícia de que eu posso fazer isso. Pagam em dinheiro ou comida, o que é melhor ainda, mas...

— Mas você precisa esconder — Ester concluiu, arrepiada com o pensamento do que aconteceria numa batida. Trabalhar com tecidos, mesmo em casa, estava proibido.

— Posso parar, se quiser — disse Filip, abraçando-a.

Ela balançou a cabeça negativamente. Podiam brincar sobre o avental dele, mas sabia que ficar preso em casa era difícil para Filip, e esse trabalho poderia mantê-lo são. Além disso, as pessoas precisavam dele. As braçadeiras tinham sido substituídas pela estrela de Davi amarela, costurada no peito e nas costas de cada peça de roupa. Com as contas bancárias congeladas e limites de saques, vestir-se bem era difícil, mas ninguém queria perder a dignidade para os soldados impecavelmente uniformizados da SS. Se alfaiates como Filip pudessem ajudar nessa pequena vitória, tanto melhor.

— Você só está costurando estrelas, certo? — perguntou, apontando para a pilha delas.

– Certo – concordou ele.

Isso, pelo menos, era permitido, embora alguns judeus mais ricos tivessem encomendado estrelas elaboradas, transformando a tragédia em moda, até os alemães proibirem. Mesmo assim, sua mesquinharia trouxera mais encomendas a Filip, que substituía as estrelas elegantes pelas rudes exigidas pelos inimigos. E se ele ajustasse uma costura ou adicionasse um bordado enquanto aplicava as estrelas, quem poderia saber?

– Então, como é que os alemães podem reclamar? Eles já têm o suficiente de nós, não têm? Precisam tirar as nossas roupas também?

Filip se mexeu, desconfortável, nos braços dela.

– Na verdade, preciso mesmo te contar uma coisa.

Ela o encarou, surpresa.

– Não era sobre as roupas?

– Não.

– Ah. Pode esperar? – perguntou novamente, mas já sentia que o que quer que fosse, tinha estragado o clima. – Tudo bem, conte logo.

– Não, não. Pode esperar. Vem aqui.

Ele começou a desabotoar o uniforme dela, mas seus dedos tremiam e Ester o deteve gentilmente.

– Melhor me contar, Filip. Um problema dividido...

– Continua sendo um problema – respondeu sombrio.

– Desde que estejamos juntos, aqui...

– É exatamente esse o problema.

O coração de Ester acelerou.

– O quê? É o apartamento? O proprietário está...

– Não é o proprietário. É só que... espere um instante.

Ele correu até a cozinha e voltou segurando o jornal *Lodscher Zeitung*. Lentamente, abriu-o e entregou-o a Ester. Na capa havia um mapa da cidade, com uma área escura marcada ao redor do Mercado Baluty e as palavras "*Die Wohngebiet der Juden*" logo abaixo.

– *Wohngebiet?* – perguntou ela.

– Área residencial – traduziu ele, acrescentando com amargura: – Gueto.

Ela sentou-se na cama, mal percebendo Filip ao seu lado enquanto tentava entender as palavras em alemão. O decreto, escrito com a arrogância típica dos ocupantes, descrevia os judeus como uma "raça sem senso de higiene" e afirmava ser urgente, por motivos de saúde pública, separá-los para não infectarem as "pessoas de bem" da cidade. Ester leu e releu aquelas palavras sem conseguir acreditar.

– "Sem senso de higiene" – disse, por fim, indignada. – Como ousam?

Olhou ao redor do apartamento – um pouco velho e modesto, talvez, mas impecavelmente limpo.

– Não é verdade, Ester – disse Filip com suavidade.

– Eu sei! Isso é o pior. Como eles podem dizer isso sobre nós? Não existe uma lei contra difamação? Por que ninguém os impede?

Filip mordeu o lábio.

– Eles são os conquistadores, meu amor. Isso significa que podem fazer o que quiserem.

– Inclusive nos colocar em um *gueto*?

Até a palavra era feia – curta e ríspida, como um inseto irritado.

– Parece que sim.

– Quando?

Ele engoliu em seco.

– Temos três dias.

Ela o encarou horrorizada, levantando-se para olhar pela porta do quarto em direção à cozinha. Seu casaco ainda pendia no gancho do corredor, onde o deixara ao entrar, animada pelo cheiro de *bigos* e pela visão de seu marido de avental. Em um instante quis socá-lo no peito por permitir que ela tentasse seduzi-lo mesmo sabendo da notícia. No instante seguinte, desejou que ele tivesse guardado aquilo para si até... até quando?

– O que faremos, Filip?

Ele se aproximou, abraçando-a pela cintura, e ela se aconchegou nele. Os lábios dele roçaram suavemente seu pescoço.

– Ficaremos juntos, bem agarrados, meu amor. Gosto deste apartamento tanto quanto você, mas para mim, lar é onde você estiver. Se os alemães acham que vão nos desestabilizar mudando-nos pela cidade, estão muito enganados. Vamos comer nosso *bigos*, deitar na nossa cama e amanhã encontraremos nossas famílias e faremos um novo lar – um lar melhor que qualquer palácio alemão, porque será cheio de amor, não de ódio.

*

Eles tentaram. Realmente tentaram, mas o *bigos* tinha gosto de serragem na boca e era impossível dormir sabendo que poderia ser a última noite naquele pequeno lar. Ambos sentiram alívio quando a madrugada cinzenta e úmida chegou pelas cortinas. Já ouviam gritos nas ruas e se abraçaram, prolongando aqueles últimos momentos de segurança até que uma batida na porta anunciou a chegada dos pais e da irmã de Ester, e não houve alternativa senão levantar e encarar o pesadelo.

Todos corriam em pânico. O gueto seria estabelecido próximo ao grande Mercado Baluty, ao norte da cidade, onde muitos judeus já moravam, mas muitos outros não. Ninguém parecia saber para onde iriam.

– Há um escritório de habitação na rua Południowa – avisou Tomaz, mas ao chegarem lá as filas estavam enormes.

– E a escola? – perguntou Leah, olhando ao redor com curiosidade. Aos quatorze anos, era a única que via aquilo como uma aventura.

– Escola? – Um alemão que passava riu. – Para que escola para gente como vocês? Só desperdício de bons professores.

Leah colocou as mãos na cintura, desafiadora.

– Pois saiba que sou a melhor da minha turma.

– É mesmo? Vem aqui então, que te dou o tipo de lição que serve para gente como você.

Ele fez um gesto obsceno e seus amigos o apoiaram ruidosamente.

Leah deu um passo furioso à frente, mas Ester a puxou de volta.

– Deixe-os, Leah. Não valem a pena.

– Não podem falar conosco assim! – respondeu indignada.

Ester sorriu tristemente para ela. O que poderia dizer? Leah deveria estar certa, mas a triste verdade da Łódź ocupada era que seus conquistadores podiam dizer o que bem entendessem.

– Vamos só entrar na fila.

Foi uma espera longa e angustiante até finalmente chegarem ao escritório de habitação. Atendendo às mesas, havia funcionários exaustos observados por Chaim Rumkowski, nomeado "Ancião dos Judeus" pelos alemães no mês anterior, e responsável pelo gueto. Ele tinha cabelos brancos macios e um sorriso encorajador, mas seus olhos eram astutos, avaliando a multidão de "seu" povo, com dois guardas da SS ao lado. Ester sentiu alívio quando foram encaminhados a uma jovem no balcão mais distante.

– Precisamos de uma casa pequena para meu marido e eu, e outra para meus pais e irmã – disse ela.

A mulher olhou para cima, começou a rir e depois seu rosto desmoronou.

– Você está bem? – perguntou Ester.

– Tão bem quanto possível, considerando que preciso dar más notícias a cada pessoa que atendo. Vocês terão que dividir uma casa.

– Todos nós?

Ela suspirou.

– Todos vocês e mais outros ainda.

– Vocês querem que a gente viva com estranhos?

– Sinto muito, mas o gueto tem metade das casas necessárias para tantas famílias. E muitas ainda têm poloneses morando nelas.

– E o que acontecerá com eles?

– Serão reacomodados.

A mulher usou a palavra com convicção, mas Ester não pôde deixar de achar aquilo inadequado, pois não havia nada de cômodo naquela situação toda. Ela olhou para Filip horrorizada. O apartamento deles era minúsculo, mas era só deles. Agora esperavam que compartilhassem tudo, como crianças, e ainda vivessem com estranhos!

– Meus pais – disse Filip. – E se incluirmos meus pais?

– Serão sete pessoas então? – perguntou a mulher, e eles assentiram. Deus sabia que seus pais tinham se encontrado poucas vezes, mas Ester e Filip os uniriam. – Tenho um lugar aqui, na Kreuzstrasse.

– Onde?

A mulher inclinou-se para a frente.

– Era a rua Krzyżowa – sussurrou, como se mencionar o nome em polonês fosse crime. – Tem dois quartos.

– Dois?

– E um sótão.

– Vamos aceitar – disse Filip, apertando a mão de Ester e sussurrando ao seu ouvido: – Sótãos são muito românticos.

Ester amou-o mais do que nunca pelo seu otimismo, mas quando receberam a chave daquela propriedade desconhecida que iriam dividir com os pais de ambos, não conseguiu pensar em algo menos romântico na vida. Algum casal alemão tomaria posse de seu precioso apartamento enquanto eles iam para o gueto. Seu coração apertou, e enquanto lutavam para sair do escritório, Ester agarrou tão forte a mão de Filip que os dedos dele ficaram completamente brancos.

QUATRO

9 DE FEVEREIRO DE 1940

ANA

Pá, pá, pá!

Ana despertou com relutância e procurou às cegas pelo uniforme, sempre pronto no gancho atrás da porta do quarto. Uma fresta de luz invadia as cortinas, indicando que estava quase amanhecendo, mas ela ainda não se sentia pronta para enfrentar o dia. Muitos bebês insistiam em nascer durante a noite. Alguém lhe dissera certa vez que era a forma de o corpo garantir que o nascimento acontecesse antes das tarefas domésticas do dia, o que parecia fazer sentido. Às vezes, por mais que amasse Deus, Ana desejava que Ele fosse uma mulher, talvez assim a gravidez fosse mais bem organizada.

– Já estou indo! – avisou quando as batidas recomeçaram.

Certamente alguma mãe necessitava de sua ajuda; mentalmente ela repassou a lista das pacientes próximas ao parto. Não esperava ninguém naquela semana, mas bebês eram assim: vinham quando queriam, não quando esperados. Vestiu suas meias mais grossas, atrapalhando-se ao prendê-las à cinta, e cogitou se já era hora de começar a usar calças como as parteiras mais jovens. Parecia muito mais prático, mas não combinava com ela. O problema era a idade: estava ficando velha, acomodada e lenta para levantar da cama tão cedo.

– Estou indo! – avisou novamente.

Ela sempre dizia que precisava de alguns minutos para atender a porta de madrugada, mas pais em pânico raramente lembravam disso. Só pensavam em suas esposas e nos bebês a caminho, e, na verdade, era exatamente assim que devia ser. Finalmente pronta, foi até as escadas.

Bartek se mexeu e lhe mandou um beijo, que ela retribuiu, embora ele já estivesse novamente fechando os olhos. Homem de sorte. Ainda teria mais duas horas antes de precisar ir à gráfica onde trabalhava como tipógrafo – uma profissão muito mais sensata. Mesmo assim, Ana sentiu a conhecida emoção pela nova vida que traria ao mundo; algo que nunca se experimentaria compondo letras em placas.

Sorriu em direção à porta fechada do quarto dos filhos. Bronisław e Alekzander haviam escolhido seguir carreira médica como ela, Bron já em seu primeiro ano como médico, Zander ainda estudante na faculdade de medicina. O mais jovem, Jakub, decidira ser aprendiz de Bartek, e Ana sabia que o pai estava discretamente encantado por um dos filhos ter escolhido seu caminho.

Ana lançou um olhar à foto da família, orgulhosamente pendurada ao pé da escada. Que confusão fora aquele dia, mas valera a pena. Todos pareciam um pouco rígidos e artificiais, parados olhando para a câmera em vez de correr, rir e brincar como normalmente faziam. Mas ali estavam, preservados para sempre – sua família.

– Abra! – uma voz rude gritou da porta, e Ana hesitou.

Aquilo não parecia a voz de um pai aguardando um bebê. Mesmo assim, pegou seu casaco, a maleta médica, e girou a chave. Imediatamente a porta abriu-se bruscamente, e ela recuou enquanto dois homens entravam pisando firme no corredor. Seu coração afundou ao ver os uniformes da SS, mas lembrou-se que mulheres alemãs também tinham bebês – e ela mesma ajudara a trazer muitos ao mundo – e lutou para manter a compostura.

– Posso ajudá-los, senhores?

Eles pareceram surpresos.

– Onde está seu marido?

– Está na cama.

– Ele permite que você atenda à porta à noite? – perguntaram, rindo debochados. – Poloneses!

– Eu atendo a porta durante a noite porque sempre é para mim. Sou parteira.

Eles recuaram um passo, avaliando seu uniforme e a maleta. O mais velho fez-lhe uma breve reverência.

– Minhas desculpas, madame. Uma profissão nobre.

– Obrigada.

O soldado mais jovem olhou curioso para o companheiro.

– Minha mãe é parteira – retrucou bruscamente o mais velho. – Afaste-se.

Ambos recuaram até a porta, ainda aberta, deixando o ar gelado de fevereiro invadir a casa.

– O que posso fazer pelos senhores? – perguntou Ana nervosamente.

– Ah, sim, bem... – o soldado mais velho pareceu embaraçado, e o mais jovem tomou-lhe rapidamente o papel da mão, estendendo-o para Ana.

– A senhora será reacomodada.

– Perdão?

– Removida. Não pode mais permanecer nesta casa.

– Por quê? Esta casa é minha há quase trinta anos. Meu marido e eu somos os proprietários. Já está totalmente paga.

– O Reich precisa dela.

Ana sentiu todo o corpo estremecer e precisou apoiar-se na parede para não cair. Sua mão tocou o retrato da família, deixando-o torto, mas ela obrigou-se a endireitar-se novamente.

– Para quê?

– Sua casa está numa área que será estabelecida como bairro residencial para a escória judaica.

– Não pode ser.

Ana lera sobre o gueto no dia anterior. Ela e Bartek haviam analisado o decreto no jornal, horrorizados com o tom frio e implacável, com a ideia absurda de segregar pessoas com base em decisões arbitrárias sobre "pureza racial". Seu coração partira-se – ou assim ela pensara ingenuamente – pelos judeus que eram arrancados de suas casas para serem empurrados para a área ao redor do Mercado Baluty, a apenas algumas ruas dali. Jamais passara por sua cabeça que ela também pudesse ser removida. Como fora arrogantemente complacente. Seu coração não havia realmente se partido antes, mas agora sim.

– Por favor. O que podemos fazer? É dinheiro? Nós podemos...

– Não é dinheiro, madame. São ordens. Sua casa fica na zona de reassentamento, por isso deve sair. Não se preocupe, receberá outra casa. Talvez até uma melhor. Alguns desses judeus viviam muito bem, lucrando com seus negócios parasitários.

– Parasitários? Metade desta cidade estaria nua sem os alfaiates judeus.

O soldado mais jovem deu uma risadinha, recebendo um olhar furioso do mais velho.

– Bobagem – respondeu ele. – Apenas abrirá espaço para bons alfaiates alemães terem trabalho. Poloneses também – acrescentou, como se fosse algum tipo de generosidade.

Ana sentiu o sangue ferver, ouvindo aliviada as portas no andar de cima se abrindo e seus homens surgindo. Bartek desceu rapidamente as escadas, vestindo o roupão e passando um braço protetor ao redor dela, que imediatamente se aconchegou nele.

– O que está acontecendo?

– Estamos sendo "reacomodados" – disse ela amargamente.

– Para onde?

– Para outro lado da cidade – respondeu o alemão, visivelmente satisfeito por poder se dirigir a um homem. – Vocês têm dois dias para empacotar tudo e deverão se apresentar ao escritório de habitação em 12 de fevereiro, entre – consultou seu caderno de couro – dez da manhã e meio-dia. Entregarão suas chaves e receberão outras novas em outro lugar da cidade. Um lugar limpo.

– Aqui é limpo.

– Mas não será quando todos os judeus estiverem vivendo por perto.

Ana o encarou incrédula.

– Você realmente acredita nisso? – perguntou.

O soldado franziu o cenho.

– É a verdade, senhora. Nossos grandes cientistas fizeram muitos experimentos.

– Experimentos sobre como mães judias limpam suas casas?

– Claro que não. Vai muito além disso. É sobre sangue, pureza racial. A senhora não entenderia.

– Por que não?

Ana sentiu a mão de Bartek apertar seu ombro e viu os filhos a encararem preocupados, mas não conseguiu se conter.

– Porque é uma mulher.

Ela o encarou furiosa.

– Posso ser mulher, mas tenho treinamento médico.

– Apenas em bebês, não numa ciência de verdade.

– Não numa ciência de verdade...! Vou lhe dizer uma coisa, rapaz, sem meu ramo da ciência, você poderia ter morrido retorcido no útero da sua mãe, antes mesmo de poder respirar. Ou poderia ter nascido com o cordão ao redor do pescoço, todo azul e com o cérebro lesado

– embora, pensando bem, talvez tenha sido isso que aconteceu, se acredita que...

– Chega, Ana! – Bartek disse com urgência em seu ouvido. Os soldados haviam ficado vermelhos de raiva e estavam levando as mãos às armas. Ele pegou o papel da mão dela e acenou-o como bandeira branca entre eles. – Obrigado. Vamos ler com atenção.

– E cumpram as instruções – rosnou o soldado mais velho –, ou sofram as consequências. É para seu próprio bem, mesmo que – olhou significativamente para Ana – vocês sejam burros demais para perceber. Bom dia.

Então eles saíram batendo os pés, e Ana correu até a porta, fechando-a bruscamente e pressionando o corpo contra ela como se pudesse impedir os ferozes agentes do implacável Reich de entrarem em sua casa.

– Como podem fazer isso? – chorou ela. – Como podem nos expulsar de nossa própria casa?

– Parece – disse Bartek amargamente – que podem fazer o que quiserem. Vamos tomar café e depois começar a empacotar.

*

Foram dois dias horríveis. Não lhes deram dispensa do trabalho, então Ana, Bartek e os filhos passaram a maior parte das duas últimas noites naquela casa preciosa, embalando roupas, roupas de cama, utensílios domésticos e móveis. O Reich estava lhes oferecendo uma nova casa, mas não havia auxílio algum para mudança, e precisaram gastar parte de suas parcas economias alugando uma carroça absurdamente cara para uma mudança que nenhum deles desejava.

Ana chorou enquanto embalava as louças do casamento em folhas de jornal com o odioso anúncio do gueto. Em teoria, também estavam sendo levados para um "bairro residencial" polonês, mas seus vizinhos estavam recebendo casas espalhadas por toda Łódź, e isso parecia não estar acontecendo realmente ainda. Como poderiam se estabelecer com a ameaça constante de outra mudança pairando sobre eles? Um lar era um ninho, um lugar seguro para a família, e agora parecia que os nazistas estavam lhes tirando até isso.

Na última noite em casa, sentaram-se entre caixas compartilhando pão, queijo e uma garrafa especial de vinho que Bartek guardava para uma ocasião festiva. Ana esperara usar a garrafa para comemorar – talvez o noivado de Bronisław –, mas Bartek anunciou decididamente que estavam comemorando sua família, sua união e sua força.

– Vamos precisar – disse Ana sombria, mas os filhos a arrancaram de sua tristeza, e todos ficaram acordados até tarde, relembrando tempos felizes e garantindo uns aos outros que tempos melhores viriam quando aquela loucura acabasse.

– Vencemos os alemães da última vez – disseram os filhos com otimismo juvenil – e vamos vencê-los novamente.

Naquela época os alemães não tinham tanques tão grandes, Ana quis responder, mas se conteve. O otimismo era tudo o que lhes restava, por mais deslocado que fosse.

No horário marcado, levaram a carroça até o escritório de habitação. Uma oficial da SS com expressão fria arrancou-lhes as chaves das mãos sem sequer olhá-los nos olhos, fazendo uma marca satisfeita em sua lista. Conferindo rapidamente, entregou-lhes outro conjunto.

– Ostpreussenstrasse – disse rispidamente. – Certifiquem-se de limpar bem antes de se mudarem. Deve estar infestada de doenças.

Bartek puxou Ana dali antes que ela pudesse retrucar, e juntos os cinco atravessaram a cidade até sua nova casa. Do outro lado da rua, filas de judeus, com carroças tão carregadas quanto as deles, e famílias igualmente assustadas, aguardavam permissão para entrar no gueto. Ana olhou-os, imaginando quais deles seriam designados para sua casa – qual casal dormiria em seu quarto com Bartek naquela noite, quais crianças correriam em sua cozinha. Rezou silenciosamente para que fossem felizes lá, mas já estava claro que havia mais gente indo para o norte, rumo ao bairro judeu, do que para o sul, afastando-se dele. Temia que não houvesse muito espaço para correr. Homens já estavam sendo recrutados à força para erguer cercas enormes, e enquanto caminhavam pela rua, um grande caminhão passou ruidosamente, carregando rolos de arame farpado. Ana parou, puxando o braço do marido.

– Isso não está certo, Bartek. Não deveríamos fazer isso. Não deveríamos simplesmente nos render a eles. E se disséssemos "não"? E se todos nós nos levantássemos e nos puséssemos juntos, parados no meio da rua, em vez de em procissão de cada lado dela, obedecendo a uma ideologia desprezível que está nos despedaçando? Existem muito mais poloneses do que alemães.

Ele olhou ao redor, ponderando, mas seus olhos pousaram nas fileiras de guardas da SS que alinhavam o caminho, grandes armas sobre os ombros e cintos cheios de munição atravessados no peito.

– Não temos armas, Ana. A maioria de nós morreria.

– Mas o restante estaria livre.

– Até eles enviarem reforços, e então o restante também seria executado. Os alemães teriam a cidade toda para eles, exatamente como querem.

– Então vamos simplesmente ceder?

Ele se inclinou e lhe deu um beijo triste nos lábios.

– Por enquanto. Mas há outras formas de resistir, meu amor – formas mais lentas e pacientes.

Ana suspirou. Paciência nunca fora seu forte. Sabia que era direta demais, impetuosa demais, sempre pronta a agir. Tinha aprendido a ser paciente em sua profissão, já que bebês não seguiam horários, mas no restante da vida isso continuava difícil.

Bronisław aproximou-se do outro lado dela.

– Já estou em contato com algumas pessoas, mãe.

– Pessoas?

– Shh! Muitos pensam como você. A obediência é apenas um escudo. Andaremos pelas ruas obedecendo a essas ordens absurdas, mas, na clandestinidade...

Ele sorriu, e Ana sentiu uma onda de emoções – orgulho e alívio, rapidamente seguidos por medo.

– Será perigoso.

Ele deu de ombros.

– Isto é guerra, e nem toda ela é travada nos campos de batalha. Agora vamos, mãe... – Ele ergueu a voz, esforçando-se para soar positivo enquanto passavam por dois homens carrancudos da SS. – Vamos descobrir nossa maravilhosa casa nova, que nossos bondosos senhores nos concederam.

Os soldados da SS o encararam desconfiados, mas Bronisław fez-lhes uma reverência e eles o deixaram passar sem problemas. Bartek apressou-os, pois tinham a carroça por apenas duas horas antes que outros coitados precisassem dela, e logo chegaram à Ostpreussenstrasse – o nome grosseiramente pintado de preto sobre o original polonês, Bednarska – e subiram até a porta da casa preciosa de outra pessoa. Realmente, o mundo estava de pernas para o ar.

CINCO
30 DE ABRIL DE 1940

ANA

Ana despediu-se com um sorriso de uma mãe robusta e do novo membro de sua numerosa prole, saindo da casa na Gartenstrasse e apressando o passo ao notar o tom rosado do céu de primavera. Logo escureceria, e ultimamente não era seguro estar na rua depois que anoitecia, fosse qual fosse sua profissão. Naquela noite havia ainda mais motivos para preocupação, pois era Walpurgisnacht, a festa das trevas em que diziam que espíritos malignos vagavam pelos céus antes que a primavera nascesse ao amanhecer. Ana não acreditava nessas superstições antigas, mas a juventude alemã sim. Andavam por aí fantasiados, com rostos manchados de sangue, carregando facas e pequenas armas como paródias de seus pais nazistas, precisando de pouca desculpa para cometer atos violentos. Bartek estaria preocupado com ela, mas pelo menos mais um bebê estava em segurança no mundo. Ela lembrou o rosto da mãe ao colocar-lhe nos braços seu filho recém-nascido e guardou aquela imagem com carinho. Os nazistas tinham tirado muitas coisas deles, mas não poderiam tirar o amor de uma mãe.

Pensou em seus próprios filhos, já adultos, mas ainda tão presentes em seu coração como se tivessem acabado de sair de seu ventre, e acelerou ainda mais o passo. Sua família, afinal, não sofrera tanto com aquela troca estranha de casas. O novo apartamento tinha um pé direito graciosamente alto, janelas amplas voltadas para o leste que recebiam o sol da manhã, uma grande lareira, uma cozinha bem equipada e até mesmo um terceiro quarto, que Bronisław alegremente reivindicara. Não era o lar deles, e Ana sentia constantemente como se estivesse pisando nas memórias de outra família, mas era acolhedor, seguro e totalmente deles – muito mais do que se podia dizer do apertado bairro judeu.

Ela olhou para o gueto. A Gartenstrasse tinha na frente uma área verde cortada pelo córrego Lodka-bach, mas do outro lado havia uma cerca feia – altos postes de madeira encimados por arame farpado retorcido, guardada em intervalos de vinte metros por torres de vigia ocupadas por soldados da SS com armas longas. Nesse canto sudoeste, próximo ao córrego, a iluminação era fraca e as torres mais distantes, permitindo que Ana se aproximasse sem ser vista. Ao final da rua, viu agora dois enormes portões sendo instalados. Soltou um suspiro e uma mulher polonesa que passava rapidamente com dois filhos parou e olhou para ela.

– Estão lacrando eles lá dentro, pobres coitados.
– Completamente?
A mulher assentiu.
– Nenhum judeu poderá entrar ou sair. Até as ruas principais que atravessam o gueto foram fechadas, e eles só podem cruzá-las em horários determinados. Ouvi dizer que os nazistas estão fazendo com que construam pontes para não "contaminarem" as vias.
– Loucura – murmurou Ana.
– Loucura cruel – concordou a mulher e, com um olhar assustado na direção das sombras das torres, apressou seus filhos.

Ana ficou ali enquanto o céu escurecia acima dela, olhando através da cerca para a multidão agitada. Pensou novamente em quem estaria vivendo em sua casa, e seus pés a levaram involuntariamente até o córrego. O nível da água estava baixo, pois abril fora excepcionalmente seco, permitindo que ela saltasse com facilidade para o outro lado, aproximando-se da cerca escondida atrás de arbustos. Estendeu a mão e sentiu a superfície áspera da madeira barata – uma barreira lamentável para as pobres almas aprisionadas. Atrás dela, duas crianças alemãs vestidas com capas de diabo passaram correndo, fazendo-a sobressaltar, mas ela permaneceu imóvel, hipnotizada pelo verdadeiro mal à sua frente.

– Ana?

A voz era suave e gentil, mas assustou-a mais do que as crianças brincando. Olhou em volta receosa e viu uma figura destacando-se da multidão no gueto.

– Ester? Ester, é você?

– Sou eu – confirmou Ester, aproximando-se da cerca e estendendo a mão. Ana largou imediatamente a madeira lascada e apertou os dedos da jovem.

– Está bem?

– Tão bem quanto possível. Filip e eu estamos dividindo a casa com nossos pais e Leah, mas temos um quarto no sótão só para nós e é muito... romântico.

Sua voz falhou na última palavra, e o coração de Ana apertou-se.

– Não parece nada romântico.

– Desde que Filip esteja comigo, é – afirmou Ester com firmeza renovada.

Ana olhou para as longas linhas escuras da cerca.

– Estão fechando vocês aí dentro?

– "Lacrando o gueto", sim. Não verá mais judeus sujando as ruas de Litzmannstadt.

Ambas estremeceram com o nome "Litzmannstadt". Os alemães tinham renomeado Łódź em homenagem a um herói militar alemão, eliminando gradualmente todos os traços do idioma polonês da cidade. Era desagradável, mas não tão terrível quanto eliminar os próprios habitantes judeus.

– Vocês estão... seguros?

Os dedos de Ester tremeram nos dela, mas assentiu corajosamente.

– Montamos nosso próprio hospital, então voltei a trabalhar como enfermeira. Filip voltou à máquina de costura, o que já é algo. Rumkowski diz que precisamos trabalhar para sobreviver, pois os alemães só nos querem enquanto formos úteis.

– E depois...?

Ester tremeu. Ana amaldiçoou sua língua imprudente e apressou-se em corrigir:

– Tenho certeza de que haverá trabalho suficiente. Os nazistas adoram seus uniformes elegantes e as esposas deles são loucas por roupas bonitas.

– Então enquanto tornarmos suas vidas confortáveis, eles permitirão que tenhamos as nossas? São muito generosos, nossos governantes.

– Ah, Ester... – Ana odiava aquela nova dureza na voz da amiga. Ester era uma menina tão gentil e bondosa – mas aquele lugar, aquele gueto, certamente endureceria até o mais doce dos corações. – Como posso ajudar?

– Não sei ao certo, Ana. Precisamos...

– Ei, você, judia! Afaste-se da cerca!

Ester pulou para trás como se já tivesse levado um tiro.

– Tenho que ir. Cuide-se, Ana.

Então desapareceu novamente na segurança relativa da multidão.

– E você também – rosnou o soldado alemão para Ana –, afaste-se da cerca se souber o que é bom para você.

Uma bala ricocheteou no chão a menos de um metro dela, e com o coração aos pulos, Ana virou-se e correu na direção do córrego, escorregando e caindo na lama. O guarda riu, disparando outro tiro logo atrás dela enquanto tentava se levantar. Seu tornozelo latejava, mas não era nada comparado ao seu coração, que gritava de dor pelo pobre povo apinhado lá dentro, à mercê daqueles monstros.

SEIS

JUNHO DE 1940

ESTER

– Boa noite, enfermeira Pasternak.

– Mas...

– Boa noite. Vá para casa. Veja sua família. Durma.

Ester soltou um suspiro que nem sabia que estava prendendo e sorriu agradecida ao médico. Fora um plantão longo e exaustivo, mais um entre tantos, e estava tão cansada que mal enxergava direito, mas partir era difícil. O dr. Stern era um senhor idoso com um emaranhado de cabelos brancos sob sua quipá, que já deveria estar desfrutando de uma merecida aposentadoria, mas a equipe médica era escassa no gueto, e ele fora convocado de volta ao serviço. Ester sentia-se culpada por vestir seu casaco e ir para casa, mas o dr. Stern apertou gentilmente seu braço.

– Pense assim, enfermeira: cuidando bem de si mesma, poderá cuidar melhor deles.

Ele indicou as fileiras de pacientes apinhados na enfermaria, e Ester concordou tristemente. O clima quente inicialmente parecera uma bênção no gueto – uma chance de sair ao ar livre e escapar das casas superlotadas – mas então vieram as pulgas e, com elas, o tifo. A doença espalhara-se pelas ruas até que quase todas as pessoas tivessem febres altas e dores estomacais que não cediam naqueles dias sufocantes de junho de 1940.

Formavam-se filas permanentes junto às bombas de água, e algumas pessoas tinham começado a cavar seus próprios poços. O pior de tudo era a diarreia. O gueto não possuía sistema de esgoto. Excrementos eram levados embora em carroças pelas pessoas pobres que não conseguiam outro tipo de trabalho. Antes, o sistema funcionara razoavelmente bem, mas com a população duplicada à força e o tifo instalado em seus intestinos, a situação era caótica. Tudo cheirava mal, tudo estava sujo, e isso só trazia ainda mais doenças. Ester insistira muito com sua família para que lavassem, esfregassem e desinfetassem sua pequena casa, e até agora tinham escapado do pior, mas o desinfetante estava acabando e, com os suprimentos do gueto controlados por um conselho central, não havia como obter mais. Recentemente, as cartas vindas de fora tinham sido proibidas e uma moeda interna, os "marcos do gueto" – rapidamente apelidados de "Rumki", em referência ao seu criador Rumkowski – fora introduzida, disponível a taxas de câmbio absurdas. As condições estavam piorando rapidamente, e ninguém parecia se importar.

Ester pegou seu chapéu e, resistindo ao impulso de tapar o nariz, saiu para as ruas. Já eram quase nove horas da noite e todos estavam dentro de suas casas devido ao toque de recolher imposto pela nova polícia judaica criada por Rumkowski. Essa força interna deveria trazer uma forma mais gentil de ordem do que aquela proporcionada pelos alemães, mas metade dos novos policiais estava inebriada pela autoridade e exercia seu pequeno poder de forma tão implacável quanto a SS. Não tinham armas, mas eram brutais com seus cassetetes e, com redes de família e amigos no gueto, bem mais suscetíveis à corrupção. Já estava claro que muitos dos melhores suprimentos que entravam pelos portões iam diretamente para poucos privilegiados, criando ressentimentos crescentes.

Ester olhou nervosamente ao redor, agradecida pelo uniforme de enfermeira que lhe permitia andar após o toque de recolher. O sol estava baixo no horizonte e uma luz dourada atravessava as ruas, fazendo-as parecer enganosamente bonitas. Sentiu o ânimo melhorar e ergueu os olhos aos céus, buscando Deus. Ultimamente era difícil encontrá-Lo. Todas as sinagogas tinham sido destruídas e, embora Rumkowski tivesse conseguido permissão para abrir pequenas casas de oração, poucas pessoas frequentavam regularmente – eram lugares apertados, sujos, e todos tinham mais medo das pulgas do que de Deus. Quem poderia culpá-los, quando parecia que já estavam vivendo no próprio inferno?

Ester se sacudiu e seguiu determinada pela esquina, indo em direção à sua casa antes que alguém pudesse chamá-la. Outro dia, um jovem saíra correndo de sua porta para segurar-lhe o braço e implorar por ajuda. Sua esposa estava em trabalho de parto, mas a única parteira do gueto fora morta a tiros em uma briga por batatas alguns dias antes, e ele suplicara para que Ester o ajudasse.

– Não tenho formação para partos – respondera ela.

– Mas você é enfermeira – ele insistira, olhando-a com tanta confiança que ela não conseguira dizer não.

Felizmente, não tinha sido um parto difícil. A mãe da jovem havia morrido de tifo apenas uma semana antes, e o principal problema da pobre garota era o medo. Assim que Ester a acalmara, o parto transcorrera relativamente tranquilo e o casal a cobrira de agradecimentos, dando-lhe, ainda melhor, um pão fresco. O novo pai trabalhava numa padaria e conseguia "libertar" pequenos pães; vários tinham chegado à porta de Ester desde então. Era muito grata, mas espalhara-se a notícia sobre sua "habilidade" como parteira e temia ser chamada para um parto mais complicado. Havia conseguido contrabandear uma nota para Ana através de meninos poloneses corajosos que desafiavam as armas da SS do outro lado da cerca, fazendo favores por dinheiro (dinheiro verdadeiro, não os inúteis Rumki). Ester implorara por um livro ou mesmo alguns conselhos básicos, mas ainda não recebera resposta.

Ester parou logo depois de entrar pela porta, recompondo-se. Da cozinha, ouvia Ruth e Sarah discutindo animadamente sobre a melhor forma de amaciar carne – como se isso importasse nos dias atuais! Encostou-se por um instante à parede do corredor, tentando controlar as emoções.

– Ester! – Filip veio correndo pela escada estreita e a envolveu nos braços. – Você voltou! – A alegria em sua voz era tão pura que lágrimas começaram a brotar nos olhos exaustos de Ester. Ele tocou seu rosto com ternura, enxugando-as. – Não chore, minha linda. Está tudo bem agora, estamos juntos, não é?

Filip abraçou-a com tanta força que era como se fossem uma só pessoa. O corpo dela reagiu, ardendo de desejo, e Ester jogou os braços ao redor dele, tentando aproximá-lo ainda mais. As dificuldades do gueto não haviam diminuído sua vontade. Pelo contrário, o desejo ficara mais doce e urgente, mas o único medo era engravidar, pois por mais que quisesse ter um filho com Filip, aquele gueto miserável e sujo não era lugar para isso. Filip concordava plenamente. Tanto que, na semana anterior, trouxera da oficina de alfaiataria uma "proteção". Tinha sido embaraçoso, mas ela o amara por seu cuidado e aproveitou ainda mais a relação por causa disso.

– Vamos direto para o sótão? – sussurrou ela.

Filip beijou-a longa e intensamente.

– Adoraria, mas nossas mães estão esperando você a noite inteira. Temos carne!

– Carne? – A boca de Ester salivou instantaneamente, e agora compreendia a discussão das mães. Ela lançou a Filip um olhar travesso. – Sendo assim...

– Você ama um pedaço de carne mais do que a mim? – provocou ele.

– Amo um único pedacinho de carne mais que a você!

Ele levou dramaticamente a mão ao coração:

– Estou profundamente ferido!

Ela riu, esquecendo momentaneamente as tristezas do gueto.

– Que bom então que sou enfermeira e posso curá-lo!

– Ah, é?

– Depois da carne!

Filip gemeu de brincadeira, mas deu-lhe outro beijo rápido e, segurando sua mão, levou-a para a cozinha.

– Ester!

A família recebeu-a com entusiasmo incomum, pois sua chegada marcava o momento de servir o conteúdo fumegante da panela no fogão. Todos se acomodaram ao redor da mesa, espremendo-se tanto que os cotovelos se chocavam constantemente, mas ninguém se importava naquela noite. Observavam ansiosos enquanto Ruth servia cuidadosamente o cozido – as batatas e os nabos habituais, enriquecidos com pedaços generosos de carne bovina. Sarah distribuía pedaços de pão – parecia que o jovem pai agradecido havia passado novamente por lá – e os olhos de Ester encheram-se de lágrimas ao ver aquele banquete inesperado.

– Como conseguimos carne? – perguntou, mergulhando a colher no caldo e saboreando a riqueza divina.

– O novo emprego da sua irmã está indo muito bem – explicou Ruth.

Ester virou-se para Leah. Sua irmã, agora com quinze anos, recentemente conseguira trabalho nos escritórios administrativos do mercado de Baluty. A família ficara apreensiva no início, pois os escritórios estavam repletos de alemães, mas Leah se adaptara bem e pelo menos trabalhava num ambiente limpo e ordenado, muito melhor do que as duras condições das oficinas que Rumkowski estava criando pelo gueto.

– Eles te pagaram com... carne?

— Claro que não, boba! — Leah riu alegremente. — Me pagam nessa porcaria de Rumki, como todo mundo.

— Leah, olha o palavreado! — Ruth falou ríspida, e Leah corou imediatamente.

— Desculpe, mãe. Todo mundo fala palavrão no escritório.

— Isso não significa que você deva falar. Precisamos manter os bons modos.

Leah lançou um olhar cúmplice para Ester, que conteve uma risadinha, lembrando-se de uma tarde em que as duas haviam se escondido no armário da lavanderia (um cômodo quase tão grande quanto o quarto onde seus pobres pais agora dormiam) e testado todos os palavrões que conheciam. Não tinham sido muitos, mas pareceram deliciosamente inadequados sussurrados perto da mãe tão pudica.

— Então, se não te pagaram em carne — insistiu Ester —, como você conseguiu?

Seu prato esvaziava-se rapidamente, e ela se forçou a diminuir o ritmo. Mordecai já havia terminado e olhava para o prato como se estivesse tentado a lambê-lo, caso não fosse contra os "bons modos". Filip saboreava lentamente cada colherada, enquanto seus pais perseguiam os últimos bocados com pedaços de pão, espiando esperançosamente a panela — a panela já vazia. Leah colocou seu último delicioso pedaço na boca com um sorriso.

— Foi Hans quem me deu.

Ester gelou.

— Hans?

— Ele trabalha no meu escritório. Bem, na verdade ele manda lá. É alemão, mas bastante simpático. Quer dizer, não é tão desagradável quanto os outros.

Ester lançou um olhar interrogativo para a mãe, que evitou encará-la.

— Quantos anos tem esse Hans, Leah?

— Ah, ele é velho. Tem pelo menos uns trinta.

Sarah engasgou-se com o pão.

— Não se preocupe, não tem nada demais. Ele só disse que trabalho duro e mereço um agrado.

— Você trabalha duro?

— Sim! — Leah ficou indignada. — Eu posso, sabia, Ester? Não é só você que é capaz.

— Eu sei, eu sei. É maravilhoso da sua parte, Leah. De verdade.

– Obrigada.

Leah ergueu o queixo com orgulho e Ester percebeu o quanto a irmã ficara bonita. Seus traços eram delicados e suaves, e seus cabelos eram ainda mais louros que os dela própria. A mãe dizia que eram herança de um avô dinamarquês. O cabelo de Ester tinha uma cor de palha queimada, mas o de Leah brilhava feito ouro. Era fácil entender por que aquele Hans decidira agraciá-la com favores.

– Exatamente que trabalho o Hans achou tão impressionante?

Ester sentiu todos na mesa se tensionarem, mas Leah parecia indiferente.

– Ele diz que eu digito maravilhosamente e que adora me ver arquivando documentos.

– Ah, é?

– E disse também que eu me visto melhor que todas no escritório, o que é bobagem, porque algumas mulheres têm roupas lindas e eu uso sempre as mesmas coisas. Mas foi gentil da parte dele, não acha?

Ester novamente buscou o olhar da mãe. Ruth pigarreou:

– Ótimo, querida, mas lembre-se de que ele é alemão. Não se aproxime demais.

– Por quê? – retrucou Leah. – Seria burrice não fazer isso. Se ele consegue carne, então devo ser legal com ele, não é? Vejam vocês mesmos: adoraram a comida. Por que não termos isso novamente?

Ruth torceu as mãos sem conseguir formular resposta.

– É uma questão de preço, Leah – Ester disse com cautela.

– Ele não me cobrou nada!

– Ainda não – Ester começou, mas Leah parecia furiosa, e todos se sentiram aliviados quando alguém bateu à porta.

Porém, em seguida, veio o medo.

– Quem poderia ser a essa hora? – Mordecai perguntou, levantando-se imediatamente. Benjamin também se ergueu, mas Filip foi mais rápido até a porta. Todos trocaram olhares apreensivos, mas Filip retornou acompanhado por um rapaz trazendo um pequeno pacote.

– É para você, Ester – disse Filip. – Da Ana.

Ester levantou-se num salto e pegou o pacote, oferecendo ao rapaz o último pedaço de pão como agradecimento. Ele começou a devorá-lo ali mesmo, claramente ansioso para terminá-lo antes de voltar aos seus amigos nas sombras do gueto.

Ao abrir o pacote, Ester sorriu encantada ao encontrar um pequeno volume intitulado *O Manual Prático da Parteira*. Havia também um bilhete e, ao lê-lo rapidamente, consultou o relógio.

– Ana disse que estará do outro lado da cerca às dez horas. Preciso ir.

– Mas já passou do toque de recolher – protestou Ruth. Ester apontou o uniforme que ainda vestia, mas Ruth sacudiu a cabeça. – Não é seguro.

– Também não é seguro dar à luz sem parteira – Ester retrucou. – Preciso de orientação se vou ajudar as mães do gueto.

– Não é responsabilidade sua.

– Precisa ser responsabilidade de alguém, por que não minha? Além disso, quanto mais pais gratos tivermos, menos precisaremos dos favores dos alemães.

Ruth pareceu aflita, mas após lançar um olhar preocupado para Leah, assentiu.

– Eu vou com você – disse Filip.

– Você não tem passe – Ester protestou.

– E você não tem acompanhante. Vou com você.

Ester sorriu agradecida. As ruas estavam muito escuras agora e o gueto cheio demais de sombras. Segurando o braço de Filip, ela agradeceu à família pela deliciosa refeição e seguiu novamente para fora.

– Será que vamos conseguir chegar ao nosso sótão hoje? – perguntou com tristeza. Suas pernas quase se dobravam de cansaço, os olhos ardiam, desesperados por descanso, mas pelo menos seu estômago estava satisfeito. Com determinação, seguiu para o sul, rumo ao lugar onde encontrara Ana anteriormente. Seu uniforme claro brilhava sob a luz da lua, e ela aceitou agradecida o casaco que Filip pegara às pressas para protegê-la da atenção dos guardas.

Ao chegar ao ponto combinado, notou vários guardas da SS na torre mais próxima, reunidos ao redor de um lampião tremeluzente, com uma garrafa de vodca e um baralho, felizmente mais interessados um no outro do que nas duas enfermeiras se encontrando na escuridão abaixo.

– Ana? – sussurrou através da cerca.

– Ester? – a parteira saiu de um arbusto e estendeu a mão. Elas tocaram os dedos brevemente. – Recebeu o livro?

– Recebi. Muito obrigada.

— Ele vai lhe contar todo o básico, mas o ofício de parteira está na sensibilidade. Trata-se de perceber a mãe, mantê-la calma, calcular quando ela estiver passando para um novo estágio.

— Novo estágio? — Ester perguntou, já confusa. Filip estava a alguns passos, mantendo vigia, mas não tinham muito tempo. Como poderia aprender, em poucas frases trocadas por uma cerca, habilidades que mulheres dedicadas levavam anos para dominar?

— A mãe normalmente fica mais agitada e sente mais dor antes de chegar o momento de fazer força. Nesse momento, você precisa verificar se a cabeça do bebê está coroando — se já aparece. Se estiver, ela pode empurrar. Não a deixe fazer força se não estiver sentindo as contrações. Entre uma contração e outra, ela deve descansar. Isso pode levar cinco minutos ou cinco horas, geralmente algo intermediário. O mais importante é não entrar em pânico.

— A mãe ou eu?

— Ambas — Ana riu baixinho. — Se o bebê demorar a sair, você pode ajudá-lo com as mãos, mas seja delicada e tome cuidado com o cordão — não pode estar enrolado no pescoço do bebê.

— Caso contrário...?

— Caso contrário, pode sufocá-lo.

Ester engoliu em seco.

— Ana, não sei se consigo. Se realmente precisar, eu gostaria que você estivesse comigo. Não sou parteira. E se eu piorar as coisas?

A mão de Ana fechou-se ao redor da dela, calorosa e segura.

— Você não vai piorar as coisas, Ester. Se tiver que haver problemas, eles acontecerão de qualquer jeito, e você pode conseguir aliviá-los. Os bebês são bons em nascer, e toda vez é um bendito milagre.

Ester engoliu em seco.

— Se um novo bebê é um tal milagre, então perdê-lo deve ser a maior tragédia de todas.

Ana sorriu-lhe suavemente na escuridão.

— Não permita que isso a paralise, querida. O que está fazendo é bom e corajoso, e Deus irá abençoá-la por isso.

— Seu Deus ou o meu?

Ana voltou a rir baixinho.

— Ambos. Ele é o mesmo, apenas temos maneiras diferentes de ouvi-lo.

Ao lado, os guardas da SS deram um urro de alegria, provavelmente devido a alguém ter vencido a rodada de cartas, e ambas recuaram rapidamente.

– Você precisa ir embora, Ana – Ester disse. – Não é seguro ficar tão perto de nós.

– Não é verdade – rebateu a amiga. – O perigo não é estar perto de vocês, mas deles.

Ana olhou furiosa para os guardas, mas mesmo assim recuou, e Ester sentiu uma onda de tristeza. Havia tanta coisa a ser dita, tanto a aprender! Ficou olhando para o espaço deixado vago pela parteira, mas Filip puxou-a e apressou-a por detrás das construções até a beira do gueto, enquanto um guarda passava cambaleando. Com o coração aos pulos, ela se pressionou agradecida contra ele, até a rua ficar novamente livre.

– Eu te amo – sussurrou ela, olhando para o rosto querido e gentil de Filip.

– Eu também amo você. Agora... o que acha daquele sótão?

Ester assentiu ansiosa e juntos percorreram o caminho até sua casa. Ela pensou em bebês e desejou entregar-se inteiramente a ele, corpo e ventre, mas não era o momento certo para um filho. Bastava-lhe, por enquanto, que tivessem um ao outro.

SETE

VÉSPERA DE NATAL, 1940

ANA

– *Stille nacht, heilige nacht...* [Noite silenciosa, noite santa]

A canção de Natal que vinha da rua abaixo do apartamento de Ana era cantada em alemão, mas mesmo assim soava bela. Indo até a janela, ela observou os cantores; suas respirações visíveis no ar gelado davam a impressão de que a música se materializava ao redor deles. Suspirou. Pareciam tão inocentes enquanto admiravam a grande árvore de Natal colocada no final da rua. Não eram nazistas, mas alemães comuns que viviam pacificamente em Łódź antes de os soldados chegarem dizendo-lhes que eram superiores aos demais. E quem não gostaria de ouvir isso?

Mas isso não significava que os perdoava. Podiam não ser eles a mudar o nome da cidade, a criar novas leis, nem empurrar pessoas diferentes para trás do arame farpado, mas também não se opunham aos que faziam essas coisas. Não diziam "Não, isso é errado, não é cristão". Pelo contrário, enquanto cantavam músicas de paz, estavam felizes em estar do lado vencedor de uma guerra que lhes daria o mundo, sem se importar com o custo para os outros. Rangendo os dentes, Ana afastou-se da janela e voltou-se para sua família.

Seu coração se apertou ao ver a mesa repleta. Haviam passado o dia em jejum, mas agora os pratos tradicionais estavam à espera. A mesa fora coberta com feno sob uma toalha branca para simbolizar a manjedoura. Doze pratos representavam os apóstolos, e sua boca se encheu d'água ao avistar a sopa de beterraba, os delicados *pierogi*, o arenque ao creme e, no centro de tudo, a clássica carpa frita. O peixe especial fora difícil de encontrar naquele ano, mas na véspera Jakub chegara em casa animado, dizendo que um amigo do pai de um amigo vendia algumas num barril atrás de Karolew (agora oficialmente Karlshof), e Bartek correra para lá imediatamente. A carpa passara a noite anterior na banheira como um tesouro, e agora ali estava, dourada e deliciosa no centro da mesa.

Os meninos estavam vestidos com seus ternos de domingo, parecendo tão belos e fortes que Ana não resistiu e abraçou cada um, embora Jakub tenha reclamado que ela despenteava seu cabelo. Trabalhar na gráfica estava deixando-o vaidoso, talvez devido às garotas na seção de datilografia. Ana esperava que ele começasse a namorar. Não era época ideal para casamentos – não tinham Ester e Filip provado isso? – mas toda alegria deveria ser aproveitada. Ela o beijou novamente. Ele aceitou o carinho com graça e seguiu para a mesa.

– Está maravilhosa, mamãe.

– É muita comida.

A mesa parecia quase ridiculamente opulenta diante das privações do último ano. Os alimentos estavam racionados e os poloneses sempre acabavam no fim da fila, atrás dos alemães arrogantes, tornando suas refeições escassas. Ainda assim, Ana sabia, pelas conversas ocasionais e secretas com Ester, que a situação no gueto era infinitamente pior. As pessoas lá dentro sobreviviam com batatas podres e vegetais considerados indignos de serem enviados ao Reich. Com temperaturas muito abaixo de zero, aquilo não era suficiente. Mesmo que fosse, havia uma terrível falta de combustível para cozinhar, o que os obrigava a comer tudo cru. Crianças caminhavam até Marysin, na região norte do gueto, escavando o solo em busca de pedaços soltos de carvão. As pessoas estavam tão desesperadas por calor que queimavam seus móveis. Ana olhou desconfortável para a carpa dourada.

– É Natal, mãe – disse Jakub. – E não comemos nada o dia todo.

– É verdade – concordou Ana, esforçando-se para não estragar o momento. Havia dedicado tanto esforço a essa refeição que seria uma pena desperdiçá-la com arrependimento. Ainda assim... – Mas ao menos comemos durante a semana toda.

Jakub congelou, no meio do caminho até seu lugar.

– Está pensando nos judeus?

Ana assentiu, e Alekzander, seu filho mais sério, aproximou-se dela.

– Eu os vejo quando passo com o bonde – disse ele.

Recentemente os nazistas tinham trazido vários estudantes alemães para os hospitais, e disseram a Zander que só havia espaço para ele trabalhar três dias por semana. Por isso, conseguira um segundo emprego como cobrador de bonde. Bartek reclamara, dizendo que aquilo era humilhante para ele, mas Zander insistira que pelo menos o emprego o "fazia circular pela cidade". Ana suspeitava que ele tivesse amigos na Resistência e sentia um discreto orgulho, embora não se atrevesse a perguntar.

— As condições são tão ruins quanto dizem? — perguntou Bartek ao filho do meio.

— Piores. As ruas estão sempre sujas, e se as equipes de trabalho tentam limpá-las, a água congela e só os mais fortes conseguem caminhar, para os demais fica perigoso. E poucos são fortes agora. Vi as entregas de comida chegando, carroças de legumes tão podres que você não os daria ao seu gado, mas as pobres pessoas clamam por sua ração, antes mesmo de ela ser descarregada. Com o frio, acabou o tifo, mas a tuberculose está desenfreada. Todas as ruas ecoam com tosses profundas. E pior... — Ele olhou furtivamente ao redor, embora estivessem sozinhos. — Ouvi rumores de que isso não é tudo: alguns judeus estão sendo enviados para a morte.

— Vão matá-los? — Jakub perguntou chocado.

— Vão, com gás. Me deixa furioso o fato de eu, um médico, ou quase um, estar sem ação, apenas recolhendo as passagens de alemães arrogantes, que viajam entre as cercas e mantêm essas pessoas enjauladas como animais, quando eu poderia estar lá, ajudando-os. É cruel — não, é pior que cruel, é brutal.

Ana apertou o braço dele. Era sua culpa. Fora ela que trouxera o gueto à conversa e agora estavam todos ali, parados diante da linda ceia de Natal, sentindo culpa.

— Vamos nos sentar? — sugeriu.

Sentaram-se lentamente. Até mesmo Jakub demorou para se acomodar, e todos olharam constrangidos para o sexto lugar à mesa, tradicionalmente reservado na ceia de Natal para qualquer viajante que precisasse de acolhimento.

— Devemos oferecer ajuda — disse Bronisław. — Posso conseguir medicamentos no hospital se encontrarmos uma forma de contrabandeá-los.

— Talvez Ester possa ajudar — disse Ana. — Se não for perigoso demais.

— O que é perigoso demais? — perguntou Zander.

Ana engoliu em seco.

— Podem atirar nela?

– Podem. – Ele mordeu o lábio. – Mas não se ela tiver cuidado. Conheço pessoas.

Foi dito tão baixo que Ana duvidou de ter ouvido direito.

– Pessoas dentro do gueto?

– Dentro e fora. Pessoas boas que querem ajudar.

– E mostrar o dedo do meio para esses nazistas desgraçados – Jakub completou.

– Jakub! – Bartek protestou.

– Mas é verdade. Vocês não querem?

Ana observou atentamente o marido, que parecia desconfortável no outro extremo da mesa. A conversa estava tomando um rumo perigoso e, de repente, a refeição em família parecia algo muito maior.

– Não apenas "mostrar o dedo" para eles – disse Bartek –, mas... esmagá-los até desaparecerem por completo.

Ana prendeu a respiração. Raramente ouvira o marido pacífico falar com tanta ferocidade. Ele a encarou, os olhos cheios de emoções contraditórias – talvez medo, orgulho, necessidade de aprovação. Ela sorriu para ele.

– Pelo menos expulsá-los da Polônia.

Bartek aproveitou rapidamente.

– Exatamente, meu amor. Expulsá-los da Polônia, da Alemanha, de qualquer lugar onde pessoas decentes estejam tentando viver em paz. Não há necessidade disso tudo... desse ódio. Jesus não disse: "Ama teu próximo"? Não nos exortou a sermos como o samaritano e ajudarmos os aflitos, independente de sua fé? Ele não nasceu para trazer paz ao mundo?

Todos se entreolharam. Entre eles, a sopa brilhava num tom rubi e a carpa resplandecia dourada. Tanta opulência à mesa, enquanto a poucas ruas dali havia pessoas famintas. Jakub levantou-se rapidamente.

– Ah, vamos lá! Todos nós sabemos o que temos que fazer.

Todos olharam para ele, o rapaz robusto de dezoito anos que momentos atrás esfregava as mãos ansioso pelo banquete à frente.

– O quê? – perguntou Ana, confusa.

– Precisamos empacotar essa comida e levá-la para o gueto. É Natal, época de dar, e nunca houve pessoas com tanta necessidade. Além disso – acrescentou, enquanto todos o olhavam com admiração –, nem conseguiria mais aproveitar a refeição agora.

Bartek também levantou-se rapidamente e abraçou o filho caçula.

— Você é um bom garoto. Todos vocês são bons garotos. Vamos — nem a SS atiraria contra nós na véspera do Natal.

*

Ele estava certo. Havia pouquíssimos guardas nas torres, e aqueles que estavam de serviço, talvez amolecidos pelos cânticos que ainda ecoavam pelas ruas de Litzmannstadt, viraram os rostos quando a família se aproximou da cerca com os pacotes de comida. Haviam preparado tantos pacotes quanto possível, cada um com um pouco dos pratos. Não tinham conseguido levar a sopa, mas haviam aberto a caixa de chocolates enviada pelos pais de Bartek para adicionar um doce em cada embrulho e completar as doze iguarias. Um tanto tolo, talvez, já que estavam levando presentes para judeus que não conheciam sua tradição cristã, mas mesmo assim parecera importante.* Com tudo pronto, haviam formado um círculo enquanto Bartek abençoava os pacotes, e então saíram nervosos noite adentro.

Não estavam sozinhos. Muitos outros também caminhavam até as cercas com pacotes semelhantes, e Ana sentiu-se aquecida pelo amor que emanava do grupo que se formava fora do gueto. Aquilo sim era o verdadeiro espírito do Natal, e estava feliz porque sua preciosa carpa encheria estômagos mais necessitados que o seu. Notou Alekzander cumprimentando várias pessoas, e observou com cuidado, mas, ao chegarem à cerca, pessoas se acotovelaram do outro lado, enfiando mãos desesperadas através das frestas, e Ana precisou prestar atenção na distribuição. Os pacotes se foram na maior rapidez.

— Ana! — Ester veio correndo até a cerca. — Estou tão contente em vê-la. Estou saindo de um parto, um parto difícil. O bebê estava de costas.— Ana fez uma careta de compaixão. — Mas consegui ajudar a virá-lo para sair, e deu tudo certo.

— Que maravilha! — Ana elogiou.

Ester abriu um grande sorriso.

---

* Na Polônia, a ceia da véspera de Natal (*Wigilia*) é marcada por doze pratos simbólicos — um para cada apóstolo — e inclui receitas típicas como sopa de beterraba, *pierogi*, arenque e carpa frita. Também é comum deixar um lugar extra à mesa para um visitante inesperado. [N.E.]

– Um milagre de Natal – sugeriu. – Ou de Hanukkah, deste lado da cerca, se tivéssemos velas para marcar a ocasião. Ainda assim, agora temos comida, e Deus sorrirá ao ver isso. Obrigada.

Ela apontou para as pessoas que corriam de volta para suas casas com os pacotes, e Ana sentiu-se péssima.

– Ah, Ester, sinto muito. Não me sobrou mais comida.

A jovem abanou a mão, despreocupada.

– Não se preocupe, nós temos o suficiente. Leah tem... contatos nos escritórios e traz comida suficiente para sobrevivermos.

– Contatos?

Ester corou.

– Um oficial alemão interessou-se por ela. Não gosto disso, mas até agora ele só lhe deu comida e, francamente, as coisas ficariam piores se ela recusasse. Só podemos orar para que Deus cuide dela.

Ela olhou para o céu estrelado, e Ana apertou suas mãos.

– Orarei por vocês.

– Obrigada.

Ester sorriu, mas, pela primeira vez, por mais que acreditasse em Deus, aquilo não parecia suficiente. Ana notou que Zander conversava discretamente com outros três rapazes e respirou fundo.

– E vamos ajudar vocês.

– Como?

Ana engoliu em seco.

– Ainda não sei exatamente. Poderíamos tirar vocês daqui – você e Filip?

Ester balançou a cabeça.

– Precisam de mim no hospital, e Filip está indo bem na oficina, protegendo o pai. Não poderíamos abandonar nossos pais nem Leah.

Ana assentiu. Entendia, embora não gostasse.

– Faremos o possível por vocês, prometo. Fique de olho no meu menino. – Indicou Zander. – Ele trabalha nos bondes e tem meios de introduzir coisas no gueto. Alimentos, combustível, medicamentos.

Os olhos de Ester brilharam como se Ana tivesse acabado de listar as maiores riquezas do mundo, e Ana sentiu uma pontada de culpa. E se estivesse fazendo promessas impossíveis de cumprir?

– Tudo que conseguirem será muito bem-vindo – Ester afirmou. – Mas não será perigoso demais?

– O que é perigoso demais? – Ana repetiu o tom leve do filho, mas, como se tivessem ouvido suas palavras, os guardas da SS decidiram que já era suficiente e ergueram as armas. Os disparos foram para o alto, mas fizeram a multidão correr para se proteger. Com um leve aperto de mão, Ester sumiu na noite, e Ana finalmente tomou sua decisão.

*

Mais tarde, sentaram-se juntos para comer a sopa de beterraba, agora uma família mais silenciosa e solene.
– Quero conhecer seus amigos, Zander – Ana declarou.
– Eu também – concordou Bartek.
– E eu.
– E eu.
A família se entreolhou. Ana estendeu as mãos, e todos imediatamente responderam formando um círculo.
– Precisamos ter muita certeza disso – alertou Ana. – Se entrarmos para a Resistência, poderemos perder nossas vidas.
– E se não entrarmos – Bartek respondeu –, poderemos perder nossas almas.
Não havia o que discutir. Juntos baixaram as cabeças em oração e comprometeram-se com a luta contra o mal.

OITO

OUTUBRO DE 1941

ESTER

– Abram espaço, por favor, vocês precisam me dar espaço. Esta mulher está dando à luz!

Ester usou sua voz mais autoritária (algo em que estava ficando melhor a cada dia), e as pessoas que enchiam a casa se afastaram. Não tanto quanto deveriam, mas, para ser justa, não havia muito espaço disponível. Ela bateu o pé com firmeza.

– Alguns de vocês terão que sair daqui. Não dá para todos morarem nessa casa. Quanto antes entenderem isso, melhor será para todo mundo.

Os recém-chegados olharam para ela, mas seus olhos estavam anuviados pelo cansaço, e Ester percebeu que eles não compreendiam a gravidade da situação. Eram pessoas bem-vestidas, segurando malas elegantes, incapazes de conceber as privações do gueto de Litzmannstadt, apesar de estarem bem no meio dele. Permaneciam paralisados, insistindo em seus direitos, esperando que alguma pessoa gentil com uma prancheta viesse resolver tudo. Fora assim durante toda aquela primeira semana de outubro de 1941. Rumkowski anunciara que haveria "alguns novos moradores", vindos de guetos menores no leste que estavam sendo desativados, mas "alguns" em linguagem de Rumki significava milhares.

Os infelizes eram empurrados para fora de trens superlotados na estação secundária do distrito de Marysin, obrigados a caminhar até o centro do gueto, onde o departamento de habitação estava tão saturado que, na maioria das vezes, os novos moradores recebiam apenas instruções para procurarem por conta própria um lugar para viver. Evidentemente, todos corriam em direção às casas melhores, como aquela em que uma pobre mulher estava tentando dar à luz, só para encontrá-las já abarrotadas. Aqueles que já moravam nelas não estavam dispostos a ceder seu exíguo espaço, o que resultava em inúmeras brigas.

Na casa de Ester e Filip, eles foram obrigados a transferir os pais dele para o precioso sótão, e embora Filip tivesse improvisado uma cortina velha entre as camas, ainda era constrangedor dormir tão perto deles. Não precisavam mais de proteção, pois nenhuma noite era boa para fazer amor com os sogros ouvindo cada respiração.

Atrás dela, a mãe em trabalho de parto gritou de dor, e Ester perdeu a paciência.

– Certo! Vocês cinco, peguem aquele quarto ali. Os dois que já estão nele terão que subir para o andar de cima. Eu sei, eu sei, mas agora todo mundo precisa dividir. Vocês precisam se acostumar. Quanto ao resto, é melhor sair logo e procurar outras casas antes que também sejam ocupadas. Vão, vão logo!

Ela fez gestos com as mãos como se enxotasse ovelhas teimosas, e eles começaram a se arrastar lentamente até a porta, partindo para importunar outros pobres moradores.

– Ótimo.

Ester virou as costas para os retardatários e concentrou-se na tarefa urgente à sua frente. A pobre mãe estava em trabalho de parto há mais de um dia, ficando cada vez mais fraca, enquanto o bebê permanecia obstinadamente dentro dela.

– Ei, espere um momento! – Ela voltou-se para as últimas pessoas que saíam e agarrou uma mulher segurando uma criança em cada mão. – Você tem comida?

– Não.

A mulher tentou soltar-se, mas Ester a segurou com firmeza.

– Tem sim. Nenhuma mãe viaja sem comida.

– Precisamos dela.

– Tanto quanto ela? – perguntou Ester, apontando para a mãe deitada na cama, a barriga enorme grotescamente contrastando com seu corpo esquelético.

A mulher suspirou.

– Não, não tanto quanto ela.

Abriu a bolsa e tirou de dentro um folhado, amassado, mas perfeito.

— Obrigada — disse Ester, profundamente aliviada. — Muito obrigada mesmo.

A mulher remexeu-se um pouco.

— Precisa de ajuda?

— Você é parteira?

A mulher ergueu as mãos.

— Infelizmente não, mas ajudei a trazer ao mundo mais sobrinhos e sobrinhas do que consigo contar.

— Então sim! — exclamou Ester. — Por favor.

— Vamos então. Sou Martha, a propósito.

— Ester. Muito prazer em conhecê-la.

Martha apertou sua mão e gritou para seu marido, que já estava na rua:

— Noah, traga o bebê de volta. Temos trabalho a fazer.

Noah pareceu incerto por um instante, mas evidentemente estava acostumado a obedecer a esposa e voltou-se obedientemente. Era um homem bonito, ombros largos, cachos escuros e desgrenhados. Sorrindo para o pai assustado, ele o levou até a cozinha junto com as três crianças.

— Não se preocupe, cara — Ester ouviu-o dizer com uma voz rouca. — As mulheres são boas nesse assunto. Tem cerveja? Não? Nenhuma? O quê, nada em todo este lugar?

Ester não sabia se ria ou chorava da ingenuidade do pobre homem. Cerveja era o menor dos problemas no gueto. Havia rumores de que cartões de racionamento seriam distribuídos em breve, mas eram inúteis, já que não havia comida suficiente — nem roupas, cobertores ou combustível. Era apenas graças a Ana e sua família que Ester conseguia medicamentos para o hospital, pois os nazistas não tinham interesse algum em fornecer remédios aos judeus.

Elas tinham um sistema: Ana e seu filho Bronisław conseguiam remédios básicos com médicos solidários nos hospitais da parte livre de Litzmannstadt, e Zander lançava os pacotes para jovens posicionados nas pontes enquanto passava de bonde. Se um guarda estivesse olhando, Zander não poderia fazer nada; alguns jovens esperavam horas até que ele voltasse em um momento seguro — ou menos perigoso. Ester sabia do risco que a família Kaminski corria para ajudar quem estava preso no gueto e agradecia profundamente por isso. Sem eles e outros iguais, o sofrimento ali seria ainda pior, especialmente com o inverno chegando.

Mas, naquele momento, precisava se concentrar na tarefa à sua frente, então, torcendo para que Noah estivesse certo sobre as mulheres, alimentou a mãe em pequenas porções com o folhado de Martha. O açúcar pareceu surtir efeito imediato; a jovem mãe conseguiu erguer-se na cama e olhou para elas, olhos selvagens:

– Tirem essa criatura de dentro de mim, pelo amor de Deus!

Sua mente estava forte, mas o corpo, fraco. Ela empurrou a cabeça do bebê para fora, e Ester e Martha comemoraram, mas aquele esforço pareceu ter sido demais para ela, que caiu novamente sobre a cama, exausta.

– O cordão! – Martha gritou. – O cordão está enrolado no pescoço do bebê.

Ester lembrou-se das palavras de Ana do outro lado da cerca e sabia que precisava agir rapidamente. Ajoelhou-se, deixando Martha tentar reanimar a pobre mãe, e inseriu as mãos cuidadosamente ao redor do corpo escorregadio do bebê. Felizmente, era pequeno, e Ester conseguiu delicadamente desenrolar o cordão, mas ainda precisava retirá-lo de dentro da mãe.

– Empurre! – gritou ao ver a barriga contrair-se. – Só mais um pouco e poderá segurar o bebê nos braços!

Com um último grito, a mãe fez força novamente. Ester puxou com todo o cuidado possível o corpo frágil, rezando para que não fosse tarde demais. Então, com um jorro de líquido, o bebê nasceu.

– É uma menina! Você tem uma linda menina!

A mãe chorou de felicidade, mas Ester olhou horrorizada para a criança, que estava inerte e azulada, sem qualquer aparência de beleza.

– Deixe comigo!

Martha rapidamente tomou o bebê nas mãos, virou-o de cabeça para baixo e deu-lhe três tapas rápidos nas nádegas. Ester arfou, horrorizada, achando que Martha enlouquecera, mas, como que por milagre, a criança sugou o ar e soltou um choro forte e abençoado.

– Você conseguiu! – Ester olhou maravilhada para Martha, que agora embalava a menina nos braços.

– Consegui – concordou Martha, tão surpresa quanto Ester.

– Você não sabia que funcionaria?

Ela deu de ombros.

– Vi uma parteira fazer isso uma vez, quando nasceu o filho do meio da minha sobrinha Johanna, mas eu mesma não tinha feito. Mesmo assim, não tínhamos muita opção a não ser tentar. Agora, em que podemos embrulhar o bebê?

Ester entregou-lhe, constrangida, uma camisa velha. Martha franziu a testa, mas habilmente enrolou a criança chorosa e entregou-a à mãe. A menina imediatamente buscou o peito e, para espanto de Ester, parecia encontrar leite. Ester suspirou aliviada; a resiliência do corpo feminino sempre a deixava maravilhada.

– Muito obrigada – Ester disse à sua nova ajudante enquanto a placenta era expelida. – Você já tem um emprego.

– Mas não temos casa – respondeu Martha.

Ester suspirou profundamente.

– Melhor você vir comigo.

Afinal, ainda tinham uma sala de estar. E como poderiam ser egoístas ao ponto de preservar um espaço apenas para descanso, enquanto havia pessoas dormindo nas ruas?

*

Ao atravessarem a cidade, precisaram passar pelo mercado de Baluty, e Ester notou uma multidão reunida na praça central. Um palanque fora montado na frente e ela viu Chaim Rumkowski subir e preparar-se para falar. Algumas pessoas vaiaram, outras aplaudiram, mas a maioria ficou simplesmente ali, parada, esperando apaticamente o próximo anúncio. Ester observou o Ancião dos Judeus tentando compreendê-lo. À primeira vista, Rumkowski parecia um velho bondoso, mas era difícil ignorar que estava impecavelmente vestido e com bochechas cheias, indicando que não compartilhava das muitas privações do seu povo.

Ele incentivara a abertura de cada vez mais oficinas, repetindo incessantemente que trabalho significava vida. Talvez estivesse certo, pois os recém-chegados mais acomodados tinham sido expulsos de guetos menores, enquanto o gueto de Litzmannstadt permanecia ativo. Ester estava grata por isso, já que, apesar das duras condições, Filip ficava feliz ao manejar sua agulha. Sim, ele estava costurando uniformes elegantes e quentes para a Wehrmacht enquanto suas próprias roupas se desgastavam lentamente, mas era bom nisso, e tanto ele quanto seu querido amigo Tomaz haviam sido promovidos a "trabalhadores especiais", o que lhes garantia o privilégio mais valioso de todos – uma porção extra de sopa no almoço. Por causa disso, Filip podia ceder sua refeição da noite às mães deles que, por não trabalharem, recebiam rações oficiais que mal bastariam para alimentar um rato.

O pai de Filip trabalhava ao lado do filho e dizia corajosamente que a grande oficina o fazia lembrar de seus dias como aprendiz. Mordecai conseguira um valioso emprego descascando legumes numa cozinha industrial, o que lhe permitia levar escondido alguns extras para casa. Com isso e com os presentes preocupantes de Hans para Leah, a família conseguia sobreviver. Outros tinham muito menos sorte, e ver seu líder ali diante deles, elegante e bem alimentado, dificilmente os deixaria contentes. Ester tentou contornar a multidão, mas Martha a deteve.

– O que ele está dizendo?

– Não sei, mas não vai ser boa notícia. Nunca é.

Mas a multidão era grande demais para que pudessem passar, e Ester foi obrigada a permanecer ali enquanto Rumkowski pigarreava com importância ao microfone.

– Senhoras e senhores, trago boas notícias.

– Está vendo? – comentou Martha, cutucando Ester.

– Eu, o Ancião dos Judeus, reconheço suas dificuldades com espaço e fico feliz em anunciar que encontrei uma solução. Em breve haverá oportunidades para deixar Litzmannstadt e mudar-se para campos no interior. Os alemães me falaram sobre um local que estão chamando de Auschwitz, onde há mais espaço, ar puro e trabalhos saudáveis ao ar livre.
– A multidão trocou olhares incertos e começou a murmurar. Rumkowski elevou a voz: – E mais comida.

Isso chamou a atenção das pessoas.

– Quanta comida a mais? – alguém gritou.

– Bastante. Vocês trabalharão em fazendas, então ela virá diretamente do campo.

– Não estará podre e pisoteada como aqui?

Rumkowski deu um sorriso tenso.

– Exatamente. Os primeiros trens sairão em dois dias. Apresentem-se amanhã nos escritórios centrais para garantir suas vagas. Quem chegar primeiro terá prioridade.

– Por que não agora? – outro questionou, e várias vozes ecoaram a pergunta. A multidão começou a avançar, permitindo que Ester aproveitasse a oportunidade para contornar o grupo e escapar da praça.

— Isso soa ótimo, não acha? — Martha comentou com o marido.

Noah estava menos confiante.

— Já ouvi sobre esses campos de trabalho — disse, passando a mão nervosamente pelos cachos escuros. — Dizem que são lugares sombrios e perigosos. Parece que é mais construir estradas e quebrar pedras do que cuidar de hortas bonitas. E isso se tivermos sorte. Melhor esperarmos.

Ester concordava com ele. O gueto podia ser apertado e insuficiente, mas era seguro — pelo menos por enquanto.

— Aqui estamos — disse com falsa animação ao guiar Martha até sua rua. — Lar, doce lar.

Era um termo inadequado agora, com uma família desconhecida já instalada no quarto dos pais de Filip e outra prestes a se juntar a eles. Todos ficaram desanimados quando Ester entrou com seus cinco novos hóspedes, mas rapidamente se animaram quando Noah abriu uma mala e revelou várias latas de feijão e, inacreditavelmente, uma barra de chocolate.

— Um banquete! — exclamou Filip, conduzindo-os para dentro, e Ester o amou ainda mais por recebê-los com tanta bondade.

— Martha me ajudou num parto difícil hoje — Ester anunciou, enquanto todos se apertavam para acolher os recém-chegados. — Achei mesmo que o bebê fosse morrer, mas então ela...

Sua fala foi interrompida quando Leah irrompeu na sala, cabelos despenteados e olhos avermelhados. Ruth correu para ela imediatamente.

— Leah, o que houve? O que aconteceu?

— Ha... Ha... Hans — Leah balbuciou.

Mordecai levantou-se imediatamente, punhos cerrados.

— O que ele fez com você?

Leah respirava com dificuldade, como se o ar não fosse suficiente.

— Ele tentou me beijar. Disse que iria ser transferido para Berlim e sentiria minha falta. Perguntou se eu sentiria a dele. Claro que respondi que sim, por educação. Mas então ele me empurrou contra as prateleiras do almoxarifado e tentou me beijar. Eu o empurrei. Não sei como, pois ele é muito maior que eu, mas acho que o surpreendi. Ele deve ter pensado que eu ficaria hon... honrada por ele querer algo comigo. Mas não fiquei. Estava apenas apavorada. Então o empurrei forte, ele caiu para trás. Com força. Ficou furioso e levantou-se para vir atrás de mim, mas consegui passar por ele e voltar ao escritório principal antes que me alcançasse.

Todos encaravam Leah horrorizados.

– Ele é um oficial importante? – Benjamin perguntou.

– E daí? – rugiu Mordecai. – Seja importante ou não, vou quebrar a cara dele por isso.

– Não vai não – Ruth respondeu incisivamente –, ou sabe-se lá o que pode acontecer com todos nós.

– Mas ele está indo para Berlim, não é mesmo? – Ester perguntou, tentando permanecer calma. – Você disse isso, Leah, não foi? Disse que ele seria transferido para Berlim?

Leah assentiu.

– Sim, esta noite mesmo.

– Então está tudo bem.

– Por enquanto.

– O que você quer dizer com isso? – Todos olhavam para Leah. A pobre Martha parecia mais perdida do que nunca, e os olhos de seus filhos estavam arregalados como se tivessem sido levados para morar num zoológico. – O que você quer dizer com "por enquanto"? – repetiu Ester.

Leah engoliu em seco.

– Ele me abordou novamente quando eu estava saindo, no fim do dia. Tentei ficar junto das outras garotas, mas ele disse que precisava "ter uma palavrinha" comigo, e não tive escolha a não ser acompanhá-lo.

– O que ele fez? – rugiu Mordecai.

– Nada! – respondeu Leah rapidamente. – Não deixei, papai. Eu não...

– Não é sua culpa, Leah – disse Ruth, acariciando-lhe os cabelos. – Nada disso é culpa sua.

Ester sentiu-se culpada, pois sabia que era verdade. Leah era nova demais para entender, mas Ester havia percebido claramente quais eram as intenções daquele Hans. Ela e sua mãe tinham percebido, e provavelmente seu pai também, mas todos estiveram ocupados demais aproveitando a carne alemã para alertá-la.

– O que exatamente ele disse, Leah? – perguntou Filip com delicadeza.

Leah encarou-o, o lábio trêmulo.

– Disse que eu era uma "puritana insuportável" e uma... uma... – ela corou profundamente.

– Não importa – interrompeu Ester rapidamente. – O que quer que ele tenha dito, não é verdade.

Leah olhou para ela com gratidão.

– Mas então... então ele disse que eu esperasse até ele voltar de Berlim no começo do ano novo. Disse que, nessa altura, já seria um oficial superior e iria me... me "germanizar". O que isso significa, Ester? Como ele faria isso?

Ester apertou a irmã num abraço firme, procurando desesperadamente algo para dizer. Sarah avançou um passo.

– Provavelmente só quer mudar seu nome, Leah, como fizeram com Łódź.

Leah encarou-a por um longo instante, depois balançou a cabeça.

– Não. Eu senti o jeito como ele me segurou. Senti a respiração dele. É mais do que isso, não é? – Ela virou-se novamente para Ester. – Não é?

Ester abraçou-a com mais força.

– É mais do que isso – concordou, percebendo novamente o quanto sua irmã de quinze anos estava crescendo depressa demais. Leah tivera sorte naquele dia, mas se Hans retornasse, ela estaria com os dias contados. – Acho que precisamos tirar você daqui.

– Os transportes? – sugeriu Martha, hesitantemente.

Ester encarou-a. Queria acreditar nas promessas de Rumkowski sobre espaço, ar puro e comida farta, mas simplesmente não parecia certo.

– Temos tempo – disse ela. – Vamos esperar, pedir a Bronisław para prestar atenção em informações sobre esses campos, e depois decidimos, está bem?

– Sim – concordaram todos.

– Não quero deixar vocês – disse Leah, agarrando-se a Ester. – Não quero ir para um campo.

– Ninguém vai para campo algum – garantiu Ester. – Agora vamos, vamos comer.

Martha pegou timidamente uma lata de feijão, mas, pela primeira vez desde que o gueto fora fechado, ninguém tinha mais qualquer apetite.

NOVE

JANEIRO DE 1942

ANA

Ana saiu da bela casa próxima à rua Piotrkowska (jamais a chamaria de Adolf-Hitler-Strasse), apertando o maço de marcos que recebera como gorjeta e tentando concentrar-se na beleza daquele nascimento tão especial: gêmeas saudáveis, nascidas de uma jovem forte, já mãe de um menino de dois anos. O garoto entrara correndo no quarto logo após o parto, tão encantado com as irmãs idênticas que seria difícil alguém não se emocionar. O fato de serem alemães recém-chegados da Áustria e terem recebido aquela casa porque o pai orgulhoso era um eminente professor de química não deveria importar.

Mas importava.

Ana ergueu os olhos para as janelas iluminadas, que brilhavam calorosamente ao anoitecer na neve. Pouco tempo atrás, aquela casa era o precioso lar de judeus trabalhadores, agora amontoados com outras dez pessoas no gueto, talvez até na antiga casa dela. Era impossível olhar para as famílias alemãs brincando nos novos parques, frequentando teatros recentemente financiados e enchendo escolas ampliadas, sem sentir amargura. Às vezes, mesmo com seus cinquenta e seis anos, Ana sentia vontade de se jogar ao chão, bater as mãos como criança pequena e gritar: "Não é justo!"

A mãe do parto daquela noite era encantadora. Além da foto obrigatória do *Führer* com sua expressão traiçoeira, havia poucos sinais que indicassem qualquer simpatia forte ao nazismo, e seu marido era um homem discreto e educado. Haviam ficado contentes em descobrir que ela falava alemão fluentemente e, entre as contrações, chegaram a perguntar sobre a história da nova cidade. Eram apenas uma família sortuda, mas Ana duvidava que algum dia fossem ao norte testemunhar o sofrimento daqueles que, da forma mais brutal, lhes proporcionavam aquela vida. Quase dissera algo, quase perguntara se achavam aceitável que alguns sofressem enquanto outros viviam no luxo. Mas essa não era uma questão antiga?

Não daquela forma.

Jamais a linha que separava quem tinha e quem não tinha fora tão clara. A riqueza judaica era roubada sistematicamente pelo Reich e, agora, corriam rumores de que suas vidas também estavam sendo roubadas. Ana estremeceu e apertou o casaco em volta do corpo ao notar que começava a nevar. A neve já estava acumulada havia semanas. Os alemães tinham celebrado a chegada de 1942 com rosquinhas açucaradas e vinho quente com especiarias, admirando a paisagem "bonita" antes de correrem para suas lareiras aconchegantes e refeições quentes. Enquanto isso, no gueto, os judeus queimavam suas camas para evitar que seus ossos congelassem. Ignorância não era desculpa.

Ana sentiu um ódio tão forte que quase perdeu o equilíbrio. Um casal aproximava-se; a mulher vestia um enorme casaco de pele e o homem, um uniforme da SS. Quando passaram, ele disse algo que a fez soltar gargalhadas, e Ana sentiu um impulso desesperado de se lançar sobre as costas largas dele, puxar seus cabelos loiros e gritar para que abrisse seus ignorantes olhos azuis e enxergasse o mal que estava impondo ao mundo.

Sua respiração tornou-se rápida e difícil, enevoando-se no ar gelado. Ana levou a mão ao terço que trazia na cintura, manejando nervosamente as contas enquanto murmurava baixinho uma Ave-Maria. Pela primeira vez, aquela oração familiar não a acalmou. Que Deus a perdoasse, mas o ódio revirava seu coração.

Desorientada, olhou desesperadamente ao redor e, aliviada, percebeu uma luz colorida derramando-se acolhedoramente sobre a neve poucos metros à sua frente. A catedral de Santo Estanislau! Fechando os olhos, respirou fundo e agradeceu a Deus, que havia visto seu desespero e estava ali para ajudá-la. Segurando firme a maleta médica, subiu rapidamente os degraus, lembrando-se de Ester e Filip sentados ali, almoçando no ano anterior. Às vezes os vira ao passar a caminho de seus afazeres, observando discretamente a tímida evolução do romance deles, enquanto se aproximavam lentamente. Os dois estavam se tornando pessoas maravilhosas, e Ana esperava que eles continuassem conseguindo enviar suprimentos para o gueto até que aquela loucura terminasse.

A igreja estava impregnada de calma, e Ana ajoelhou agradecida, acomodando-se discretamente num banco para rezar. Um monge entoava o Salmo 37 e, ao inclinar a cabeça e permitir que a música a envolvesse, escutou-o recitar o versículo 11: "Mas os mansos herdarão a terra e desfrutarão de paz e prosperidade".

– Ó Maria, Mãe de Deus, que isso seja verdade – murmurou. – Olhai com bondade aqueles que servem, que se ajudam mutuamente, que não tentam impor ao mundo uma visão distorcida, cruel e má...

Interrompeu-se, tentando concentrar-se nos mansos abençoados e não nos cruéis opressores, mas era difícil. Abrindo os olhos, ergueu-os para o altar, tentando extrair calma da beleza da Casa de Deus. Pelo menos ali não havia soldados, pois os nazistas acreditavam apenas em seu maldito *Führer*. Sua religião era eles mesmos; adoravam seu próprio e equivocado senso de superioridade. Eles...

– Os mansos... – repetiu para si mesma em voz alta e corou ao perceber que alguém no banco ao lado a encarava, franzindo a testa. Céus, que imagem estaria passando agora, uma senhora falando sozinha? Precisava tomar cuidado ou seria levada a alguma instituição e então os nazistas poderiam "eutanasiá-la" – palavra cuidadosamente escolhida para esconder sob um verniz de cuidado a crueldade definitiva.

– Como ousam...? – murmurou novamente.

Era hora de voltar para casa, mas não era verdadeiramente seu lar, era? Inquieta, levantou-se do banco e caminhou lentamente até o altar, contemplando a figura sofrida de Cristo acima. Teria ele realmente morrido pela humanidade apenas para vê-la se transformar naquilo? Devia ser terrivelmente decepcionante. Com o coração apertado, Ana virou-se, zangada consigo mesma por não encontrar ali a paz que Deus evidentemente desejara ao fazê-la notar Sua luz brilhando sobre a neve do lado de fora. Foi nesse instante que percebeu o pequeno grupo.

Eles estavam na Capela de Nossa Senhora, murmurando com raiva – exatamente como ela fizera minutos antes – e segurando um jornal. Ana apertou os olhos na penumbra e conseguiu ver o nome: *A Análise Quinzenal Polonesa*, um jornal clandestino. Aproximou-se apressadamente. O grupo ergueu os olhos, culpados, mas então um rapaz, que Ana reconheceu como um dos amigos de Zander, adiantou-se sorrindo.

– Sra. Kaminski, seja bem-vinda.

Os outros murmuraram saudações, mas o jornal já havia desaparecido, certamente escondido às costas de alguém. Ana aproximou-se mais.

– Posso vê-lo?

– Desculpe?
– Posso ver o jornal?
– O quê...
– Apenas mostre-me, por favor. Quero saber o que está acontecendo no mundo – o que está *realmente* acontecendo, não o que os nazistas escolhem nos contar.

Os jovens se entreolharam, e o amigo de Zander deu de ombros.
– Podemos confiar nela. Está trabalhando com o grupo do gueto.

Ana sentiu um pequeno orgulho e em seguida repreendeu-se por sua tolice. Não se tratava dela, mas das pessoas que tentavam ajudar.
– Não é nada agradável – disse uma jovem, olhando-a com preocupação.

Ana cruzou os braços.
– Mocinha, eu tiro bebês ensanguentados e pegajosos de mulheres todos os dias da semana. Não preciso de nada "agradável".

A jovem piscou surpresa, deu um meio sorriso e, finalmente, estendeu o jornal proibido. Ana pegou-o rapidamente, enquanto um dos rapazes se posicionava à entrada da capela.

"*Caminhões de gás em Chełmno*", gritava a manchete, prosseguindo com relatos de testemunhas e fotografias granuladas, descrevendo como os judeus enviados de Litzmannstadt estavam sendo enfiados em caminhões vedados e mortos com gás de monóxido de carbono expelido pelos motores. Essas câmaras mortíferas eram então convenientemente levadas para o interior da floresta, onde os corpos eram jogados em valas e incinerados, sendo as cinzas espalhadas no rio. Vida humana descartada no curso d'água em menos de uma hora, do começo ao fim do processo. Era hediondo demais para conceber.

– Isso pode ser verdade? – Ana perguntou, sem fôlego, olhando o grupo ao redor.

Os rostos dos jovens mostravam que também tinham dificuldade em aceitar aquilo. Mas não era só um boato espalhado por uma única pessoa. O vilarejo de Chełmno estava sendo usado como centro dessa operação bárbara, e embora muitos estivessem aterrorizados com os nazistas que entravam armados em suas casas, alguns poucos tinham coragem de fugir e denunciar. Os relatos eram sempre os mesmos: grupos de judeus trazidos em trens, celeiros usados para aprisioná-los e, depois, os caminhões – os caminhões da morte.

– Eles estão exterminando essas pessoas – sussurrou a jovem do grupo.
– Exterminando-as eficiente e sistematicamente. E o mesmo acontece nesse

lugar chamado Auschwitz. Não são campos de trabalho, sra. Kaminski. E se forem, as pessoas de Łódź não estão sendo enviadas para lá com esse propósito. Estão sendo enviadas para morrer.

Ana fez o sinal da cruz e voltou os olhos para a figura do Cristo torturado na cruz. Essa, então, era a razão pela qual Deus a trouxera até sua sagrada catedral – não para encontrar paz, mas um propósito. Pensou em todos os judeus do gueto levantando as mãos voluntariamente para trabalhar nas fazendas do Reich e descobrindo que estavam sendo enviados para a morte. *Injusto* não era suficiente para descrever aquilo, nem *cruel* ou *bárbaro*, nem mesmo *diabólico*. Não havia palavras para expressar o que estava acontecendo ali.

O rosto de Ester surgiu na mente de Ana. Sua amiga estava magra, pela falta de comida e pelo excesso de preocupações, mas seus olhos ainda brilhavam intensamente enquanto trabalhava incansavelmente por seu povo. Ana tentara, várias vezes, convencer a jovem a aceitar a ajuda da Resistência para fugir, mas Ester sempre insistia que seu lugar era no gueto. Ana compreendia; aquelas pessoas necessitavam de almas corajosas e boas como Ester para lhes dar força. Mas que preço Ester estaria pagando por isso?

Estavam, pelo menos, considerando enviar a irmã dela, Leah, para fora do gueto. Ana recordou-se de Ester dizendo algo sobre os transportes e um oficial ameaçador da SS. Na época não havia dado atenção suficiente, preocupada demais em responder as dúvidas de Ester sobre partos, mas agora dava. Precisava fazer contato com a amiga. Precisava avisá-la para não permitir, em hipótese alguma, que Leah entrasse naqueles trens, e tinha que encontrar outro jeito de tirá-la do gueto, custasse o que custasse.

– Obrigada – disse aos jovens da Resistência, apertando as mãos de cada um deles. – Obrigada pelo trabalho de vocês. É vital, absolutamente vital. Esses nazistas pensam que venceram com seus tanques, suas armas e sua maneira insidiosa de espalhar ódio, mas vamos derrotá-los com paciência, força silenciosa e cuidado. Que Deus os abençoe.

Em seguida, saiu depressa da catedral, inclinando-se com gratidão diante de Deus uma última vez, e voltou para casa, onde Bartek e os filhos a esperavam, decidida a encontrar algum meio de libertar os judeus dos seus perseguidores.

DEZ

FEVEREIRO DE 1942

ESTER

– Um pacote para você, enfermeira.

– Para mim? Mas eu não…

Ester interrompeu-se ao perceber o olhar urgente do assistente, e pegou rapidamente o pacote. Tentando parecer natural, caminhou com firmeza pelo corredor até o depósito, onde, com a porta seguramente trancada atrás de si, abriu-o às pressas. Dentro, havia os medicamentos usuais e uma longa carta. Ao abri-la, virou aquele estranho e rígido pedaço de papel e engasgou-se de horror.

"Certidão de Óbito" estava escrito no topo, e logo abaixo, na caligrafia firme e quase ilegível de um médico, constava um nome: Leah Kaminski.

– Leah! – exclamou, tentando compreender o que lia.

Sua irmã estava em casa naquela manhã, preparando-se para sair para o trabalho. Leah andava cada vez mais apreensiva nos últimos dias, com medo de que Hans retornasse, mas até então não havia sinais dele. Milhares tinham partido nos transportes durante o inverno, e a cada vez que um trem partia, a família pensava se deveria enviar Leah, mas sempre concluíam que estariam melhor juntos. Oravam a Deus pela segurança da menina, e até então Ele os ouvira, mas já avançavam em 1942, e se Hans voltasse, o tempo estaria acabando. Ester releu aquelas palavras terríveis, mãos tremendo. Certamente nem os nazistas poderiam matar alguém e emitir uma certidão em poucas horas.

Respirando com dificuldade, tirou o restante da carta do envelope. Estava escrita em letras maiúsculas rígidas, mas suas palavras pulsavam de significado:

ESTA CERTIDÃO É A PASSAGEM DE SUA IRMÃ PARA FORA DO GUETO. ELA NÃO DEVE SAIR NOS TRANSPORTES, POIS ELES NÃO SÃO O QUE PARECEM. HÁ PESSOAS QUE IRÃO AJUDÁ-LA. UMA CARROÇA CHEGARÁ À OFICINA DE SEU MARIDO EM DOIS DIAS, PARA BUSCAR UMA GRANDE REMESSA DE UNIFORMES DA WEHRMACHT. SE ESCONDEREM SUA IRMÃ SOB OS UNIFORMES, NOSSO MOTORISTA A LEVARÁ PARA FORA DO GUETO. VOCÊ APRESENTARÁ ESTA CERTIDÃO ÀS AUTORIDADES E ENTRARÁ EM LUTO, MAS REZO PARA QUE, POR BAIXO DESTE LUTO, SEUS CORAÇÕES SE ALEGREM, POIS CUIDAREMOS PESSOALMENTE PARA QUE ELA FIQUE SEGURA, COM UMA NOVA IDENTIDADE E UMA PESSOA BONDOSA PARA CUIDAR DELA, ATÉ QUE, COM A GRAÇA DE DEUS, POSSAM SE REENCONTRAR EM SEGURANÇA E PAZ. QUE O SENHOR ESTEJA COM VOCÊS.

Ester leu várias vezes a carta. "Escondam sua irmã sob os uniformes. Apresente a certidão. Luto." Poderiam fazer isso? "Seus corações se alegrarão." Claro que poderiam.

Com esforço, manteve suas obrigações até encontrar uma desculpa para sair do hospital. Então correu desesperada para casa, entrando rapidamente para encontrar sua mãe.

— Podemos tirar Leah daqui, em dois dias. Precisamos avisá-la agora mesmo. Diga a ela que finja uma doença e venha para casa. Precisamos falar com Filip.

Sua mãe parecia confusa, assustada. Ester compreendia como ela se sentia, mas haviam recebido uma oportunidade e precisavam agarrá-la com as duas mãos. Fez Ruth sentar-se e leu-lhe a carta com toda a paciência que conseguia, então rasgou-a em minúsculos pedaços, enterrando-os nas cinzas da lareira que acendiam uma vez por semana, e escondeu a certidão de óbito sobre uma das vigas no sótão. Dois dias! Tinham apenas dois dias. Seu coração batia tão forte no peito que temeu que não pararia até ver a carroça atravessar os portões do gueto com sua irmã a salvo.

Naquela noite, fizeram planos. Ruth conseguiu chegar ao escritório de Leah com a instrução sussurrada para que ela começasse a fingir uma tosse, mas, como Leah ouvira dois oficiais da SS falando sobre a iminente volta do amigo deles, Hans, sua "doença" acabou sendo quase verdadeira. Seu chefe a mandou para casa mais cedo – uma decisão raríssima –, irritado com sua tosse persistente. Agora Leah estava encolhida em um cobertor velho, tão abatida que Ester quase acreditou que ela realmente estivesse muito doente.

– Você precisa ser corajosa, Leah. Precisa ser muito corajosa e manter-se calma. Muito calma mesmo. Você consegue?

Sua irmã a encarou com grandes olhos de um azul cinzento, cheios de medo, mas assentiu.

– Consigo, Ester. Vou ficar sozinha?

– Só por um breve momento, querida. Assim que você estiver fora do gueto, Ana cuidará de você.

Leah assentiu novamente.

– Fora do gueto – repetiu em um sussurro admirado.

– Apenas se fizermos tudo certo – avisou Mordecai, torcendo as mãos.

– Vamos conseguir – disse Filip calmamente. – Com certeza vamos.

Mas era difícil. Dois dias depois, com a carroça prestes a chegar, Ruth e Ester levaram Leah até os fundos da oficina, os braços firmemente entrelaçados nos dela.

– Você precisa ficar imóvel – disse Ester. – Quase sem respirar.

– Quase sem respirar – repetiu Ruth. – Mas continue respirando, Leah. Não deixe de respirar um só dia desta guerra terrível.

Leah agarrou-se à mãe.

– Venha comigo. Podemos ir juntas. Podemos ser felizes juntas.

Ruth balançou a cabeça.

– Uma jovem magra passará despercebida sob aqueles casacos, mas duas seriam um risco grande demais. Ficarei feliz aqui, Leah, só por saber que você estará segura. Quando tudo isso terminar, quando esses monstros forem derrotados, vamos reencontrá-la e seremos felizes juntas.

Leah assentiu, lágrimas brilhando em seus olhos, e Ester as apressou. Não podiam chamar atenção enquanto Leah supostamente estaria doente em casa.

– Aqui. – A porta da oficina estava ligeiramente entreaberta, deixada assim por Filip. – É aqui mesmo. – Ela apertou os braços de Leah. – Você sabe exatamente o que fazer?

– Entrar discretamente e me esconder atrás da terceira porta à esquerda, até alguém vir me buscar.

– Ótimo.

Atrás delas ouviram o barulho de rodas na rua esburacada e viraram-se para ver a grande carroça aproximando-se da oficina. Era agora; o momento em que Leah deixaria o gueto. Ester abraçou a irmã com toda a força que conseguia, tentando concentrar naquele abraço todo o seu amor, mas não havia tempo para mais nada. Quase rudemente, empurrou-a em direção à porta. Lágrimas escorreram pelas faces de Leah.

– Amo você – disse Leah.

– Nós também a amamos. Agora vá!

E Leah foi. Deslizou rapidamente pela fresta da porta e fechou-a atrás de si com um clique mínimo. Ester e Ruth ficaram paradas na neve derretida, encarando o retângulo metálico vazio. Tinham cumprido seu papel, agora tudo dependia de Filip. Ruth caiu de joelhos, as mãos juntas e os olhos erguidos ao céu, mas não havia tempo nem mesmo para uma oração. Ester ergueu-a com firmeza e afastou-se rapidamente.

– Deixe-me olhar – Ruth suplicou. – Deixe-me vê-la partir, Ester. Preciso vê-la sair em segurança.

Ester encarou a mãe. Ela também desejava ver a carroça partir, mas não podiam arriscar todo o plano. Não eram apenas as vidas delas que estavam em jogo.

– Você não pode chorar, mãe. Precisa ser forte e calma.

– Eu sei. – Ruth endireitou-se, enxugou as lágrimas das faces e ajustou o lenço na cabeça. – Eu sei.

Elas se juntaram a uma fila na padaria mais próxima dos portões do gueto, cupons de ração nas mãos, e pela primeira vez ficaram gratas pela lentidão irritante da fila. Toda a sua atenção estava voltada para a rua da oficina, e finalmente a carroça apareceu, carregada com uniformes cuidadosamente empacotados. Ruth apertou o braço de Ester com força, mas não fez qualquer outro movimento óbvio. Ester segurou firme a mão da mãe, sentindo o coração bater tão alto que temeu que os guardas o ouvissem mesmo a vinte metros de distância.

A carroça chegou aos portões, e quatro guardas da SS aproximaram-se dela. O motorista entregou os documentos, e um dos guardas os examinou enquanto os outros três caminhavam ao redor da carga. Um deles empurrou alguns pacotes, erguendo-os displicentemente. A respiração de Ester ficou presa na garganta. O guarda principal devolveu os documentos, acenando para os homens junto aos portões. Estes começaram a abrir lentamente.

Iria funcionar! Mas então, enquanto o motorista retomava as rédeas, Ester viu algo se mover no meio da carga.

– Não – sussurrou.

Um guarda apontou, gritando:

– Parado!

O motorista obedeceu, embora Ester percebesse a tensão rígida em seus ombros. O segundo guarda virou-se, retirou a arma do ombro e calmamente encaixou uma baioneta. Ester imaginou Leah, escondida entre toda aquela roupa. Quão fundo ela estaria? Até onde a lâmina alcançaria? Tinham chegado tão perto e agora...

Um grito atrás delas, vindo das pessoas na fila, fez Ester estremecer.

– Sua pobre mãe! Ajude-a!

Ruth caíra ao chão, tremendo violentamente na lama. Outros na fila apontavam e gritavam alarmados, e Ester ajoelhou-se ao lado da mãe.

– Faça escândalo – sussurrou Ruth com força. – Faça um maldito escândalo!

Era a primeira vez que Ester ouvia a mãe blasfemar, e aquilo foi suficiente para encorajá-la.

– Socorro! – gritou ela, levantando-se e correndo em direção aos guardas. – Precisam nos ajudar! Minha mãe está tendo uma convulsão!

– Convulsão? – O guarda com a baioneta virou-se, o lábio retorcido num gesto de desprezo. – Malditos judeus imundos. Se não estão tossindo ou cagando água, estão tendo ataques. – Entregou a arma ao companheiro e avançou na direção delas, o rosto vermelho de fúria. – Sabem o que resolve convulsões? – rosnou ele.

Ester balançou a cabeça impotente, mas os outros guardas, mais interessados no drama do que em uma carga monótona de uniformes, autorizaram a passagem da carroça. Ela observou enquanto esta seguia pela rua, afastando-se da oficina e do gueto, levando sua irmã certamente em segurança.

– Um bom chute é o que resolve!

– Não!

Ester lançou-se diante da mãe enquanto a bota pesada do guarda avançava violentamente. O golpe atingiu seu braço, provocando uma dor intensa, mas sua intervenção enfureceu ainda mais o oficial. Segurando-a pelo mesmo braço, ele a jogou de lado, e desta vez o chute acertou sua mãe em cheio. Ruth encolheu-se no chão enquanto as pessoas na fila recuavam, cobrindo a boca com as mãos, incapazes de impedir o tormento. Repetidas vezes a bota atingiu o corpo frágil de Ruth, até que finalmente o guarda cansou-se e, com uma risada cruel, afastou-se. Ruth permaneceu imóvel no chão.

– Está vendo? – disse ele, por cima do ombro. – Acabou a convulsão. Funcionou perfeitamente.

Seus companheiros deram uma gargalhada grotesca e voltaram aos portões, deixando Ruth caída na lama. Ester correu até ela, tomando-a nos braços.

– Mãe?

Os olhos de Ruth estavam turvos pela dor, mas ela ainda respirava.

– Ela conseguiu? – perguntou com esforço. – Leah escapou?

– Sim, conseguiu – Ester respondeu, acariciando com ternura os cabelos da mãe para afastá-los do rosto.

– Então valeu a pena – Ruth disse com um sorriso doce, antes de seus olhos se virarem e ela ficar imóvel nos braços de Ester.

ANA

Do outro lado da cidade, Ana correu ao encontro da carroça que entrava lentamente em uma rua escura e lateral.

– Leah – sussurrou. – Leah, você está aí?

Nenhuma resposta.

– Leah, é a Ana. Você está segura agora. Pode sair.

Ao redor dela, Bartek e os meninos começaram a retirar rapidamente os pacotes superiores. Havia muitos deles e pareciam pesados. E se tivessem esmagado a garota? E se ela tivesse sufocado? E se...

– Ana?

– Leah!

Apressaram-se a retirar mais alguns pacotes, até que Leah emergiu, trêmula, porém ilesa. Olhou em volta como se estivesse num mundo de fantasia.

– Eu saí mesmo, Ana? Estou realmente fora?

– Você está realmente fora – confirmou Ana. – Vamos tirar você imediatamente da cidade. Aqui. – Entregou-lhe um novo conjunto de documentos de identidade, recém-saídos da hábil prensa de Bartek. – Você agora é Lena Kaminski, minha prima em segundo grau, ajudando sua tia Krystyna numa pequena propriedade rural, cultivando o máximo possível de legumes para o honrado Reich.

Leah – agora Lena – examinou os papéis, piscando rapidamente enquanto tentava assimilar tudo aquilo.

– Quando vamos?
– Agora mesmo.

Os rapazes já tinham recarregado a carroça, que agora partia para encontrar o trem que levaria os uniformes à frente de batalha. Os alemães haviam surpreendido todos ao invadir a Rússia no último verão e, agora, seus pobres soldados precisavam desesperadamente de roupas quentes para enfrentar o frio soviético. Por um instante, Ana sentiu-se tentada a queimar tudo e deixar que o frio os consumisse, como consumia os judeus no gueto, mas precisava permanecer fiel ao plano da Resistência: paciência, força silenciosa e cuidado. Deixando os uniformes partirem, conduziu Leah até outra carroça, muito menor.

– Você trouxe legumes para cumprir a cota exigida pelo conselho local na estação, e agora está voltando para casa com seu primo, Alekzander. – Leah olhou nervosamente para Zander, sentado com postura reta nas rédeas, vestido com roupas grosseiras de fazendeiro. Ana inclinou-se para ela e disse baixinho: – Ele não é tão rude quanto parece. Alekzander é meu filho e é médico.

– Médico?

Ana sorriu.

– Nenhum de nós é exatamente o que parece ser hoje em dia.

Tirou do bolso uma tesoura pequena, cortou cuidadosamente as linhas que prendiam a odiosa estrela amarela ao casaco de Leah e arrancou-a fora.

Leah baixou os olhos para o próprio peito com um olhar quase maravilhado, e Ana beijou-a carinhosamente.

– Agora vá, minha querida. Seja livre, fique segura, seja o mais feliz que puder. E tente não se preocupar demais com sua família, pois todos os dias eles vão agradecer a Deus por sua fuga.

Leah assentiu com lágrimas nos olhos e subiu com coragem à carroça, ao lado de Zander. Ele entregou-lhe um cobertor contra o frio, e apesar de ser velho, Ana observou-a acariciar o tecido com surpresa e encantamento. Voltou a odiar os nazistas pelo que estavam fazendo com aquelas pobres pessoas inocentes. "Os mansos herdarão a terra", relembrou-se, mas agora sabia que eles precisariam de ajuda para isso. Da ajuda dela. Hoje haviam colocado Leah em segurança, e aquela era uma vitória a ser celebrada. Mas ainda havia pessoas demais presas no gueto, e com caminhões da morte à espreita, não era hora de complacência. Precisavam fazer mais – muito, muito mais.

ONZE

1º DE SETEMBRO DE 1942

ESTER

Com cuidado, Ester soltou os últimos pontos na perna do velho sr. Becker e olhou orgulhosa a fina cicatriz.

– Isso está cicatrizando lindamente, sr. Becker.
– Graças à sua sutura, enfermeira.
– E à linha que veio da Resistência.

O homem piscou para ela.

– Deviam saber que não adianta tentar rasgar um judeu, não é? Ninguém é melhor com agulha que nós. Por mais rápido que tentem nos dilacerar, nós nos recompomos.

Ester sorriu e assentiu, desejando que aquilo fosse verdade. Salvavam talvez uma em cada vinte pessoas atingidas pelo frio, pela desnutrição ou, como o pobre sr. Becker, por agressões cruéis e arbitrárias dos oficiais entediados da SS. E ainda havia os transportes...

Tinham recebido notícias de Ana pouco depois da fuga dramática de Leah do gueto, confirmando que estava segura no interior com sua prima Krystyna, e desde então agradeciam a Deus diariamente por isso. Pelo menos uma delas talvez sobrevivesse ao fim da guerra, mas os combates não davam sinais de diminuir durante aquele verão de 1942. Com os alemães aparentemente próximos de conquistar Stalingrado, começava a parecer que poderiam vencer a guerra. E se os nazistas tomassem o mundo, certamente seria o fim da nação judaica.

Surgiam rumores constantes sobre a "fazenda" de Auschwitz, mencionada por Rumkowski, com seu ar puro e comida abundante. Alguns judeus mais resistentes talvez fossem enviados para lá para trabalhar, mas os demais iriam diretamente para caminhões de gás. Não havia mais voluntários para os transportes, porém com tantos já enviados, o gueto agora tinha algum espaço. Martha, Noah e seus três filhos ainda ocupavam a sala que um dia pertencera a Ester, mas a outra família havia deixado o quarto que fora dos pais de Filip, permitindo que Ester e Filip voltassem a ter o sótão só para eles.

Naquela noite completariam três anos desde que Filip a pedira em casamento, e tinham planejado uma comemoração especial. Durante duas semanas, economizaram e trocaram rações para preparar novamente bigos e comê-lo juntos em seu quarto. Tinham até mesmo conseguido um pão fresco e meia garrafa de vinho, um presente do pai agradecido de um recém-nascido, que tinha uma adega muito bem escondida. Ester mal conseguia esperar.

— Prontinho, sr. Becker — ela disse, limpando o local dos pontos com uma mínima porção de precioso antisséptico. — Novinho em folha.

— Você é um anjo. Não são muitos os que cuidariam de um condenado ao caminhão de gás como eu.

— Não diga isso, sr. Becker!

Ele deu de ombros.

— Mas é verdade. Se eu não voltar logo ao trabalho, na próxima vez que os soldados aparecerem, já era.

— Bobagem — respondeu Ester energicamente, mais para si mesma do que para o paciente.

Externamente, sua mãe parecia recuperada desde as agressões que sofrera em janeiro, mas Ester temia que houvesse danos mais sérios, pois Ruth lutava constantemente para respirar, e tinha pouco apetite.

— É uma bênção não sentir fome — dizia alegremente, deslizando seu pão discretamente para o prato de Filip, mas todos sabiam que aquilo não era verdade.

A pele de Ruth estava acinzentada e seus cabelos caíam. Apenas por permanecer escondida em seu quarto escapara do tifo durante o verão, mas com o inverno já começando a assobiar pelas ruas do gueto, Ester temia que a tuberculose a atingisse.

Sarah estava um pouco melhor, embora também aparentasse muito mais idade do que seus cinquenta anos. Filip tinha conseguido para ela um emprego na "fábrica de colchões", instalada numa velha igreja, mas as penas e a serragem usadas para rechear os colchões grosseiros dos soldados se infiltravam nos pulmões dos trabalhadores, e Sarah sofria muito com isso.

Um sistema havia sido desenvolvido sempre que a polícia judaica vinha convocar "voluntários" para o próximo transporte: esconder os idosos e os frágeis algumas ruas adiante dos soldados e mantê-los circulando com a ajuda de crianças em alerta nas esquinas, até que elas pudessem trazê-los de volta em segurança para suas casas já revistadas. Não era infalível, e muitos ainda eram levados, mas até então Ruth e Sarah haviam escapado da deportação. Mesmo assim, naqueles dias, ninguém jamais ia para a cama ou deixava a casa sem uma despedida amorosa, só para o caso de ser sua última vez.

Ester consultou o relógio, mas ainda nem era meio-dia. Teria que esperar horas até poder subir ao sótão com o marido. Suas mãos limparam automaticamente seu posto de trabalho, mas mentalmente ela visualizava Filip do outro lado da mesa que os dois haviam feito com um engradado de metal "liberado" por ele da fábrica e coberta por ela com as beiradas emendadas de um lençol gasto. Não tinha presente para dar ao marido, salvo ela própria, mas sabia que, com a privacidade restaurada, aquilo seria mais do que suficiente para ambos.

– Enfermeira!

Era a sra. Gelb, chamando-a da cama ao fundo, sem dúvida precisando se aliviar mais uma vez, pobre mulher. Ester encerrou seus devaneios, consciente de que se tornariam realidade dali a poucas horas, e retornou às suas obrigações. Mas não era o banheiro que a sra. Gelb precisava. Ela estava sentada, apontando com agitação pela janela aberta. Antes mesmo que Ester pudesse entender o motivo, ouviu claramente: "*Raus! Raus!*" No andar inferior, as portas do hospital foram escancaradas com violência, e o ruído inconfundível e aterrorizante das botas pesadas atravessando rapidamente o piso de ladrilhos ecoou pelo edifício. "Levantem-se! Todos para fora! Hora de partir!"

– Partir para onde? – perguntou a sra. Gelb.

Ninguém lhe respondeu, mas todos sabiam a resposta. Até então os hospitais haviam sido poupados das seleções para os transportes, mas aparentemente isso chegara ao fim. Ester permaneceu congelada pelo medo enquanto as botas subiam as escadas, e quatro oficiais da SS irromperam na enfermaria.

– *Raus! Raus!*

O dr. Stern adiantou-se, passando agitadamente a mão pelos cabelos brancos, deixando sua quipá desalinhada.

— Qual é o significado disso, comandante? O que querem com esses doentes?

O oficial líder aproximou-se tanto do dr. Stern que saliva espirrou no rosto do médico:

— Queremos nos livrar deles.

— Mas são doentes.

— Exatamente! Este é um gueto de trabalho, para pessoas que trabalham.

O dr. Stern endireitou corajosamente os ombros envelhecidos.

— Eles voltarão a trabalhar assim que estiverem recuperados.

— E quanto tempo isso levará? Seus prazos de recuperação são péssimos, doutor.

— Porque não temos suprimentos, nem medicamentos, nem...

O oficial interrompeu-o com um tapa violento, e o doutor recuou cambaleante.

— Melhor assim. E então? O que estão esperando? Levantem-se! Saiam!

Alguns pacientes começaram a levantar-se trêmulos das camas. Os oficiais da SS passaram entre eles, empurrando-os pelas costas como gado em direção às escadas. Uma pobre mulher tropeçou e foi erguida brutalmente. Outra, com a perna quebrada, foi simplesmente empurrada escada abaixo, rolando até bater na parede, numa cena nauseante.

— Por favor! — Ester implorou, aproximando-se rapidamente. — Deixem-nos ajudar. Será mais... — procurou uma palavra convincente — eficiente assim.

Funcionou. O oficial líder concordou com um gesto, e Ester e os demais funcionários do hospital começaram a ajudar os pacientes debilitados a descer as escadas. Era horrível levá-los ao que provavelmente seria sua morte, mas pelo menos podiam partir com algum traço de dignidade.

— E você — disse uma voz alemã rispidamente às suas costas — agora!

Ester virou-se e viu o sr. Becker, sentado em sua cama, braços cruzados, expressão decidida no rosto.

— Não.

— Não? — O oficial da SS pareceu surpreso. — Como assim, "não"?

— Não vou com vocês. Não quero morrer sufocado, arranhando as paredes de um caminhão de gás. Prefiro que me matem aqui mesmo, na minha cama.

— Matá-lo? — O alemão riu. — Não desperdiçaria uma bala com você, judeu. Agora levante-se.

— Não.

Ester assistiu, paralisada de admiração pela coragem do sr. Becker, mas o oficial avançou rapidamente até ele e o arrancou violentamente da cama.

— Não quer sair daqui pelas escadas?

— Não — repetiu Becker, rouco.

— Muito bem. Então sairá pela janela.

Sem interromper o passo, o oficial ergueu o sr. Becker, foi até a janela e lançou-o sem hesitação. Ester fechou os olhos diante do horror, mas ainda assim ouviu o ruído terrível dos ossos antigos se partindo ao atingirem o chão, e só conseguiu rezar para que ele tivesse morrido instantaneamente.

— Por que ainda está parada aí, enfermeira? Quer ir atrás dele?

Ester balançou a cabeça e virou-se rapidamente, correndo escada abaixo. Lá fora, nas ruas, o caos tomava conta. Não apenas os pacientes do hospital, mas também todos os idosos estavam sendo reunidos e levados pela cidade em direção à estação ferroviária secundária do distrito de Marysin. O ar enchia-se de lamentações e pedidos inúteis de misericórdia, pois todos sabiam que os nazistas não tinham misericórdia alguma. Os pensamentos de Ester voaram para sua mãe, e ela correu por uma rua lateral, atravessando rapidamente até sua casa. Logo à porta, foi parada por Delilah, uma mulher gentil que um dia fora rechonchuda como uma rosquinha açucarada, mas cuja pele agora pendia em flácidas dobras pelo corpo emagrecido.

— Eu as escondi — disse Delilah.

— Desculpe?

— Suas mães, Sarah e Ruth. Estão escondidas junto com a minha mãe. Meu Ishmael é carpinteiro, e temos um painel falso. Elas estão atrás dele e, com sorte, permanecerão seguras. Mas é melhor não chamar atenção para a casa.

— Claro. — Ester apertou sua mão. — Muito obrigada mesmo.

— Precisamos cuidar umas das outras, Ester. Essa é a única maneira de sobrevivermos.

E então ela voltou para dentro para esconder os entes queridos de Ester, que rezou para que seus pais estivessem a salvo, trabalhando com Filip, e pensou em Leah com uma cálida sensação de alívio. Nesse momento, Martha saiu apressada da casa, carregando seus três filhos nos braços. Ester correu ao seu encontro para ajudar.

– Aonde você vai?

– Vai haver um pronunciamento. Rumkowski vai nos contar o que está acontecendo. Meu Deus, Ester... o que ele vai dizer?

Ester lembrou-se da ingenuidade com que Martha ouvira o Ancião dos Judeus no dia em que haviam feito juntas o primeiro parto. Muitos outros nascimentos tinham se seguido desde então, e Ester era grata pela presença constante e firme de Martha. Mas agora ela parecia apavorada, e Ester sentiu um enjoo subir-lhe à garganta ao compreender o motivo. "Este é um gueto de trabalho", o oficial da SS dissera no hospital, "apenas para quem trabalha". E quem não trabalhava? As crianças.

Não pode ser, Ester pensou, mas mesmo enquanto negava mentalmente aquela possibilidade, lembrava-se do oficial jogando o sr. Becker pela janela com a mesma facilidade com que jogaria fora água suja. Aquelas pessoas eram capazes de tudo. Ester pegou a filha mais nova de Martha no colo e caminharam juntas até a praça.

Praticamente todo o gueto estava reunido ali. Ester procurou por Filip, mas era impossível encontrá-lo naquela multidão, e já podia ver Rumkowski subindo ao palanque e pigarreando diante do microfone. Dessa vez até ele parecia esgotado. Ester se percebeu acariciando repetidamente os cabelos da pequena Zillah enquanto esperava que Rumkowski falasse.

Ele ergueu a mão, e um silêncio tenso recaiu sobre o público.

– Hoje – começou ele com solenidade –, o gueto sofreu um duro golpe. – Seus olhos percorreram a multidão, enquanto as mãos apertavam o palanque como se precisasse dele para manter-se em pé. – Eles exigem o que há de mais caro para nós: crianças e idosos.

– Não! – gritou Martha ao lado de Ester, e o lamento terrível ecoou em meio às fileiras.

Ester procurou palavras para consolar a amiga, mas não encontrou nenhuma. Rumkowski não podia estar falando sério, as crianças não. Lutou para prestar atenção no Ancião dos Judeus, mas suas palavras eram algo que ninguém jamais deveria precisar escutar.

– Em minha velhice, sou obrigado a estender minhas mãos e suplicar: "Irmãos e irmãs, entreguem-nos a mim! Pais e mães, deem-me seus filhos..."

Martha caiu de joelhos, agarrando os filhos, buscando às cegas por Zillah também. Ester inclinou-se para aproximar a criança, escutando apenas vagamente enquanto Rumkowski prosseguia, relatando a ordem que recebera para enviar mais de vinte mil judeus e como ele e o conselho haviam tomado a terrível decisão sobre quem deveria partir.

– Não nos guiamos pelo pensamento "Quantos serão perdidos?", mas por "Quantos poderão ser salvos?" – sua voz elevava-se acima dos choros desesperados. – Não posso confortá-los hoje. Venho como um ladrão, para tomar-lhes o que têm de mais precioso. Preciso realizar essa operação difícil e sangrenta; preciso amputar membros para salvar o corpo. Devo levar as crianças, e se eu não as levar, outros também serão levados.

Ele continuou falando, suplicando sua causa, tentando explicar o quanto se esforçara para convencer os nazistas, mas ninguém mais escutava. Tudo o que se ouvia agora, repetidamente, como uma sirene infernal, era: "Entreguem-me seus filhos, entreguem-me seus filhos, entreguem-me seus filhos".

DOZE

12 DE SETEMBRO DE 1942

ESTER

Um silêncio sinistro pairava sobre o gueto. Era o dia sagrado de Rosh Hashaná, mas ninguém celebrava. Mesas familiares já não tinham mais famílias ao redor, e todo apetite desaparecera. Nenhuma criança corria pela rua segurando cordas para pular com amigos ou atirando pedras num jogo de amarelinha riscado no chão. Nenhuma senhora sentava-se nos degraus, vigiando os pequenos enquanto descascava as magras rações de legumes para a ceia. Nenhum bebê chorava, e as únicas lágrimas eram as das mães cujos filhos haviam sido arrancados de seus braços.

Durante toda a semana, a polícia judaica e seus superiores da SS aterrorizaram o gueto, expulsando todos aqueles que não estavam registrados para o trabalho. Esvaziaram casas, conferiram listas, retiraram crianças escondidas em sótãos, bebês de barris, gavetas, poços e quaisquer outros esconderijos imagináveis. Enfiaram baionetas em colchões e sofás, dispararam contra paredes e lançaram cães ferozes em porões e galpões. As ruas que levavam a Marysin ficaram cheias de crianças desnorteadas, agarrando as mãos dos avós cambaleantes, enquanto, dia após dia, trens as levavam implacavelmente para longe dali.

Agora, os únicos sons que cortavam o ar de outono eram os ruídos das máquinas de costura, prensas de couro e teares, enquanto o gueto lutava para manter uma vida que ninguém mais tinha certeza de querer. Pois o que era a vida sem uma geração que guiasse o caminho e outra que viesse depois? Por que alguém ainda trabalhava, senão por alguns dias a mais daquela miserável existência?

Alguns tinham sobrevivido. Ruth e Sarah haviam saído ontem de seu apertado esconderijo e voltado para casa, mas Martha se fora, recusando-se a deixar que seus filhos embarcassem no trem sem ela. Noah permanecia sentado num canto, puxando seus cachos escuros e chorando. Tentara seguir a família, mas fora violentamente empurrado para longe dos trens superlotados, pois seus ombros largos eram valiosos demais para os nazistas permitirem que fosse embora com aqueles que amava.

A família Pasternak-Abrams reuniu-se ao redor da mesa para jantar, mas ninguém tinha vontade de comer.

– Da próxima vez eles vão nos pegar – Ruth disse, com voz trêmula, porém decidida.

– Da próxima vez – Sarah repetiu, olhando para o chão. – Vocês precisam fugir daqui, Ester. Você e Filip precisam sair como Leah saiu. Eu morreria para vê-los livres.

– E eu também – Ruth concordou. – Mil vezes, se preciso fosse.

Os maridos abraçaram suas esposas, assentindo solenemente.

– Nós já vivemos – disse Mordecai. – Tivemos nossa juventude, tivemos nossos filhos, conhecemos muitas alegrias ao longo dos anos, mas vocês são jovens. Contatem Ana e Bartek, Ester. Saiam daqui e vivam – por vocês mesmos, por nós e pelas crianças que continuarão nossas famílias. – Ele estendeu as mãos em súplica. – Por favor – disse, com a voz falhando –, por nós vocês precisam tentar.

Ester olhou para Filip. Durante tanto tempo resistira à ideia de fugir, convencida de que o gueto precisava dela, mas de que adiantava uma enfermeira sem pacientes? Uma parteira sem mães? Ainda assim, sentia culpa só de cogitar a fuga. Filip colocou o braço ao redor dela, quente e reconfortante, e beijou-a suavemente.

– Chegou a hora – ele afirmou. – Não chegou, Ester?

Ela sacudiu a cabeça, lágrimas brotando nos olhos, mas na verdade não sabia mais o que fazer. Todos os outros pareciam tão certos.

– Sim – concordou finalmente –, chegou a hora.

TREZE

FEVEREIRO DE 1943

ANA

Ana desdobrou com cuidado o delicado cartão e conferiu, pela centésima vez, cada detalhe. Lá estava o rosto de Ester olhando solenemente para ela acima do sólido nome polonês: "Emilia Nowak". Emilia era registrada como uma boa católica de Łęczyca, trabalhando como enfermeira em Varsóvia. Ana tinha contatos no hospital da capital desde seu tempo na faculdade de obstetrícia e conseguira um posto para Ester/Emilia, garantindo um lugar para onde ela e "Filip Nowak" pudessem ir assim que chegassem à cidade. Houve bastante discussão sobre se Filip deveria ser registrado como alfaiate, já que a maioria dos trabalhadores têxteis em Łódź eram judeus, mas ele precisava trabalhar e havia várias alfaiatarias de luxo em Varsóvia. Assim, Filip tornou-se um morador da capital que viajara para Łódź em busca de materiais. O único detalhe que faltava nas novas identidades eram as impressões digitais, que eles mesmos precisariam acrescentar quando saíssem do gueto – se é que conseguiriam sair do gueto.

Ana dobrou novamente o cartão e guardou-o com um suspiro numa pequena caixa metálica. Era a quarta vez que planejavam uma fuga para o jovem casal e, novamente, haviam fracassado. Um carpinteiro habilidoso da Resistência havia construído um fundo falso para uma das carroças que transportavam mercadorias para dentro e fora do gueto, e várias pessoas tinham conseguido escapar dessa maneira nos últimos dois meses, mas não era simples. Normalmente, as carroças entravam carregadas com legumes e saíam com mercadorias fabricadas nas oficinas, porém, com o aumento das fugas nos primeiros meses de 1943, tanto a polícia judaica quanto os oficiais da SS intensificaram a vigilância. Era quase impossível encontrar um momento seguro para colocar os fugitivos no compartimento secreto.

Quatro vezes Ana esperara ansiosamente pela chegada da carroça à rua lateral, e quatro vezes o motorista se aproximara tristemente, balançando a cabeça. Ana começava a pensar que jamais conseguiriam, e a situação estava ficando desesperadora. Corriam rumores entre os membros da Resistência de que as mortes em Chełmno haviam cessado. A princípio, aquilo parecia uma boa notícia, até ouvirem boatos sobre atividades suspeitas em campos de concentração nazistas, principalmente em Auschwitz. Diziam que estavam construindo enormes crematórios por lá, o que só poderia significar uma coisa: os nazistas tinham desistido de "controlar" os judeus e estavam começando a eliminá-los em grande escala. Os guetos menores por toda a Polônia estavam sendo desmontados e não demoraria até que os maiores seguissem o mesmo caminho, não importava o quanto trabalhassem. Precisava tirar Ester e Filip dali, e rápido.

— Talvez, já que estão vigiando tanto as carroças, precisemos de uma nova maneira — sugeriu Alekzander.

— Tipo o quê?

— Há uma moça liderando um grupo que está escavando um túnel a partir de uma antiga adega de vinhos. Precisaria ser comprido para ultrapassar o perímetro, mas, se conseguíssemos terminar, poderia ser uma rota de segurança para muitas pessoas. Estou tentando obter mais informações.

O coração de Ana deu um salto. Seu filho do meio parecia tão determinado, e ela o amava ainda mais por isso, mas temia por ele.

— Você vai ter cuidado, Zander?

— Claro, mãe. Não se preocupe comigo. Jakub está fazendo um ótimo trabalho com as identidades falsas, então cabe a mim libertar as pessoas para usá-las.

Jakub sorriu orgulhoso. De fato, tinha se tornado um especialista em falsificar documentos, usando a gráfica para imprimir cartões extras e depois alterando os detalhes e assinaturas com cuidado. Pessoalmente, criara uma réplica quase perfeita do selo oficial. O único obstáculo continuava sendo a saída do gueto.

— Não se preocupe, mãe — disse Jakub, ecoando o irmão. — Vamos tirar Ester e Filip muito em breve e enviá-los para Varsóvia, para que esperem lá pelo fim desta guerra maldita. Os russos estão contra-atacando com força e os nazistas começaram a recuar. A maré está virando, tenho certeza.

Dê mais um ano, e todos nós estaremos visitando Filip "Nowak" em busca de ternos sob medida para comemorar a vitória dos Aliados.

Ana sorriu para os dois filhos.

— Vocês são bons garotos. Deus os abençoa, eu sei, e seu pai e eu temos muito orgulho de vocês. Agora vamos guardar esses documentos outra vez para que estejam seguros na próxima tentativa.

Alekzander levantou-se e ergueu uma das tábuas soltas do assoalho, mas, quando Ana se abaixava para esconder cuidadosamente a caixa de metal sob ela, uma forte batida sacudiu a porta da frente.

— Rápido! — sussurrou Jakub, alarmado.

— Abram já! — ordenou uma voz com um inequívoco sotaque alemão. — Abram imediatamente!

Ana empurrou depressa a caixa para dentro da fresta no piso.

— Já estou indo! — gritou, caminhando com passos pesados até a porta e mexendo exageradamente na fechadura para dar tempo aos filhos de recolocarem a tábua. A porta estremeceu sob mais pancadas, até que Ana finalmente abriu-a.

— Me desculpem. Meus dedos já não são tão ágeis como antigamente — explicou ela em alemão fluente. Os soldados ficaram momentaneamente surpresos, e o primeiro deles chegou a tocar rapidamente o quepe, num cumprimento involuntário. Porém, havia outros três logo atrás, e Ana sentiu sua respiração acelerar. Quatro homens da SS indicavam uma visita extremamente grave. — Posso ajudá-los?

Um oficial mais velho deu um passo adiante.

— Acreditamos que sim, *Frau* Kaminski. Temos motivos para crer que você esteja em contato com membros da Resistência. Acreditamos que sua família — seu olhar passou rapidamente por Zander e Jakub, que haviam se posicionado ao lado dela — está no centro de uma operação de falsificação, ilegal pelas leis polonesas e um ato de sabotagem direta contra o Terceiro Reich.

— Falsificação? — perguntou Ana, esforçando-se para manter firme a voz. — Eu?

— Sua família — respondeu o oficial, entrando na casa com arrogância e comandando os soldados. — Revistem tudo.

Os outros três entraram abruptamente, revirando móveis e arrancando quadros das paredes com desdém absoluto. Ana fechou os olhos por um instante. Aquele apartamento elegante não era realmente a casa deles, mas nos últimos dois anos haviam transformado o lugar em um lar, e ela detestava vê-lo destruído por aqueles animais da SS. Sentiu o ódio contra seus opressores crescer novamente e isso lhe deu forças para enfrentá-los.

– Não há traição alguma nesta casa. Somos pessoas honestas e trabalhadoras, que apenas tentam cumprir seus deveres.

– E quais são esses deveres? Documentos, por favor.

O oficial examinou os documentos de Ana, depois os de Zander, mas deteve-se por mais tempo diante dos de Jakub.

– Você trabalha na gráfica?

– Sim.

– E o que você imprime por lá?

– Todo tipo de coisa, senhor. Livros, jornais...

– Documentos de identidade?

– Já fizemos alguns, sim, quando solicitados pelo Reich.

O oficial agarrou Jakub pela gola e empurrou-o com violência contra a parede.

– Ou por ilegais!

– Não – Jakub respondeu sufocado –, apenas pelo Reich, senhor.

Pelo canto do olho, Ana percebeu que um dos soldados havia chegado à tábua sob a qual estavam escondidos os documentos. Esforçou-se ao máximo para não olhar naquela direção, para não chamar atenção. Se encontrassem as fotos de Ester e Filip, eles seriam perseguidos e mortos sem hesitação. Suas tentativas de salvá-los acabariam sendo justamente o que os condenaria à morte. Só podia rezar para que Zander tivesse tido tempo suficiente para recolocar a tábua corretamente.

O oficial largou Jakub tão subitamente quanto o agarrara.

– Encontraram algo? – gritou aos seus homens.

Eles sacudiram a cabeça negativamente, e Ana viu com alívio que o soldado já havia se afastado da tábua crucial. Continuaram revirando os quartos, e embora detestasse a ideia de remexerem seus pertences pessoais, era melhor isso do que descobrirem as provas incriminadoras.

– Não que isso importe – disse o oficial principal, circulando os três como um grande felino. – Recebemos informações de que esta família está envolvida, e isso já basta.

– Informações de quem? – perguntou Zander.

– De uma fonte. Uma fonte muito prestativa.

– Uma fonte torturada, certamente – respondeu Zander.

Ana estendeu a mão, apertando a do filho para tentar acalmá-lo, mas o oficial apenas sorriu friamente.

— É impressionante o que as pessoas revelam sob... persuasão. — Ele aproximou o rosto do de Zander. — Como você mesmo descobrirá em breve.

Ana percebeu Jakub lançar um olhar rápido à porta e desejou que ele tentasse escapar. Três oficiais da SS estavam nos quartos, e o outro provavelmente não deixaria ela e Zander sozinhos para persegui-lo. Talvez ele conseguisse fugir. Mas como se tivesse percebido seus pensamentos, o oficial agarrou-a subitamente, torcendo seu braço atrás das costas com tanta força que uma dor intensa atravessou-a, e Ana não conseguiu conter um gemido alto.

— Tentem algo imprudente, rapazes, e sua mãe morre.

Ele puxou a pistola do coldre na cintura e encostou-a na cabeça dela. Ana sentiu o beijo gélido da arma e estremeceu de medo. Mas e daí? Aceitaria a morte se isso permitisse que seus filhos escapassem. Porém, agora os outros oficiais voltavam, e qualquer chance desaparecera. Ana só conseguia agradecer mentalmente que Bartek e Bronisław não estivessem ali.

— Encontraram algo? — o líder perguntou bruscamente aos seus homens.

— Só isto, senhor — respondeu um deles, exibindo o estojo médico de Ana e tirando de dentro um fórceps, abrindo e fechando-o no ar com um estalo. — Ferramentas muito suspeitas.

— Isso é para retirar um bebê do corpo de uma mulher — Ana explicou, quase rindo ao vê-lo soltar o instrumento como se estivesse queimando suas mãos. — E aquela faca ali — continuou, apontando para ela — é para cortar o cordão umbilical, permitindo que o bebê seja enrolado e a placenta expelida com segurança.

Todos os quatro soldados fizeram uma expressão enojada, e Ana passou a odiá-los ainda mais.

— Todos vocês passaram por isso — ela disse com desprezo. — Quando eram belos recém-nascidos inocentes, quando...

— Chega!

O oficial líder puxou-lhe o braço para cima novamente, com tanta violência que Ana sentiu como se ele fosse se deslocar do ombro.

— Ave Maria, cheia de graça... — começou, buscando forças, mas a oração só lhe valeu um chute violento na panturrilha.

— Cale-se com essas suas bobagens religiosas. Este agora é o Reich, não há lugar para superstições tolas. Saiam!

Ele empurrou-a na direção da porta, e Ana, apesar de todo o seu ódio, sentiu-se subitamente enfraquecida pelo medo.

– Para onde?

– Para as celas. Talvez uma noite ou duas desfrutando da hospitalidade da Gestapo torne todos vocês mais cooperativos.

– Mas ela não fez nada de errado – Jakub protestou. – Levem-nos, mas deixem-na aqui. Ela é só uma senhora idosa, uma parteira. É inocente.

– Então não tem nada a temer – respondeu o oficial com malícia. – Para fora!

Ele empurrou Ana escada abaixo e uma rajada de ar frio atingiu-a imediatamente.

– Meu casaco – pediu. – Posso levar meu casaco?

O oficial resmungou algo e outro soldado pegou o casaco do gancho e revistou-o rapidamente. Triunfante, ele tirou do bolso uma pequena lata e entregou-a ao seu superior.

– Ah-ha! O que é isto?

Para alívio de Ana, ele soltou seu braço para abrir desajeitadamente a lata metálica.

– São meus documentos médicos – disse-lhe ela. – Uso essa lata para mantê-los secos.

– Uma boa história! – ele zombou, mas então abriu a lata e encontrou, exatamente como ela dissera, os documentos simples atestando sua qualificação como parteira. Com expressão desapontada, ele devolveu a lata ao bolso sem dizer mais nada e entregou-lhe o casaco com impaciência.

– Fora! – gritou novamente, desta vez sem possibilidade de mais demora.

Ana viu-se empurrada escada abaixo e lançada numa van escura com seus dois filhos. Os vizinhos espiavam timidamente por suas portas, e Ana rezou para que alguém avisasse Bartek e Bronisław, evitando que voltassem para uma armadilha da SS. Quando as portas da van bateram com força, ela se perguntou se algum dia veria seu querido marido novamente.

A única bênção era que a caixa com os documentos permanecera escondida. Os nazistas poderiam ter capturado a ela, Zander e Jakub, mas Ester e Filip não haviam sido traídos. Contudo, também não haviam conseguido escapar do gueto, e com a ameaça crescente dos campos de extermínio, esse fracasso doía muito em Ana – uma dor tão intensa quanto aquelas que, temia, estariam prestes a enfrentar nas celas temidas da Gestapo.

PARTE DOIS
AUSCHWITZ-BIRKENAU

QUATORZE

ABRIL DE 1943

ESTER

– Aqui, mamãe, tente beber um pouco disto. Vai fortalecê-la.

Ester levou o caldo aos lábios da mãe e torceu para que ela tomasse um pouco. Ruth fez o possível, mas estava tão frágil que até mesmo engolir parecia um esforço grande demais. Ester rezou por paciência. Precisava voltar ao hospital, mas esta paciente em particular era valiosa demais para ser deixada sozinha.

– Isso mesmo, mamãe. Um pouquinho de cada vez já está ótimo.

Os olhos de Ruth pediam desculpas em seu rosto terrivelmente emagrecido. Ester notou quando ela se concentrou no caldo, obrigando-se a tomar mais um gole, e sorriu-lhe com encorajamento.

– Muito bem, mamãe. Isso está ótimo.

Mais um pouco do caldo desceu pela garganta de Ruth, e Ester permitiu-se sentir uma centelha de esperança. Tinha sido um inverno longo e difícil, com a tuberculose percorrendo o gueto, levando as pessoas sem piedade. Haviam perdido a pobre Sarah no início de janeiro, consumida por uma tosse horrível que arrastara todos eles para seu sofrimento noite após noite. No fim, tinha sido quase um alívio quando Deus a levara ao descanso. Ester chorou a morte da sogra, a quem conhecera apenas em meio ao sofrimento, e lutou para confortar Filip, abraçando-o sob os cobertores à noite enquanto ele derramava sua tristeza no escuro. Ruth, no entanto, por alguma razão permanecera viva, e agora que a primavera se aproximava, Ester acreditava que ela poderia se recuperar – desde que aceitasse se alimentar.

Mas o único luxo que não tinham era tempo. Os transportes que saíam do gueto haviam diminuído durante o inverno – talvez os pobres soldados alemães não gostassem de conduzir pessoas à morte no frio e na neve –, mas haviam recomeçado na semana anterior, e agora qualquer pessoa que não trabalhasse estava em perigo. Havia um ótimo emprego esperando por Ruth na padaria – um favor feito a Ester pela avó agradecida de um bebê nascido no primeiro dia de Hanukkah –, portanto, bastava que ela conseguisse levantar-se da cama e tudo ficaria bem.

– Termine o resto, mamãe, por favor.

Ruth revirou os olhos, mas tomou mais alguns goles.

– Não sei por que você insiste comigo, querida.

– Porque amo você, mamãe.

Uma lágrima brilhou nos olhos de Ruth, e ela estendeu o braço magro para dar a Ester um abraço surpreendentemente forte.

– Você é uma boa filha, Ester. Gostaria que tivéssemos conseguido tirá-la daqui.

– Fico feliz que não tenham conseguido, ou não estaria aqui para cuidar de você.

Isso era verdade, mas Ester tinha que admitir que seu coração doía ao pensar no quanto ela e Filip haviam chegado perto de escapar daquele inferno. Quatro vezes tinham se escondido nos fundos da fábrica de Filip, esperando o momento certo para saltar dentro da carroça, mas sempre a polícia judaica arrogante circulava pelo local, sem deixar qualquer oportunidade para que o jovem casal embarcasse. E então veio a terrível mensagem: "Abortar".

Ester ainda não sabia exatamente o que havia acontecido, mas desde então não tivera mais notícias de Ana, e seu filho Zander não aparecia mais nos bondes. Todas as noites, ela e Filip ajoelhavam-se no sótão e rezavam pela segurança da família Kaminski, mas Ester temia o pior. Se a Gestapo os tivesse capturado ajudando judeus, não mostrariam misericórdia alguma, e era um tormento pensar que aquelas pessoas boas e generosas poderiam ter morrido por causa dela.

– Precisamos sobreviver – Filip lhe dissera – para honrá-los.

E eles tentavam, tentavam de verdade, mas era difícil quando a vida se resumia a uma luta constante para simplesmente existir.

O único momento em que ainda encontravam alegria era quando ficavam encolhidos sob as cobertas, juntos. Ester sentiu o rosto corar ao lembrar-se da forma terna como Filip a acariciara na noite anterior.

– Você é meu banquete, Ester – ele sussurrara junto à sua pele. – Você é meu concerto e minha festa, minha noite fora e meu dia dentro de casa. Você é tudo o que eu preciso.

— E você é tudo o que eu preciso — respondera ela num murmúrio, arqueando o corpo ao encontro dele.

— Ester!

Ela assustou-se, arrancada abruptamente das lembranças agradáveis ao ouvir seu nome sendo sussurrado com urgência escada acima. Correu ao topo dos degraus e viu Delilah, sua vizinha, olhando para cima, os olhos cheios de medo.

— Eles estão vindo. A polícia está vindo e tem uma lista.

Um frio percorreu o corpo de Ester.

— Onde eles estão?

— Perto da minha casa, mas vindo rápido. Não temos tempo de esconder Ruth atrás do painel. Consegue tirá-la daqui? A Vera, na Marynarska, tem um porão. Talvez ela... Oh!

Ester observou horrorizada enquanto um policial agarrava Delilah e empurrava-a grosseiramente para o lado.

— Ester Pasternak? — ele demandou.

Ester assentiu em silêncio.

— Ótimo. Tenho aqui uma lista de pessoas que são um peso morto para o Reich.

— Um o quê?

O jovem judeu teve a decência de corar, mas manteve o olhar firme e continuou com seu trabalho infame.

— Um peso morto para o Reich. A Alemanha não pode se dar ao luxo de manter no gueto pessoas que não contribuem para a viabilidade econômica da comunidade.

— Como é?

— Trabalhadores. Você sabe disso. Não torne as coisas mais difíceis do que já são.

— Difíceis para quem? — desafiou Ester. — Para você? Incomoda-o, por acaso, enviar pessoas inocentes e indefesas para a morte? Perturba sua consciência, talvez? Ou apenas o irrita, porque prolonga seu dia mais do que o necessário, impedindo que volte para casa, para sua sopa quente oferecida pelos nazistas para os quais você tanto se curva?

— Ester! — alertou Delilah atrás do policial, mas Ester parecia incapaz de se controlar.

— Por quê? — perguntou ela, descendo as escadas para encará-lo. — Por que você faz isso? Por que vende seu próprio povo ao inimigo?

— A Alemanha não é o inimigo — o policial disse rigidamente. — A Mãe Pátria é nossa protetora.

— É isso que eles dizem a vocês, é? E como colocar nossa gente em caminhões de gás é protegê-la?

Ele remexeu-se diante dela.

— Às vezes, é preciso sacrificar o indivíduo pelo bem maior de todos.

— Sacrificar? É isso que nossa fé nos ensina? É isso que a Torá nos diz?

— Bem, eu...

— Posso dizer-lhe exatamente o que a Torá prega: "Diante dos idosos te levantarás e honrarás o ancião". Levítico, 19, versículo 32. Agora me diga, é honrar os anciãos arrancá-los de suas camas de enfermos e jogá-los em trens rumo ao esquecimento?

Ester viu Delilah recuar lentamente, com medo de ser associada a ela, mas deveria simplesmente entregar sua mãe à morte sem resistir?

— Escute — disse, esforçando-se para moderar o tom de voz. — Minha mãe tem um emprego na padaria. Começa na próxima semana, precisa apenas de alguns dias para recuperar plenamente a força.

Era uma mentira, e ambos sabiam disso. Mesmo assim, o policial hesitou, e Ester lançou-se de joelhos diante dele.

— Por favor, senhor. Sou enfermeira, sei como curá-la. Dê-nos apenas uma semana. Se até lá eu não a tiver levado à padaria, pode voltar a incluí-la em sua lista.

O policial olhou seu bloco de notas e pegou a caneta. Por um glorioso momento, Ester achou que ele iria riscar o nome de sua mãe, mas então um oficial da SS surgiu na esquina, fazendo com que ele se colocasse imediatamente em posição de sentido e enfiasse a caneta de volta ao bolso.

— Tudo bem aqui? — perguntou o oficial alemão com firmeza.

— Tudo bem. Só estava pedindo a esta jovem que buscasse a mãe para o transporte.

— Excelente. — O nazista voltou seus penetrantes olhos azuis para Ester, levando ameaçadoramente a mão à arma. — Ande logo. Não temos o dia todo.

Ester encarou-o com raiva, mas então uma voz fraca disse atrás dela:

— Estou aqui, oficial. Estou pronta.

Ela virou-se e viu Ruth descendo lentamente as escadas, apoiando-se pesadamente no corrimão.

— Mamãe! — Ester correu para ajudá-la. — Não podemos deixar isso acontecer — sussurrou desesperada. — Não podemos...

— Não podemos arriscar você — Ruth respondeu com calma. — Diga ao seu pai que o amo, minha querida, e cuide bem dele por mim até nos reencontrarmos no outro lado.

— Não, mamãe...

— Vamos logo! — o policial ordenou rispidamente, lançando um olhar ao comandante da SS. — Está na hora.

Uma fila irregular avançava pela rua, conduzida por nazistas com bastões, e o policial empurrou Ruth em direção a eles. O pé dela roçou uma pedra solta, fazendo-a cair bruscamente no chão.

— Levante-se! — berrou o oficial da SS, chutando-a.

Ester sentiu o sangue ferver.

— Deixe-a em paz! — gritou, empurrando o oficial para ajudar sua mãe a levantar-se. — Não basta mandá-la para a morte? Vocês nem sequer têm a decência de deixá-la caminhar até lá com dignidade?

— Ah, essa aqui é valente — disse o comandante. — Uma gatinha selvagem judaica.

— Eu domo ela, senhor — disse um subordinado, exibindo seu bastão com um sorriso malicioso, e Ester recuou instintivamente, apertando Ruth com força contra si.

O comandante sorriu com desprezo.

— Não se suje, oficial. E você — apontou a arma para Ester —, já que faz tanta questão de que sua mãe caminhe para a morte com dignidade, pode acompanhá-la.

— Não! — Ruth gritou. — Ester, não! Peça desculpas, afaste-se! Volte para dentro! Você não pode ir comigo. Por favor, você não pode!

— Tarde demais — rosnou o comandante. — Junte-se ao grupo.

— Mas...

— Agora! — Ele pressionou a arma nas costas de Ester, mexendo ameaçadoramente o dedo no gatilho. Ester rapidamente entrou na fila com o grupo miserável, arrastando Ruth consigo. — Boa garota. Tenha uma boa viagem.

O oficial acenou com deboche enquanto elas eram conduzidas rumo a Marysin.

— Não se preocupe, mamãe — sussurrou Ester. — Eu escapo na estação. Direi que só vim levá-la até o trem. Eles verão meu uniforme e vão me liberar.

Mas enquanto eram empurradas pela rua, Ester viu o policial pegando novamente a caneta e, em vez de riscar o nome de sua mãe, anotando o dela também. Agora ela estava na lista e teria que lutar com todas as suas forças para não ser colocada no trem também.

Na estação, o caos era absoluto. Ester ficou horrorizada ao ver que, além dos idosos e enfermos, havia muitos jovens. Não reconhecia nenhum deles e imaginou que fossem judeus transferidos de outros guetos, mas sua presença significava que ela não se destacaria como esperava, e o medo apertou seu coração como ferro. Tantas vezes havia visto outras pessoas sendo conduzidas para aqueles vagões de madeira, frios e rústicos, e agora que estava entre elas, toda a realidade brutal daqueles transportes desumanos atingiu-a em cheio.

– Filip! – ela gritou desesperada. Não podia deixá-lo, não podia morrer. Imaginou o rosto dele quando chegasse em casa e não a encontrasse e odiou-se por fazer isso com ele. Ainda ontem estavam tão unidos que não se podia dizer onde um começava e o outro terminava, e agora ela os havia separado por sua própria imprudência. Por que não tinha ficado calada, como Ruth pedira? Por que tinha escolhido justo aquele dia para mostrar sua coragem? Mas bastou olhar para sua mãe, fraca e aterrorizada ao seu lado, para entender exatamente por quê. Não teria conseguido deixar Ruth sozinha com aqueles monstros.

– Para onde estamos indo? – perguntou a um dos policiais que empurravam o grupo para os vagões. Ele era jovem, tinha olhos escuros e bebia de um cantil, como se tentasse anestesiar a dor. Ester não sentia pena alguma dele, mas talvez pudesse explorar aquela fraqueza. – É para Chełmno?

– Não, não é Chełmno.

– Então para onde?

Ele a encarou, os olhos turvos.

– Um lugar chamado Auschwitz. É um campo.

– Um campo? – agarrou-se àquilo. – Que tipo de campo?

Ele deu de ombros e virou-se, mas Ruth agarrou-lhe o braço.

– Minha filha não devia estar aqui. Ela é enfermeira. Uma enfermeira importante.

Ele soltou uma risada amarga.

– Ela é judia, mulher. Para essa gente, nenhum judeu é importante.

– Podemos ao menos verificar se...?

Mas o policial já havia partido, e elas estavam praticamente nos vagões. Os carros de carga estavam a quase um metro do chão e não havia escadas. Dois oficiais fortes da SS, posicionados um de cada lado das portas escancaradas, jogavam as pessoas para dentro com violência. Instintivamente, Ester ergueu Ruth para poupá-la daquele tratamento brutal. Ruth sentou-se por um instante na beirada, pernas penduradas como uma criança pequena, e Ester sentiu seu coração transbordar de amor pela mulher bondosa que a trouxera ao mundo. Mas logo Ruth foi empurrada mais fundo no vagão enquanto mais e mais pessoas eram comprimidas ali.

– Vá! – Ruth gritou para ela. – Empurre para trás, fuja daqui. Volte para Filip.

Ester assentiu, lutando contra a multidão. Seu coração partia-se novamente por deixar a mãe, mas não havia mais nada que pudesse fazer por ela além de tentar assegurar a própria sobrevivência. Firmou os pés no chão lamacento, permitindo que outros passassem à sua frente, rezando para que de alguma forma o trem ficasse lotado e ela tivesse tempo de argumentar em seu favor. O delas era o último vagão, e de repente o motor do trem foi ligado, o maquinista soltando um apito estridente e cruelmente alegre. Os guardas começaram a gritar e empurrar com mais força, mas estava claro que nem todos conseguiriam embarcar.

– Vá embora! – gritou Ruth novamente antes de desaparecer na escuridão da multidão.

Ester concordou com a cabeça, lágrimas escorrendo pelo rosto. Naquele instante, porém, percebeu alguém na porta, empurrada para a frente pelas pessoas que continuavam entrando.

– Ana?

Devia estar enganada. A mulher parecia sua velha amiga, mas estava tão magra, com o rosto tão ferido e marcado, que era quase impossível reconhecer. Não podia ser ela, Ester disse a si mesma. O que Ana estaria fazendo naquele trem com os pobres judeus?

– Ester?

Seus olhos se encontraram, e no instante em que Ester viu aquele olhar firme e bondoso por trás das pálpebras machucadas, soube com certeza que era a parteira.

– O que você está fazendo aqui? – gritou.

Os guardas tentavam empurrar Ana de volta para o interior do vagão, para conseguir fechar a grande porta, e Ester avançou instintivamente ao ouvir Ana gritar de dor. Antes que percebesse, alguém a segurou pela cintura e ergueu-a para dentro do vagão.

– Não! – Ester gritou, esperneando contra seu captor, mas a porta já estava se fechando, empurrando-a para dentro da massa de corpos e trancando-os todos em um espaço escuro, abafado e aterrador.

Um pânico profundo dominou-a, e seu coração disparou no peito enquanto lutava para respirar. Pensou em Filip, e sentiu o corpo inteiro se dobrar em dor; teria caído ao chão se não fosse mantida dolorosamente ereta por todas as outras almas infelizes apertadas ao seu redor.

– Me perdoe, meu amor – murmurou. – Me perdoe, por favor.

Lágrimas escorriam pelo seu rosto até a boca, obstruindo ainda mais suas vias respiratórias já comprimidas, e ela sentiu a cabeça girar com náusea. Mas então um braço a envolveu, não mais empurrando-a, mas segurando-a com segurança e firmeza.

– Estou com você, Ester – disse a voz de Ana na escuridão. – Estou aqui com você, e seja para onde for que eles nos levem, não vou soltá-la.

QUINZE

ABRIL DE 1943

ANA

– Venha, Ester.

Ana estendeu os braços para a jovem, que tentava descer do trem ainda segurando o corpo da mãe. Ruth Pasternak morrera durante a noite, e a única bênção fora estar segura nos braços da filha quando partira. Assim que o trem se afastara de Łódź, as pessoas haviam se ajeitado um pouco no apertado vagão. Alguém conseguira arrancar uma tábua solta da parede, permitindo a entrada de ar fresco e alguma luz, o que possibilitara a Ester e Ana encontrarem Ruth. Já estava evidente que ela estava definhando, e Ana permaneceu ali, rezando baixinho, enquanto Ester conduzia suavemente a mãe para seu descanso eterno. Pouco antes do fim, no entanto, Ruth havia estendido a mão e tocado o braço de Ana, com leveza, mas firmeza.

– Você cuida dela? – implorou. – Cuida da minha menina?

– Claro que sim – Ana assegurara-lhe. – Será um prazer.

Ruth assentira com um leve movimento de cabeça.

– Ela é sua filha agora.

E então, erguendo-se para dar um último beijo no rosto de Ester, Ruth se despediu da vida. Ester chorara em soluços contidos, mas as longas horas da viagem, apesar de todo o desconforto, haviam pelo menos lhe proporcionado tempo para seu luto. Agora, parecia que aquele momento tinha terminado.

– Solte isso – um oficial da SS ordenou com desprezo, apontando para o corpo de Ruth.

– Preciso enterrá-la, senhor.

– Enterrar? – O oficial deu uma gargalhada ríspida. – Onde você acha que pode enterrá-la em Birkenau? Deixe-a aí mesmo e ela será jogada na vala com os outros.

– Os outros? – perguntou Ester, olhando ao redor para as pessoas que cambaleavam para fora do trem.

– Não pergunte – disse Ana com urgência. – Sinto muito, Ester, mas você precisa deixá-la. Precisamos seguir em frente.

O trem parecia tê-las abandonado no meio do nada, e os deportados estavam sendo empurrados para uma estrada irregular, com cães ferozes mordendo seus calcanhares. Já chamavam atenção demais; assim, Ana gentilmente retirou o corpo de Ruth dos braços da jovem e colocou-o no chão. Cobriu-lhe o rosto com seu próprio lenço, segurou Ester pelo braço e afastou-a rapidamente. *Ela é sua filha agora*. Bem, apesar de amar profundamente seus filhos, sempre quisera uma filha, e embora aquele não fosse o local ideal para ganhar uma, ali estavam. Deus agia de maneira misteriosa.

Pensar nos filhos quase a derrubou, e Ana segurou Ester com mais força, tanto para apoiar-se a si mesma quanto à jovem. Não sabia o que havia acontecido com Bartek e Bronisław e só podia rezar para que tivessem escapado de Łódź. Algumas vezes, durante o jantar, haviam conversado sussurrando sobre o que fariam se fossem capturados, e Bartek estabelecera contato com células da Resistência em Varsóvia que os acolheriam, caso fosse necessário. Ana gostava de imaginar os dois na capital, visualizando-os no antigo prédio da sua faculdade de obstetrícia. Sabia que era tolice, mas aquela era a parte da cidade mais vívida em suas lembranças, e de algum modo mantinha-os vivos em seu coração.

Não fazia ideia para onde tinham levado Zander e Jakub. Os nazistas a tinham atormentado repetidamente com isso na sala de interrogatório. "Diga tudo o que sabe, ou seus filhos pagarão caro." Tinham concordado, porém, naqueles jantares sussurrados, que se fossem capturados não diriam nada e, acima de tudo, não revelariam nomes. Ana, sinceramente, não tinha certeza de que seria forte o suficiente para resistir à brutalidade nazista, mas Deus estivera com ela naquela sala cheia de ódio, e Sua luz a sustentara até o fim. Eventualmente, seus torturadores se irritaram e disseram-lhe que era uma velha ignorante e que seria enviada para um campo para "aprender bons modos alemães". Agora ali estava.

A estrada irregular estendia-se à frente delas, atravessando uma área pantanosa até uma entrada em arco num grande prédio de tijolos, de onde partiam enormes cercas duplas, estendendo-se por ambos os lados. O arame farpado cruel era sustentado por altos pilares de concreto e guardado a intervalos regulares por enormes torres de vigia de madeira. Grandes placas advertiam sobre eletrocussão quando as luzes estivessem acesas, e essa cerca fazia a do gueto de Łódź parecer uma construção infantil. Ana estremeceu ao imaginar-se aprisionada ali.

– Então esse é o campo? – perguntou Ester, levantando finalmente a cabeça. – Birkenau? Pensei que vínhamos para Auschwitz.

– Auschwitz-Birkenau – disse um guarda próximo com sarcasmo. – Um belo campo novo, multiuso e supereficiente.

Ele riu com maldade e as empurrou para uma fila com outras três mulheres. Ana viu que estavam sendo organizadas em duas colunas, mulheres e homens, em filas de cinco, para marchar inexoravelmente em direção às cercas. Queria resistir, mas os alemães impunham um ritmo implacável e golpeavam qualquer pessoa que tropeçasse. Era difícil não fazê-lo, pois não tinham recebido comida nem água durante a viagem, e Ana sentia uma tontura perigosa. Por um instante quase invejou Ruth por ter escapado daquele inferno, mas censurou-se por tal fraqueza. Estava ali por uma razão; Deus simplesmente ainda não a revelara.

A estrada por onde caminhavam estava sendo claramente escavada para novas linhas ferroviárias, e trabalhadores eram empurrados para o lado, formando uma estranha guarda de recepção, pás apoiadas sobre os ombros esqueléticos. Ana observou-os, reparando em seus corpos emaciados e nos olhos assombrados, e sentiu um desejo urgente de fincar os pés no chão e interromper aquela marcha forçada pelos portões sombrios. Por que todos aceitavam ser conduzidos com tanta mansidão? Por que permitiam que os nazistas os empurrassem para guetos e campos doentios? Havia muito mais prisioneiros do que guardas; se todos se unissem, poderiam impedir aquilo.

Um único olhar para as armas, porém, e Ana percebeu que não era verdade. Eles simplesmente os fuzilariam e lançariam seus corpos na vala junto a Ruth e "aos outros", e o que ganhariam com isso? Permanecer vivos era a única arma que tinham agora. Ana fixou os olhos num dos prisioneiros enquanto sua miserável fila parava diante dos portões, e ele deu um pequeno passo à frente.

– Tente parecer saudável – ele sussurrou.

Ela o encarou surpresa.

– Vocês precisam parecer saudáveis – insistiu ele. – Especialmente você.

Ele apontou para a estrela amarela no casaco de Ester, e Ana percebeu um triângulo amarelo costurado rudemente no uniforme dele, ao lado de um número. Um rápido olhar pela fila revelou que a maioria dos homens tinha a mesma marca, embora houvesse alguns com triângulos vermelhos ou verdes. Todos estavam assustadoramente magros e vestiam estranhos uniformes listrados, insuficientes para aquele dia frio.

– E se não parecermos? – perguntou ela.

Como resposta, ele indicou com a cabeça o interior do campo, onde, ao fundo, erguiam-se cinco grandes chaminés acima das árvores. Ana prendeu a respiração ao compreender o que o guarda quisera dizer com "supereficiente". Recordou-se dos rumores que circulavam pela Resistência sobre crematórios construídos no campo chamado Auschwitz, de uma "solução final" nazista para o assim chamado "problema judaico". Aquela era uma das razões pelas quais intensificara seus esforços para tirar Ester do gueto, e agora, numa cruel ironia do destino, ela estava chegando ao campo de extermínio junto com a jovem.

Ela é sua filha agora.

Ana olhou para trás, sentindo uma súbita vontade de correr até Ruth, sacudi-la de volta à vida e dizer-lhe que não poderia fazê-lo, não conseguiria manter Ester segura, mas obviamente isso não passava de um pensamento absurdo. Os portões tinham se aberto com um rangido zombeteiro, e elas foram empurradas para dentro. Ana olhou ao redor, com uma curiosidade que momentaneamente atenuou seu medo. O campo era imenso. À frente, a estrada por onde tinham entrado continuava, dividindo vastas áreas habitacionais. Ali dentro estavam sendo colocados novos trilhos ferroviários – os alemães estavam claramente se preparando para muitos recém-chegados.

À esquerda, longas fileiras de barracões alinhavam-se paralelamente à estrada, protegidos por mais cercas de arame farpado. Pareciam formar seis fileiras profundas; as três primeiras eram feitas de madeira, e as seguintes, de tijolos, e cada uma parecia capaz de abrigar talvez cinquenta pessoas. Ana tentou calcular a provável população total daquele inferno, mas não conseguiu enxergar até onde as construções se estendiam, em direção às árvores no horizonte, perdendo a conta rapidamente.

À direita, o campo era pelo menos cinco vezes maior. Ali, os barracões estavam dispostos perpendicularmente à estrada, em seções separadas por cercas, desaparecendo mais longe do que sua visão podia alcançar. O chão entre eles estava transformado em lama, mas todo o local estava estranhamente vazio. Ana olhou para o relógio de enfermeira preso em seu uniforme e viu que eram nove da manhã. Talvez as pessoas estivessem trabalhando? Esse pensamento lhe deu uma ponta de esperança, mas então lembrou-se das palavras sussurradas pelo homem – "tentem parecer saudáveis" – e seus olhos ergueram-se dos barracões para o lado mais distante do campo, onde árvores verdes pareciam, de forma incongruente, brilhar acima das linhas austeras das cercas. As cinco enormes chaminés lançavam densas colunas de fumaça cinzenta, e Ana percebeu no ar o odor inconfundível de carne queimada.

– Que Deus tenha misericórdia de nós – murmurou Ana, segurando o braço de Ester com mais força. – Levante a cabeça, Ester. Pareça forte e saudável.

– O quê? – A jovem ainda estava claramente desnorteada pelo sofrimento e olhava confusa para Ana.

– Apenas faça isso! – Ana disse com firmeza.

Estavam chegando à frente da fila, onde um homem com uniforme da SS decorado com braçadeiras os aguardava. À medida que cada prisioneiro era empurrado à frente, ele os examinava e então apontava com uma vara para a esquerda ou para a direita. Bastava um olhar rápido para ver que aqueles enviados para a direita eram considerados inaptos ao trabalho. Ana ergueu os olhos novamente para a fumaça escura e esforçou-se para endireitar os ombros e erguer a cabeça. Como no gueto, os nazistas só queriam pessoas que pudessem ser úteis.

– Você!

Seu coração acelerou quando foi empurrada à frente. O oficial a encarou com curiosidade, observando seu rosto machucado.

– Parece bem velha, *Herr Doktor* – alguém comentou atrás dele, e Ana soube com clareza angustiante que aquele era um momento crítico.

– Velha, mas forte – respondeu ela, satisfeita por não ouvir tremor algum em sua voz. – Sou enfermeira, senhor, e também parteira.

– Parteira! – zombou o subordinado, mas o doutor olhou-a com interesse inesperado.

– Pode provar isso?

Com o coração acelerado, Ana pegou a lata de pó dental do bolso e tentou abri-la com mãos trêmulas. O doutor estalou os dedos, e seu subordinado arrancou a lata de suas mãos e abriu-a bruscamente. Os documentos caíram e o doutor abriu-os, examinando-os rapidamente.

– Muito bem. Esquerda. – Virou-se para seu subordinado. – Bloco 17.

– Mas *Herr Doktor*...

– Bloco 17! – rugiu, e o homem encolheu-se de medo.

– Sim, *Herr Doktor*.

Ana tomou coragem e permaneceu diante dele mais um instante. Reparou que as mãos dele tremiam levemente e seus olhos tinham o aspecto enevoado de quem havia bebido. Àquela hora da manhã isso certamente significava que ele tinha um problema. Talvez não lidasse bem com aquela tarefa repugnante. Cruzando os dedos às costas, pedindo a proteção de Deus, ousou falar novamente.

– Esta jovem é minha assistente.

– Essa aí? – Ele fez um gesto vago com a mão, e Ester foi empurrada para a frente. – É muito magrinha.

– E muito talentosa.

– Muito bem, esquerda.

O subordinado ficou rubro de indignação.

– *Herr Doktor*...

– Cale-se! – rugiu novamente. – Há novas diretrizes que você não conhece, imbecil. Afaste-se e deixe-me fazer meu trabalho.

O subordinado estava vermelho de raiva, mas isso pouco importava a Ana. Agarrando o braço de Ester, correu para a fila da esquerda, detestando não poder salvar aqueles pobres seres que mal se mantinham em pé na outra fila, mas considerando sua própria sobrevivência uma pequena vitória. Agora, a única questão era o que as esperava no Bloco 17.

*

– Vocês duas, as parteiras, entrem aí!

A oficial da SS empurrou-as com violência nas costas, dando uma risada debochada.

– É uma vocação muito nobre, não acha, Klara?

Uma mulher robusta, com braços do tamanho de abóboras e um rosto furioso e manchado, avançou até a porta, encarando-as com desprezo.

– Muito nobre, *Aufseherin* Grese – concordou com ironia. – A vida é sagrada e tudo mais.

Ana tentou ver além da mulher, para dentro do barracão de madeira, mas ela preenchia toda a moldura da porta, impedindo a visão.

– Esta é a *Schwester* Klara – disse Grese. – Ela também é parteira. Ou melhor, era.

– Tiraram a minha licença – Klara contou a elas, com orgulho. – Infanticídio.

Ana sentiu o sangue gelar.

– Infanticídio? – murmurou.

– Abortos – Klara disse casualmente. – É crime, embora não para as mulheres de quem tratei, devo dizer. Por que abrir mão da própria vida por algum moleque choramingão?

– Bem pensado – Grese concordou, com um sorriso malicioso para Ana e Ester. *Schwester* Klara aperfeiçoou sua arte aqui em Auschwitz-Birkenau.

– Aperfeiçoei a coisa – Klara concordou, presunçosamente. – Agora, posso descartar qualquer criança.

Ana olhou para Ester, mas ambas mantiveram o rosto impassível. Já estavam aprendendo como o campo funcionava. O processo de "triagem" delas tinha sido um exercício de humilhação brutal. Empurradas para um grande prédio no fundo do campo, logo depois das duas construções com grandes chaminés, haviam sido obrigadas a se despir. Os oficiais – a maioria homens – não hesitaram em acelerar o processo com chicotes de couro, e não tiveram alternativa senão remover as roupas e permanecer ali, completamente expostas.

Lenta e dolorosamente, haviam sido empurradas diante dos nazistas debochados enquanto prisioneiros com grandes máquinas raspavam-lhes a cabeça. Em seguida, com lâminas cruamente cegas, fizeram uma depilação grosseira no restante de seus corpos expostos. Ana, que dera à luz três filhos, apenas fechara os olhos e suportara aquilo, mas vira a humilhação ardente nos olhos da jovem Ester, e sentira um ódio profundo, sempre latente, ameaçando explodir a qualquer momento. Por sorte o trabalho foi feito rapidamente, e elas se viram em frente a um pequeno prisioneiro segurando uma agulha.

– Braço.

– O quê? – Ana perguntou, confusa.

– Me dê seu braço.

Ele tomou-o com uma suavidade surpreendente, mas sua mão era firme enquanto gravava um número na pele dela: 41401. Mais de quarenta mil mulheres, pensou Ana, tinham sido empurradas por aqueles portões cruéis antes dela. Quantas delas ainda estariam vivas?

Essa questão despertou nela o impulso de arrancar a terrível agulha da mão do homem e lutar. Porém, antes que pudesse reunir coragem, foram levadas a uma sala escura para um "banho". Em Łódź, circulavam rumores de que as câmaras de gás funcionavam como chuveiros, e Ana e Ester se agarraram uma à outra quando as portas se fecharam e os canos começaram a ranger. Jamais Ana sentira tanto alívio quanto no momento em que a água – gelada, mas abençoada e limpa – começou a cair sobre elas.

Após isso, voltaram à fila e receberam blusas listradas e saias mal ajustadas. A saia dada a Ester era grande demais para seu corpo esguio, mas não lhe permitiram um cinto nem qualquer corda. Por fim, Ana improvisou um nó grosseiro na parte traseira da saia, para que não caísse constantemente aos seus pés. Não lhes deram roupas íntimas nem meias – apenas tamancos rudes de madeira que já começavam a machucar-lhe os pés durante a caminhada até o Bloco 17. E agora isso: uma parteira assassina.

– Tornei-me parteira para salvar a vida de bebês e mães – ousou dizer Ana.

Schwester Klara encarou-a com desdém.

– Que meigo. – Em seguida, seu rosto endureceu. – Chegou a hora de ser reensinada, *blöde Kühe*.

Ana estremeceu, mas já tinha sido chamada de coisas piores que "vaca estúpida" ao longo da vida, e não permitiria que aquela mulher amarga a intimidasse.

– Então é melhor você nos mostrar o lugar.

– Não vai levar muito tempo.

Finalmente, Klara deu um passo para trás e, com um gesto exagerado, indicou a entrada do barracão. Ana avançou cautelosamente alguns passos e recuou imediatamente, horrorizada. O cheiro era terrível – sangue misturado com suor, excrementos e o odor nauseante de corpos não lavados. Alguma coisa correu sobre seu pé, e atrás dela Ester gritou.

– Um rato!

Klara deu um chute nele com os pés, que, Ana notou com desgosto, calçavam botas grandes e bem confortáveis.

– Eles adoram este lugar, esses vermes – disse Klara, quase com afeto. – Muito alimento por aqui, sabe como é.

Ela apontou para uma fileira de beliches, e à medida que os olhos de Ana se acostumavam à penumbra, percebeu que estava diante de cerca de cem mulheres, todas amontoadas umas sobre as outras, cinco ou seis por beliche duplo. A maioria estava em estágio avançado de gravidez, com as barrigas destacando-se como protuberâncias obscenas de seus corpos esqueléticos. Ana aproximou-se e viu que uma delas gritava, sofrendo de intensas contrações.

– Esta mulher está em trabalho de parto – disse, embasbacada.

– É o que acontece por aqui – concordou Klara, examinando distraidamente a sujeira sob suas unhas.

– Tire-a imediatamente desse beliche – ordenou Ana.

– Por quê?

– Ela precisa se movimentar para aliviar as dores, é óbvio. Ester!

A jovem correu para ajudá-la, e juntas retiraram com cuidado a pobre mulher do beliche. As demais mulheres ergueram brevemente os olhos, com uma curiosidade apática, e Ana detestou perceber a letargia impotente que as dominava.

– Venha – disse à gestante. – Caminhe comigo. Vai aliviar as contrações.

A mulher olhou para ela confusa, mas apoiou-se em seu braço com gratidão e começou a andar. O corredor entre os beliches apertados era estreito, e o barracão tinha apenas cerca de quarenta passos de comprimento, mas antes mesmo que terminassem de percorrê-lo a mulher já caminhava com maior facilidade.

– Onde elas costumam dar à luz? – Ana perguntou a Klara, que observava encostada à parede com uma expressão de evidente divertimento.

– Onde quer que caiam.

Ana mordeu o lábio e olhou ao redor. Não havia nada além de uma cadeira grosseira, ocupada por uma mulher que estava recostada displicentemente. Seu uniforme estava costurado de forma provocante, cortado baixo para expor um decote amplo, embora flácido. Seu cabelo destacava-se entre as outras mulheres, primeiramente porque ainda estava ali, longo e luxuoso, e também por seu tom vermelho intenso. O triângulo negro em seu uniforme a identificava como "antissocial" – uma prostituta.

– Pode se levantar, por favor? – disse-lhe Ana. – Precisamos dessa cadeira.

– Para quê? – perguntou a mulher com indiferença.

– Para esta pobre mãe em trabalho de parto.

— Para esta pobre judia, você quer dizer — corrigiu a mulher, o rosto bonito distorcido pelo ódio.

— Pouca diferença faz.

— Você acha mesmo? — A mulher recostou-se dramaticamente na cadeira, jogando os cabelos ruivos para trás. — Ouviu isso, Klara? "Pouca diferença faz." Quem são essas duas *dummköpfe*?

Ana manteve sua postura firme.

— A cadeira, por favor.

Klara suspirou com exagero.

— Deixe a *dummkopf* usar a cadeira, Pfani. Vamos ver o que ela consegue fazer com isso.

Pfani levantou-se ostensivamente devagar, pegou a cadeira e colocou-a rudemente diante de Ana.

— Obrigada — disse Ana, e, virando-se para a mulher, ajudou-a a sentar-se na cadeira, mostrando como inclinar-se à frente para aliviar a pressão nas costas. As contrações vinham rápidas, e estava claro que o bebê não tardaria. Ana agachou-se diante dela.

— Respire assim — orientou. — Assim mesmo.

Demonstrou-lhe como respirar de maneira rápida para aliviar a dor, e notou um leve sinal de esperança surgindo nos olhos da mulher ao responder ao seu cuidado.

— Muito bem. Excelente. Qual é seu nome?

— Elizabet — respondeu com dificuldade.

— Muito bonito. Agora, Elizabet, quando as contrações diminuírem, vou verificar como está sua dilatação.

— Obrigada — ofegou Elizabet. — Ai!

Ester aproximou-se ao lado de Ana, que cedeu-lhe com gratidão seu lugar para posicionar a mulher um pouco mais à frente na cadeira e erguer-lhe as saias.

— O bebê já está coroando! — anunciou com entusiasmo, vendo a cabeça. O barracão sujo ao redor desapareceu, a aspereza de seu uniforme mal-ajustado deixou de incomodá-la, e a dor das sandálias de madeira em seus pés deixou de importar enquanto concentrava-se totalmente no parto. — Quando eu disser, Elizabet, você empurra. Três, dois, um — agora!

Elizabet apoiou-se em Ester e, com um grito profundo, fez força. Todas ao redor começaram a se sentar nos beliches, oferecendo palavras de encorajamento com o pouco vigor que ainda tinham.

– Maravilhoso – incentivou Ana. – A cabeça já saiu. Está quase no fim, querida. Descanse um instante, e depois vamos novamente. Três, dois, um – empurre!

Elizabet ergueu-se parcialmente, apoiando-se em Ester e fazendo força com tudo que tinha.

– Está vindo! – Ana gritou. – O bebê está vindo. Mais uma força, Elizabet, e você terá seu bebê nos braços.

Atrás dela, ouviu Pfani e Klara rindo com sarcasmo, mas Klara ordenou que Pfani pegasse um balde, indicando que talvez estivessem se preparando para oferecer alguma ajuda, afinal. Ana focou-se completamente na mãe.

– Última força agora!

Elizabet deu mais um grito profundo, e seu bebê nasceu: pequeno, mas perfeito.

– É uma menina! – anunciou Ana, procurando um pano, e, não encontrando nada, enxugou a criança em sua própria saia. – Você tem uma linda menina.

Exausta, Elizabet recostou-se na cadeira e sorriu.

– Obrigada – sussurrou ela. – Muito obrigada mesmo.

Estendeu os braços, e Ana procurou ao redor por uma tesoura para cortar o cordão umbilical. Pfani ofereceu-lhe uma faca. Era cega e enferrujada, mas na falta de algo melhor, Ana esfregou-a rapidamente em sua saia para tentar remover a sujeira mais superficial. Então, rangendo os dentes, cortou o cordão.

– Muito bem, enfermeira – comentou Klara. – Muito... instrutivo. Agora é minha vez de ensinar você.

Subitamente, arrancou o bebê dos braços de Ana, mergulhando-o sem cerimônia em um balde.

– Cuidado! – implorou Ana. – Você vai machucá-la. Klara, pare!

Ela avançou, agarrando um dos braços musculosos de Klara enquanto Ester segurava o outro, mas a mulher era forte e continuou mantendo o pequeno bebê firmemente submerso na água. Ana sentiu como se os próprios pulmões estivessem enchendo-se d'água. Atrás dela, ouviu os gritos desesperados da mãe. Os olhos horrorizados das outras mulheres amontoadas nos beliches a encaravam, e no centro de tudo estava Klara, empurrando a criança indefesa mais fundo no balde imundo, até que as bolhas cessaram e o corpo ficou imóvel. Para sempre imóvel.

Ana soltou Klara e recuou, encostando-se em um dos beliches, lutando para respirar.

— Eu lhe disse — debochou Klara. — Reensino.

Então, erguendo o pequeno cadáver da água, caminhou em cinco passos largos até a porta e atirou-o lá fora, na lama. Ouviram um baque surdo, e Ana procurou às cegas a mão de Ester, sentindo o mundo girar ao redor. Temera que Auschwitz fosse um inferno, mas nunca imaginara que o inferno pudesse ser tão profundo ou tão desesperadamente desumano.

Elizabet chorava, e Ana observou atordoada enquanto mãos estendiam-se para puxá-la para um dos beliches, onde permaneceu aconchegada nos braços de outras mulheres, sua dor ainda mais aguda pela resignação terrível. Tudo o que Ana fizera fora proporcionar-lhe um breve e doloroso momento de esperança, apenas para que ele fosse brutalmente arrancado, junto com a vida frágil do bebê.

— Não!

O grito escapou das profundezas de seu peito sem que pudesse contê-lo, tão inevitável quanto o nascimento daquele bebê condenado.

— Não? — perguntou Klara, avançando com ameaça e cruzando os braços robustos diante dela.

— Não — insistiu Ana. — Você não pode fazer isso, *Schwester*. Não pode trair nossa profissão desse jeito. Recebemos o direito de trazer vidas ao mundo, não de apagá-las.

— Quando é que você vai entender, *dummkopf*? Isto é Auschwitz-Birkenau, e aqui vigem outras regras. Obedeça ou morra.

— Não!

— Entendo. — Klara estalou os dedos, e Pfani aproximou-se rapidamente dela. — Temos uma rebelde no bloco, Pfani. Rebeldes desestabilizam a comunidade, e não podemos tolerar isso, podemos?

— Não, Klara — concordou Pfani, esfregando as mãos. — Precisamos ensiná-la como se comportar.

— Não! — Dessa vez foi Ester quem gritou, colocando-se diante de Ana. Mas Klara simplesmente estendeu a mão, agarrou um dos pulsos delicados de Ester e apertou até que ela se contorcesse de dor no chão, então empurrou-a para o lado.

Os dedos de Ana procuraram seu rosário, mas ele havia desaparecido, confiscado pelos guardas junto com todo o resto. Agora ela estava à mercê daquela cruel *kapo* do bloco.

– Ave Maria, cheia de graça... – murmurou baixinho.

Klara gargalhou.

– Deus não vai ajudá-la aqui. Agora...

Ela ergueu o punho, mas naquele momento a porta abriu-se bruscamente e botas pesadas ecoaram pelo chão de terra batida.

– O que está acontecendo aqui? – exigiu uma voz profunda.

Klara virou-se rapidamente, fazendo uma reverência curiosa.

– Insolência, *Doktor* Rohde.

Era o homem da estrada, aquele que havia enviado Ana e Ester para a esquerda. Ana quase desejou que ele não tivesse aparecido; poderia estar a meio caminho do céu em uma nuvem de fumaça escura, poupada dos horrores do Bloco 17. Talvez ainda estivesse destinada a isso, mas pelo menos partiria defendendo a justiça. Deu um passo à frente.

– *Herr Doktor* – disse Ana em alemão firme e claro –, acabei de ajudar uma mãe a dar à luz apenas para ver esta... esta *mulher*... – a palavra era um ultraje, mas esforçou-se para pronunciá-la – afogar a criança diante de nossos olhos. Isso é uma violação do nosso dever jurado e contraria cada palavra do juramento hipocrático que nós, assim como o senhor, fizemos.

O dr. Rohde piscou, olhando para ela.

– O juramento hipocrático? – perguntou, como se estivesse sendo lembrado de algo de um passado distante.

– Por que bebês estão sendo assassinados? – Ana exigiu saber.

As mulheres nos beliches ao redor prenderam a respiração ao ouvirem a escolha daquela palavra, mas o médico pareceu considerá-la.

– Este é um campo de trabalho – respondeu. – Portanto, as pessoas estão aqui para trabalhar. Uma mãe com um bebê não pode fazê-lo.

– Pode sim. Quantas mulheres não trabalham nos campos durante a colheita com um bebê amarrado às costas?

Aquilo surpreendeu-o.

– Verdade – admitiu ele com relutância. – Vi isso pessoalmente em minha juventude.

Novamente, suas palavras tinham um tom nostálgico, como se ele fosse muito velho, embora aparentasse no máximo quarenta anos. Ele balançou a cabeça.

– Mas o trabalho aqui não se limita a colher trigo. Há estradas a construir, trilhos ferroviários a assentar, peixes e aves a criar. Bebês não têm lugar em Auschwitz.

Disso Ana não podia discordar, mas descartá-los em um balde não era a solução correta.

— Com certeza uma creche...

A palavra foi abafada por outra gargalhada de Klara e Pfani. O dr. Rohde franziu a testa para elas.

— Chega! — gritou, e o riso delas cessou imediatamente.

— Por acaso — prosseguiu ele — recebemos uma nova diretiva do próprio *Herr* Himmler. O programa de eutanásia, daqui por diante, aplica-se apenas aos mentalmente deficientes. O Reich precisa de mão de obra, não podemos continuar desperdiçando mulheres grávidas. A partir de agora, nem elas nem seus bebês devem ser... eliminados.

Klara pareceu furiosa.

— Os bebês vão viver? — perguntou com uma incredulidade sombria.

— Os bebês não serão mais mortos — corrigiu o dr. Rohde.

Ele olhou em volta do barracão sujo e até mesmo Ana, que estava naquele inferno havia poucas horas, entendeu que qualquer recém-nascido ali teria chances mínimas de sobrevivência. Mas sentiu a mão de Ester deslizar para dentro da sua, apertando-a, e compreendeu que era um começo.

— Obrigada, *Herr* Doktor — disse ela.

Ele assentiu secamente.

— Pode fazer seu trabalho, parteira. E você — virou-se para Klara — alterará o seu.

Klara lançou a Ana um olhar cheio de raiva, mas não havia nada que pudesse fazer.

— Sim, *Herr* Doktor.

Ana sentiu um lampejo de triunfo. Era por isso que estava ali. Aquela era a missão que Deus havia lhe dado, e precisava agarrá-la com ambas as mãos. Qualquer que fosse o preço, lutaria para salvar a vida de cada bebê nascido em Auschwitz-Birkenau dali em diante. Olhou para Ester, ainda firme ao seu lado, e ousou sorrir-lhe suavemente. Fariam isso juntas.

Mas Klara ainda não havia terminado com elas.

— Não os bebês judeus, certo, *Herr* Doktor? — perguntou com malícia, quando seu superior já alcançava a porta.

O dr. Rohde virou-se.

— Ah, não — concordou, sem um instante de hesitação. — Os judeus devem morrer.

DEZESSEIS

JUNHO DE 1943

ESTER

– De pé! De pé! Vamos lá, suas *dumme Kühe*, de pé!

Ester lutou para recobrar a consciência, enquanto Klara arrastava seu precioso bastão ao longo dos beliches, tirando todas de um meio sono inquieto para um estado de vigília ainda mais inquieto. Eram quatro da manhã, e mesmo no auge do verão, o sol ainda não surgia no horizonte, portanto, o Barracão 17 estava às escuras. Ester apertou os punhos contra os olhos, para reter as lágrimas sempre prontas. Não podia perder nem mesmo aquela pequena umidade.

– Ave Maria, cheia de graça... – ouviu Ana murmurar no escuro, sentindo um breve conforto naquela prece já tão familiar. A princípio, aquelas palavras tinham lhe soado estranhas, mas agora ela as absorvia com gratidão, como se fossem a entonação de um rabino na sinagoga. Sua mente exausta já não sabia se Deus as observava ali em Birkenau, mas tinha certeza de que, se ele estivesse olhando, certamente estaria chorando. Ela moveu-se contra as outras mulheres com quem dividia o beliche áspero, sentindo, como sempre, uma saudade dolorosa da presença reconfortante de Filip ao seu lado. Será que algum dia o veria novamente?

– Vamos logo, suas putas imundas! De pé e para fora!

Ester arrancou seus pensamentos do marido e forçou-se a descer do beliche. Klara detestava acordar cedo e descontava as agruras do regime do campo naquelas desafortunadas que estavam sob sua responsabilidade. Ela era a prisioneira número 837, um número tão baixo que, pelo que sabiam, era a prisioneira feminina mais antiga do campo. Enviada diretamente de uma prisão alemã para o recém-construído Birkenau em 1942, tinha sido escolhida como suficientemente sádica para assumir o comando do bloco. Como *kapo*, ela ocupava um pequeno quarto logo na entrada, com um colchão e um cobertor só para ela – verdadeiros luxos. Não que isso melhorasse seu humor.

– Hoje é um dia especial – anunciou ela, golpeando aleatoriamente as mulheres enquanto tentavam descer dos beliches de três níveis.

– É seu aniversário, Klara? – perguntou uma mulher mais velha, recebendo imediatamente uma pancada na parte de trás das coxas.

– Pena que alguém não a afogou num balde quando nasceu – Ester ouviu alguém sussurrar e precisou conter um sorriso.

– Ou simplesmente não a tenha tratado com gentileza – sugeriu Ana, e Ester sentiu-se imediatamente envergonhada. Sua amiga tinha razão, mas estava ficando quase impossível imaginar alguém – exceto a própria Ana – tratando as pessoas com bondade naquele lugar.

Também era difícil conceber o que poderia significar um "dia especial" naquele ambiente, já que todos os dias ali passavam-se num borrão de rotina: a chamada matinal, o líquido sujo que chamavam de café, o trabalho, a sopa apodrecida, mais trabalho, outra chamada, e uma crosta de pão que servia como jantar e café da manhã. As noites ofereciam prazeres como filas para os buracos das latrinas, catar piolhos dos cabelos e lutar por meio espaço num beliche de madeira dura. Pelo menos Ester estava livre de marchar para fora do campo para trabalhar nas muitas fazendas da região, pois essas mulheres retornavam exauridas todas as noites. Seu trabalho como enfermeira, porém, embora não fosse fisicamente desgastante, era emocionalmente devastador. Ela e Ana atuavam nos quatro barracões atualmente usados como hospitais, e com o tifo devastando as mulheres e praticamente nenhum medicamento, desinfetante ou sequer água disponível, cuidar delas era uma tarefa destruidora de almas. O que era exatamente o que os nazistas desejavam.

Tudo o que seus torturadores faziam – raspar cabeças, distribuir uniformes idênticos, substituir nomes por números – tinha o objetivo de convertê-las em simples marcas em uma contagem, em vez de seres humanos reais. Quando mulheres morriam à noite, suas companheiras tinham que carregá-las para a chamada da manhã, onde eram contabilizadas e lançadas sobre pilhas de corpos aguardando a carroça para o crematório. Ester tinha certeza de que a SS deixava os corpos ali mais tempo do que o necessário, apenas para lembrar às sobreviventes o quão próximas estavam do nada absoluto. Ela aprendera rapidamente que era preciso combater aquilo com cada fragmento do seu antigo eu que conseguisse preservar.

Enquanto cambaleava para fora nas primeiras neblinas de um amanhecer enevoado para a chamada, Ester lutou contra a náusea que parecia constantemente revirar seu pobre estômago vazio, esforçando-se para reunir as fibras de seu ser. Arrastando-se até seu lugar na fila, fechou os olhos para bloquear a visão das mulheres famintas, dos oficiais da SS rondando com cães ferozes, dos corpos dos mortos sendo trazidos para completar a contagem. Convocando cada célula em sua mente a cooperar, transportou-se mentalmente até os degraus da catedral de Santo Estanislau. De repente, sentiu o sol quente sobre sua cabeça e o frio agradável dos degraus contra suas coxas. Pessoas passavam agitadas pela rua Piotrkowska, comprando mantimentos para suas famílias, almoçando com amigos, olhando vitrines de sapatos elegantes.

Ela pensou no almoço que a esperava. O queijo *twarog* feito em casa por sua mãe, acompanhado de um *bajgiel* simples, mas tão delicioso, cuidadosamente embrulhado por Ruth naquela manhã. Poderia abri-lo devagar e dar uma mordida. Ficou ali, imersa naquela visão, ignorando os gritos, lamentos e latidos que tentavam invadir seu devaneio perfeito, permitindo que seu outro eu saboreasse o queijo na língua, até finalmente se entregar à sensação mais maravilhosa de todas: olhar para cima e vê-lo, Filip, correndo em sua direção, cabelos despenteados, a bolsa batendo contra suas pernas longas, o rosto bondoso aberto em um sorriso amplo.

– Filip – sussurrou, meio erguendo a mão como se pudesse realmente tocar os dedos dele através do grande abismo de tempo e espaço que seus opressores haviam cavado entre eles.

Em vez disso, levou uma cotovelada brusca nas costelas.

– Ester!

Ela abriu os olhos rapidamente e viu Ana olhando-a com ansiedade.

– Número 41400.

– Aqui! – gritou rapidamente.

Os olhos da guarda se estreitaram e, conforme ela marchava em sua direção, Ester viu com o coração apertado que era a SS-*Aufseherin* Irma Grese, uma mulher cuja perfeita beleza ariana era igualada apenas por sua crueldade.

– Tem certeza, 41400? – perguntou com um sorriso irônico. – Porque me pareceu que você estava bem longe daqui.

– Aqui, *Aufseherin* – respondeu Ester, esforçando-se para se manter o mais ereta possível.

Grese odiava fraquezas. Dizia-se pelo campo que a única coisa que ela detestava ainda mais era a beleza, como se esta, de alguma maneira, ameaçasse sua própria perfeição. Era conhecida por ter arrancado os seios de mulheres atraentes em crises de inveja, e pela primeira vez Ester estava grata por quase todos os traços de sua feminilidade terem sido destruídos pelos três últimos meses de fome e medo. Felizmente, Grese estava distraída naquela manhã e satisfez-se apenas com um tapa violento no rosto de Ester. Usava um pesado anel com sinete que cortou seu rosto, mas Ester obrigou-se a não reagir e, com um grunhido satisfeito, Grese afastou-se.

– Ótimo, porque você precisa estar bem alerta hoje. Vocês vão se mudar.

– Mudar?

A pergunta veio de uma mulher atrás dela. Os olhos de Grese estreitaram-se ainda mais e, com um grito quase animalesco, avançou contra ela.

– Como ousa me questionar?

O bastão de Grese atingiu as costas da mulher repetidamente enquanto as outras prisioneiras se encolhiam e os guardas da SS observavam com tédio. Ester procurou a mão de Ana, consciente de que poderia facilmente ser ela própria ali, com os ossos quebrados pela fúria irracional da sádica. Sentiu vontade de voltar para a catedral de Santo Estanislau, onde Filip acabara de chegar, mas não se atreveu. Precisava de todo seu juízo ali.

Por fim, Grese cansou-se e retornou ao seu posto, deixando a pobre mulher jogada no chão. Cada fibra em Ester queria se aproximar para ajudá-la, mas não ousou. Birkenau havia lhes tirado até mesmo a humanidade de socorrer o próximo. Como Ana sempre lhe dizia, a única arma que tinham agora era continuar vivas. A gentileza tornara-se um ato clandestino.

A superior de Grese, a *Lagerführerin* Maria Mandel, deu um passo à frente e o campo todo tentou manter-se ereto o melhor possível.

– Hoje – disse ela em seu alemão áspero – é um dia de reorganização.

As mulheres enrijeceram, apavoradas que essa fosse uma nova expressão para "seleção". Periodicamente a SS, fosse por ordens superiores, para cumprir quotas ou por puro entretenimento, aproveitava a chamada para selecionar prisioneiras a serem despachadas pelas temidas chaminés.

Se não houvesse espaço imediato nos grandes fornos, eram empurradas para o Bloco 25, a "antecâmara do crematório", onde ficavam sem água ou alimento até que houvesse pessoas suficientes para completar um lote.

As sortudas morriam antes mesmo de iniciar a jornada ao fundo do campo, pois ninguém sabia exatamente o que acontecia ali. De vez em quando, homens eram recrutados para o *Sonderkommando* dos crematórios – uma unidade de trabalho especial – mas ficavam totalmente isolados dos demais prisioneiros, permitindo que apenas fragmentos de informação chegassem aos outros. Alguns diziam que um gás venenoso era entregue em ambulâncias roubadas da Cruz Vermelha; outros juravam que as pessoas eram simplesmente jogadas vivas nos fornos. Os recém-chegados "sortudos", enviados diretamente para lá, eram enganados com a promessa de um banho, mas os internos regulares não tinham esse luxo. A morte pairava sobre o campo como uma nuvem palpável, contaminando o próprio ar com um odor bárbaro que sempre deixava Ester ainda mais enjoada do que já estava.

– Hoje – continuou Mandel, trazendo Ester de volta à realidade –, os homens serão transferidos para o outro lado dos trilhos e as mulheres terão o dobro de espaço.

Houve um murmúrio quase empolgado com as palavras "dobro de espaço".

– As mulheres aptas ao trabalho serão transferidas para o setor B1b – Mandel gesticulou para o lado esquerdo, no fundo do campo, onde já se viam filas de homens deixando seus barracões e atravessando a estrada. – As inúteis ao Reich permanecerão aqui no setor B1a. Suas *kapos* têm mais detalhes. Façam o que elas disserem, e rápido. Não haverá rações até a mudança ser concluída. Agora vão!

Todas se entreolharam, confusas.

– De volta aos seus blocos, *Schweinedreck*, para serem designadas aos novos alojamentos.

Todas correram. O sol agora surgia, iluminando os arames de Birkenau com um rosa enganosamente bonito. Ao olhar para o céu, Ester não via esplendor na natureza, mas antecipava a sede que um dia inteiro sob aquele sol certamente traria. Seus lábios já estavam rachados, e a língua colava-se dolorosamente ao céu da boca. Sem nem mesmo a caneca do líquido que chamavam café após a chamada matinal, sabia que um inferno ainda pior estava à frente.

— Juntem seus pertences! — ordenou Klara com sarcasmo (provavelmente brincando, já que o único bem que alguém possuía ali era uma parte ínfima de um cobertor imundo). — Vamos para o Bloco 24.

— O hospital? — perguntou Ana.

— Um deles, sim. Eu serei a *kapo* geral e vocês ficarão na seção de maternidade.

— Verdade? — Ester viu os olhos de Ana se iluminarem, e Klara percebeu também.

— Ah, sim. Será um lugar de última geração. Chão limpo, macas confortáveis para o parto, ferramentas esterilizadas...

Ela gargalhou alto, e a luz imediatamente sumiu dos olhos de Ana. Ester odiava vê-la assim. Pedir-lhes para prestar cuidados médicos naquelas condições era como pedir a um homem que cavasse uma estrada com as próprias mãos. Mas não se surpreenderia se os nazistas realmente ordenassem isso — tudo era feito para garantir o fracasso, e elas tinham que lutar constantemente contra aquilo. Tudo o que sua amiga parteira possuía para cuidar das pacientes eram cobertores imundos infestados de piolhos, água suja e uma tesourinha enferrujada. Cada bebê que nascia naquele campo era uma pequena vitória — uma bolha de ar num esgoto —, e mesmo quando terminava em dor pela perda daquela vida frágil, havia existido um breve momento de alegria.

— Suas mãos são todo o conforto que uma mãe precisa no parto — sussurrou Ester para Ana. — Venha, vamos conhecer nossa nova enfermaria.

*

O Bloco 24 fervilhava de mulheres. Algumas jaziam indefesas na cama, ardendo com tifo; as outras, aparentemente, tinham sido convocadas para ajudar a "enxugá-las", como dizia Klara. Descobriram que trinta beliches deveriam ser liberados na extremidade do bloco para se tornarem a seção de maternidade, mas levaria tempo para transferir as pobres mulheres que lutavam por suas vidas. Alguém, certamente Klara, decidira atribuir a Ana justamente a área ocupada pelas pacientes mais graves, fracas demais para fazer algo além de deitar sobre os fluidos corporais, próprios e alheios. Os colchões, se é que podiam ser chamados assim, eram finos e inúteis, e o tecido só fazia absorver a sujeira.

— Precisamos de água — disse Ester.

Klara riu e ordenou que Pfani trouxesse um balde com um líquido que certamente continha mais sujeira do que água e que, além disso, estava rachado, vazando a sujeira pelo piso sem revestimento.

Ana caiu de joelhos, como se seu espírito estivesse vazando junto com aquela água imunda. Ester esfregou-lhe as costas, impotente.

– Qual o sentido disso tudo? – perguntou Ana, erguendo os olhos castanhos para Ester. – Por que ainda tentamos?

– Porque se desistirmos, eles terão vencido – respondeu Ester, agachando-se ao seu lado.

Ana encostou a testa na dela.

– Eles já venceram – sussurrou.

– Ainda não – Ester disse com determinação. Enquanto Filip estivesse claramente em sua mente, ela teria algo pelo que lutar e não desistiria nem mesmo da menor possibilidade de revê-lo. – Venha.

Ela ergueu Ana. Nesse momento, uma mulher se aproximou delas, usando uma blusa branca quase limpa e, mais raro ainda, um sorriso no rosto.

– Ana Kaminski? – perguntou, estendendo a mão e falando em polonês. – É uma honra conhecê-la. Ouvi muito sobre suas habilidades.

– Ou-ouviu? – Ana gaguejou, também em polonês.

– Claro. É raro aqui alguém trazer vida em vez de morte, e eu a admiro por isso. Sou a dra. Węgierska – Janina. Eu era médica em Varsóvia, o que parece há muito tempo. Vim parar aqui pelo "crime" de tratar judeus, e estou determinada a continuar fazendo isso! Estou tentando trazer alguma ordem aos barracões hospitalares. Você pode me ajudar?

Ana olhou para Ester e, para imenso alívio dela, Ester viu as costas envelhecidas da amiga voltarem a se aprumarem novamente.

– Seria um prazer.

Durante toda a manhã trabalharam, limpando os beliches com a água que Janina, de alguma forma, conseguia obter e transferindo pacientes cuidadosamente. Aos poucos, criaram espaço suficiente para que as pobres mulheres pudessem se mover, tivessem um pouco de ar ao redor dos corpos febris e algum alívio dos piolhos. Os guardas da SS mantinham distância, temendo contágio, e pela primeira vez desde que chegara a Birkenau, Ester quase sentiu como se trabalhasse pelo bem comum. Por volta do meio-dia chegaram aos beliches centrais, onde um grupo miserável de mulheres estava encolhido.

— Estamos aqui para ajudá-las — disse Ester, estendendo a mão.

Elas se retraíram como se Ester fosse bater-lhes, e ela as observou curiosa. Tinham a pele escurecida pelo sol e olhos como azeitonas negras, conversando em uma língua estranha que nunca ouvira.

— De onde vocês são? — perguntou Ester num alemão rudimentar.

Sem resposta. Tentou novamente em polonês, mas elas permaneceram mudas.

— Elas não são mal-educadas — disse uma voz atrás dela em polonês carregado de sotaque. — Só não entendem. São gregas.

Ester virou-se rapidamente e viu-se diante de uma jovem com rosto em formato de coração, olhos verdes impressionantes e pequenos cachos que começavam a brotar teimosamente em sua cabeça raspada.

— Naomi — apresentou-se a jovem, colocando dois baldes d'água no chão e estendendo a mão. — Número 39882. — Fez uma careta ao número em seu braço. — Também sou grega, mas minha mãe era polonesa, então tenho essa vantagem sobre minhas pobres amigas. Passei temporadas com meus avós em Cracóvia, então o clima aqui não foi um choque tão grande.

Ester olhou pela janela, onde o sol ardia forte, e Naomi riu. Era um som tão estranho naquele lugar que Ester riu também, e o borbulhar dessa risada em sua garganta teve o gosto delicioso do melhor champagne.

— Hoje é um bom dia — admitiu Naomi —, mas quando chegamos aqui foi um choque. Somos de Salonica e nunca tínhamos visto tanta chuva.

— Invejo você — disse Ester.

Naomi abriu um sorriso amplo.

— Então terá que vir nos visitar quando tudo isso acabar.

Ester olhou para ela, surpresa com seu otimismo simples.

— Você acha mesmo que vai acabar?

— De um jeito ou de outro terá que acabar, e que sentido há em pensar o pior?

Ester segurou as mãos dela com carinho.

— Deus te abençoe, Naomi. Você está certa.

— Quem me dera poder dizer isso à minha mãe — disse Naomi, e por um instante seu sorriso desapareceu e seus olhos se voltaram às chaminés. Mas então recuperou o controle. — Ela sempre dizia que eu era meio boba e talvez estivesse certa. Mas às vezes, acho que é uma bênção ser ingênua.

— Naomi! Você não me parece nem um pouco ingênua.

— Ah, acredite, estou me esforçando muito para ser. Se eu permitir que minha mente pare para refletir com clareza sobre este lugar, certamente perderei a sanidade.

— Verdade — concordou Ester. — Eu gosto de me imaginar em outro lugar.

— Outro lugar? — Os olhos verdes de Naomi se arregalaram. — Como assim?

Ester corou.

— Não realmente, apenas em minha mente.

— E para onde você vai?

Seu interesse parecia tão sincero que Ester, surpreendida, acabou contando-lhe.

— Vou até os degraus de uma catedral na minha cidade natal.

— Uma catedral? — Naomi estreitou os olhos. — Você não é judia?

Ester apontou para o triângulo amarelo em seu uniforme mal ajustado.

— Muito judia. Mas a catedral ficava perto do hospital onde eu trabalhava e eu costumava sentar nos degraus para almoçar, vendo as pessoas passarem pela rua Piotrkowska. Então um dia, um jovem começou a aparecer ali também para almoçar.

— E vocês começaram a conversar e se apaixonaram!

O sorriso de Ester alargou-se, abrindo as rachaduras em seus lábios.

— Bom, demorou um pouco mais que isso — ambos éramos muito tímidos —, mas sim.

— Isso é tão romântico! Qual o nome dele?

— Filip. — Pronunciar seu nome em voz alta trouxe-lhe uma alegria tão profunda que quase chorou.

— Ele está... ele está aqui?

Ester balançou a cabeça.

— Não. Pelo menos não tenho certeza disso. Não tenho certeza de nada. Mas imagino-o constantemente, e tenho essa ideia de que, enquanto eu conseguir vê-lo claramente na minha mente, ele deve estar vivo. Mas isso é bobagem, não é?

— De jeito nenhum. Se suas almas estão conectadas, vão chamar uma pela outra.

— Você acha?

— Tenho certeza — respondeu Naomi com firmeza. — Mas se você quiser detalhes mais concretos, posso falar com a Mala.

— Mala?

— Mala Zimetbaum. Você não conhece?

Ester balançou a cabeça negativamente.

— Ah, a Mala é maravilhosa. — Naomi olhou rapidamente ao redor, mas a SS ainda estava afastada, e até Klara continuava lá fora, sentada ao sol com Pfani, fingindo supervisionar a lavagem dos cobertores. — Ela é judia polonesa, mas morou na Bélgica praticamente a vida toda e fala várias línguas. É muito sofisticada, então os alemães a usam como intérprete e mensageira. — Baixou ainda mais a voz. — Isso significa que ela entra e sai dos escritórios dos correios constantemente, e enquanto está lá pode... resgatar cartas.

— Cartas? — Aquela palavra tinha o gosto da mais doce promessa.

Naomi assentiu com entusiasmo.

— Outro dia ela me trouxe uma com uma foto da minha família. Não da minha mãe... — de novo aquela sombra passou por seus olhos, mas ela rapidamente se recompôs — mas do meu pai e das minhas irmãs. Eles conseguiram fugir quando os nazistas chegaram. Eu estava trabalhando numa fábrica, então me pegaram primeiro, mas meu pai teve tempo de levar minhas irmãs menores para as montanhas. Agora estão na Suíça, estão seguros.

— Isso é incrível. E eles escreveram para você? Aqui? E chegou?

— Sim, chega tudo. Os alemães adoram porque as pessoas mandam dinheiro e comida, que pegam para eles. Eles deixam os não judeus terem as coisas deles — pelo menos uma parte — mas nós não recebemos nada. Mala, porém, consegue encontrar. Qual é seu nome?

— Ester Pasternak. É meu nome de casada, o nome do Filip.

— Se ele tiver escrito para você, Ester, a Mala vai encontrar. Vou falar com ela amanhã, prometo.

— É muita gentileza sua.

— Qualquer coisa pelo romance. Quero muito me apaixonar.

Ester olhou ao redor do barracão cheio de mulheres doentes.

— Receio que talvez precise esperar um pouco.

— É o que parece. Os únicos homens por aqui são nazistas, embora alguns deles não pareçam tão ruins.

Ester encarou-a, horrorizada.

— Naomi, todos eles são horríveis!

— Alguns dos mais jovens podem ser gentis.

— Que jovens? Onde?

Ela deu de ombros.

— Tenho um emprego no Kanada, e lá alguns são simpáticos às vezes, especialmente se acham que você encontrou algo interessante. Um deles deixou que eu ficasse com um batom outro dia. Olhe.

Ela fez um bico engraçado, e Ester viu que realmente havia vestígios de um gloss rosa-escuro em seus lábios. Ester já tinha ouvido falar do Kanada – os grandes barracões ao lado dos crematórios, onde as roupas e pertences dos recém-chegados eram separados. Era uma tarefa invejada, feita sob um teto e com infinitas possibilidades de "arranjar" suprimentos, desde que se tivesse coragem. Naomi parecia ter coragem de sobra, mas, ao olhar mais atentamente, Ester percebeu como era jovem.

— Quantos anos você tem, Naomi?

— Dezesseis – respondeu, erguendo o queixo de uma maneira que sugeria talvez menos idade. Ester não insistiu. Algo na jovem lembrava Leah, e ela sentiu um instinto protetor.

— Não converse com os oficiais da SS, Naomi, por mais gentis que possam parecer. São esses homens que a mantêm presa contra sua vontade, alimentando-a com quase nada, matando seus amigos e familiares.

A expressão de Naomi escureceu.

— Suponho que estejam apenas obedecendo ordens – sugeriu com voz baixa.

— Não – respondeu Ester, com convicção. – Todos aqui são da SS ou da Gestapo, membros do partido nazista. Foi graças a homens como esses que Hitler chegou ao poder. Foi o apoio deles às ideias doentias sobre pureza racial que nos fez, a mim e a você, sermos consideradas "inferiores" e enviadas para sermos maltratadas como animais. É graças a...

— Entendi! – Naomi levantou as mãos e Ester interrompeu-se.

— Desculpe, é que eu fico muito indignada.

— Quem não fica? – Naomi lançou os braços ao redor de Ester num abraço tão espontâneo e sincero que lágrimas brotaram instantaneamente de seus olhos. – Ei, não chore.

Ester esfregou o rosto.

— Não consigo evitar. Choro o tempo todo. Se não estou chorando, estou com náusea.

— É este lugar – disse Naomi, abraçando-a novamente.

Mas Ester percebeu que alguém mais pairava por perto e, ao virar-se, sentiu alívio ao ver que era apenas Ana.

– Ana, venha conhecer Naomi. Ela está trazendo água para nós.

– Percebo isso. Obrigada, Naomi – Ana sorriu rapidamente para a jovem, mas seus olhos estavam fixos em Ester. – Náusea e choro constante?

Ester assentiu.

– É só fome e cansaço, Ana. – Mas notou a preocupação no rosto da amiga. – Não é?

– Claro – Ana concordou rapidamente. – É natural que seja. Agora, vamos esfregar este beliche?

Ela indicou o leito recém-liberado, e Ester aproximou-se para ajudar. Mas percebeu a hesitação de sua amiga e levou discretamente a mão à própria testa. Estaria com tifo? Não seria surpresa, cercada pela doença dia e noite, mas até então conseguira escapar. Olhou para as pobres mulheres ao redor do barracão, contorcidas de dor, e rezou – para seu Deus, para o Deus de Ana, para qualquer deus que pudesse ouvi-la acima dos lamentos – pedindo saúde.

O otimismo luminoso de Naomi havia despertado esperança nela e, ao pegar uma escova gasta para iniciar a limpeza, a imagem de Filip tornou-se mais vívida do que nunca em sua mente. Seu corpo encheu-se de amor, e ela empurrou a náusea ferozmente para longe. Ficaria saudável, permaneceria viva, e, de alguma maneira, escaparia daquele lugar.

DEZESSETE

JUNHO DE 1943

ANA

– Ainda vivo? Interessante.

O novo médico fez uma anotação caprichada em um bloquinho de couro, e Ana reprimiu a vontade de agarrar a elegante caneta tinteiro e enfiá-la em seu olho nazista. O "interessante" objeto de estudo era um bebê minúsculo, nascido, quatro dias antes, da sra. Haim, uma judia que perdera seus três filhos mais velhos nas câmaras de gás assim que chegara ao campo. Por ser corpulenta, sua gravidez ficara bem escondida até que cinco meses de trabalho pesado, dragando o viveiro de peixe, eliminara sua carne o suficiente para que a barriga se projetasse. Falara-se com horror sobre levá-la ao dr. Nierzwicki, conhecido por realizar experimentos terríveis para abortar e esterilizar mulheres, mas então o olhar desse novo médico recaiu sobre ela, escolhendo-a para um tipo diferente, porém igualmente cruel, de experimento.

O *Doktor* Josef Mengele, médico-chefe no campo cigano do outro lado dos trilhos, queria saber por quanto tempo um recém-nascido poderia viver sem comida, e vinha monitorando preguiçosamente o filho de Rebekah Haim, desde que ele chegara àquele canto sombrio do mundo. Naqueles dias, qualquer bebê nascido de mães não-judias era registrado como prisioneiro do campo e recebia o próprio número, tatuado na coxa por Pfani, que extraía um curioso prazer da tarefa. Até onde Ana podia perceber, não tinha a ver com infligir dor nos bebês, mas sim fazer um trabalho artístico. Às vezes, em uma hora de ócio, Pfani fazia desenhos na própria pele, ou na de alguém tolo o bastante para permitir, e, embora grosseiros, eles tinham algum estilo. "Arte de Auschwitz", era como a prostituta chamava aquilo – o que dizia tudo.

Não que os números tatuados por Pfani fossem de grande ajuda para os bebês. Poucas mães conseguiam mantê-los vivos por mais de uma ou duas semanas, ainda que isso fosse mais do que as pobres crianças judias podiam esperar. Klara e Pfani ainda tinham permissão – aliás, ordens – para matar todos os bebês judeus ao nascer, rondando o Bloco 24 sempre que sabiam que uma mãe judia estava próxima ao parto. Às vezes Ana conseguia esconder um bebê se este nascesse de madrugada, quando a dupla despótica dormia ruidosamente em seu quarto particular, mas nunca por mais do que um ou dois dias; aquelas mulheres conseguiam farejar bebês com a mesma facilidade com que os ratos farejavam carne podre.

Somente o bebê de Rebekah fora "poupado" para o experimento perverso de Mengele, e para tornar tudo ainda pior, sua vítima escolhida, ao contrário de muitas mães exaustas, parecia ter leite em abundância. Ao notar isso, Mengele havia atado seus seios tão apertado que era um milagre seu coração ainda conseguir bater sob eles, e honestamente teria sido uma bênção se tivesse parado. Mas quatro dias intermináveis depois, tanto mãe quanto bebê ainda estavam vivos.

Mengele inclinou a cabeça para um lado, bateu a caneta contra os dentes perfeitos e subitamente disse:

– Chega disso. Bloco 25.

Ana engoliu em seco ao ouvir o nome terrível da "antecâmara do crematório".

– Perdão, *Herr Doktor*? – tentou.

Ele encarou-a com severidade.

– Mande-os para o Bloco 25, enfermeira.

– Sou a parteira, *Herr Doktor*.

Ele inclinou a cabeça para o outro lado.

– Ah, é mesmo? Que curioso. – Observou o uniforme dela, notando o triângulo verde que a identificava como criminosa. – Você não é judia?

– Não, *Herr Doktor*. Sou uma mulher cristã, mas acredito na santidade de toda vida humana.

– Acredita? Que bobagem. Você acha que um rato vale o mesmo que um cavalo?

Ela piscou, percebendo imediatamente a armadilha. Cavalos eram criaturas belas e nobres, ratos eram necrófagos imundos. Todos os dias precisava afastar aquelas criaturas inchadas dos pacientes enquanto buscavam um pedaço saboroso para morder, indiferentes se a presa estivesse viva ou morta. Mas não era este o ponto aqui.

— Imagino que outros ratos defenderiam o valor de seus semelhantes — respondeu com cautela.

Mengele soltou uma risada.

— Muito bom, parteira. Qual é seu nome?

— Ana Kaminski, senhor — gaguejou surpresa, desacostumada a dizer algo além do próprio número.

— E está aqui por quê?

— Suspeita de resistência, senhor.

— Entendo. Bom, mostra espírito, suponho. — Ele a avaliou com um olhar frio e então deu um sorriso astuto. — Você deve ser a mulher que impediu a *Schwester* Klara de afogar os bebês.

— Sou eu mesma — confirmou Ana, embora aquilo fosse apenas parcialmente verdade.

Toda vez que confirmava uma gravidez judaica seu coração se apertava. Nove meses era muito tempo para carregar a semente de uma vida que seria arrancada no instante em que florescesse. E havia outra razão para preocupação: Ester não parecia bem ultimamente, e Ana tinha visto sinais suficientes para não poder negá-los, por mais que desejasse. Precisava agir rapidamente.

Engolindo o medo, cruzou as mãos à frente do corpo e disse:

— Não está no juramento hipocrático tirar vidas, *Herr Doktor*.

— Verdade, sra. Kaminski. — Novamente inclinou a cabeça, mas apenas brevemente. — Mas também não está no juramento hipocrático salvar ratos. Você — Bloco 25.

Ele afastou-se de Ana para olhar Rebekah Haim, que se levantava com dificuldade do beliche, segurando o bebê contra o peito amarrado, caminhando para a porta. Ana estendeu a mão e tocou-lhe o braço.

— Que Deus a abençoe, Rebekah.

A pobre mulher olhou-a com olhos profundos.

— Sinto muito, Ana, mas acho que Deus desistiu de nós há muito tempo.

— Mas...

— Está tudo bem. Vou levar esta criança para encontrar seus irmãos, bem longe destes demônios.

E com isso, cuspiu sobre as botas brilhantes de Mengele e, com a cabeça erguida, caminhou mancando até o Bloco 25. Praguejando, Mengele afastou-se, e assim que saiu, Ana correu até a janela que dava para o pátio do bloco amaldiçoado. Se havia círculos no inferno de Birkenau, o Bloco 25 era certamente o mais baixo. Às vezes, era possível ver mulheres desesperadas sugando as folhas de grama que brotavam da lama, tentando saciar sua sede, uma vez que eram obrigadas a esperar dia após dia até que um número suficiente de prisioneiros fosse condenado a se juntar a elas. Rebekah teria "sorte", porque tanto o barracão quanto o pátio estavam cheios de infelizes, e certamente os caminhões logo chegariam para levá-los embora.

Normalmente, Ana evitava olhar naquela direção, mas naquele dia seus olhos estavam fixos em Rebekah enquanto ela sentava-se ao sol, colocando o bebê em seu colo e lentamente, mas com uma determinação feroz, desfazia a cruel atadura que prendia seus seios. Finalmente livre, ergueu a criança e aproximou-a do mamilo. No início, a cabeça do bebê pendeu, fraca demais até mesmo para sugar, e Rebekah espremeu algumas gotas de leite, tocando delicadamente nos lábios da criança até que, como um milagre, ele encontrou forças para se alimentar. Pelo menos teriam o consolo desse último vínculo, mas o desperdício de duas vidas preciosas era quase insuportável para Ana, e ela sucumbiu de costas contra a parede, chorando em silêncio.

— Por favor, Deus — rezou entre lágrimas —, não permita que Ester esteja grávida.

Se observar Rebekah caminhando para a morte já era difícil, assistir a Ester seguir pelo mesmo caminho seria impossível. *Ela é sua filha agora*, Ruth lhe dissera naquela noite terrível no trem que as levara ao inferno, e Ana precisava protegê-la com tudo o que tinha.

O problema era: e se tudo o que tivesse não fosse suficiente?

Ana apoiou a cabeça entre as mãos, desejando que Bartek estivesse ali. Tantas vezes ao longo de seu longo casamento trouxera para casa os problemas de seu trabalho, e ele sempre a ouvira com calma, acariciando seus cabelos e colocando tudo em perspectiva para ela. Tentou imaginar o que ele diria agora, se estivesse ali ou, melhor ainda, se estivessem em outro lugar qualquer, juntos. Seus dedos tatearam a cintura e encontraram o conforto abençoado do velho rosário. Naomi havia "arranjado" — termo do campo para aquisição clandestina — as contas vindas do Kanada, que Deus a abençoasse, e Ana as mantinha sob a saia, onde o toque das contas, maravilhosamente lisas de tão gastas por anos de orações de alguém, a tranquilizava. Agora sussurrou silenciosamente uma Ave-Maria enquanto lembrava a si mesma que seu querido marido ainda estava vivo.

O pacote milagroso chegara poucos dias antes. Uma prisioneira alta, de rosto duro e com o triângulo verde de criminosa, tinha entrado no barracão pisando firme, gritando:

– Correio para Ana Kaminski!

Todas pensaram que fosse uma piada cruel, mas quando Ana se identificara, a mulher de fato mostrou-lhe um pacote – ou o que restava dele – com seu nome escrito em uma caligrafia tão familiar que ela quase desmaiou.

– Obrigada – disse, estendendo a mão, mas a mulher segurou o pacote no alto.

– Há uma taxa.

Ana abriu as mãos, impotente.

– Não tenho nada.

– Ah, mas você tem.

Ela abriu o pacote, já violado e certamente vasculhado e despojado de qualquer coisa que tivesse interessado aos alemães na agência postal, e revirou o que restava.

– Vou levar isto aqui.

Ana e todas as outras mulheres no Bloco 24 observaram invejosamente enquanto ela retirava uma barra de chocolate – pequena, mas desesperadamente preciosa –, guardando-a no bolso. Finalmente, entregou o pacote a Ana e marchou para fora com seu prêmio.

– Por que ela recebe um pacote? – resmungou alguém em um dos beliches.

A "carteira" parou para encará-la.

– Porque ela não é judia, sua *Sauhund*.

Então saiu, e todos os olhares recaíram sobre Ana. Por um instante sentiu-se como um rato observado por um falcão, agradecendo que aquele fosse o bloco hospitalar, onde as mulheres estavam fracas demais para atacá-la.

– Eu compartilharei a comida – garantiu-lhes Ana, embora soubesse que os suprimentos restantes não iriam muito longe. Ela não se importava. Não era a carne seca que desejava, mas sim notícias. A carta estava fortemente censurada, rabiscada com tinta preta grossa que ocultava muitas das palavras preciosas de seu marido, mas ela havia compreendido "Varsóvia",

"Bron comigo" e "seguros", e isso já fora suficiente. Mais que suficiente. Bartek e Bron estavam vivos, bem, e certamente lutando pela liberdade, e esse pensamento enchia Ana de alegria desde então.

No entanto, agora, enquanto observava Rebekah esperando a morte, Varsóvia parecia distante demais. Mesmo a vila de Oświęcim, quase à vista do campo, parecia impossivelmente remota, como se as cercas eletrificadas ao redor do campo marcassem os limites do mundo conhecido. Qualquer coisa poderia estar acontecendo lá fora, e elas jamais saberiam. Suas vidas agora se resumiam aos trens chegando em uma extremidade e à fumaça saindo na outra; tudo entre esses pontos era apenas limbo.

– De pé! Todas vocês.

Schwester Klara estava de volta de onde quer que estivesse vadiando e, pelo som de sua voz, estava em sua melhor disposição. Aquilo não pressagiava boa coisa, e um temor gelado instalou-se ao redor de Ana, enquanto ela se forçava a ficar em pé, escondendo o rosário sob as dobras da saia.

– Ah, *Schwester* Ana. – Ana piscou; nunca ouvira Klara chamá-la por nada além de *alte Kuh*, "velha vaca". – Esses oficiais vieram homenagear alguns de nossos bebês.

– Homenageá-los?

Ester havia atravessado o salão principal para ver os recém-chegados e parecia tão perdida quanto Ana. Eram dois oficiais, um homem e uma mulher, ambos com uniformes da SS decorados com fitas e medalhas suficientes para indicar uma patente superior que justificava o comportamento bajulador de Klara.

– Estão aqui para selecionar bebês para o programa *Lebensborn*.

– *Lebensborn*? – perguntou Ana. A palavra significava, pelo que sabia, "fonte da vida", mas aquilo não ajudava muito.

A oficial, uma mulher alta usando botas de salto, olhou-a com superioridade.

– É um programa instituído pelo Terceiro Reich para garantir que todos os bebês de sangue valioso sejam mantidos seguros e criados em lares sólidos, dedicados ao *Führer*.

Ana continuou se esforçando para entender.

– Vocês estão aqui para levar mães e bebês para a Alemanha? – Ana ainda tentava compreender.

Parecia bom demais para ser verdade. Se pudesse ver uma única mãe recém-parida saindo daquele campo rumo à liberdade, recuperaria a sua fé.

— Estamos aqui — disse a oficial com severidade — para levar bebês para a Alemanha.

Era mesmo bom demais para ser verdade.

— Mas e as mães...

— Permanecerão aqui e trabalharão, como estava previsto quando foram deportadas. Não se preocupe, enfermeira; há muitas famílias sólidas no Reich que criarão esses bebês. E de forma muito melhor do que essas mulheres poderiam fazer.

A oficial enrugou o nariz ao observar a seção de maternidade. Ana, Ester e a dra. Węgierska haviam feito o possível para melhorar o novo "setor". As gestantes estavam separadas do hospital principal por uma cortina feita com lençóis velhos do Kanada, e com trinta beliches disponíveis geralmente precisavam dividir em duas ou três mulheres por cama dupla. Os colchões eram tão finos que mal cumpriam sua função, mas Ana conseguira autorização para buscar água quando fosse necessário, mantendo-os razoavelmente limpos, parcialmente livres de piolhos e com líquidos suficientes para beber.

O melhor de tudo era a "sala de parto": um longo forno de tijolos que atravessava o bloco, alimentado por fogueiras nas duas extremidades. As fogueiras nunca eram acesas no verão, mas o local era extenso, acessível por ambos os lados e elevado do chão — uma grande melhora em relação à única cadeira que tinham no Bloco 17. Mesmo assim, deveria ser uma visão deplorável para alguém recém-chegado, e Ana sentiu uma súbita esperança de que, se esses oficiais queriam mesmo seus bebês, talvez pudessem ajudar de alguma maneira.

— As condições aqui são muito duras para as mães — observou Ana com cuidado.

A oficial assentiu brevemente.

— Exatamente por isso é que bebês valiosos precisam ser removidos o quanto antes. Faremos visitas regulares, e a *Schwester* Klara assegurou que estará atenta para preservar qualquer criança promissora.

— Promissora? — perguntou Ana.

— Loira — respondeu a mulher secamente.

Ana lançou um olhar rápido a Ester, cujos dedos tocaram instintivamente os próprios cabelos incomumente loiros, crescendo agora em pequenos tufos dourados. Será que Deus havia realmente escutado suas preces?

— Vocês querem todos os bebês loiros? Inclusive judeus?

– Não seja ridícula, Ana – Klara interrompeu bruscamente. – Por que iriam querer...

Mas o oficial levantou a mão com um gesto brusco, e Klara silenciou de imediato.

– Se os bebês são loiros – ele declarou com autoridade –, então não podem ser judeus.

Era uma lógica distorcida, mas Ana deixou passar.

– E as mães? – ousou perguntar, mas ele balançou a cabeça com desprezo.

– Ah, não, as mães não. Poderia ter havido esperança para elas, um dia, mas elas foram muito impregnadas pelas influências judaicas sujas para um dia serem realmente livres. Estamos aqui para quebrar esse ciclo. – Olhou ao redor, satisfeito. – Tenho certeza de que qualquer mãe judia ficará feliz ao ver seu filho libertado para viver como um bom alemão, em liberdade, no Reich.

As mães judias diante dos beliches – assim como suas companheiras polonesas, russas e gregas – recuaram instintivamente, desmentindo suas palavras, mas ele não pareceu perceber.

– Vamos ver esses bebês, então – disse ele com satisfação. – Vamos escolher.

As mulheres se entreolharam nervosas, mas Klara já estava avançando pela fila, empurrando aquelas que ainda estavam grávidas de volta aos beliches e obrigando as que tinham bebês no colo a apresentá-los aos oficiais da SS, que avançavam atrás dela como inspetores em uma linha de produção. Ana sentiu Ester aproximar-se e, juntas, observaram paralisadas pelo horror.

– Este aqui! – declarou o oficial, apontando um menino polonês de quatro dias, com cabelos cor de palha.

Klara arrancou o bebê dos braços da mãe e marchou atrás dele, enquanto a pobre mulher desabava nos braços de uma amiga.

– E esta aqui também.

Uma menina russa. Dessa vez a mãe estava prevenida e tentou resistir, mas ficou claro que Klara preferiria arrancar o bebê de seus braços do que desistir dele, e ela foi forçada a ceder.

– Ah, e definitivamente este aqui.

O oficial pegou ele próprio a criança, uma menina nascida naquela madrugada, com cabelos tão loiros que pareciam brancos. A mãe era judia, e apenas graças à obsessão de Klara por tomar sol ela havia sobrevivido até ali. Agora, parecia que seria levada embora, não para a morte num balde, mas para a vida numa família nazista. Ana não sabia dizer o que seria pior. O oficial olhou com quase ternura para a criança, depois examinou a mãe, uma jovem de cabelos escuros, ainda fraca após um parto longo e tremendo diante dele.

– Como *você* conseguiu produzir isto? – perguntou com desprezo.

– Meu marido é norueguês – gaguejou a mulher.

– Ah, uma *mischling*. Muito bem. Não se preocupe, esta criança terá um bom lar. – Ele afagou-lhe a cabeça como se estivesse levando apenas um objeto dela, e prosseguiu pela fila. – Não, não, definitivamente não... Hmmm. – Quase chegava ao fim da linha, ainda sem preencher sua cota. Cutucou um bebê com cabelos da cor de areia molhada, franzindo a testa. – O que acha, *Aufseherin* Wolf?

A oficial puxou os cabelos da criança, como se verificasse se eram verdadeiros, e deu de ombros.

– Pode servir, *Hauptsturmführer* Meyer. O cabelo deve parecer mais claro depois que lavarmos esses piolhos judeus. Himmler está desesperado, agora que os bastardos vermelhos estão matando nossos rapazes, então os oficiais do centro não olharão com muita atenção. Ficaremos com ele.

E com isso, ela agarrou o bebê, carregando-o à sua frente como se ele pudesse contaminá-la – o que poderia mesmo ocorrer, considerando que ninguém jamais fornecia fraldas à seção de maternidade. O bebê não fez nada, mas a mãe lançou-se sobre Wolf, agarrando-se desesperadamente às suas pernas, quase derrubando-a.

– Por favor – suplicou ela. – Por favor, não leve meu bebê!

– Você quer mantê-lo aqui? – Wolf perguntou, torcendo os lábios com desprezo enquanto observava significativamente o ambiente sujo ao redor.

– Quero mantê-lo comigo – disse a mãe. – Ele é meu!

Wolf deu de ombros.

– E você, infelizmente, é minha. Agora largue-me antes que eu precise removê-la à força.

Mas a pobre mulher não soltava suas pernas, e com Klara ocupada segurando os dois primeiros bebês, não havia ninguém para afastá-la.

– *Mein Gott!* – exclamou Meyer, e, sacando a pistola do cinto, deu-lhe um tiro na cabeça.

A mulher desabou aos pés de Wolf, que, com desdém, livrou-se das mãos inertes agarradas às suas botas de salto alto e saiu sem olhar para trás.

– Voltaremos – anunciou ela, parando à porta, uma silhueta escura contra o sol atrás dela. – Guardem os bons para nós.

– Claro – respondeu Klara, chegando mesmo a curvar-se. – Será uma honra.

– Será mesmo – disse Wolf, antes de partir.

Um silêncio pesado pairou sobre o corpo da pobre mãe, cujo único crime fora tentar manter seu filho consigo.

– O que foi? – gritou Klara às mulheres. – Vocês deviam estar felizes; pelo menos seus bebês estarão salvos.

– Salvos? – a russa chorou. – Você chama de salvo ser criado por um nazista do inferno? E se transformarem meu bebê em um deles? E se a corromperem com suas ideias diabólicas e a usarem como arma contra seu próprio povo? O que, raios, isso tem de "salvo"?

Ela correu para a porta, e todas se precipitaram atrás dela, mas os oficiais da SS já tinham partido no seu carro elegante com as quatro crianças desafortunadas, cruzando pelo caminho com três grandes caminhões que estacionavam diante do Bloco 25. Ficaram observando enquanto Rebekah Haim caminhava com calma dignidade para o primeiro caminhão, apertando firmemente seu bebê.

– Pelo menos ela poderá morrer em paz com seu filho – chorou a russa, enquanto as outras mães enlutadas se aglomeravam ao redor dela.

Ester segurou o braço de Ana.

– Que mundo é esse em que essa se torna a opção mais desejável? – perguntou.

Ana apenas balançou a cabeça. Sempre que pensava terem alcançado as profundezas do horror de Birkenau, uma nova vala parecia abrir-se diante delas. Cambaleou contra a parede do barracão, mas então viu Irma Grese avançando ameaçadoramente na direção das mães desesperadas, e Ester puxou seu braço.

– Vamos entrar, Ana. Preciso me manter longe do caminho da Grese. Acho que aqueles petiscos que Naomi tem nos trazido do Kanada estão indo diretamente para meus seios. Veja.

Ela tocou nervosamente o próprio peito, que realmente estava inchado, e Ana apressou-se em acompanhá-la para dentro, sentindo o coração apertar-se ao perceber que a vala continuava a se aprofundar inexoravelmente sob seus pés.

DEZOITO

JULHO DE 1943

ESTER

Ester estava deitada em seu beliche, acariciando a fina, mas infinitamente preciosa folha de papel junto ao peito.

Minha esposa querida, meu maior tesouro.

Era um milagre. De alguma forma, Filip havia descoberto onde ela estava; de alguma maneira, contrabandeara uma carta para fora do gueto; de alguma forma, a carta chegara a Birkenau, diretamente em suas mãos. Ester abençoaria Mala Zimetbaum todos os dias restantes de sua vida por aquela felicidade imensa.

O dia havia sido imundo, com as chuvas de verão castigando o campo sob nuvens pesadas, e Ester tinha trabalhado com Ana, tentando de algum jeito eliminar os piolhos que corriam desenfreados pelo bloco naquele mês quente e úmido. Se não fossem ratos mordendo suas pacientes, eram piolhos escavando sua pele febril; ninguém, por mais saudável, conseguia dormir sem o incômodo constante daqueles insetos minúsculos. Naomi havia "arranjado" algum desinfetante, e elas tinham tentado limpar um beliche por vez, mas era uma tarefa sem fim. Ontem, Ester encostara a testa impotente às tábuas ásperas da parede, chorando por estarem num estado tão precário que não conseguiam derrotar nem criaturas menores que suas unhas, e fora então que ouvira seu nome.

– Há uma Ester Pasternak aqui?

A voz era macia e educada, e ela se virou lentamente para ver uma mulher alta, parada na entrada, usando roupas bem cortadas, como se fosse uma visão de um tempo e lugar totalmente diferentes.

Era magra, mas não emaciada como todas elas, e tinha cabelo abundante, escuro, com um corte virado para dentro, que Ester imediatamente teve vontade de estender a mão e acariciar. Melhor de tudo: segurava um pequeno envelope na mão.

– Sou eu! – exclamou Ester, com a voz rouca. – Sou Ester.

A mulher sorriu e atravessou o bloco.

– Olá, sou Mala. Naomi me disse que você procurava notícias do seu marido.

– Sim. Ó Deus, sim.

Sua resposta saiu num soluço constrangido, mas Mala apenas sorriu, entregando-lhe a carta.

– Espero que traga conforto a você.

– Obrigada. Muito obrigada. Você é um anjo.

Mala sorriu novamente, ajeitando com timidez seus cabelos brilhantes.

– Não sou um anjo, Ester. Apenas uma mulher comum, tentando ajudar como posso para sobrevivermos a essa loucura até que o mundo se conserte novamente. Guarde isso escondido.

– Claro. Muito obrigada. Você não imagina o quanto isso significa para mim.

– Imagino, sim – disse Mala. – Todos nós precisamos saber que há algo pelo que viver.

Então saiu, tão silenciosamente quanto entrara, e Ester rastejou para o fundo de seu beliche, esquecendo completamente os piolhos e os ratos enquanto abria o envelope e devorava as palavras de Filip, após três intermináveis meses sem ele.

Minha esposa querida, meu maior tesouro,

Não sei se esta carta vai encontrá-la, ou sequer se você ainda está viva, mas se orações podem proteger alguém – e certamente podem –, então trabalho dia e noite para mantê-la a salvo. Peço a Deus que cuide de você quando como, quando trabalho, quando caminho para casa, até mesmo enquanto durmo. Você é a coisa mais maravilhosa que já me aconteceu, minha bela Ester, e recuso-me a acreditar que o universo vá levá-la de mim. Podemos estar separados agora, mas não será para sempre. Lutarei para permanecer vivo, e você, minha amada, precisa lutar também. Sobreviver deve ser nossa meta nesses tempos sombrios, pois se permanecermos vivos, poderemos nos reencontrar e viver novamente uma vida verdadeira, cheia de amor, alegria e carinho.

Não tenho muito espaço, pois papel é difícil de encontrar e pessoas dispostas a entregá-lo são mais raras ainda, mas quero assegurar que estou bem, que nossos pais estão bem e que Leah está prosperando. Soube recentemente que ela está namorando um homem bom, um jovem agricultor, e ambos podemos nos confortar sabendo que alguém que nos é querido esteja vivendo em paz. Um dia seremos nós, Ester. Um amor forte como o nosso é feito para durar, e só desejo, agora, que tivesse me ajoelhado e pedido você em casamento na manhã exata em que pus meus olhos em você – porque eu já sabia, Ester. Sabia que você era a garota para mim, e amaldiçoo minha timidez estúpida por me roubar até mesmo um instante de felicidade ao seu lado. Mas haverá mais. Aguente firme, minha Ester, resista com tudo que tiver, porque eu a amo com cada fibra do meu ser e, custe o que custar, estarei aqui para você quando tudo isso acabar.

Seu marido eternamente apaixonado,
Filip

Ela chorara ao ler pela primeira vez, e muitas vezes desde então, mas haviam sido lágrimas de felicidade e esperança. Ele estava seguro, estavam todos seguros, e ele acreditava que haveria vida após aquele inferno. Isso a encheu de alegria, mas também a encheu de vergonha. Ele estava lá fora rezando por sua segurança a cada instante, enquanto ela desperdiçava os dias com autopiedade e desespero. Mas agora, não mais.

Na semana desde que Mala lhe entregara a carta preciosa, dedicara-se às suas orações com uma energia renovada, dizendo-as profundamente em seu coração, murmurando-as baixinho, e às vezes até cantando-as em voz alta. Sentia uma nova força. A náusea finalmente desaparecera, e seu corpo parecia mais macio e menos desgastado. Estava até mesmo, tinha certeza, ganhando uma leve barriga, embora talvez fosse apenas o início da irônica barriga inchada da fome que afligia tantas pessoas no campo. Estava ali há apenas três meses, mas já parecia ser a única vida que havia conhecido. Receber notícias de Filip relembrara-lhe que havia algo além daquelas cercas, e agora não o imaginava apenas nos degraus de Santo Estanislau, mas também em seu quarto no sótão, na oficina, com seus pais – continuando a viver, como ela estava agora determinada a fazer também.

– De pé! De pé! De pé!

A terrível gritaria rouca de Klara não a despertou do sono, pois Ester estivera mergulhada num descanso muito mais pacífico, embalada pelas palavras de Filip. Mesmo assim, levantou-se do beliche com relutância. Naomi havia "arranjado" um fardo de feno para o barracão, permitindo que estofassem os colchões gastos da seção da maternidade até se tornarem algo próximo do confortável. Claro que isso dava aos piolhos mais espaço para proliferarem, mas valia a pena não ter tábuas de madeira machucando seus quadris esquálidos à noite. Todas estavam eternamente gratas à jovem grega. Ester poderia jurar que Naomi ficava mais esperta a cada dia em conseguir provisões, e sempre lembrava mais sua própria irmã. Contudo, a ingenuidade amistosa de Leah com Hans não terminara bem; esperava apenas que Naomi estivesse sendo mais cuidadosa.

– Todas para fora! – gritou uma voz além das paredes finas do barracão. – Os médicos prepararam uma surpresa hoje.

Ester sentiu um calafrio percorrer sua pele – e não era só dos piolhos – enquanto guardava rapidamente a carta de Filip numa fenda no colchão. Em seguida, juntou-se às outras mulheres que saíam para o pátio escuro, para a chamada matinal. Com o fim de julho se aproximando, o sol ainda lançava seus primeiros raios sobre o horizonte marcado, mas havia luz suficiente para ver grandes banheiras diante de cada bloco. O cheiro penetrante de desinfetante impregnava o ar enevoado, e guardas da SS andavam de um lado para outro com cães que latiam agressivamente.

Doktor Rohde estava ali também.

– Dispam-se! – ordenou, acrescentando um surpreendente: – Por favor.

Ester olhou para ele, grata por essa pequena gentileza. Mas então lembrou-se de Naomi dizendo que alguns dos oficiais da SS eram gentis e como a repreendera por sua ingenuidade em confundir o "presente" de um batom roubado de uma mulher assassinada com bondade verdadeira. Os padrões no campo eram tão baixos que um simples "por favor", mesmo associado a uma ordem humilhante, já lhe despertava gratidão. Endureceu o coração contra o médico enquanto começava a tirar as roupas. Detestava que eles a vissem assim, despojada de tudo.

Mas não de tudo, lembrou-se, porque não podiam arrancar dela o amor em seu coração. Fez uma oração silenciosa por Filip enquanto suas roupas caíam a seus pés. Elas haviam raspado novamente a cabeça na semana anterior, em uma tentativa fútil de combater os piolhos. Felizmente, Naomi conseguira duas lâminas de barbear, permitindo que todo o bloco cuidasse das áreas mais íntimas. A expressão nos rostos dos guardas ao verem os corpos sem pelos havia sido quase cômica, e Ester se perguntava se em algum lugar de Berlim algum estudo "erudito", porém completamente absurdo, sobre crescimento capilar em desnutridos estaria sendo preparado por algum dos "médicos" que usavam o campo como laboratório doentio.

– Formem uma fila – ordenou *Doktor* Rohde. – Quando seu nome for chamado, vocês entrarão na banheira deste lado, submergindo completamente por trinta segundos, e sairão pelo outro lado.

Era a típica eficiência alemã, mas nada disso evitava o ardor do produto. Janina Węgierska foi a primeira a entrar, e Ester viu a boa médica estremecer quando o desinfetante forte tocou sua pele crivada de feridas dos piolhos. Seus olhos lacrimejavam ao sair da banheira, mas ela sabia que era melhor não gritar. Por que acrescentar hematomas às feridas?

– Vai funcionar? – Ester sussurrou para Ana.

– Talvez tire os piolhos do corpo – respondeu Ana –, mas eles já estão entranhados nos colchões e nas roupas, então não demorarão muito para voltar.

Ester pensou na carta de Filip, escondida entre os piolhos, e rezou para que os insetos não criassem gosto pelo papel. Agora, porém, sua vez estava chegando. Ao entrar na banheira, mordeu os lábios para conter a dor. Cada centímetro de sua pele parecia estar em chamas, e ela hesitou diante da ideia de mergulhar o rosto naquela camada de piolhos mortos. Uma mão pousou com força em sua cabeça e a empurrou para baixo antes mesmo que pudesse respirar. Agora não importava o fogo em sua pele, mas sim o fogo em seus pulmões.

Aguente firme, minha Ester.

As palavras de Filip voltaram à sua mente, e ela se obrigou a não resistir enquanto era mantida submersa, pois nada agradava mais à SS do que impor sua dominação. Sua cabeça girava e ela sabia que logo teria que abrir a boca e permitir que o líquido alcalino e sujo invadisse seus pulmões. Então tudo estaria perdido.

Aguente firme, minha Ester.
A mão finalmente a soltou, e ela emergiu desesperada por ar.
– Saia! – gritaram.

Ester tentou sair, mas estava tão tonta que não conseguia segurar-se. Apenas Ana ousou sustentá-la, impedindo-a de desabar no chão como um peixe morto. Isso lhes valeu a ambas uma pancada com um bastão. Mas logo Ana entrou na banheira, e Ester alcançou a fila de mulheres molhadas e tremendo. A SS perdeu o interesse.

As imersões continuaram intermináveis, enquanto cada uma das cem mulheres do Bloco 24 era forçada a passar pelo mesmo líquido imundo, alinhando-se ao amanhecer. O sol esforçava-se para subir ao céu, mas seus raios ainda eram bloqueados pelas árvores no fundo do campo e não conseguiam secar a umidade em suas peles feridas. As mulheres com tifo mal se mantinham em pé, mas qualquer uma que desabasse era levada imediatamente pelos guardas da SS para o terrível Bloco 25. Por isso, todas faziam o máximo para segurar as mais fracas em pé.

Ester fechou os olhos e rezou por Filip. Imaginou-o levantando-se no sótão, comendo um pedaço de pão na cozinha apertada, caminhando pelo gueto até sua oficina. Como ela odiara aquela parte isolada de Łódź; no entanto, vista do inferno de Birkenau, parecia um paraíso. Pelo menos lá estivera com sua família, com seu marido. Pelo menos lá fora governada por outros judeus e, se tivessem sabido como era a verdadeira opressão, jamais teriam ousado reclamar um instante sequer contra Rumkowski.

Se permanecermos vivos, poderemos nos reencontrar e viver novamente uma vida verdadeira, cheia de amor, alegria e carinho.

Será que ele estava certo? Era possível? Seus dedos já ansiavam por segurar novamente a carta do marido, por percorrer a tinta que viera de sua pena.

Um barulho forte arrancou-a de seu devaneio. Seus olhos se abriram e, para seu horror absoluto, viu prisioneiros homens saindo em fila do bloco, carregando os colchões entre eles. Largaram-nos numa longa fileira no chão e, em seguida, pegaram regadores, mergulhando-os no balde imundo, e começaram a despejar desinfetante por toda a superfície.

– Não! – Ester gritou, e apenas Ana segurando seus braços a impediu de correr e atirar-se diante deles. Ela olhou para a amiga, aflita. – Eles não podem fazer isso, Ana. Estão molhando tudo!

– Eles vão secar, Ester. O sol está saindo e...

– Minha carta – sussurrou, e viu a compreensão cruzar os olhos da amiga.

– Você a escondeu no...?

Ela assentiu freneticamente, olhando a fileira de colchões. Eram todos idênticos, e era impossível saber qual deles escondia seu tesouro. De qualquer forma, estavam todos encharcados, e as preciosas palavras dele virariam pasta.

– Não importa – Ana sussurrou ao seu ouvido, ainda segurando seus braços com força. – Você conhece cada palavra de cor, Ester, está tudo no seu coração.

Ester mal registrou o que a amiga dizia. O mundo parecia girar como quando fora submersa na banheira, e sentia que as palavras dele estavam sendo trituradas de sua mente assim como do colchão. Não conseguia ver claramente, não encontrava forças para manter-se em pé.

– Ester – Ana sussurrou com mais urgência. – Olhe para mim, por favor. Você precisa se manter de pé ou vão levá-la ao Bloco 25. É apenas uma carta. Filip está seguro, ele está bem. Ele quer que você sobreviva, Ester, viva por ele.

– Sim – respondeu com esforço, mas parecia que suas palavras estavam sendo destruídas como a carta no colchão diante delas. Sua cabeça girava, não sabia como suas pernas a sustentariam.

– Ester! – a voz de Ana soou distante. – Você acha que, talvez, esteja grávida?

Ela piscou. Fragmentos do mundo pareceram encaixar-se novamente, e agarrou-se a Ana.

– Grávida?

Ana olhou freneticamente ao redor, mas à medida que a visão de Ester clareava, pôde perceber que os guardas estavam ocupados demais espancando os pobres homens recolhendo as roupas para prestar atenção nelas. Ester tocou o próprio ventre, percebendo o volume que atribuíra à fome. Depois levou a mão aos seios. Não eram mais os fartos volumes de antes, mas estavam presentes – prontos, talvez, para alimentar uma criança.

– É possível? – Ana perguntou-lhe com urgência. – Estamos aqui há três meses, Ester. É possível? Você esteve com Filip antes de vir para cá?

Ester recordou-se do sótão apertado, da cama macia, das noites escuras e do infinito conforto dos braços do marido. Lembrou-se de como haviam se amado justamente na noite antes que a polícia levasse sua mãe e que ela própria tivesse sido arrastada para o trem em direção a Birkenau. A voz de Filip voltou a ela, suave e doce: *Você é meu banquete, Ester. Você é meu concerto e minha festa, minha noite fora e meu dia dentro de casa.*

– É possível – admitiu Ester, embora parecesse insano que a doçura daquela cama tivesse alguma conexão com os horrores de Birkenau. Insano e maravilhoso.

Os homens já partiam, levando consigo as roupas das mulheres. Os colchões começavam a soltar vapor sob o sol nascente, o desinfetante evaporando-se lentamente também da pele delas. Mas agora Ester não conseguia pensar em mais nada além da nova vida dentro dela. Poderia ter perdido a carta de Filip, mas tinha seu filho. O filho deles. Olhou para Ana, maravilhada.

– Vou ter um bebê?
– Creio que sim.

Foi um momento de perfeita felicidade, mas então uma mulher ao lado delas caiu, e um cachorro foi solto para cravar seus dentes em seu tornozelo e arrastá-la ao Bloco 25. A realidade terrível do destino de Ester veio à tona bruscamente. Ela era judia, num campo onde uma criminosa insana e sua ajudante prostituta afogavam bebês judeus num balde imundo assim que eles respiravam pela primeira vez. Ela poderia ter a melhor parteira ao seu lado, mas todo o restante daquele mundo perverso estava contra elas. O bebê de Filip não era apenas uma alegria, mas também o maior perigo possível à sua própria vida.

DEZENOVE

SETEMBRO DE 1943

ANA

A música envolvia Ana como uma cantiga de ninar, e ela fechou os olhos, esquecendo por um instante que estava em Birkenau, cercada por doentes e moribundas. Imaginou-se na própria sala de estar, antes de existir o domínio nazista, antes de existirem guetos, quando todos simplesmente levavam suas vidas da melhor maneira possível. Hoje era o festival judaico de Rosh Hashaná – o Ano Novo –, e Alma Rosé, a líder da orquestra feminina de Birkenau, sugerira que, embora as pobres internas não tivessem os tradicionais bolos ou maçãs com mel de suas casas, poderiam ao menos desfrutar da doçura dos instrumentos. Ana nada sabia sobre a cerimônia, mas certamente apreciava a música.

Enquanto as notas delicadas de um violino se elevavam pelo Bloco 24, lembrou-se de Bartek tocando seu velho violino. Ele não tinha o talento de Alma Rosé, a musicista austríaca, agora prisioneira como todas elas (aparentemente seu sangue judeu sendo mais importante que seu talento), mas tocava com o coração. Ela ainda conseguia ver o sorriso no rosto do marido enquanto puxava o arco sobre as cordas, cada vez mais rápido em sua dança favorita, os filhos lutando para acompanhar o ritmo que ele impunha.

Todos tinham talento. Ainda têm, corrigiu-se Ana. Fazia oito terríveis meses desde que vira seus queridos meninos pela última vez, mas recusava-se a acreditar que estivessem perdidos. Pensou neles agora com saudade. Os dedos longos de Bron eram tão habilidosos nas teclas do piano quanto na lâmina do bisturi, Zander amava tocar flauta, e o pequeno Jakub aprendera sozinho a tocar violão num instrumento antigo deixado a Bartek por seu pai. Ana corrigiu-se mentalmente: Jakub não era mais "pequeno" – e ainda bem, pois precisaria de toda a força de um homem adulto para sobreviver àquela guerra.

Novidades tinham chegado de um novo grupo de prisioneiros russos: os alemães estavam sofrendo derrotas pesadas no leste. Na última encomenda de Bartek, sua carta viera mais censurada do que nunca, restando apenas algumas palavras sem sentido depois do pesado marcador preto. Contudo, ele conseguira esconder uma mensagem dentro de um pequeno doce. O doce em si já estava mofado quando chegou, mas isso ao menos evitou que caísse nas mãos gananciosas da carteira. Dentro, porém, havia um tesouro muito maior: um bilhete com palavras de amor e esperança. *Aguente firme, estamos vencendo, meu amor.*

Ana não sabia se deveria dar crédito aos rumores que circulavam pelo campo, mas podia confiar plenamente nas palavras de Bartek. Além disso, começavam a ver por si mesmas algumas evidências. Os soviéticos que chegavam ao campo no outono de 1943 vinham de cidades e vilarejos retomados pelos russos, não conquistados pelos alemães. Milhares de soldados alemães morriam todos os dias. Ana sentira uma alegria enorme ao ouvir isso, depois se censurara; nenhum bom cristão deveria regozijar-se com a morte de alguém, independentemente da nacionalidade. Mesmo assim, era difícil não ficar contente com as derrotas nazistas, pois só assim conseguiriam sair de Birkenau.

O violino voltou a soar, as notas elevando-se confiantes e claras sobre os demais instrumentos. A orquestra fora formada pouco depois da chegada das primeiras mulheres ao campo, mas Alma Rosé assumira o comando no mês anterior, e o grupo vinha crescendo em número e talento. A SS gostava de concertos nas tardes de domingo; algumas prisioneiras desprezavam as musicistas por tocarem para os alemães. Uma violista iugoslava que dera à luz na semana passada confessara a Ana ter sido agredida, cuspida e chutada por outras internas por aceitar tocar para nazistas, mas fora a única forma de salvar a própria vida e, consequentemente, a do bebê que carregava. Ela voltara para o barracão da orquestra com seu filho escondido no estojo da viola, e Ana só podia rezar para que os privilégios oferecidos às musicistas permitissem que a criança ficasse segura. Mas ela duvidava disso.

– Ave Maria, Mãe de Deus, por favor, mantenha meus filhos a salvo, onde quer que estejam.

Seus dedos buscaram o rosário, mas só encontraram as dobras sujas de sua saia. Ela o havia perdido na desinfecção, e embora Naomi tivesse garantido que conseguiria outro, ainda não tivera chance. Ana olhou para a garota, espremida no beliche entre ela e Ester. Era noite, Naomi já havia retornado do Kanada e se esgueirara até o Bloco 24, como costumava fazer. As judias gregas tinham sido colocadas nos Blocos 20 e 21 com as russas, mas quase todas as pobres compatriotas de Naomi haviam morrido de tifo, fome ou puro desespero, e ela detestava ficar lá. Mala estava tentando transferi-la, mas essas coisas levavam tempo, e enquanto isso Naomi as visitava sempre que podia. Às vezes, Mala juntava-se a elas também, conversando alegremente em alemão ou polonês e até tentando aprender o grego nativo de Naomi. Tinha uma curiosidade natural tanto por idiomas quanto por pessoas, embora corresse o boato de que estava especialmente interessada em um jovem chamado Edek Galiński, um hábil mecânico que trabalhava nos escritórios.

– É verdade, Mala? – Naomi sussurrava frequentemente. – Vocês estão namorando?

Mala estalava a língua e respondia:

– Como se algo assim fosse possível em Birkenau!

Mas todas sabiam, pelo sorriso e pelo rubor em seu rosto bonito, que era possível sim. E só por isso sentiam-se um pouco melhor.

Recentemente, porém, Naomi vinha demonstrando menos interesse no "romance" de Mala, e Ana observava-a com preocupação. A jovem parecia abatida e havia perdido um pouco de seu vigor encantador. Por isso, Ana ficou aliviada ao vê-la agora perdida na música. Estendeu-lhe a mão, e Naomi agarrou-a com tal força que Ana temeu por suas velhas juntas.

– Você está bem, Naomi? – sussurrou.

A garota afrouxou o aperto.

– Minha mãe costumava tocar violino.

– E meu marido também. Bem, uma rabeca.

– Você sente falta dele?

– Todos os dias.

– Deve ser bom – disse Naomi, e Ana franziu o cenho. Naomi deu de ombros. – Ter um marido de quem sentir falta.

Contra sua vontade, Ana sorriu; a garota grega tinha sempre uma forma peculiar de enxergar o mundo.

– Imagino que sim. Você também terá alguém um dia, Naomi.

– Terei sim – concordou, mas seus olhos deslizaram para o chão.

Ana quis insistir, mas a orquestra já se preparava para o final da abertura e parecia indelicado continuar falando. Recostou-se e permitiu que a música novamente a envolvesse; cada nota era uma pequena viagem para fora daquele lugar, que ela precisava aproveitar com todas as forças. Quando a abertura terminou, juntou-se às outras mulheres em aplausos espontâneos, quase surpresa por suas mãos ainda se lembrarem de como expressar aprovação. Olhou para a violista, que cruzou rapidamente seu olhar e assentiu discretamente. Seu bebê continuava vivo; isso era bom.

– De pé, junto aos seus beliches!

Todas se sobressaltaram e olharam nervosamente para a porta. Normalmente, a SS ficava em seus próprios alojamentos confortáveis, tomando bebidas roubadas durante as noites, e até mesmo Klara estivera curtindo a música. Ela correu para saudar os recém-chegados, e o coração de Ana apertou-se ao reconhecer Wolf e Meyer, os dois oficiais da SS que haviam vindo anteriormente buscar bebês para o programa com o absurdo nome "*Lebensborn*". Não os via desde então e ousara esperar que tivessem perdido o interesse, mas ali estavam eles novamente, à caça.

Ana percebeu a violista deslizando discretamente para fora e notou pelo menos uma mãe esperta rastejando até o fundo do beliche para esconder seu bebê nas sombras. Mas, para aquelas mais próximas da porta, não havia escapatória, e logo Klara e Pfani as tinham perfiladas, segurando os bebês à frente como troféus humanos, aguardando para serem reivindicados.

– Parecem um pouco adoentados – comentou Meyer, torcendo o lábio.

– O senhor se surpreende? – alguém respondeu rispidamente, e Ana virou-se para ver Ester avançando, com as mãos na cintura.

Havia uma luz estranha, translúcida em seus olhos, e as linhas de seu corpo magro pareciam tremular de fúria. Estava claramente grávida agora e frequentemente embalava a barriga à noite, murmurando baixinho promessas dolorosas: "Vou te proteger tanto, pequenino"; "Vou levar você de volta para seu papai"; "Vou lhe dar o mundo – não este mundo, mas um melhor, mais decente". Ana nunca lhe perguntava como planejava fazer o parto; simplesmente abraçava-a forte, acariciava-lhe a testa e rezava por um milagre. Mas não estavam na escuridão agora, e este era um momento para silêncio.

– Ester! – sibilou Ana, mas estava separada da jovem pelos dois oficiais da SS e não podia alcançá-la sem atrair atenção demais para ambas. Porém, Ester parecia estar fazendo isso sozinha.

– Eles não têm roupas, não têm fraldas e não têm leite, exceto o que as mães conseguem produzir, e poucas conseguem, já que trocam suas próprias rações por lençóis e sabão para não morrerem durante o parto.

Meyer mal olhou para ela.

– Então é bom que estejamos aqui para levá-los embora. Tenho certeza de que engordarão rapidamente sob os cuidados de boas mães alemãs. – Ele examinou a fila. – Levaremos todos, exceto aquele ali.

Apontou para um bebê russo de pele escura, cuja mãe quase desmaiou de alívio. Antes que as demais pudessem reagir, Klara, Pfani e Wolf já estavam tirando os bebês de suas mães e marchando com eles para o carro. Assim, estava feito. Uma das pobres mães, ainda se recuperando de um parto difícil, permaneceu parada, olhando para as mãos vazias com expressão confusa. Outra recostou-se no beliche e começou a arrancar lentamente o próprio cabelo. Uma terceira caiu de joelhos, implorando em alemão precário.

– *Bitte*. Minha pequena criança. Meu bebê.

– *Meu* bebê – repetiu Meyer, com cruel satisfação.

Nesse momento, Ester lançou-se através do bloco, agarrando-se às costas do oficial, sibilando, cuspindo e gritando em seu ouvido. Ana assistiu horrorizada enquanto o oficial se virava, primeiro intrigado e depois irritado.

– Tire essa *blöde Hündin* de mim! Meu Deus, isso aqui parece um zoológico. Quanto antes exterminarmos essas criaturas, melhor. Tire-a daqui!

Foi Klara quem o atendeu, avançando e arrancando Ester com seus braços robustos.

– Vou garantir que ela seja punida, *Herr Hauptsturmführer* – disse Klara, com prazer evidente.

– Certifique-se disso. Essas mulheres não fazem ideia do que é bom para elas.

– Bom para elas não é terem seus bebês roubados! – gritou Ester, ainda lutando nos braços de Klara.

Pfani avançou e deu-lhe um tapa forte. Ana viu o sangue jorrar da boca de Ester, mas ela simplesmente cuspiu de volta, e as gotas vermelhas ficaram presas como joias no cabelo ruivo de Pfani. Meyer encarou-as com nojo, seus dedos tremendo na direção de sua arma, mas então um dos bebês chorou no carro lá fora. Ele piscou, estalou os dedos para Wolf e saiu rapidamente do barracão.

– Por favor – disse Ana, colocando-se entre Ester e Pfani –, vamos todas nos acalmar.

Ouviu o rugido do carro da SS partindo, mas pelo brilho perigoso nos olhos estreitos de Klara, Ester ainda estava em perigo. *Schwester* Klara as odiava desde que haviam impedido que ela afogasse os bebês, e esta era sua oportunidade de vingança.

– Ah, estou calma – disse Klara, a voz fervendo de malícia. – Muito calma. E tenho minhas ordens. A número 41400 precisa ser punida. Pfani, vou precisar do meu chicote. O grande.

Ana viu a lucidez retornar aos olhos de Ester. Ela tentou se soltar do aperto de Klara, mas a alemã, bem alimentada, era forte demais e ela não tinha chance. Pfani trouxe o chicote, um instrumento longo com cinco tiras cruéis de couro, cada uma com contas metálicas nas pontas. Ana jamais tinha visto alguém sobreviver àquilo.

– Por favor, Klara. Precisamos ficar unidas.

– Ah, nós estamos unidas – devolveu ela, acenando para Pfani. – Tire as roupas dela e amarre-a no beliche.

Pfani rasgou a blusa de Ester, arrebentando os botões, que voaram sobre as mulheres que assistiam aterrorizadas. Ana viu os olhos de Klara se estreitarem ao notar o ventre saliente de Ester, e uma frieza terrível a dominou.

– Klara! – implorou Ana, mas Klara nem sequer olhou em sua direção.

– Amarre-a, Pfani. Não, assim não. – Ela agarrou Ester e virou-a bruscamente para encará-la. – Deste jeito. Eu diria que tem um judeuzinho nojento dentro desta judiazona nojenta, e é isso que a está deixando desrespeitosa com seus superiores. É hora de pô-lo para fora.

– Não! – Ester gritou, tentando proteger sua barriga com as mãos, mas Pfani já segurava seus pulsos com sua mão ossuda e amarrava-os ao beliche com uma corda fina. Ester lutava contra elas, criando vergões na própria pele, mas Pfani só apertou ainda mais.

– Não está tão agressiva agora, judiazinha.

– Por favor, Pfani. Imagine se fosse seu bebê sendo levado.

Por um instante, uma sombra passou pelos olhos da prostituta, mas ela logo a afastou, acertando Ester com um tapa forte.

– Cale a boca. Você coloca todas nós em perigo com sua estupidez e precisa aprender uma lição.

Ela recuou, e Klara ergueu o chicote, acariciando as cinco tiras cruéis como cobras domesticadas.

– Isso vai doer bastante – murmurou com prazer.

– Não! – Ana lançou-se diante de Ester. – Pare, Klara, isso é uma loucura.

– Loucura, parteira, é eu ter sido obrigada a ouvir você por tanto tempo. Saia da frente ou chicoteio você também.

A mão dela ergueu-se habilmente, e o chicote caiu com força sobre o braço de Ana, rasgando seu uniforme e cortando sua pele, fazendo-a gritar de dor e cair ao chão. Klara riu e ergueu novamente o chicote.

– Chega!

Dessa vez era Naomi, que avançou com coragem para colocar-se ao lado de Ana e diante de Ester.

– Quem diabos é você? – perguntou Klara com desprezo.

– Pouco importa quem eu sou, *kapo*, e mais o que tenho comigo.

– Como?

Naomi ergueu o uniforme listrado, revelando uma blusa de seda delicada por baixo. Lentamente desdobrou a barra, segurou-a diante de si e passou uma unha ao longo da costura. Klara assistia com cobiça enquanto Naomi abria um pequeno buraco, deixando algo pequeno e duro escorrer pela costura até sua palma. Mantendo-se distante da *kapo*, Naomi abriu a mão e revelou um diamante, brilhando nos últimos raios de sol que atravessavam as janelas sujas. Klara lambeu os lábios.

– É verdadeiro – disse Naomi. – Libertei-o do Kanada. Estava guardando para algo especial, mas Ester é especial. Ele é seu, Klara, se deixá-la em paz.

Klara olhou de Ester para Pfani e depois para o diamante. Ana percebia os cálculos na mente cruel da *kapo* e forçou-se a levantar para ficar ao lado de Naomi. Várias outras mulheres desceram dos beliches e se juntaram a elas, formando uma guarda em torno da pedra preciosa. Klara bufou, acenando com desdém.

– Tudo bem. Estou cansada mesmo. Passe logo.

Naomi balançou a cabeça.

– Não até Ester estar livre.

Klara resmungou, mas assentiu para Pfani, que com um suspiro alto começou a desamarrar os nós da corda. Estavam apertados, e houve um longo e doloroso silêncio enquanto libertava Ester. Finalmente, terminado, Pfani empurrou Ester em direção a Naomi, que a acolheu em seus braços e jogou o diamante aos pés de Klara.

– Essa pedra estúpida não vale nem um décimo desta mulher maravilhosa – disse ela, enquanto Klara abaixava-se para apanhar seu prêmio.

Todas recuaram até o fundo da maternidade e subiram juntas num beliche. O braço de Ana doía, mas Ester estava segura, e isso era o que importava.

– Você foi incrível, Naomi – disse Ana, abraçando a jovem com força.

Naomi afastou-se suavemente.

– Não há nada incrível em suborno.

– Para mim há – respondeu Ester. – Você me salvou, Naomi. Salvou meu bebê.

Naomi ainda se encolhia entre elas.

– Não precisa tanto drama, Ester. Quem sabe um dia você faça o mesmo por mim.

– Salvar você?

– Ou meu bebê, se eu vier a ter um.

– Seu...? Ah, Naomi.

As duas mulheres encararam a jovem grega, que mordia com determinação os lábios pintados, parecendo subitamente a criança que realmente era.

– O que aconteceu? – perguntou Ana, mas Ester entendeu primeiro.

– O alemão, aquele que você disse ser gentil?

Naomi assentiu brevemente.

– Ele forçou você?

– Ele... disse que faria valer a pena. E fez, não fez? Olhem quantas coisas conseguimos – desinfetante, palha, o diamante.

Ana olhou para Ester e viu o mesmo horror espelhado nos olhos da jovem.

– Você fez isso por nós?

Naomi deu de ombros.

– Já disse, sem drama. Eu não tinha muita escolha, então aproveitei ao máximo. E não é... tão terrível. Ele não pode fazer o que faz, então tem que ser rápido.

Ela disse com tanta bravura que Ana sentiu o coração revirar-se no peito maltratado. Um ano atrás, Naomi vivia com sua família em Salônica, indo para a escola sob um sol benigno e o mar brilhando alegremente. A guerra parecia tão distante. Mas agora estava alcançando todos os lares do mundo, arrancando as pessoas de sua essência.

– Você devia ter contado, Naomi.

Ela deu de ombros novamente.

– Por quê? O que vocês poderiam fazer, além de se preocupar comigo?

Ana abraçou-a novamente.

– Poderíamos ter nos preocupado juntas.

Naomi emitiu um som abafado, metade suspiro, metade soluço, e Ana sentiu-a ceder em seus braços.

– Que bagunça – murmurou Naomi. – Que bagunça velha, enrolada e feia.

Era uma afirmação tão absurdamente suave que Ana começou a rir, e então Ester também riu, e Naomi riu com elas. Agarradas umas às outras na escuridão crescente, riram até que suas risadas se tornassem lágrimas.

*

Mais tarde, as duas jovens adormeceram, e Ana permaneceu desperta entre elas, os braços envolvendo com firmeza seus ombros delgados. Naomi deveria voltar ao seu próprio bloco, mas, sinceramente, quem se importaria? As vidas vinham e iam com tanta leviandade por ali, que um corpo no beliche errado tinha pouca consequência.

Ana segurava-as com força, imaginando o diamante brilhando na poeira do piso enquanto Klara se lançava gananciosamente sobre ele. "Essa pedra estúpida não vale nem um décimo desta mulher maravilhosa", dissera Naomi. E tinha razão; estava tão, tão certa. Naomi era jovem, Ester também, e ambas mostravam uma coragem inacreditável naquele lugar tão terrível. Ana sentiu um orgulho profundo inundar seu velho corpo. Sentia falta de Bartek e dos seus meninos todos os dias, mas essas duas, junto a todas as outras mulheres sob seus cuidados, eram agora sua família. Enquanto permanecia ali, com suas filhas adotivas aninhadas contra ela, jurou diante de Deus que faria tudo o que estivesse ao seu alcance como parteira, como mãe, e como amiga, para mantê-las a salvo.

VINTE

SETEMBRO DE 1943

ESTER

Ester recostou-se na beira do beliche, acariciando a barriga e observando com curiosidade enquanto Pfani trabalhava a agulha de tatuagem em sua coxa pálida. O desenho começava a tomar forma e Ester ficou intrigada ao perceber que era uma árvore da vida, como algo saído das lendas nórdicas. Ao redor da base havia esquilos e ouriços, e pássaros nas copas; por mais estranho que fosse gravar tinta na pele, tinha de admitir que ficava bonito.

– Você é boa nisso – comentou.

Pfani olhou para ela, surpresa.

– Obrigada – resmungou. – Algo para passar o tempo, não é?

Ester olhou ao redor. Era domingo, o dia supostamente livre delas, e com o sol de outono brilhando lá fora, aquelas capazes de sair dos beliches estavam aproveitando ao máximo. Outro dia, uma geada inesperada fustigara seus pés quando levantaram para a chamada, e algumas internas mais antigas haviam começado a murmurar sobre os horrores do inverno em Birkenau, então todas estavam desesperadas para aproveitar o calor enquanto ainda podiam. Ester só havia entrado porque se sentia um pouco tonta e queria um momento longe do brilho intenso, mas encontrou-se curiosamente fascinada pela agulha de Pfani.

– Você desenhava muito, antes...?

– Um pouco. Eu gostava de desenhar quando era criança, mas aí minha mãe morreu e o orfanato onde me jogaram não dava bola para "desenhos bobos".

– Ah, Pfani.

Ester lembrou com carinho da criação que ela e Leah tiveram, rigorosa mas cheia de amor, e estendeu a mão para a garota ruiva à sua frente, mas Pfani ergueu a mão para afastar sua simpatia.

– É assim que era. Felizmente, Madame Lulu era mais gentil.

– Madame Lulu...?

— Era dona do bordel. Me acolheu quando eu tinha quatorze anos. Eu amadureci cedo.

Ela dizia tudo isso numa voz plana, sem emoção, e Ester lutou para disfarçar seu choque. Sabia que Pfani estava ali como prostituta, mas nunca havia refletido sobre o motivo.

— E você fazia alguma arte lá?

— Nas paredes. Madame Lulu gostava de cores, então fiz grandes pinturas de paisagens. Pores do sol, árvores de outono, cenas tropicais. Ela gostava especialmente de vermelhos e laranjas. São cores muito, você sabe, carnais.

— Certo.

Ester continuou observando enquanto Pfani tatuava uma folha caindo em sua própria pele. Gotas de sangue brotavam onde a agulha penetrava, mas ela parecia não perceber. De repente, ergueu os olhos.

— Você sabe, estive em campos de um tipo ou outro desde os oito anos, mas este é o pior. Aceitaria as perversões sexuais de qualquer idiota para sair daqui.

— Existe um bordel em Auschwitz I — disse uma voz da porta, e Ester olhou para cima e viu Naomi parada ali.

— Um bordel? — perguntou Ester, surpresa.

De vez em quando ouviam relatos sobre Auschwitz I, o campo de concentração original, adaptado das acomodações de verão dos trabalhadores poloneses no início da guerra. O comandante de lá também governava Birkenau, e ocasionalmente prisioneiros eram transferidos entre os dois. A prisão política ficava em Auschwitz I, assim como uma espécie de tribunal que era mais uma paródia, convenientemente situado ao lado de um paredão de execução, mas Ester não sabia muito mais sobre isso.

Naomi assentiu.

— Mala me contou outro dia. Eles chamam de *Puff* e está lá para os pobres SS famintos por sexo, presos aqui sem ninguém além de nós, judias imundas, para violar.

Ester aproximou-se de Naomi e colocou um braço ao redor de seus ombros.

— Seu guarda ainda está...?

— Sim. Mas ele me dá comida.

— Prostituição — disse Pfani com sabedoria.

— De jeito nenhum! — protestou Ester, mas Pfani não estava ouvindo. Ela desenhava um segundo esquilo em sua coxa e, enquanto Ester observava o desenho ganhar forma, percebeu de repente que o esquilo estava acasalando com o primeiro.

– Pfani! Você terá isso para sempre na sua pele!
– E daí? Os clientes vão gostar.
– Você não precisa voltar a isso. Haverá outras oportunidades depois da guerra...
– Depois? – Pfani riu, dando os últimos retoques em seu esquilo macho. – Não estou pensando no depois. – Ela voltou a olhar Naomi. – O *Puff*, você disse, em Auschwitz I? Interessante.

Então ela levantou-se abruptamente e saiu correndo do barracão, deixando seu equipamento de tatuagem na cadeira. Ester ficou olhando para aquilo, não vendo os esquilos ridículos da mente perturbada de Pfani, mas a sucessão de números que ela havia tatuado nas coxas minúsculas de tantos bebês. Bebês judeus, destinados apenas à vida após a morte, não recebiam número algum, nem aqueles escolhidos para o *Lebensborn*. Deviam permanecer intactos, não rastreáveis.

Uma ideia formou-se na cabeça de Ester. Aproximando-se da ferramenta, pegou-a e testou a agulha no dorso da própria mão. Precisou pressionar mais forte do que imaginava, mas então a tinta penetrou, e um minúsculo ponto azul apareceu em sua pele.

– Ester, pare!
Naomi correu até ela e puxou a agulha. Ester virou-se e sorriu.
– Reze para que Pfani entre no precioso *Puff* dela, Naomi, porque eu tenho um plano. Eles podem tirar nossos bebês, mas um dia, quando tudo isso acabar e nossas vidas não estiverem mais cercadas por arame, vamos encontrá-los novamente.
– Como?

Ester pegou a agulha e devolveu-a à cadeira. Pela primeira vez em muito tempo, sentiu algo semelhante à esperança.
– Uma marca secreta, Naomi, querida – uma marca secreta!
– Como assim?

Ela puxou Naomi para perto.
– Qualquer bebê que esteja na lista para o programa *Lebensborn* terá tatuado o número de sua mãe – pequeno e discreto, em algum lugar que não seja notado pelos oficiais. Assim, quando tudo terminar, teremos uma forma de identificá-los, encontrá-los e trazê-los de volta aos nossos braços.

Naomi encarou Ester com admiração.
– Esperta, você – disse, mas Ester sacudiu a cabeça com tristeza.
– Esperta não, Naomi, só desesperada.

VINTE E UM

ESTER

– Você vai fazer o quê? – berrou Klara.

– Vou me mudar – respondeu Pfani calmamente, enrolando seu colchão áspero do chão do quarto particular da *kapo*.

– Se mudar para onde?

O corpo robusto de Klara estremeceu, e ela tentou alcançar Pfani, mas a ruiva desviou-se rapidamente e atravessou o barracão.

Ester cutucou Naomi e Ana, que olharam para trás do fogão de tijolos onde cuidavam de Zofia, uma jovem polonesa terrivelmente magra que estava em trabalho de parto. Durante todo o verão, trens lotados continuaram trazendo mulheres ao campo, muitas delas grávidas. As que mostravam sinais evidentes durante a primeira seleção eram enviadas impiedosamente para a fila da morte, mas algumas conseguiam escapar da detecção e acabavam na enfermaria de Ana, ao lado das pobres moças que haviam sido presas fáceis para os guardas.

Vinham de todos os lugares, muitas da Rússia e da Bielorrússia, feitas reféns durante a amarga retirada alemã. Essas mulheres tinham pelo menos alguma força, mas dar à luz em Auschwitz era perigoso até para as mais saudáveis. A pobre Zofia, vinda alguns meses atrás do desmantelado gueto de Rejowiec, sofria desde o início do parto. Ester se moveu para protegê-la enquanto Klara avançava furiosa atrás de Pfani.

– Se mudar para onde, Pfani? Você nunca terá uma *kapo* que te trate melhor do que eu, sabe disso.

– Eu sei – disse Pfani com um sorriso, jogando os cabelos ruivos para trás. – Estou indo para o *Puff*: camas macias, roupas bonitas e todos os banhos que eu quiser.

As outras mulheres suspiraram com inveja.

– O que é o *Puff*? – perguntou Janina, aproximando-se da área hospitalar do bloco.

– É o bordel – respondeu Naomi rispidamente. – Para os nazistas.

– Não! – Janina olhou para Pfani horrorizada. – Você não pode ir para lá. Vai ter aqueles monstros em cima de você, dentro de você!

– E daí? Não me ouviu? Camas macias, roupas bonitas e quantos banhos eu quiser. Acho que isso vale um pouco de salsicha alemã.

– Não, Pfani. E sua dignidade? Seu orgulho?

Pfani sorriu ironicamente para a médica.

– Dignidade e orgulho não te mantêm viva. Aprendi isso faz muito tempo e aqui isso é mais verdade ainda. Eu vou.

– Você está me abandonando? – Klara parecia tão desolada que Ester quase sentiu pena dela, mas então lembrou-se da *kapo* erguendo seu chicote contra sua barriga grávida e endureceu o coração.

– Claro que estou te abandonando – respondeu Pfani, rindo. – O que você já me deu, Klara? Um lugar no chão e a oportunidade de fazer seu trabalho sujo? Obrigada, mas encontre outra escrava. Estou indo fazer meu próprio trabalho sujo.

Com um aceno ao Bloco 24, ela saiu sem olhar para trás, os cabelos ruivos brilhando à luz do sol poente enquadrado pela porta. Todas ouviram o ronco do motor do carro nazista se afastando, e então o silêncio se instalou.

– Aaai! – gemeu Zofia, trazendo-as bruscamente de volta à realidade.

– Você está indo muito bem – Ana tranquilizou-a suavemente.

Ester não tinha certeza se aquilo era verdade. A pequena Zofia chegara ao campo em luto pelo marido, baleado à sua frente, e pela irmã enviada diretamente ao gás; nunca havia se recuperado plenamente, e o parto poderia ser o golpe final. No entanto, Ana nunca perdera uma mãe durante um nascimento, e Ester precisava confiar nas habilidades da amiga – especialmente porque tinha outro assunto urgente em mente naquele momento. Fez um carinho suave na jovem polonesa e obrigou-se a levantar para enfrentar Klara, determinada a aproveitar a oportunidade enquanto a cruel *kapo* estava mais vulnerável.

– Ah, que pena – disse com suavidade fingida. – Quem vai tatuar os bebês agora?

– Tatuar? – Klara a encarou, meio confusa, depois estremeceu. – Eu não. Odeio agulhas.

Ester fincou as unhas nas próprias palmas, esforçando-se para acertar.

— Eu também. Pobres bebês. Aquela ferramenta me dá arrepios sempre que a vejo funcionar.

Os olhos de Klara se estreitaram.

— É mesmo? Como você é fraca, Número 41400.

— Sim, mas...

Klara pegou o kit de tatuagem que ainda estava sobre a cadeira vazia de Pfani e empurrou-o para Ester.

— Você acabou de arranjar um novo trabalho, judia. Começa hoje à noite.

— Klara, eu...

— Hoje à noite. E não quero ouvir reclamações, nunca.

Ester segurou o kit e respirou profundamente, satisfeita.

— Claro que não, Klara.

Mas a *kapo* já tinha se virado, atravessado o bloco com passos pesados e batido com força a porta do seu quarto privado. A madeira frágil pouco abafava o som de seus soluços, e Ester sorriu. Seu plano havia dado certo.

*

O bebê de Zofia chegou ao mundo, pequenina, mas berrando alto o bastante para alguém com o dobro de seu tamanho. Ana abençoou-a, como sempre fazia, e Zofia pediu-lhe que a chamasse de Oliwia, em homenagem à sua irmã. As mulheres reuniram-se em volta para uma cerimônia improvisada, e Zofia beijou repetidamente a penugem macia e loira da filha. Ao ouvir o choro da recém-nascida, Klara saiu imediatamente do quarto, com os olhos avermelhados e turvos, balançando ligeiramente sob o efeito do *schnapps* que exalava por cada um de seus poros.

— Uma para o *Lebensborn*, pelo visto. Excelente!

Zofia agarrou Oliwia ainda mais forte.

— Por favor, Klara — balbuciou em polonês. — Não leve minha filha.

— Fale alemão, camponesa! Deveria agradecer a Deus pelo cabelo loiro da criança salvar sua vida imunda de judia. E por ela ter uma chance melhor na vida do que você.

— *Eu* mãe — gaguejou Zofia num alemão precário. — *Eu* dou melhor vida ela.

– Não por mais de um dia ou dois – zombou Klara. – Ela está na minha lista. E você... – apontou com o dedo trêmulo para Ester – não ouse tatuar essa aqui. Ela vai para o Reich intocada.

– Certamente, Klara.

Klara estreitou os olhos e Ester amaldiçoou-se mentalmente, mas felizmente o cérebro da *kapo* estava confuso demais para perceber qualquer coisa, e com um resmungo voltou cambaleante ao seu quarto.

Ester engoliu em seco e voltou-se para Zofia.

– Temos que fazer isso – sussurrou-lhe em polonês. – Precisamos tatuá-la.

Zofia assentiu e, com lágrimas nos olhos, entregou o precioso embrulho aos braços de Ester.

– Marque minha Oliwia e eu a encontrarei. Um dia, eu a encontrarei.

– Exatamente.

Soava tão simples assim, mas quando Ester deitou Oliwia sobre o fogão, ao lado da mãe, e levantou a agulha de tatuagem, sua mão começou a tremer. Não ia funcionar. Tinham concordado que o melhor lugar para esconder a marca seria na axila, mas teria de ser suficientemente pequena para não ser notada, e precisa o bastante para que, num futuro distante e quase impossível de imaginar, pudesse ser útil para que mãe e filha se reencontrassem.

Durante toda a noite, enquanto Ana guiava Zofia através do parto, Ester praticara a tatuagem no braço de uma mulher morta, colocada do lado de fora do barracão. Fora um trabalho terrível, mas Ester tinha certeza de que aquela pobre alma perdida não teria se importado em emprestar sua pele sem vida se soubesse da importância da missão. Agora, porém, com uma criança viva diante dela, a situação parecia completamente diferente.

– Não posso fazer isso – sussurrou.

Ana estava ao seu lado imediatamente.

– Você pode sim, Ester. Você é corajosa, bondosa e forte. Vai doer só um instante para a Oliwia, mas dará a ela uma chance de reencontrar a mãe um dia. Vale a pena, você sabe que sim.

Ester assentiu, engoliu com dificuldade e ergueu novamente a agulha. Os olhos azuis do bebê fitavam-na diretamente, e Ester encarou-os, imaginando aquela criança como sua própria filha. Ana estava certa: valia a pena, e muito mais.

– Sinto muito pelo que vou fazer agora – sussurrou para a bebê –, mas rezo para que um dia você entenda o bem que isso pode trazer.

Ana levantou delicadamente o bracinho de Oliwia, segurando firme seu pequeno corpo enquanto Ester conferia o número de Zofia: 58031. Oh, Deus, pensou, por que não poderia ter sido algo mais simples? Mas lembrou-se da sequência de números que havia praticado no braço da mulher morta lá fora (agora já cortada da pele para não levantar suspeitas), respirou fundo e aproximou-se decidida. Ao primeiro toque da agulha, Oliwia soltou um grito assustado e Zofia arfou, mas Ester a ouviu murmurar palavras de conforto e encorajamento para sua filha e deixou que essas palavras atravessassem seu próprio coração também. Com a língua entre os dentes, ela lentamente gravou os números – pequenos e nítidos – na dobra da axila da bebê.

– Pronto.

Ester recuou, tomada pelo alívio. Ana conferiu o número e assentiu, satisfeita.

– Ficou perfeito.

– Isso é perfeição em Birkenau? – perguntou Ester, seu coração apertado diante do pensamento.

– Não exatamente – admitiu Ana –, mas aquilo sim.

Ester olhou para onde Ana apontava e viu Zofia apertando sua filha contra o peito, cobrindo-a de beijos enquanto a bebê procurava avidamente seu seio, já esquecida da agulha. Ela sorriu ao pensar na pequena marca secreta, conhecida apenas por elas, que formava um delicado fio ligando-as a um futuro com o qual precisavam continuar sonhando.

VINTE E DOIS
VÉSPERA DE NATAL, 1943

ANA

– Você está bem? O bebê está seguro aí dentro?

Ana andava rapidamente pela enfermaria da maternidade, tentando desesperadamente recuperar a sensação dos pés e das mãos congelados enquanto verificava as gestantes. Como faria um parto com dedos azuis? Olhou ansiosamente para o longo fogão de tijolos que atravessava o barracão – sólido, eficiente e totalmente sem combustível. A temperatura estava abaixo de zero havia semanas, e elas já tinham esgotado há muito tempo o pouco carvão e lenha que os nazistas haviam providenciado para o inverno.

Às vezes, membros da Resistência polonesa local jogavam troncos por cima da cerca, mas era preciso ser rápida para garantir que o seu barracão os obtivesse. E como o Bloco 24 estava cheio de mulheres doentes e grávidas, elas raramente tinham chance. Naomi, ainda felizmente sem filho, às vezes conseguia algum, ou então o trocava pelos fósforos essenciais que "libertava" do Kanada. Mas Ester estava enorme agora, e os ossos velhos de Ana rangiam demais no frio para competir com as mulheres mais endurecidas pelo campo.

Ela gemeu e esfregou vigorosamente as mãos, tentando devolver-lhes a vida. Nenhuma das mulheres estava em trabalho de parto no momento, mas pelo menos três estavam próximas, e era sempre uma bênção trazer ao mundo um bebê no mesmo dia do menino Jesus; por isso, Ana precisava estar preparada. Olhou pela janela, balançando a cabeça ao ver ainda mais neve caindo do céu estrelado, destacando-se contra os altos refletores que enchiam o campo de luz todas as noites. Logo viria a chamada da noite, e elas teriam que deixar a precária proteção das paredes de madeira do barracão para ficar ao relento, o ar gelado penetrando em suas escassas vestimentas, a neve se amontoando cruelmente ao redor de pés nus em tamancos de madeira, os tremores tão intensos que Ana jurava poder ouvir os ossos de algumas mulheres baterem uns contra os outros. Os nazistas não se importavam. Qualquer uma que desabasse, morta ou simplesmente inconsciente, era lançada sobre a pilha de cadáveres congelados para ser levada pela carroça mortuária.

Ana e Ester tinham sorte porque Naomi lhes conseguira alguns agasalhos quentes para usarem sob os uniformes, mas com tão pouca carne em seus corpos precisariam de pelo menos cinco cada uma para ficarem realmente aquecidas. O mais absurdo era que, no Kanada, havia montanhas de roupas roubadas das pobres internas ao chegarem, cuidadosamente organizadas para serem enviadas ao Reich e distribuídas a cidadãos alemães. As prisioneiras, que trabalhavam nos campos gelados com uniformes finos, sem casacos, gorros ou sequer meias para protegê-las, eram obrigadas a ver caminhões carregados de peles, suéteres grossos, cachecóis macios e luvas passarem dia após dia, rumo a pessoas que já tinham o bastante. Era uma crueldade mais clara e dolorosa que qualquer espancamento, e Ana não fazia ideia de como qualquer uma delas chegaria à primavera.

— Você está bem? Tudo certo com o bebê aí dentro?

Eram perguntas tolas, pensou com irritação ao repeti-las inúmeras vezes, pois nada estava bem em Birkenau. Recentemente, havia até olhado com certa inveja para a fumaça escura que saía dos crematórios; pelo menos ali dentro estaria quente. Sacudiu-se, furiosa consigo mesma. A vida era um dom de Deus, e se Ele decidia mantê-la viva, havia uma razão para isso e ela precisava aceitá-la.

Outro pacote de Bartek havia chegado recentemente, e enquanto existisse aquele tênue fio entre eles, Ana precisava continuar lutando. O pacote trouxera uma linguiça seca, envelhecida por sabe-se lá quanto tempo nos correios, mas ainda assim uma iguaria rica e deliciosa, comparada à sopa de nabo cada vez mais rala e estragada que parecia ser tudo o que as autoridades do campo estavam dispostas a fornecer contra o frio cortante. Mais reconfortante ainda fora a pequena mensagem cuidadosamente inserida no centro do alimento: *Eu te amo*. Havia também uma carta, pesadamente censurada, com as mesmas palavras riscadas sem razão além de pura crueldade, mas Bartek conseguira transmiti-las de qualquer forma

– três pequenas palavras com a força de mil. Uma força que os sádicos nazistas jamais compreenderiam.

Observando novamente a neve, Ana percebeu que em qualquer outro ano teria apontado para os flocos da véspera de Natal com alegria, dizendo como eles pareciam bonitos junto à decoração da rua e da grande árvore no mercado de Łódź. Teria rido dos bonecos de neve que as crianças faziam nos parques e teria ido até a colina Widzewska para assistir os meninos descendo as encostas com seus trenós improvisados. Então todos teriam corrido para dentro de casa, para tomar copos fumegantes de *grzaniec galicyjski* e comer os doces *kołaczki*. A boca de Ana salivou com a lembrança do vinho aromático e dos biscoitos doces em sua língua, e por um momento estava de volta àquela época. Deus era testemunha, ela sempre soubera que aqueles tempos eram felizes, mas até chegar a Birkenau não tivera ideia do quanto uma pessoa podia ser infeliz.

Não exatamente infeliz, corrigiu-se duramente, apenas permanente e insuportavelmente desconfortável – com um frio que penetrava até os ossos, uma fome tão intensa que era difícil pensar em qualquer coisa além do próximo pedaço de pão, e uma dor incessante nas costelas onde temia nunca ter se recuperado completamente da surra na sala de interrogatório quase um ano antes. Sentia saudades da família como um vazio na alma, mas tinha Ester, Naomi e as mulheres que entravam e saíam de sua seção de maternidade. Havia momentos de alegria, mas cada um era profundamente marcado pela dor da perda. Até agora ela trouxera mais de mil bebês ao mundo naquele campo e, exceto os poucos levados para a "germanização", apenas um havia sobrevivido.

O ato da criação ainda era belo, mas cada nascimento era um momento agridoce. Algumas das russas mais fortes conseguiam alimentar seus bebês durante semanas, mas tão logo eram mandadas novamente ao trabalho forçado, as crianças definhavam. Alguns dias era possível ouvir os bebês chorando sem parar nos blocos onde ficavam abandonados, enquanto suas mães construíam estradas ou carregavam tijolos inutilmente. Eventualmente, mesmo os mais fortes desistiam.

Muitas das mães, tendo sobrevivido ao parto sob os cuidados de Ana, não resistiam à dor de perder o filho. Oliwia, a bebê de Zofia, havia sido levada dois dias após o nascimento, e Zofia simplesmente deitara em sua cama e recusara-se a levantar. Ester estivera ao seu lado, segurando-a enquanto sua pobre alma torturada deixava o corpo. Ana temia profundamente o parto da própria Ester. Ela se importava com todas as pacientes que davam à luz naquelas circunstâncias terríveis, mas Ester era especial.

Ela é sua filha agora.

Ó Senhor, rezou Ana, *dê-me força para ajudá-la em suas provações*.

Mas ela já sabia que, por mais difícil que fosse o parto, a verdadeira luta viria depois que o bebê nascesse, e todas as noites implorava a Deus por um milagre de Natal para o filho de Ester. Alguma esperança vinha do único bebê sobrevivente que conhecia. O filho da violista havia sido contrabandeado para o "campo familiar" – uma nova área estabelecida dois meses antes para acolher um influxo vindo do gueto de Theresienstadt. Ali, mães e crianças podiam permanecer juntas; às vezes, até mesmo os pais. Tinham trabalho mais leve e rações mais generosas, e as crianças brincavam com cordas e arcos. Ninguém entendera por que esses judeus em particular tinham sido tão privilegiados, até que o bando de publicitários de Goebbels trouxe câmeras para filmar essa parte "idílica" de Birkenau. Os outros prisioneiros, com rostos colados às cercas, compreenderam então que aquelas pessoas estavam ali para apresentar ao mundo uma face aceitável dos campos.

– Pelo menos significa que o mundo está mostrando algum interesse – dissera Mala, sempre otimista. – Basta olhar mais de perto para perceber que não estamos todos vivendo daquele jeito.

Mas o mundo estava travando uma guerra, provavelmente ocupado demais para investigar a mentira cinematográfica dos nazistas. Ninguém havia vindo inspecionar de perto, e os demais prisioneiros só podiam invejar de longe os ocupantes do "campo familiar", cujo privilégio relativo parecia zombar de suas próprias privações. Contudo, se o filho da violista vivia ali, ao alcance da mãe, talvez o filho de Ester pudesse viver também? Era um fio frágil de esperança, certamente, mas ainda assim um fio ao qual Ana se agarrava com todas as forças.

Os gritos anunciaram a chamada matinal, e um gemido percorreu a seção da maternidade. As mulheres no hospital de Janina eram poupadas da tortura diária diante da SS, mas as grávidas eram consideradas capazes, e todas começaram a se erguer dos beliches onde se amontoavam, suas barrigas destacando-se como montanhas humanas enquanto se espremiam juntas, tentando manter-se aquecidas.

– *Raus, raus!* Vamos, senhoras! – chamou Irma Grese, enfiando sua cabeça bela e fria pela porta do Bloco 24. – É Natal! Temos uma surpresa para vocês.

Ninguém caiu nessa. Não havia surpresas boas em Birkenau, e foi com um receio tão frio quanto seus dedos enrijecidos que Ana se arrastou para fora da porta, atrás de suas protegidas. Ester passou o braço pelo dela, e Ana tentou sorrir-lhe, mas à medida que os flocos de neve eram soprados contra seu rosto, o sorriso rapidamente se tornou uma careta.

– O que será que Bartek está fazendo agora? – Ester sussurrou para ela.

Era o truque delas, agora. Se falassem sobre o lar – as pessoas que amavam, os alimentos que estariam comendo e as ações cotidianas que poderiam estar realizando – conseguiam escapar dali por instantes e manter algum pequeno fragmento de sanidade em suas mentes.

– Preparando *kołaczki* – respondeu Ana sem hesitação.

Ela imaginou os biscoitos quentes saindo do forno, brilhando com geleias de cores vivas como joias.

– Ele sabe cozinhar?

– Não muitas coisas, mas *kołaczki* ele sabe fazer. Costumava dizer que era a sua contribuição para o Natal; vestia meu avental e começava. Ah, Ester, ele era um desastre. Levava uma eternidade, e a cozinha ficava coberta de farinha e ovo. Ficava no chão, na mesa, no cabelo dele.

Ela quase riu, mas o vento gelado transformou aquilo em algo mais parecido com um soluço, e agarrou com mais força o braço da jovem amiga.

– Será que voltaremos um dia, Ester?

– Claro que sim – respondeu a jovem. – Seu São Nicolau virá em seu trenó e nos levará daqui.

Naomi deslizou para o lado delas na fila.

– Fantástico – disse ela. – Vou aquecer o vinho no fogão.

Naomi lançou para Ana um sorriso travesso, cuidadosamente pintado com batom, e Ana olhou para o céu, agradecendo a Deus por lhe ter enviado aquelas duas jovens maravilhosas, pois sem elas certamente teria deixado Birkenau roubar-lhe o espírito. Ela faria cinquenta e oito anos no próximo mês de março – se sobrevivesse até lá – e em certos dias era só pela pura força de vontade que conseguia manter o corpo fraco e cansado em movimento.

A única arma que temos é continuar vivas, lembrou-se, batendo os pés no gelo para aquecê-los.

– Aqui – disse Naomi, colocando algo em suas mãos. – Feliz Hanukkah.

Ana piscou, lembrando-se de que estavam no período do festival judaico das luzes, uma ironia amarga na escuridão de Birkenau, mas Naomi era luz o bastante para ela. Sentiu o toque macio da seda entre os dedos e suspirou surpresa.

— É uma combinação – sussurrou Naomi. – Uma peça linda. Deve ter custado uma fortuna para alguém lá fora, mas agora não tem utilidade nenhuma para aquela pessoa. A renda não vai ajudar muito, mas dizem que a seda é muito boa para manter o calor.

— Que Deus te abençoe, Naomi – disse Ana, sentindo uma leve onda de alegria com a gentileza da garota. Era disso que tinham que se lembrar. Era assim que sobreviveriam naquele lugar.

— Vejam! – A voz de Irma Grese rompeu seus pensamentos. – Um presente de Natal.

Ela acenou com a mão e, para espanto das mulheres perfiladas na neve, alguém havia trazido uma árvore de Natal para o meio do campo. Os guardas da SS estavam acendendo solenemente velas nos galhos, como se estivessem reunidos numa praça da aldeia para cantar canções natalinas. As mulheres se entreolharam, incertas sobre o que pensar. Era obviamente um presente falso, de pouca utilidade, menos ainda do que uma única porção extra de sopa. Mas, à medida que as velas tremulavam corajosamente na noite nevada, algumas mulheres suspiraram baixinho, absorvendo a lembrança de tempos mais felizes.

Ana recordou-se daquela véspera fatídica de Natal, três anos antes, quando ela, Bartek e os meninos haviam retirado seu banquete da mesa e levado aos pobres judeus no gueto. Haviam tomado uma decisão naquela noite – não se esconder em suas próprias vidas seguras, mas erguer-se e ajudar o próximo. Todos sabiam que era o certo a fazer, mas certamente não tinham ideia do que isso implicaria. Se soubessem, teriam agido diferente? Ana rezava para que não, mas se tivesse passado apenas uma noite neste lugar, teria precisado de toda a sua fé e coragem para trilhar o caminho que a levara até ali.

— Feliz Natal! – gritou Irma Grese alegremente, marchando de um lado para o outro diante delas com seu imenso casaco e grandes botas acolchoadas. – Especialmente para vocês, judias adoráveis. Não enxergaram, não foi? Não viram os sinais. Mas não se preocupem: os cristãos também se enganaram. Todos vocês se enganaram. Ainda acreditam em Deus? – Ela parou e ergueu o bastão no ar. – Não há Deus algum! Estamos sozinhos nesta terra, e os mais fortes vencem. *Nós* vencemos.

Ela jogou os cabelos dourados para trás e riu como um anjo perverso. Em seguida, caminhou até a árvore e puxou um lençol que havia sob ela. Algumas pessoas olharam com inveja para o tecido, mas então o verdadeiro horror do que havia embaixo penetrou suas consciências e só puderam encarar, chocadas. Os nazistas haviam arranjado uma pilha de corpos sob o pinheiro iluminado, os cadáveres de cima decorados com fitas vermelhas grotescas.

– Um presente para vocês – Irma anunciou com júbilo –, de todos nós!

Ela juntou-se aos demais oficiais da SS, que sorriam diante da piada macabra enquanto observavam a fila de internas congeladas, tremendo diante de suas amigas mortas. Ana sentiu uma fúria pura e absoluta subir dentro de si. Recordou-se de Ester lançando-se contra os oficiais do *Lebensborn*, com unhas em riste, e quis fazer o mesmo contra a mulher perversa colocada acima delas – não por qualquer força pessoal, mas porque possuía armas, tanques e toda uma dinastia de crueldade ao seu lado. Bem, talvez a vitória nem sempre fosse aquilo que eles imaginavam.

Abrindo a boca, Ana começou a cantar o primeiro verso de "Noite Feliz". Ela não era uma grande cantora, seus filhos teriam sido os primeiros a dizer, mas que importava isso? As outras internas viraram-se para ela, seus olhos inicialmente assustados, depois preenchendo-se com algo mais profundo e caloroso. Quando Ana chegou ao segundo verso, outras vozes juntaram-se à sua, tímidas no começo, mas crescendo em volume. Até mesmo as mulheres judias participaram, tropeçando nas palavras, mas emprestando suas vozes à música que subiu e envolveu o campo, cantando para as velas da árvore e não para os corpos abaixo dela.

Os oficiais da SS moveram-se, inquietos, e os olhos de Grese estreitaram-se, mas o canto parecia prendê-los, e nenhum deles ergueu sua arma. A música ergueu-se entre as mulheres emaciadas, envolvendo-as numa aura quente de humanidade e união, recusando-se a simplesmente deitarem e morrerem na lama do regime nazista. Ana sentiu seu coração se expandir, enviando finalmente sangue quente até seus dedos congelados. Sentia a seda do presente de Naomi e o calor do braço de Ester entrelaçado no seu. Sentia Bartek sorrindo para ela em algum lugar de Varsóvia onde, mesmo agora, estaria conspirando com outros para pôr fim àquela miséria.

Nossa única arma é continuar vivas.

O cântico estava chegando ao fim, e Ana agarrou-se às últimas notas, querendo que perdurassem e mantivessem todas em paz. Mas então Irma Grese avançou e sacudiu a árvore, derrubando as velas sobre os ramos e fazendo com que tudo começasse a arder. Um murmúrio de choque percorreu as prisioneiras e, ao lado de Ana, Ester soltou um grito agudo.

– Não é tão ruim – Naomi tentou tranquilizá-la. – Pelo menos está... Ah, não!

Ela agarrou Ana pelo braço, apontando para baixo, onde um líquido escorria entre as pernas de Ester, jorrando sobre a neve numa nuvem de vapor. Ana respirou fundo.

– Shhh! – alertou Naomi, segurando ainda mais firmemente o braço de Ester.

Assim que as prisioneiras foram liberadas de volta para seus blocos, elas apressaram Ester o mais rápido que puderam até o Bloco 24. Com os oficiais da SS ocupados com o calor de suas festas natalinas, as prisioneiras mais ousadas aproveitaram para correr até a árvore em chamas e arrancar alguns galhos para alimentar os fogões. Naomi liderou a investida e até mesmo as gestantes mais pesadas juntaram-se a ela, ansiosas por conseguir algum calor para aquela mulher que ajudara tantas delas em seus partos e cujo momento chegara agora. Elas alimentaram o fogo do lado da maternidade com a lenha do pinheiro queimado e, lentamente, enquanto as contrações de Ester aumentavam, o fogão começou a se aquecer. Não era muito, apenas um brilho tênue contra o gelo, mas colocaram um cobertor sobre ele e, entre uma pontada de dor e outra, Ester conseguia descansar um pouco. Todas se aproximaram, e alguém retomou o canto das canções natalinas, de modo que Ester entrou em trabalho de parto acompanhada por melodias suaves de paz e amor.

Porém, apesar de jovem, Ester estava magra demais, sem energia suficiente, e seu trabalho se prolongou enquanto o último pedaço de lenha se extinguia no fogão e as outras mulheres se entregavam ao sono. Apenas Ana e Naomi ficaram acordadas, conversando com Ester, massageando suas costas, oferecendo palavras de encorajamento. Ana retirou do esconderijo o último pedaço da salsicha que Bartek enviara, e Ester sugou-o com gratidão enquanto as contrações aumentavam em intensidade. Chegou o momento da chamada matinal, e elas foram obrigadas a sair; mas era dia de Natal, pelo menos para a SS, e a oficial de plantão fez suas tarefas de forma superficial, de modo que, graças a Deus, elas já estavam novamente abrigadas no barracão após apenas meia hora.

Antes, Ana havia sido obrigada a assistir mulheres entrando em trabalho de parto em plena fila, lutando para não gritar de dor por medo de serem castigadas com o bastão da SS. Uma delas chegara a dar à luz em pé, seu bebê caindo na lama diante de todos, e fora violentamente espancada por ousar apanhar a criança do chão. Aquilo já fora terrível; mas com Ester era ainda pior – era o próprio inferno.

– Não vai demorar agora – Ana prometeu-lhe, ajudando-a a voltar ao fogão com alívio. – Você já está quase completamente dilatada. O bebê logo vai nascer.

– Não quero – disse Ester.

– Como?

– Não quero que ele saia. Quero que fique dentro de mim. Quero que permaneça comigo. – Os olhos de Ester estavam arregalados. Seu corpo pendia exausto pelo esforço das contrações, mas ela agarrou-se a Ana com uma força surpreendente. – Mantenha-o dentro de mim, Ana. Dentro de mim ele está seguro.

– Essa é a única coisa que não posso fazer, minha querida – disse Ana suavemente. – Seu bebê quer conhecer você. Precisamos trazê-lo para seus braços.

– Meus braços não são fortes o suficiente.

– São sim – Ana assegurou-lhe.

Não eram os braços da amiga que preocupavam Ana, mas seu coração. Contudo, a hora chegara e, como milhões de mulheres antes e milhões de mulheres depois, Ester não tinha escolha senão trabalhar com a dor para trazer seu bebê ao mundo.

– Empurre, Ester. Empurre com força.

Ester fechou os olhos, quase chorando de medo.

– Mamãe! – gritou. – Leah!

Ana também quis chorar pela pobre garota, tão longe daqueles que deveriam apoiá-la num momento tão decisivo. Mas Naomi, dispensada das obrigações no Kanada por dois dias inteiros devido à "temporada festiva", colocou-se à sua frente.

– Estamos aqui, Ester – disse ela com firmeza. – Ana e eu estamos aqui por você.

Naomi tomou as mãos de Ester, colocou-as em seus próprios ombros e encostou a testa na testa da amiga.

– Vamos, garota, vamos fazer isso juntas. Empurre!

Ester abriu os olhos e, encarando profundamente Naomi, assentiu. Então, respirando fundo e trêmula, fez força.

— Está vindo! — incentivou Ana. — De novo, Ester, está quase lá.

Ana rezava para que aquele estágio não se prolongasse, pois Ester já estava enfraquecida, mas felizmente o bebê queria nascer logo. Bastaram mais duas forças intensas e a cabeça apareceu.

— Está aqui, Ester! Só mais um empurrão!

Com um grito, Ester empurrou contra Naomi enquanto as outras mulheres, despertando novamente, gritavam palavras de encorajamento. E então, lá estava ela, nas mãos de Ana — uma bebê minúscula, absolutamente perfeita. Nenhum frio poderia mais penetrar nos velhos ossos de Ana naquele momento.

— Você conseguiu, Ester. É uma menina, uma menina linda!

Ester afundou-se de volta no fogão, com Naomi se ajeitando atrás dela, oferecendo-se como travesseiro para a cabeça exausta da amiga, enquanto Ana cortava o cordão com a pequena tesourinha, sua única ferramenta, e entregava a bebê aos braços da mãe.

— Uma filha — sussurrou Ester.

— Nascida no dia... — começou Ana, interrompendo-se imediatamente, pois o Natal não significaria nada para a jovem mãe judia. Mesmo assim, Ana fez uma prece silenciosa a Deus por trazer a bebê ao mundo no dia do nascimento de Cristo, e outras cinquenta implorando que Ele permitisse à criança permanecer ali.

— Como você vai chamá-la, Ester? — perguntou suavemente.

— Filipa — respondeu Ester sem hesitar. — Filipa Ruth.

— Perfeito — disse Ana, abaixando-se rapidamente, fingindo estar ocupada com a placenta, mas na verdade escondendo as lágrimas que brotavam de repente no tecido das roupas de Ester.

Filipa Ruth. Era um nome que clamava pela mãe perdida de Ester e pelo marido Filip, que Ana esperava que estivesse lutando em algum lugar bem longe dali. Rezou para que, de alguma forma, ambos pudessem ouvi-lo. Ester acariciava a cabeça macia da filha, murmurando-lhe suavemente, todo o medo perdido na maravilha da maternidade, todo o frio expulso pelo calor do amor. Era belo e aterrorizante de se ver. Aqueles dois dias de "feriado" manteriam a SS longe do Bloco 24 por enquanto, mas eles retornariam. Logo, cedo demais, retornariam; e então o gelo e a dor voltariam com força total.

VINTE E TRÊS

27 DE DEZEMBRO DE 1943

ESTER

– Pronto, meu amor, pronto. Mamãe está aqui. Mamãe vai cuidar de você.

Ester beijou delicadamente a cabecinha de Filipa, observando enquanto os olhos da bebê lutavam contra o sono para encontrar os seus. Encarou-os profundamente, tentando transmitir todo o seu amor para a criança, preenchê-la completamente com ele para que, quando chegasse o momento...

Recusou-se até mesmo a completar esse pensamento. Tivera dois dias preciosos com sua filha. Um pouco de leite havia chegado, e quando a notícia de seu parto se espalhou, muitas mulheres tinham vindo ao Bloco 24 com pequenos pedaços da própria comida – mínimos, mas imensos, considerando o pouco que tinham para si mesmas. Eram mães cujo parto ela própria auxiliara, e embora Ester tentasse recusar, elas insistiam, pressionando em suas mãos as lascas de pão, os pedacinhos de margarina e as pequenas porções de beterraba.

– Alimente-a, Ester. Alimente-a e ame-a enquanto pode.

Essas últimas palavras eram como fel escondido dentro da amorosa oferta: o conhecimento sombrio de que aquilo não duraria, não poderia durar. Cada uma daquelas mulheres agora estava sem seu próprio filho, mas todas haviam dito a Ester que os poucos dias com seus bebês tinham-lhes dado uma crença profunda na esperança e bondade inerentes ao mundo, protegendo-as, apesar do sofrimento intenso, contra o medo e o ódio do campo. Com Filipa em seus braços, Ester compreendia plenamente. O resto de sua existência amarga havia desaparecido nas sombras, diante da luz radiante de sua filhinha, e ela tinha se permitido banhar-se nela, embora agora as sombras já estivessem começando a retornar.

— Somos você e eu, Pippa — sussurrou, usando o apelido carinhoso que honrava o pai da menina e afirmava sua identidade preciosa. — Não importa o que façam conosco, não importa para onde nos levem à força, estamos ligadas como se o cordão entre nós ainda estivesse intacto, e voltaremos a nos encontrar.

Os olhos de Pippa começavam a se fechar, mas seus pequenos dedos seguravam firmemente um dos de Ester, como se já entendesse a intensidade com que teriam que se apegar uma à outra naquele mundo perverso. Ester permaneceu sentada, absorvendo cada detalhe da criança. Seu rosto, ela tinha certeza, carregava os traços do pai, e já havia uma pequena covinha à esquerda da boquinha fechada. Ester rezou para que isso significasse que a filha estivesse pronta para encontrar alegria na vida, pois certamente precisaria disso.

— Eu te amo, meu bem — murmurou ela, lançando um olhar apreensivo para a porta, onde Klara rondava, esperando por Wolf e Meyer, que viriam com presentes em troca das crianças de outras pessoas.

A *kapo* emergira do fundo de sua garrafa de vodca natalina no dia anterior, olhando para Pippa como uma bruxa má em um conto de fadas.

— Que coisinha linda, Número 41400. A cara do pai dela, sem dúvida.

Isso atingira o coração de Ester exatamente como planejado, embora ela tivesse se recusado a reagir. Mas então Klara se aproximara tanto que o hálito de vodca rolou de sua língua diretamente no rosto de Ester, pungente e ácido.

— E tão maravilhosamente loirinha — acrescentara, soltando uma risada baixa. — Vou adicioná-la à minha lista.

— Klara, não. Por favor.

Ana lhe contara que o filho da violista estava bem no campo familiar. Havia mães por lá com braços fortes e seios cheios de leite, que poderiam manter Pippa viva até o fim da guerra. Doía-lhe profundamente imaginar outra mulher amamentando sua filha, mas era melhor do que vê-la morrer. Mala estava tentando encontrar um modo de transferi-la secretamente, mas não daria certo se Wolf e Meyer chegassem primeiro.

— Não? — A *kapo* fingira surpresa. — Prefere que eu mergulhe ela no meu balde?

— Não!

Ester agarrou Pippa com força, e Klara rira.

— Imaginei que não. Os oficiais da SS ficarão muito satisfeitos. Eles devem chegar a qualquer dia, sabe? E esta belezinha será o presente perfeito de Ano-Novo para algum jovem casal, não acha? Começarão 1944 com muita felicidade.

Era impossível não reagir; somente a bebê em seus braços impediu que Ester se lançasse contra aquela mulher horrenda.

— Você não tem compaixão nenhuma, Klara? — implorou Ester.

Klara apenas deu de ombros.

— Não. Talvez eu tenha tido alguma um dia, mas isso foi há muito tempo, e graças a Deus por isso. Compaixão não vale nada por aqui.

— É aí que você se engana — retrucou Ester, enquanto Ana e Naomi fechavam fileiras ao seu lado. — O ódio pode arder forte, mas o amor dura muito mais.

— Então suponho que você vai sofrer mais tempo quando ela se for — disse Klara, virando-se para acrescentar o nome da pequena Pippa à sua lista e condená-la a ser arrancada dos braços da mãe.

— Precisamos fazer isso, querida — Ester agora sussurrava para a filha adormecida. — Mamãe precisa marcá-la. Precisa marcá-la para que possa encontrá-la novamente e tomá-la nos braços outra vez, um dia, não importa o quanto você tenha crescido.

Um soluço escapou-lhe ao pensar nos meses sombrios, talvez anos, que teria pela frente sem sua filha. Mas tatuar seu número na axila de Pippa era a única maneira, por menor que fosse, de lançar um fio através daquele futuro horrível até um futuro melhor além dele. Era a hora.

— Ana — chamou, a voz rouca.

Ana voltou-se de onde estava, cuidando de outra mãe certamente já além do prazo e que crescia mais a cada dia.

— Ester?

— Você pode segurar Pippa para mim?

Ana a encarou por um longo instante e então assentiu. Com um gesto tranquilizador à outra mãe, aproximou-se e pegou Pippa, permitindo que Ester se levantasse do beliche. Mesmo aqueles breves instantes sem o bebê nos braços pareciam uma agonia, e Ester não conseguia sequer imaginar o buraco negro que seria quando ela se fosse do Bloco 24 para sempre.

Ester pegou a agulha de tatuagem, sentindo as pernas tremerem debaixo de si. Ela já deveria ter se levantado, voltado ao trabalho. Algumas mães infelizes tinham sido mandadas de volta às lavouras apenas um dia depois de dar à luz, o sangue ainda escorrendo por suas pernas. Felizmente, Ana e Janina eram responsáveis pela escala de trabalho de Ester e haviam-na poupado até então. Mas havia uma tarefa da qual ela não poderia se poupar.

Ela assentiu para Ana, que ergueu gentilmente o bracinho de Pippa, expondo a suave e secreta curva da axila. Ester lançou um olhar ao próprio número, tatuado grosseiramente em seu antebraço, e forçou-se a conter as lágrimas. Precisava fazer o melhor trabalho possível. Mordendo o lábio, verificou a tinta na agulha e pressionou-a contra a pele da bebê. A agulha penetrou; os olhos de Pippa abriram-se em choque, e ela soltou um choro assustado.

— Pronto, meu amor — Ester sussurrou, tentando acalmá-la. — Vai passar logo. Vai valer a pena. Isso tornará você realmente minha.

Era um absurdo, claro, um devaneio maníaco, mas continuou a murmurar essas palavras enquanto forçava-se a marcar os números: 41400. O duplo zero parecia com os olhos confusos e reprovadores da bebê encarando-a, mas pelo menos seus números eram fáceis de tatuar e ela prosseguiu até o fim. Limpando as gotinhas de sangue com o pedaço mais limpo de sua saia, tomou Pippa nos braços, apertando-a contra seu coração.

— Me perdoe, meu bebê. Sinto tanto, tanto.

A bebê já estava se acalmando, já havia perdoado a mãe, e isso partia ainda mais o coração de Ester — as dificuldades de sua pequena filha mal tinham começado.

*

Eles chegaram dois dias depois, avançando rumo ao Bloco 24 com o ronco arrogante do motor e o bater das botas nos caminhos penosamente limpos, trazendo uma lufada de ar gelado que atravessou a porta e congelou o coração aflito de Ester. A pobre mãe que estava atrasada em seu parto havia entrado em trabalho, mas rastejou silenciosamente para o fundo do beliche, mordendo a madeira para não chamar atenção dos sanguessugas nazistas. Ester não teve essa chance. Seu nome estava escrito claramente na lista de Klara entre apenas três mães, e ela foi obrigada a permanecer ali enquanto os oficiais, de rostos duros, examinavam seus bebês como se fossem frutas num mercado.

Ester rezava para que recusassem e lhe dessem a oportunidade, ainda que remota, de contrabandear Pippa para o outro lado de Birkenau, rumo à segurança relativa do campo familiar. Mas Wolf a cutucou, exibindo um sorriso sinistro.

– Nada mau – disse ela. Olhou para Ester, e quando o reconhecimento brilhou em seus olhos, um sorriso cruel surgiu lentamente em seus lábios. – Ora vejam quem é: a gatinha selvagem! Será um prazer domar sua filhote. Entregue-a para mim.

Ela colocou as mãos ao redor de Pippa, e Ester enxergou-as com uma clareza terrível. A pele de Wolf era saudável, suas veias pulsavam ricas em sangue, as unhas brilhavam com esmalte, mas ainda assim aquelas mãos pareciam as garras mais cruéis do mundo.

– Não machuque minha filha – Ester gemeu.

– Por que eu a machucaria? – Wolf debochou. – Ela é uma boa filha do Reich.

– Ela é minha filha – Ester suplicou. – Por favor, deixe-a comigo. Deixe-me ir junto com vocês. Serei sua babá. Nunca direi uma palavra, eu prometo. Eu vou…

– Você? – a oficial interrompeu-a bruscamente. – Por que deixaríamos você entrar numa boa casa alemã, judia? Você deveria agradecer pela chance que essa criança está recebendo. Mas se você não gosta – se não é grata – podemos descartá-la. Há muitas outras de onde esta veio.

O corpo inteiro de Ester estremecia, e somente as mãos gentis de Ana em seus ombros deram-lhe força suficiente para entregar sua filha. Ela inclinou-se para beijar a preciosa cabeça de Pippa, mas a criança já havia sido arrancada de seus braços, fazendo-a cambalear.

– Ela ficará melhor longe de você – disse a mulher, e em seguida já havia partido. E, assim, Pippa se foi também.

Ester caiu de joelhos na lama congelada do barracão, enfiou as mãos entre os cabelos e chorou. Sabia com toda a certeza que sua bebê não estaria melhor sem ela e que, sem sua filha, talvez se despedaçasse por completo. Então braços cálidos a envolveram, alguém a embalava com suavidade, acariciando sua terrível penugem loira e sussurrando palavras de amor.

— Mamãe — Ester murmurou, sentindo um beijo suave pousar sobre sua cabeça.

— Estou aqui, Ester. Tenho você comigo, e vou cuidar de você. Lembre-se: nossa única arma é permanecer vivas, e para permanecermos vivas, precisamos amar, precisamos dar, e infelizmente também precisamos sofrer.

Ester assentiu e permitiu-se ser acolhida, embalada até que a dor estivesse distribuída uniformemente pelo seu corpo quebrado, deixando de cavar aquele buraco infinito em seu coração. Cada fibra do seu ser ansiava por sua bebê roubada, mas, de algum modo, precisava continuar lutando. Precisava rezar para que um dia reencontrasse Filip, e que juntos encontrassem Pippa, tornando-se finalmente uma família. Era uma esperança desesperada, mas a única que lhe restava, e a ela Ester se agarraria com todas as forças em cada um dos sombrios dias por vir.

VINTE E QUATRO

24 DE JUNHO DE 1944

ANA

Ana ergueu o balde enferrujado e, com as costas gemendo em protesto, virou-se para levar a água ao Bloco 24. Geralmente era Ester ou Janina quem fazia isso por ela, mas com o tifo novamente devastando o campo, ambas estavam ocupadas demais cuidando dos moribundos. Ana observou o longo caminho central sob o sol escaldante, e seu corpo inteiro reagiu contrariado. Era surpreendente, porém, o quanto alguém podia suportar. Ela havia descoberto isso ao longo deste ano e meio em Birkenau. Talvez devesse ser inspirador, a resiliência possível diante do sofrimento extremo, mas a verdade era que Ana começava a achar aquilo tudo um tanto absurdo.

Talvez já não estivesse completamente sã. O calor vinha sendo tão intenso há tanto tempo, e sua pele estava tão fina, que ela podia jurar que seus próprios órgãos ardiam após passar algum tempo sob aquele sol. Deveria sentir gratidão por não ter que trabalhar ao ar livre, mas gratidão, assim como inspiração, era difícil de encontrar. Todos os dias ajudava mães a trazer ao mundo bebês que teriam sorte se conseguissem sobreviver à primeira semana no campo. Todos os dias precisava desviar dos corpos espalhados pelo chão simplesmente para cumprir seu trabalho. Todos os dias, trens chegavam a Birkenau – onde a nova plataforma testemunhava a eficiência da máquina de morte alemã – fazendo tremer as paredes do Bloco 24 como se deixassem um aviso: *Seu abrigo é frágil, sua proteção é tênue; você pode ser a próxima.*

E será que isso importaria?

Ana não recebia um pacote de Bartek desde a Páscoa. Poderia haver inúmeras razões para isso, mas Mala estivera especialmente atenta e sabia que as encomendas não estavam sendo barradas em Birkenau. Isso significava que estavam sendo interceptadas em outro lugar ou que Bartek não as estava enviando. E se ele não estivesse enviando...

Ana pousou o balde, lutando para levar ar aos pulmões. Sempre se orgulhara da própria força, da capacidade de trabalhar duro, dormir pouco, permanecer saudável, mas Birkenau lhe roubara tudo isso. Ela ainda trabalhava muito, ainda dormia pouco, e ainda estava, pelo menos comparada a tantas no campo, relativamente saudável; mas seu corpo envelhecido começava lentamente a ceder. Precisava que aquilo tudo terminasse.

Endireitando as costas, Ana ergueu o olhar ao céu, rezando por aviões. Um rumor chegara até elas dizendo que os Aliados haviam invadido a Europa. Alguém no campo dos homens teria instalado um rádio clandestino e conseguia sintonizar a BBC. Naomi ouvira falar disso no Kanada, mas ninguém sabia se era verdade. Nem sequer sabiam se realmente se tratava da BBC, mas o comportamento cada vez mais nervoso dos guardas parecia indicar que os relatos talvez fossem verdadeiros.

Era uma esperança quase doce demais para suportar, e todas as prisioneiras erguiam os olhos ao céu, esperando que, através da fumaça das mil almas enviadas diariamente ao além, pudessem vislumbrar um avião aliado. Esperando poder testemunhar, uma por uma, as chaminés dos crematórios explodindo em suas próprias chamas; esperando que, de algum modo, paraquedistas flutuassem do azul do céu, disparando contra os guardas da SS nas torres de vigilância. Talvez tivessem visto filmes demais nos cinemas, na época em que cinemas eram mais comuns do que piolhos, ratos e filas intermináveis por sopa estragada.

– Se eles chegarem no próximo mês – dissera Ester recentemente –, Pippa terá apenas seis meses. Talvez ainda se lembre de mim. Você acha que ela lembraria, Ana? Você acha que lembraria?

– Claro que sim – respondera Ana. – Um bebê sempre reconhece sua mãe.

Ela não fazia ideia se isso era verdade. Na verdade, duvidava disso, e sabia que Ester duvidava também, mas nenhuma das duas tinha coragem de admitir. A jovem era inteligente – inteligente o suficiente para saber quais verdades evitar, se quisesse manter ao menos parte de sua mente intacta. Durante os dois primeiros meses daquele exaustivo ano de 1944, Ester estivera constantemente junto à cerca dos trilhos, não olhando para os recém-chegados intermináveis, mas além deles, para o campo familiar onde, por alguns breves dias, tinham todas acreditado que Pippa talvez pudesse ficar.

Mas então, em março, num daqueles golpes cruéis que os nazistas tanto apreciavam, todo o campo familiar fora esvaziado e seus habitantes marchados até os crematórios. Tinham ouvido os gritos dilacerantes da violista ecoando por todo o campo e compreendido o pior. Seu filho havia sobrevivido em Birkenau por nove meses inteiros – o maior tempo registrado –, mas agora estava morto. Ester afastara-se da cerca depois disso e, ultimamente, vagava pelo campo em transe, como se tivesse enviado junto com sua filha uma grande parte de si mesma.

A única coisa que reacendera alguma vida real nela fora a barriga crescente da pobre Naomi. A gravidez da jovem ficara aparente ao mesmo tempo em que as árvores ao redor de Birkenau explodiram em flor, desafiando as cercas. Naomi aparentemente não tivera enjoos e mostrara apenas uma pequena queda em seus formidáveis níveis de energia, e Ana, envergonhada, só notara a condição da garota quando ela começou a reclamar de movimentos estranhos em seu ventre duas semanas atrás. Um exame confirmara que ela já estava com cerca de cinco meses, e no dia seguinte seu oficial alemão a abandonara, horrorizado com a notícia. Para Ana, isso tinha sido um alívio, mas Naomi ficara abalada.

– Não que eu gostasse dele – dissera a jovem para Ana e Ester na escuridão da noite, pois agora frequentemente dormia no bloco delas. – Mas era bom ter alguém ao meu lado.

– Nós estamos ao seu lado – respondera Ana com fervor, mas sabia que a garota era mais frágil do que demonstrava, e estava tentando vigiá-la cuidadosamente.

Naomi, Ana percebia, estava transferindo toda a carência e todo o afeto que sentira pelo alemão para a criança em seu ventre. Mas o pai era um típico ariano loiro, e Klara já havia comunicado aos oficiais do *Lebensborn* que o bebê em gestação era um alvo para a "germanização". Wolf e Meyer vinham ao bloco com frequência crescente, às vezes até uma vez por semana, e Klara desempenhava seu papel bajulador com perfeição. Ana tinha visto garrafas sendo discretamente passadas às mãos gananciosas da *kapo* e sabia que, naquele mundo distorcido de Birkenau, pequenas vidas estavam sendo vendidas por goles de vodca. A única esperança que tinham de evitar que o bebê de Naomi tivesse o mesmo destino da filha de Ester era que o campo fosse libertado antes do nascimento.

Em abril, dois eslovacos tinham conseguido escapar após passarem meses reunindo evidências das mortes em Birkenau. Pessoas corajosas em todo o campo haviam colaborado. Os *Sonderkommando* dos crematórios tinham ousado copiar registros das câmaras de gás e roubar etiquetas dos sinistros frascos de gás, entregues pelas ambulâncias apropriadas indevidamente da Cruz Vermelha; alguém até mesmo conseguira tirar uma fotografia para entregar aos eslovacos.

Na hora marcada, Rudolf Vrba e Alfréd Wetzler haviam se escondido numa pilha de lenha na periferia do campo por três dias inteiros – o período habitual que os guardas passavam procurando fugitivos. Todo o campo havia prendido a respiração, esperando notícias de que a dupla havia realmente escapado. Quando essas notícias chegaram – ou melhor, quando os dois não foram levados de volta pelos portões para uma execução pública, como tantos que tentaram antes deles –, houve uma alegria contida. Certamente, sussurravam entre si, nas filas do trabalho, das refeições e das latrinas, quando os dois entregassem suas evidências ao mundo lá fora, os Aliados viriam correndo. Por muito tempo nada aconteceu, mas então, no mês passado, aviões tinham sido vistos sobrevoando o campo. Aviões americanos. Alguém jurara ter visto uma lente fotográfica, e rumores empolgantes voltaram a correr por Birkenau. Mas, ainda assim, nada acontecera.

Desde então, mais dois homens tinham escapado, e na semana passada Mala viera sentar-se no Bloco 24 e, protegida pelos gritos especialmente altos de uma mulher em trabalho de parto, confidenciara seu próprio plano ousado. Ela sairia carregando uma pia de porcelana sobre a cabeça, disfarçada de operário em missão para instalá-la, sob supervisão de um oficial da SS – ou melhor, de Edek, que conseguira um uniforme da SS e estava disposto a arriscar tudo para fugir de Birkenau com Mala.

– Então vocês estão namorando! – exclamara Naomi triunfante.

Mala sorrira com timidez e respondera:

– Acho que sim.

Todas as mulheres haviam suspirado diante disso, transportadas por um breve momento a tempos mais felizes, quando o amor surgia com frequência entre as pessoas. Klara saíra pisando forte de seu quarto para verificar o que acontecia.

– Só estávamos admirando o novo penteado da Mala – disse Naomi rapidamente.

Klara fez um ruído impaciente.

– Judeus não deveriam ter cabelo. E você nem deveria estar aqui, Mala.

– Já estou de saída, Klara – disse Mala suavemente, deslizando para fora com uma piscadela para todas, fazendo a esperança crescer ainda mais.

Se alguém podia realmente sair de Birkenau, esse alguém era Mala; talvez ela tivesse a capacidade de forçar as pessoas do outro lado da cerca a fazerem algo para ajudá-las. Ana recordou-se dos relatórios da Resistência sobre os caminhões de gás, que havia lido na catedral, bem no início de 1942. Pensou nos rumores sobre Auschwitz que ouvira muito antes de ser enviada para lá. Fazia dois anos e meio. Por que ninguém viera? Não se importavam? Não acreditavam? Ana não poderia culpá-los, pois a escala da desumanidade em Birkenau ultrapassava a imaginação de qualquer pessoa decente. Contudo, bastariam poucos dias contando os trens que chegavam ao campo para perceber que nem todos os recém-chegados eram acomodados num barracão. A imaginação poderia ser questionada; os números, não. Só restava concluir que eles simplesmente não se importavam.

Com um suspiro, Ana pegou novamente seu balde e obrigou-se a caminhar de volta ao Bloco 24. Havia uma mãe nos estágios finais do trabalho de parto que precisaria dela. Ana contabilizara cerca de dois mil partos em Birkenau e até então não havia perdido nem mãe nem bebê durante o nascimento. Fechando os olhos por um instante, lembrou-se do dia em que se formara na faculdade de parteiras. Tinha ido à catedral de São Floriano, em Varsóvia, tomada pela emoção da cerimônia, buscando refúgio na capela dedicada a Maria. Lá fizera um voto à Mãe de Deus: caso perdesse um bebê, abandonaria a profissão. Bartek a censurara quando ela lhe contara mais tarde, insistindo que era um objetivo impossível e que desistir só levaria a mais perdas. Mas o voto já havia sido feito e, para seu orgulho, até agora não havia tido razão para renunciar – nem mesmo ali.

Um passo após o outro, era só o que precisava fazer: levar a água de volta, trazer o bebê ao mundo, manter a mãe confortável enquanto seu filho ou filha era roubado da vida preciosa pela qual ela tanto batalhara. Os judeus eram arrancados pelas mãos assassinas de Klara; os não judeus, pela morte mais lenta, porém igualmente dolorosa, causada pela fome. Se era isso que Deus exigia dela, Ana teria que cumprir.

Mas por que não tinha recebido mais notícias de Bartek?

Onde estaria ele? Onde estariam seus meninos? Eles ainda estariam lá fora, esperando por ela, caso os Aliados algum dia percebessem os números e viessem libertá-las? Um trem entrou sacudindo no campo, parando a menos de cinquenta metros de Ana. Portas rangeram ao se abrirem, e pessoas foram empurradas para a plataforma numa mistura de confusão e medo. Ana olhou naquela direção e viu o dr. Mengele marchando para assumir seu lugar diante delas. Pobres almas. Mengele era o único médico que fazia as seleções sóbrio, e parecia gostar delas da mesma forma que um cientista aprecia observar insetos sob um microscópio. Ana ouvira rumores horrendos sobre os laboratórios que ele estabelecera no campo cigano, sobre os experimentos que fazia em mulheres e crianças, sobre sua fascinação por gêmeos. Recentemente, vira uma mãe judia desesperada, que dera à luz dois pequenos bebês meninos, sufocar um deles por medo de que Mengele aparecesse procurando. O segundo bebê também morrera logo depois – mas pelo menos não sob um bisturi.

Ana sacudiu-se, obrigando-se a afastar esses pensamentos. Não podia se deter nessas tragédias cotidianas ou perderia o pouco que lhe restava da vontade de prosseguir. Apressou-se em direção ao Bloco 24, mas algo chamou sua atenção novamente e ela parou, agora com a respiração entrecortada não só pelo esforço, mas por medo. Ou seria excitação?

Uma figura caminhava desajeitadamente pelo caminho em direção ao portão, com uma grande pia erguida sobre a cabeça e um alto guarda da SS acompanhando-a. Ele empurrava a prisioneira, segurando-a bruscamente pelo braço, mas algo naquela forma de segurar atraiu a atenção de Ana, que passou a observá-los mais atentamente. Era Mala, tinha que ser. Estava vestida com roupas largas, vergando-se sob o peso da pia, mas ao olhar com atenção percebia-se uma curva feminina nos quadris, e o oficial parecia tanto sustentá-la quanto apressá-la. Seria então aquele Edek?

Ana ficou imóvel, observando o casal com a respiração suspensa enquanto eles se aproximavam do portão do perímetro. Edek, assim como Mala, falava alemão fluentemente, mas seu sotaque passaria pelo crivo do guarda? O guarda do portão exigiria ver o rosto da prisioneira? Ana só conseguia imaginar o quanto aqueles dois corações deviam estar batendo forte sob as roupas emprestadas. Inclinou-se para a frente, impulsionando-os mentalmente, enquanto o guarda saía para abordá-los.

Os dois homens se cumprimentaram com uma saudação militar impecável. Algumas palavras foram trocadas. Edek voltou a agarrar o cotovelo de Mala e fez um gesto com a cabeça para o outro homem, evidentemente trocando comentários nazistas depreciativos sobre a pobre prisioneira.

Ana percebeu que tinha parado de respirar e forçou-se a puxar o ar novamente. Mas então o guarda estava acenando para eles prosseguirem, e Edek fazia uma nova saudação, conduzindo Mala adiante com firmeza, e parecia que, de fato, estavam saindo do campo.

Ana sabia que Mala vestia por baixo do uniforme um elegante vestido que Naomi havia arranjado no Kanada. O plano era que, assim que estivessem longe o suficiente, ela se transformaria da interna carregadora de pias na elegante namorada de um oficial da SS. Pegaria o braço de Edek e caminhariam como qualquer casal feliz, até que simplesmente estivessem longe dali.

– Vá, Mala – sussurrou Ana. – Vá em frente. Fuja. Consiga ajuda.

Talvez Deus a tivesse ouvido, pois Mala continuou avançando cambaleante até que até mesmo a pia branca que carregava sobre a cabeça desapareceu no horizonte de Ana. De repente, Ana agarrou seu balde e começou a se mover rapidamente, ignorando o sol, ignorando o tremor das pernas e a dor nos ombros, ignorando até mesmo a parturiente que aguardava seu retorno. Entrou correndo no Bloco 24 e, lançando um olhar a Klara, que estava encolhida em sua cama como tantas vezes agora fazia, agarrou a primeira mulher que encontrou.

– Mala escapou – sussurrou.

Os olhos da mulher se arregalaram e ela se voltou para a pessoa ao lado, que por sua vez virou-se para outra, e assim por diante, até que, como a brisa suave de verão rompendo o sufocante desespero do campo, a notícia espalhou-se por todas as mulheres e, sem dúvida, também já corria para os barracões vizinhos. Mala havia escapado, e uma esperança silenciosa acendeu-se dentro de cada uma. Talvez, pensou Ana enquanto finalmente levava a água para sua paciente, não importasse mais que Bartek já não estivesse enviando pacotes, pois talvez dentro de poucas semanas ela mesma estivesse a caminho de Varsóvia para reencontrá-lo.

– Vamos, minha querida – disse ela à mãe. – Vamos trazer este bebê ao mundo e torcer para que seja o começo de algo maravilhoso para todas nós.

*

Três dias depois, a SS trouxe Mala e Edek de volta para Birkenau acorrentados. Ana os viu passarem marchando diante do Bloco 24, ensanguentados e espancados, e sentiu uma dor percorrer seu próprio corpo tão intensamente quanto se fossem dela as manchas roxas da brutalidade nazista. Ela acreditara que Mala havia partido, que estava livre. Imaginara que ela caminharia até sair da Polônia, que encontraria alguém e faria essa pessoa escutá-la. Imaginara-a entrando com firmeza em escritórios, relatando a homens importantes as atrocidades de Auschwitz-Birkenau, e que esses homens viriam correndo para salvá-las. Quão ingênua ela tinha sido, quão ridiculamente, tolamente e insuportavelmente ingênua.

De repente, tudo se tornou insuportável. Ana sentiu vontade de despedaçar a si mesma antes que esses nazistas impiedosos o fizessem por ela. Correndo de volta para dentro do bloco, lançou-se contra a parede de madeira no fundo daquele arremedo de "enfermaria da maternidade". Ouviu vozes clamarem por ela, sentiu mãos tentando alcançá-la, mas Ana continuou atirando-se contra a parede, de novo e de novo, até cair ao chão exausta. A escuridão, quando finalmente veio, foi um alívio, e tudo que ouviu antes de sucumbir a ela foi a voz doce de Ester.

– Pronto, pronto, Ana. Eu estou aqui com você. Você está segura comigo.

Eram as mesmas palavras que Ana ouvira Ester repetir tantas vezes para Pippa, durante os cinco breves dias que passaram juntas. Tinham sido mentiras. Doces mentiras, talvez, mentiras bem-intencionadas, mas mentiras mesmo assim. Ninguém estava seguro em Birkenau, nem, ao que parecia, fora de lá.

VINTE E CINCO

5 DE AGOSTO DE 1944

ESTER

Pippa teria hoje sete meses e onze dias de vida, pensou Ester, esfregando as janelas com um pequeno pedaço de pano. O tecido rasgado havia envolvido um bebê até ele morrer, uma hora atrás, e ainda estava úmido pelas lágrimas da mãe. Pelo menos essas lágrimas estavam tendo algum efeito na sujeira. Antes de sair para o Kanada naquela manhã, Naomi tinha ordenado que Ester "fizesse entrar alguma luz neste maldito bloco" e, embora nem Ester nem Ana vissem qualquer problema na acolhedora penumbra, ela estava cumprindo a ordem. Era o mais fácil a fazer.

Pensar por conta própria tornara-se algo trabalhoso demais. Sua mente parecia apenas uma névoa de fome, solidão e dor. Sua família estava distante demais, e ela tinha dificuldade em recordar com nitidez os rostos queridos de sua mãe, seu pai ou até mesmo sua irmã cheia de vida. A única imagem que ainda brilhava claramente em meio à confusão era a dos olhinhos de sua filha erguidos para ela, tão grandes quanto os zeros tatuados em sua axila. Mas até aquela era uma imagem já desatualizada. Pippa tinha sete meses e onze dias, pensou novamente Ester, e já estaria tão diferente que talvez nem pudesse reconhecê-la. Seria isso possível? Com certeza algo dentro dela reconheceria instintivamente sua própria filha? Mas ela também já acreditara que sua alma estava tão sintonizada com a de Filip que saberia caso ele tivesse morrido, e agora já não sabia mais nada.

Até seu amor pelo marido, antes tão puro e luminoso, agora parecia tão encardido quanto as janelas. Quando fechava os olhos e tentava visualizá-lo sentado nos degraus da catedral de Santo Estanislau, não conseguia ultrapassar a visão brutal das fileiras intermináveis de barracões e beliches. Temia que, mesmo que se de alguma forma saísse daquele lugar e o reencontrasse, seu amor fosse tão difícil de limpar quanto eram aquelas janelas infernais.

Ester esfregou com mais força, mas só conseguiu espalhar a sujeira pelo vidro. Houve uma leve melhoria no barracão desde que um grupo de trabalho fora designado para colocar ladrilhos de tijolos no chão. Os ladrilhos eram ásperos e lascados, mas pelo menos evitavam o pó, e quando o tempo mudasse poderiam ajudar com a lama incessante. Ester estremeceu ao pensar num segundo inverno em Birkenau e deixou o pano cair. Qual era o sentido daquilo? Precisava de água e sabão, mas ambos estavam desesperadamente escassos enquanto o sol de verão ainda batia inclemente sobre o campo, alimentando o tifo. Outro dia, enquanto ela e Janina carregavam mais um cadáver para fora do bloco, Ester surpreendera-se desejando contrair a doença – uma febre ao menos faria seu sangue circular em suas veias da forma que costumava fazê-lo. Mas ela já cuidara de tantas vítimas nos últimos dezoito meses que certamente devia estar imune.

– Deus não me quer na pilha de cadáveres – dissera Ester a Ana e Naomi na noite anterior.

– Ótimo – respondera Naomi, incisiva.

Ana não dissera nada. Ela quase nunca dizia algo esses dias, exceto quando auxiliava em algum parto. Nessas ocasiões ainda demonstrava sua calma e gentileza habituais, mas era como um verniz, bem polido, porém superficial. Ela ainda se importava, Ester sabia que sim. Cada bebê ainda era uma bênção, mas não durava muito, e pouco a pouco estavam descobrindo o quanto se importar era perigoso. Havia um limite para quanta perda uma mulher conseguia suportar, e algo parecera ter se quebrado dentro de Ana no dia em que a pobre Mala Zimetbaum fora trazida de volta ao campo. Mala agora desaparecera, aparentemente levada à prisão em Auschwitz I. Alguém lhes dissera que ela e Edek eram ouvidos cantando um para o outro de suas celas, mas certamente não era verdade. Quem poderia cantar naquele lugar?

Um trem chegou chacoalhando a Birkenau e Ester o observou distraidamente pelos pequenos círculos que havia limpado na janela suja. Ela evitava limpar as janelas que davam para o lado do Bloco 25, preferindo não ver as pobres mulheres na antecâmara dos crematórios – embora, com três ou quatro trens chegando todos os dias, a antecâmara raramente ficasse cheia agora. Sempre parecia haver uma procissão caminhando pela estrada em direção às chaminés, e ninguém mais precisava esperar muito até completar um "lote" para os fornos.

Os recém-chegados vinham principalmente da Hungria. Ninguém sabia ao certo por que aquele país repentinamente decidira jogar seus judeus no fosso nazista, mas talvez tivesse a ver com a invasão, pelos Aliados, da França ocupada. Notícias daquele milagre tinham sussurrado pelo campo como uma brisa suave e mais e mais rádios clandestinos eram introduzidos em Birkenau. Alguém dissera a Ester recentemente que Paris seria libertada a qualquer momento, mas ela temia que todas as mentes ali estivessem tão danificadas quanto a sua própria, e a verdade há muito se perdera.

A única coisa que realmente sabia era que a Polônia ainda estava nas garras dos nazistas, cada vez mais cruéis, e que os húngaros chegavam em grande número, exaustos após dias e noites em vagões de gado, mais do que dispostos a se despir e entrar em um chuveiro. Contavam que os guardas da SS pediam que pendurassem suas roupas em ganchos numerados e até entregavam toalhas e sabão para fazê-los entrar na câmara sem resistência. Irônico, na verdade, que aqueles destinados à morte recebessem tratamento melhor que os que lutavam desesperadamente para permanecer vivos. Uma toalha e sabão seriam realmente úteis para aquelas janelas.

Ester apoiou a testa contra o vidro, odiando-se pela própria frieza, indiferença, aquela maldita letargia, mas quando se encara a morte face a face dia após dia, é difícil deixar-se abalar. Estava se tornando tão ruim quanto eles.

Faça entrar luz nesse maldito barracão.

A voz de Naomi ecoava claramente em sua cabeça. A barriga da jovem estava agora crescida pela gravidez, e Klara já havia incluído seu bebê na sua lista nefasta, encantada por garantir uma criança com sangue verdadeiramente alemão para os mestres do *Lebensborn*. Naomi contara a Ester, alguns dias antes, que o pai da criança fora promovido. Essa notícia aparentemente o abrandara em relação a ela, e embora não tivesse retomado suas atenções – estava ocupado, na verdade, providenciando bebês para o Reich com diversas outras garotas pobres –, certificava-se de que Naomi recebesse roupas quentes e comida extra. Ela compartilhava tudo a cada noite, mas era a única das três que comia com prazer.

– Continuar vivas é a nossa única arma – Ana ainda murmurava às vezes, mastigando com expressão sombria um pedaço de linguiça húngara. Mas Ester começava a se perguntar contra quem aquela arma realmente se voltava. Para quê, afinal, estavam elas se mantendo vivas?

O trem descarregava sua carga humana, e Ester observava sem ânimo os recém-chegados, curiosa ao perceber que aquelas pobres pessoas eram quase tão magras quanto as prisioneiras do campo. Não eram húngaros, então. Ela esfregou o vidro com mais força e notou uma confusão no vagão do fundo – gritos e agressões, não por parte dos guardas, mas dos próprios prisioneiros. Subitamente arrancada de sua letargia, largou o pano e correu até a porta do Bloco 24. Outras mulheres também chegavam, atraídas pelo tumulto, reunindo-se o mais próximo possível da cerca, embora os oficiais da SS não prestassem atenção a elas; seus olhos estavam fixos na cena incomum que acontecia à sua frente.

Um velho fora atirado do trem e estava encolhido no chão, enquanto os passageiros que desciam em seguida se revezavam chutando sua figura curvada. Uma mulher lamentava-se ao lado dele, e algumas pessoas também passaram a agredi-la.

– Olhe para você, engordado com a nossa miséria!

– Eu mantive vocês vivos até aqui! – o homem gritou desafiadoramente, embora sua voz estivesse embargada pela dor.

– Para quê? Para morrermos numa câmara de gás em vez de nos braços das nossas famílias?

– Para sobreviver à guerra!

– Para garantir roupas ricas, vinhos finos e cavalos elegantes para você, isso sim! Não vimos você queimar seus móveis estilo Luís XVI para se aquecer. Não vimos você coçando piolhos do corpo nem disputando um nabo podre.

Um sentimento de reconhecimento começava a crescer dentro de Ester, que se aproximou da cerca.

– Ah, não! – o líder dos agressores continuou. – Você nos explorou, Rumkowski. Talvez tenha nos mantido vivos, mas certamente manteve alguns de nós bem mais vivos do que outros.

Com essas palavras, a agressão recomeçou. Embora os homens e mulheres parecessem terrivelmente enfraquecidos, a raiva lhes dava força, e o corpo curvado de Rumkowski, o "Ancião dos Judeus" de Łódź, era violentamente espancado na plataforma de Birkenau. Um oficial da SS deu vivas, e Ester caiu de joelhos. Então chegara àquele ponto – nazistas aplaudindo a brutalidade dos próprios judeus; Hitler realmente estava vencendo agora, não importava o que as notícias vazadas afirmassem.

Mas então, lentamente, enquanto observava Rumkowski – o homem que vira pela última vez entrando em Baluty numa carruagem branca –, fios de lucidez começaram a penetrar sua mente entorpecida. Se Rumkowski estava ali, essas pessoas eram de Łódź, e se eram de Łódź...

– Filip! – Ela saltou de pé, correndo até a cerca. – Filip!

Os prisioneiros viraram-se para encará-la, os guardas também a observavam, mas Ester não se importava. Seu amor pelo marido não era sujo nem opaco, mas tão vivo e penetrante como sempre fora, e agora a impelia adiante.

– Filip, você está aqui? Filip!

– Ester?

Ela parou abruptamente, tropeçando nos próprios pés ao virar-se para procurar aquela voz. Não parecia ser seu marido, mas quem sabia o que o último ano e meio lhe fizera? Ester examinou freneticamente a multidão enquanto um homem avançava. Seu coração despencou.

– Tomaz?

O amigo de Filip estava diante dela, seu corpo outrora forte agora miseravelmente magro, arrastando a perna esquerda. Ester olhou ansiosamente ao redor, mas ninguém mais se juntou a ele.

– Tomaz, onde está o Filip?

– Ele não está aqui, Ester.

Atrás deles, a SS se cansara de observar a morte de Rumkowski e empurrava os recém-chegados para as filas costumeiras. Não tinham muito tempo.

– Onde ele está, Tomaz? Ele está...?

– Não! – Seu coração saltou. – Ou melhor, não sei. Foi levado em abril, para Chełmno.

– Chełmno?

O calor brilhante de seu amor renovado pareceu transformar-se num fogo opaco dentro dela. Chełmno era onde os caminhões de gás realizavam seu trabalho macabro. Seus joelhos fraquejaram e ela caiu contra a cerca. O arame farpado cortou-lhe a mão, mas ela nem sentiu.

– Então ele está morto! – gritou desesperada.

– Não! Não necessariamente, Ester. Ele foi com um grupo de trabalho. Para construir barracões, disseram, e para... para cavar.

– Para...?

– Você aí! Entre na fila! – gritou um guarda da SS.

Tomaz olhou em volta, desnorteado. O oficial caminhava em direção a eles com a arma na mão, e Ester forçou-se a erguer-se novamente.

– Não manque, Tomaz.

— Impossível. — Ele levantou a barra desgastada das calças, revelando o pé, os dedos reduzidos a tocos pretos. — Congelamento. No inverno passado.

— Você! Na fila, última chance!

Tomaz olhou em volta freneticamente, mas seus olhos retornaram diretamente a Ester.

— Filip me disse — disse ele com urgência — que se eu visse você, era para lhe dizer que ele a ama, e que encontrar você foi como encontrar a joia mais preciosa que o mundo poderia produzir. Ele me disse que os poucos meses de casamento com você foram os mais felizes da vida dele, mesmo no gueto. Disse que não havia sofrimento para ele, porque tudo que precisava para sobreviver era do seu amor.

— Ele ainda o tem.

— Então ele vai sobreviver. E você também precisa sobreviver. Eles estão vindo, Ester, os Aliados estão vindo. Já ouvi isso vezes demais para duvidar.

— Você, porco insolente. Mexa-se!

O guarda se aproximou, arma erguida.

— Vão me matar, certo? — Tomaz perguntou.

Ester olhou para o pé dele e assentiu. Pela primeira vez em muito tempo sentiu lágrimas brotarem em seus olhos.

— Então aceito a morte aqui, com você. Viva, Ester. Viva e ame, e...

A bala interrompeu suas últimas palavras, atravessando-lhe a cabeça e ricocheteando no poste da cerca ao lado de Ester. Ela sobressaltou-se e recuou apressadamente, erguendo as mãos enquanto o oficial da SS a encarava com ferocidade. Minutos antes, talvez ela tivesse permanecido ali, esperando que ele atirasse, mas agora tudo havia mudado. Sentia energia fluindo em suas veias, como se a cerca estivesse eletrificada e um choque tivesse atravessado seu corpo, trazendo-a de volta à vida.

Não sabia o que mais Tomaz poderia ter dito, mas o que ouvira fora suficiente. Se o imenso gueto de Łódź fora desmantelado, os alemães certamente estavam preocupados. Deviam estar recuando. Os Aliados deveriam estar chegando. De repente, a capacidade de permanecer viva novamente parecia uma arma, e ao afastar-se do corpo do pobre Tomaz, agradeceu a Deus por ter-lhe dado uma morte rápida. Então correu, fugindo das chaminés, fugindo da máquina nazista de morte e voltando ao Bloco 24, onde seu trabalho era trazer vida ao mundo.

Viva e ame. Essas palavras novamente pareciam um propósito ao qual valia a pena se agarrar.

VINTE E SEIS

22 DE AGOSTO DE 1944

ANA

— Será amanhã, durante a chamada da noite — disse a voz de Irma Grese, ecoando pelo Bloco 24. — Certifique-se de que todas estejam lá.

Ana parou junto à porta do quarto de Klara, bem a tempo de ouvir a resposta da *kapo*:

— Sim, *Aufseherin* Grese, é claro. Será um prazer. A mulher deve servir de exemplo e... oh.

Ana reprimiu uma pontada amarga de prazer diante da voz desapontada de Klara quando Irma Grese saiu abruptamente, sem sequer esperar pela bajulação final. Desde a partida de Pfani, Klara assumira o hábito de seguir a bela oficial por toda parte, como um filhote abandonado. Seria engraçado, se não fosse o fato de ela estar ficando cada vez mais violenta, numa vã tentativa de impressionar sua superiora sádica. Além disso, nada em Birkenau jamais era engraçado.

Ana podia sentir seu próprio coração se encolhendo. Desde que Mala Zimetbaum fora arrastada de volta para Auschwitz, era cada vez mais difícil convencer aquele pobre órgão a continuar bombeando. Ela tinha certeza de que o coração minguava a cada dia que passava. Até mesmo o amor que sentia por Ester, que a mantivera viva por tanto tempo, parecia agora um esforço mais do que uma alegria; uma responsabilidade para a qual não se sentia mais forte o bastante. E ainda não recebera mais nenhum pacote de Bartek.

— É só porque os alemães bloquearam o correio — Ester repetira inúmeras vezes. — Eles estão recuando, Ana. Foi o que Tomaz me disse.

— Tomaz estava num gueto, Ester — retrucava ela, exausta, sempre da mesma forma. — Estava tão sujeito ao bloqueio de informações dos nazistas quanto nós aqui.

– Então como as notícias das derrotas chegaram até ele? – respondia Ester triunfante.

Ela estava diferente desde que o transporte vindo de Łódź havia despejado Rumkowski na plataforma, onde fora espancado até a morte por seu próprio povo. Encontrar o amigo de Filip reativara suas lembranças do marido, e aquela letargia, tão semelhante à de Ana, fora substituída por uma expectativa quase frenética de liberdade, que Ana temia ser ainda mais perigosa. A esperança doía.

– O que você está fazendo aí parada? – cuspiu Klara, saindo abruptamente do quarto e assustando Ana.

A *kapo* ergueu parcialmente a mão e Ana recuou automaticamente. Embora Klara chutasse muitas das pobres pacientes do Bloco 24, nunca havia batido em Ana. Talvez fosse porque, com seu alemão impecável, Ana era a única a ousar enfrentar os nazistas. Dias atrás, o dr. Mengele havia entrado com grande alarde no barracão para anunciar a "dissolução" do campo cigano e sua própria promoção a médico-chefe das mulheres de Birkenau. Ana não ficara impressionada.

– Por "dissolução" você quer dizer assassinato em massa? – ela o desafiara, todo seu corpo tremendo de indignação pela covardia da palavra escolhida.

Os olhos de Mengele haviam se estreitado, mas ele se aproximara calmamente dela.

– Acha mesmo que semântica seja útil, Parteira?

– Sim, *Herr Doktor*. Minha formação médica me ensinou a ser precisa, assim como certamente a sua também ensinou. Portanto, acredito que devemos chamar as coisas pelo que realmente são.

Ele considerara suas palavras com calma.

– Concordo. Poderíamos classificar todas as mulheres neste hospital simplesmente como "moribundas", mas de que serviria? Como isso nos daria sintomas ou prognósticos?

Ana fora obrigada a assentir, e ele continuara tranquilamente.

– É o mesmo caso do campo cigano. Os ciganos são um peso para a sociedade. Vivem por suas próprias leis, apropriando-se das terras alheias. Não têm o mesmo valor que um ser humano legítimo e, portanto, segundo a letra da lei, não podem ser "assassinados". – Ele sorrira. – Semântica, parteira. Muito útil.

A lógica fria e calculista teria sido aterradora, caso o sangue de Ana já não tivesse se convertido em gelo há muito tempo pela perseguição nazista. Ainda assim, as palavras casuais, "um ser humano legítimo", incomodaram-na mais do que os sempre presentes piolhos.

– Então o senhor, *Herr Doktor*, não me considera um ser humano legítimo?

Ele já estava prestes a se afastar, soltando um som impaciente pela interrupção.

– Não seja maçante, parteira. Você é uma polonesa católica, creio eu, e está aqui apenas sob suspeita de resistência. Você tem potencial; não o desperdice.

– E esta mulher aqui, esta enfermeira... – Ana puxou Ester, horrorizada, para a frente, mas Mengele já se afastava, virando-lhes as costas altivas de SS.

– Ana! – sussurrou Ester, puxando-a para longe do médico que partia. – O que você está fazendo? Mengele manda pessoas para a câmara de gás com um simples aceno do dedo mindinho. Você poderia ter nos matado.

– Isso importa?

– Para mim, importa. Pensei que você fosse uma lutadora, Ana. Achei que você acreditasse na bondade inerente das pessoas, da maioria das pessoas. Achei que quisesse permanecer viva para contrariar os homens e mulheres que nos mantêm presas a esses ideais doentios.

Ana fechou os olhos, sentindo-a invadir uma consciência dolorosa do que poderia ter acontecido.

– Achei que eu também quisesse.

Ester suspirou profundamente, mas em seguida envolveu Ana num abraço tão forte que, por um instante, Ana se perguntou quem era a mãe e quem era a filha. Sentia-se velha, tão terrivelmente velha.

– Você é boa, Ester – murmurou contra o ombro magro da jovem.

– Então lute por mim, Ana. E eu lutarei por você.

Ana concordara, evidentemente, mas era tão difícil. Quando chegara ali, sentira orgulho em lutar pelo direito de ajudar as mulheres a dar à luz, mas agora começava a suspeitar que a permissão conquistada a tanto custo fosse apenas uma piada cruel dos nazistas. Ingressara na profissão médica para salvar vidas, não para lançá-las aos amargos ventos de Birkenau, mas esses ventos continuavam soprando. E agora alguma pobre mulher deveria "servir de exemplo".

– O que vai acontecer amanhã, Klara? – perguntou.

Klara lhe deu um sorriso repulsivo.

– Amanhã, Ana? Amanhã, sua preciosa e fracassada fugitiva será executada.

— Mala?! — Ana arfou, sentindo mais esse golpe atingir seu coração já tão maltratado.

— Ela mesma. E adivinhe — vocês todas vão poder assistir.

*

Elas se aglomeraram numa longa fileira, cães da SS rosnando às suas costas e uma forca destacando-se sombria contra o céu cinzento. Caía uma chuva fina, mas persistente, infiltrando-se em suas roupas como uma lembrança cruel do inverno que estava por vir. Já tinham ouvido que Edek fora enforcado naquela manhã no campo masculino, e agora era a vez da pobre e generosa Mala. Era quase insuportável, mas Ana sentiu Ester enlaçar seu braço direito, e Naomi o esquerdo, e se entregou à juventude delas. Não queria testemunhar aquilo, mas Ester dissera que deviam isso a Mala: estar ao seu lado em sua hora final. Por isso, ali estava ela. Não que tivesse escolha. Escolhas já não existiam.

— Prisioneiras, atenção!

Às vezes faziam isso, os oficiais da SS, divertindo-se ao atirar em quem não ficasse em posição firme com suas roupas rasgadas e tamancos partidos. Hoje, porém, a ordem foi cumprida com rapidez incomum, pois as mulheres estavam de pé não por seus carrascos, mas pela mulher que era empurrada brutalmente para fora de um caminhão diante delas. Mala vestia apenas uma combinação branca e fina, estava descalça, mas seus cabelos escuros e brilhantes estavam presos num coque glamoroso, fazendo-a parecer mais uma estrela de cinema do que uma prisioneira. Ana assistiu, fascinada, enquanto Mala se erguia do chão e olhava para todas elas. Maria Mandel, presidindo aquele espetáculo macabro, fez um sinal para que um guarda a empurrasse até a forca, mas Mala resistiu.

— Matem-me — disse em desafio à *Lagerführerin* de rosto duro. — Vamos, o que eu tenho a perder?

Ela lançou um olhar desdenhoso para a forca destinada a fazer dela um exemplo, e o guarda contentou-se em chutá-la na canela. Mala cambaleou, mas não caiu, e ao olhar ao redor para as prisioneiras, Ana subitamente sentiu-se grata por ter sido forçada a assistir. Não desejava que aquela mulher corajosa e generosa morresse, mas se tivesse que morrer, não morreria sozinha.

— Nós te amamos, Mala! — gritou Ana em polonês.

Os guardas avançaram, mas não tinham como saber quem havia falado. Mala já caminhava em direção à forca, um sorriso no rosto, e assim os guardas desistiram e concentraram-se nela.

– Obrigada! – disse Mala, sua voz ecoando clara pelo entardecer chuvoso. – Eu também amo todas vocês. O amor é uma emoção maravilhosa, não é mesmo? Muito mais forte que o ódio.

Um guarda a empurrou para os degraus da forca, mas ela subiu de bom grado, seus olhos brilhando intensamente.

– Tentei escapar! – gritou alto. – Tentei escapar e falhei.

Os guardas riram com desdém, mas ela se empertigou ainda mais.

– Mas outros tiveram sucesso! Outros ultrapassaram as cercas e agora mesmo estão falando com os Aliados. A ajuda vai chegar, companheiras. A ajuda está vindo. Hoje Paris foi libertada, e outras cidades certamente vão segui-la, até chegarem à própria Berlim. A Alemanha vai perder esta guerra!

Mandel soltou um grito de fúria, e os guardas avançaram sobre Mala, tentando empurrá-la para o laço da forca, mas ela resistiu com toda força.

– Eles vão perder porque são desumanos, malditos miseráveis! Deus fará com que paguem por tudo!

Mala desvencilhou-se do guarda à sua direita e levou a mão aos cabelos. Por um estranho instante, Ana pensou que ela iria soltar o coque e deixar os cabelos caírem em um gesto teatral, mas Mala retirou algo do penteado e, rápida como um relâmpago, passou-o pelas dobras dos braços nus. O sangue jorrou, vermelho chocante, desabrochando como papoulas sobre sua combinação branca e salpicando o rosto dos guardas.

– Mala! – Ester chamou, sua voz suave e doce, e não estava sozinha.

Uma por uma, as vozes das prisioneiras ergueram-se, repetindo seu nome.

Lá no alto da forca, Mala cambaleava, mas ergueu a mão, segurando-se à corda para firmar-se enquanto sorria para todas ao seu redor, sua vida lentamente esvaindo-se.

– Resistam! – ela gritou. – Quando chegar a hora certa, resistam! Estão se rebelando em Varsóvia. Ouvi da minha prisão, ouvi dos nazistas – nazistas apavorados!

Ana a encarou, tentando compreender aquelas palavras com sua mente entorpecida. *Rebelando-se. Varsóvia.* Piscou os olhos. Bartek estava em Varsóvia. Bronisław também. Estariam lutando, certamente na linha de frente, entregando tudo o que tinham. Ana fixou-se em Mala enquanto os guardas tentavam arrastá-la para mais perto da forca.

– Eles estão lutando nas ruas – assegurou Mala, como se falasse diretamente para Ana. – Os soviéticos avançam para oeste tão rápido quanto os britânicos marcham para leste, e os varsovianos estão preparando o caminho. Isso tudo acabará, camaradas. O sofrimento de vocês terá fim.

O nome dela continuava a circular pelas prisioneiras como um encantamento, mas Mandel já se cansara. Saltou sobre a plataforma e disparou dois tiros para o alto. Um silêncio súbito caiu sobre o campo. Mandel olhou ao redor com raiva e então fixou-se em Ana.

– Você, parteira! Faça curativos nesta mulher. Agora!

Ana avançou rapidamente, sentindo-se aliviada quando Ester a acompanhou.

– Preciso de ataduras, *Lagerführerin*.

– Aqui. – Com um único gesto, Mandel arrancou a combinação de Mala, rasgando-a ao meio. – Rápido!

Ana subiu os degraus cambaleante, pegou o tecido e curvou-se sobre Mala, caída sobre as tábuas da forca. Não ousava olhar para cima, para a corda que lançava sua sombra escura sobre elas. Suas mãos tremiam ao enrolar o fino algodão nos braços da prisioneira condenada.

– Não aperte demais – murmurou Mala.

Ana olhou-a intensamente. Sabia o que a amiga lhe pedia, mas não sabia como atendê-la; toda vida era preciosa aos olhos de Deus.

– Mala, eu...

– Por favor – disse Mala –, deixe-me morrer do meu jeito, não do deles.

Ana hesitou, mas naquele instante Ester se aproximou, pegando as bandagens e dizendo alto o bastante para Mandel ouvir:

– Deixe comigo, parteira. Sou mais qualificada para fazer curativos.

Engolindo em seco, Ana assentiu e recuou, observando imóvel enquanto Ester, com eficiência e total ineficácia, enrolava o pano nos braços de Mala. O tecido manchou-se imediatamente de vermelho, e Mala sorriu.

– Pressione aqui – disse Ester, alto o suficiente para que Mandel acreditasse que tentava estancar o sangue, mas enquanto falava, curvou-se sobre a prisioneira prostrada e apertou com firmeza as veias para acelerar o fluxo sanguíneo.

– Os cortes são profundos demais – gritou Ana, quando Mala começou a desfalecer diante dela.

Tomou a mulher corajosa nos braços.

– Eu estou aqui – sussurrou. – Estou com você, você está segura.

As pálpebras de Mala tremeram e um sorriso esboçou-se levemente em seus lábios.

– Ah, pelo amor de Deus!

Mandel empurrou Ana e Ester para o lado e agarrou o pulso de Mala, buscando seu pulso. Olhou para as fileiras de mulheres agitando-se inquietas, sussurrando entre si, cada vez mais alto. Os guardas da SS mostravam-se nervosos, e Ana percebeu com uma súbita emoção que tinham medo de uma rebelião. Será que as mulheres reagiriam? Será que conseguiriam? Ana olhou ao redor: havia pelo menos mil prisioneiras ali, contra menos de cem guardas. Quantas balas cada arma carregaria? Quantas delas teriam de morrer para que as outras conseguissem escapar?

Claramente, as mesmas perguntas cruzavam a mente de Mandel, pois, com precisão fria, ela sacou a pistola, disparou uma bala exatamente entre os olhos corajosos de Mala, e afastou-se com passos firmes. O corpo da jovem relaxou completamente, e o projétil cravou-se na madeira, centímetros ao lado do braço de Ana, que ainda a segurava. Ana congelou, encarando a bala. Poderia ter sido ela. Ainda podia ser. E de repente soube, com a clareza fria e nítida de um dia de inverno ali em Birkenau, que não queria morrer.

Inclinando-se, depositou um beijo na testa de Mala, exatamente onde entrara a bala, e então soltou-a e recuou. Suas pernas estavam rígidas e ela teve dificuldade para se manter em pé, mas Ester tomou-lhe o braço e juntas desceram às pressas os degraus, buscando a segurança das filas. As prisioneiras estavam se acalmando, o ímpeto de revolta desaparecido, e a SS apressava-se em empurrá-las de volta aos barracões, longe da visão de Mala, nua e ensanguentada, caída sob a forca que deveria ter-lhe tirado a vida com eficiência nazista.

Maria Mandel fervilhava de raiva. Mala roubara hoje o orgulho alemão e, ao mesmo tempo, havia devolvido algo precioso às prisioneiras que ainda se agarravam à vida em Birkenau. Ana ergueu os olhos ao céu e rezou para que Deus acolhesse esse anjo em seu abraço, pois Mala lhe dera esperança. E, embora doesse como uma lâmina de navalha perdê-la, essa dor não a estrangularia como uma corda nazista.

– Venham – disse Ana, conduzindo as mulheres de volta ao Bloco 24. – Temos bebês para trazer ao mundo. Bebês que viverão para escapar de Birkenau.

Ser parteira era a única coisa que ela realmente conhecia, e era o que continuaria a fazer até que todas elas fossem, finalmente, libertadas.

VINTE E SETE

7 DE OUTUBRO DE 1944

ESTER

– Força, Naomi. Isso, garota, força!

Ester sussurrava o comando, tentando desesperadamente evitar chamar a atenção de Klara. O parto de Naomi havia avançado tão rapidamente que até Ana fora pega de surpresa. A parteira estava fora, buscando água, quando se tornou evidente que as coisas estavam chegando a um ponto crítico. Ester tivera que correr da ala de Janina para assumir o controle, e nunca sentira maior alívio do que ao ver Ana retornando pela porta do Bloco 24.

– Meu Deus! – disse Ana, quase sorrindo. – Você realmente é rápida, Naomi. Vamos trazer esse bebê ao mundo agora, certo?

– Shhh – alertou Ester, indicando a porta com um gesto.

Klara estava lá fora, tentando conversar trivialidades com Irma Grese, recém-promovida a SS-*Rapportführerin*. Ela também não estaria esperando que Naomi desse à luz tão rapidamente e talvez, de algum modo, pudessem manter o bebê em segredo. Ester olhou freneticamente ao redor do bloco: só beliches de madeira, colchões finíssimos, cobertores rasgados. Não havia cômodas, mesas de cabeceira ou cestos de roupa suja – por que haveria, quando tudo o que as internas possuíam estava em seus corpos? E ainda assim...

Havia sombras ao fundo dos beliches inferiores, se fossem cuidadosamente protegidas. E havia muitas mulheres prontas para ajudar nisso. Todos os dias corriam rumores de novas vitórias aliadas, e pairava no ar dos alemães um sentimento crescente de pânico. Os trens continuavam chegando diariamente, mas os guardas empurravam quase todos diretamente para o gás, e tinham uma atitude furtiva, como se soubessem que em breve seriam apanhados no que certamente era o maior crime já cometido contra a humanidade.

Em Birkenau, todos agora olhavam para os céus e para as cercas, esperando o resgate pelas tropas que avançavam. As sirenes de ataques aéreos tinham voltado a soar, e eles haviam visto aviões sobrevoando. Ainda não tinham aberto suas portas de bombas sobre o campo, mas poderiam fazê-lo a qualquer momento. As operações nos crematórios haviam diminuído, com uma amarga ironia, para manter as câmaras subterrâneas livres, permitindo que os oficiais da SS se escondessem nelas sempre que as sirenes tocassem. Atualmente, quando caminhões se aproximavam do portão, todos olhavam esperançosos, esperando que fossem britânicos ou americanos, entrando no campo com metralhadoras em punho e latas de carne nos bolsos. Ainda não tinha acontecido – mas poderia acontecer.

– Empurre, Naomi. Você está quase lá!

O bebê de Naomi realmente tinha pressa, e quando a jovem inclinou-se sobre o fogão soltando um gemido estrangulado pelo esforço, Ana deu um grito triunfante, ecoado por um choro vigoroso. Naomi sorriu radiante e virou-se imediatamente, pronta para acolher o bebê nos braços.

– Calma lá – riu Ana. – Ainda preciso cortar o cordão.

Naomi riu também, mas tudo o que Ester conseguia ouvir era o choro decidido da recém-nascida, que a atravessava como uma lâmina. Naquele instante, ela estava ali novamente, sobre o fogão, trazendo Pippa ao mundo. De repente, estava outra vez segurando a filha nos braços, minúscula e vermelha, gritando em protesto contra o mundo em que havia chegado – e quem poderia culpá-la? Ester procurou apoio na borda do fogão enquanto sua visão embaçava. Sentou-se agradecida, mas seus braços instintivamente envolveram o vazio onde antes estivera sua filha, e ela não pôde conter as lágrimas.

– Ester? – perguntou Naomi, olhando-a preocupada por cima do filho que choramingava.

Ester piscou com força.

– São lágrimas de felicidade, Naomi.

Naomi não se deixou enganar. Inclinou-se gentilmente na direção dela.

– Aqui, segure-o.

Ester ergueu as mãos depressa, recusando-se.

– Não. Ele é seu. Você precisa aproveitar cada segundo com ele. Precisa aproveitar cada breve minuto enquanto ele ainda está aqui.

Lançou um olhar preocupado em direção à porta, mas não havia sinal de Klara. Conseguia ver Grese junto à cerca, atormentando um pobre grupo de homens que realizava reparos, e a figura que rondava perto dela parecia muito com a da *kapo*. O coração de Ester pareceu rasgar-se mais uma vez, enquanto olhava o filho de Naomi nos braços da querida amiga. Não suportava a ideia de que ele também fosse levado para longe, entregue a pais desconhecidos. Birkenau era o inferno, mas era o inferno *delas*. Tinha que haver algo que pudessem fazer.

– Como vai chamá-lo, Naomi? – Ana perguntava.

– Isaac – respondeu Naomi imediatamente. – Como meu pai. Ele vai gostar disso, quando o conhecer.

Quando. Mesmo após quase dois anos em Birkenau, parecia que Naomi se apegava a seu otimismo. Ester admirava isso, mas também sabia que o otimismo precisava de uma mãozinha amiga. Não tinha conseguido manter o próprio bebê na escuridão do último inverno, mas as coisas tinham mudado. Os Aliados estavam vindo, e os alemães estavam amedrontados. O temor pela própria sobrevivência fazia com que descuidassem de seus deveres, de modo que havia falhas na antes rígida disciplina de Birkenau. De alguma forma, pelo bem de Isaac, tinham que arrumar um jeito de escondê-lo entre elas.

Lá fora, Grese se cansara de brincar com os prisioneiros e começava a se afastar. Klara voltaria ao Bloco 24 e, no instante em que visse Isaac, o colocaria em sua lista. Seu cabelo era, no máximo, castanho-claro, mas isso não faria diferença. Se os relatos fossem verdadeiros, a Wehrmacht estava sendo esmagada tanto na frente oriental quanto na ocidental, e os oficiais do *Lebensborn* estariam famintos por qualquer bebê que pudessem agarrar, visando o futuro fantasioso do Reich.

Ester levantou-se rapidamente e correu até a porta. Klara, abandonada por Grese, vinha voltando arrastando-se ao barracão, e tomar o bebê de Naomi seria exatamente a vingança mesquinha que ela buscaria agora.

– Temos que escondê-lo! – disse Ester, correndo de volta às amigas, mas a figura corpulenta de Klara já se aproximava da porta, e Naomi estava ali mesmo, no fogão, bem no meio do barracão. Ester colocou-se à frente dela, mas naquele exato instante um grande estrondo ecoou pelo campo. As paredes frágeis do bloco estremeceram, e Klara girou imediatamente e fugiu, preocupada em salvar a própria pele caso tudo fosse desabar.

– Que diabos foi isso? – perguntou Ana.

Janina veio correndo da ala do hospital, e mesmo as pacientes mais fracas saíam dos beliches, cambaleantes, atrás dela. Todas correram para fora, erguendo os olhos esperançosamente para o céu, mas não havia aviões à vista.

– Ali! – gritou Janina, apontando para os fundos do campo.

Ester virou-se a tempo de ver as chamas elevando-se do crematório IV – não as chamas habituais, subindo pela chaminé, alimentadas por combustível humano, mas chamas selvagens, descontroladas, consumindo tudo ao redor.

– Foi uma bomba? – perguntou, mas as mulheres que já estavam do lado de fora sacudiram a cabeça.

– Não foi bomba, a menos que tenha sido detonada lá dentro.

Ester olhou freneticamente ao redor. Gritos furiosos ecoavam em alemão, enquanto guardas da SS surgiam correndo de todos os cantos do campo. Lá perto do crematório em chamas, um grupo havia aberto um buraco na cerca e corria em direção ao bosque adiante. Os guardas já os perseguiam, cães soltos disparando atrás da presa, as mandíbulas pingando saliva de excitação.

– São os *Sonderkommando* dos crematórios – alguém explicou. – Estão planejando uma revolta há meses e parece que finalmente aconteceu.

Ester viu um dos primeiros fugitivos alcançar a linha das árvores antes dos cães e torceu para que houvesse mato suficiente para dar-lhes alguma chance. "Corra", pensou ela. "Corra, suba, esconda-se". Mas agora tinham seu próprio problema, pois outros guardas vinham em sua direção, gritando para que todas voltassem aos barracões, e nada impediria Klara de encontrar o pequeno Isaac. Uma fúria imensa tomou conta de Ester, tão ardente quanto as chamas no crematório IV. Ela não havia sido capaz de proteger Pippa dos nazistas cruéis, mas faria tudo o que pudesse por Isaac.

Seu olhar recaiu sobre a pilha de corpos sempre presente, esperando coleta diante do bloco. No topo do monte, como uma grotesca cereja sobre um bolo, estava o corpo minúsculo de um bebê, que havia morrido nas primeiras horas daquela manhã. Será que ousaria? O que tinha a perder? Lançou um olhar ao redor, aproximou-se rapidamente da porta do barracão e, no último momento, pegou o corpinho inerte em seus braços. Estava frio e flácido, e ela estremeceu ao sentir o toque sem vida; mas Auschwitz arrancava de você qualquer escrúpulo, e naquele momento, o importante era salvar o bebê vivo.

Atrás dela, os guardas empurravam todas de volta aos seus barracões, e Janina lutava para manter as pacientes longe dos chicotes que estalavam pelo ar de outono. Certamente ficariam confinadas agora, mas Grese dera uma garrafa de *schnapps* a Klara no dia anterior por serviços que Ester preferia nem imaginar. Esperava que ainda houvesse o suficiente para mantê-la trancada no quarto. Isso talvez pudesse funcionar. Desde que, claro, pudessem convencer a *kapo* de que aquele pobre bebê morto era o de Naomi.

– Aqui!

Correu até Naomi, tomando-lhe Isaac e entregando o corpinho inerte em seus braços. Naomi recuou horrorizada, mas era uma jovem esperta; assim que Klara irrompeu pelo bloco, gritando para que todas entrassem em seus beliches, lançou a Ester um rápido olhar de compreensão. Ana, logo atrás, também entendeu imediatamente e colocou seus braços ao redor de Naomi, que, com a desenvoltura de uma atriz experiente, explodiu num choro alto e dramático.

– O que é isso? – exigiu Klara, aproximando-se diretamente da dor de Naomi.

Ester, com Isaac firmemente seguro contra o peito, arrastou-se rapidamente para o beliche inferior e seguiu até o fundo. Era apertado e imundo, coberto pelos fluidos acumulados de muitas mulheres doentes, mas pela primeira vez Ester viu aquelas condições terríveis como uma bênção: jamais Klara se enfiaria naquela sujeira.

– Deixe-me ver – ordenou Klara, ríspida.

Espiando entre as mulheres que já tinham se acomodado nos beliches para ocultá-la da vista, Ester viu a *kapo* forçar os braços de Naomi, arrancando-lhe o bebê. Prendeu a respiração. Será que Klara reconheceria o corpo que ela mesma havia jogado na pilha pouco antes? Aparentemente não.

– Coisinha feia, não é? Mas acho que isso não é surpresa.

– Você quer dizer pelo pai ser alemão? – retrucou Naomi, com a voz embargada pelas lágrimas fingidas.

– Eu diria que isso é apenas prova de que sangue judeu ruim não se mistura com sangue alemão puro, não acha?

– Não. Eu diria que as condições deste lugar roubaram a vida do meu menino.

– "Meu menino"? – Klara franziu a testa, olhando para a criança. – Isso aí é uma menina.

Ester prendeu o fôlego. Não haviam tido tempo de avisar Naomi. Não tiveram tempo de verificar o sexo do bebê morto.

– Pobrezinha da Naomi – interveio Ana, com suavidade. – A dor a deixou confusa. Ela tinha tanta certeza de que seria um menino... Prometera ao pai, sabe como é.

Klara soltou uma gargalhada curta e ríspida.

– Agora você terá que dar uma dupla decepção ao pai, Naomi – é uma menina, e está morta.

Ester deixou escapar o ar que prendia no peito. Isaac remexeu-se em seus braços e começou a buscar o peito. Seus seios doeram, como se subitamente estivessem cheios do leite que vazara dela depois que Pippa se fora, mas sabia que aquela era uma dor fantasma. Ofereceu ao bebê seu dedo mindinho; ele sugou-o, e ela recuou ainda mais atrás das mulheres apertadas no beliche, implorando silenciosamente que o bebê permanecesse quieto. Havia outros recém-nascidos na enfermaria, lutando para se agarrar à vida contra todas as probabilidades, mas ainda assim não podia se arriscar a despertar as suspeitas sempre atentas de Klara.

No entanto, Klara tinha pensado em outra coisa. Balançando o pobre cadáver à sua frente, como um coelho esfolado, avançou para Ana.

– Ah, nossa, número 41401. Acredito que isto signifique que seu precioso recorde terminou. Finalmente, você perdeu um bebê, e logo qual, a criança de sua preciosa amiga grega. Pobre Naomi. Confiou em você e você a traiu. Toda aquela experiência, todo aquele cuidado, toda aquela *fé*... inúteis!

– *Um* bebê, Klara – Ana disparou de volta. – Perdi um bebê em mais de dois mil, e nesta... – ela gesticulou em torno do barracão tosco e sujo. – Eu diria que continua sendo algo do qual me orgulhar.

– Com certeza – as outras mulheres concordaram, inclinando-se à frente em suas camas. Ester não fazia ideia de quantas tinham detectado a artimanha, mas tinha certeza de que nenhuma delas abriria a boca.

– Mas você não fez uma espécie de juramento para sua querida e velha Mãe de Deus? – Klara provocou. – Ao que parece, ela te decepcionou, Ana. Ou você a decepcionou. Seja como for, um fracasso.

Ester se condoeu por Ana, mas o motivo da acusação não era real, e ela sentiu uma onda de orgulho ao ver a envelhecida parteira empertigar-se e enfrentá-la.

– Prefiro mil vezes o meu "fracasso" ao seu tipo de "sucesso", Klara.
– É o que parece que terá mesmo que aceitar.

Klara sacudiu o bebê morto diante do rosto de Ana, mas Naomi saltou e arrancou-o das mãos da *kapo*.

– Deixe meu bebê em paz. Preciso alimentá-la.

Por uma pequena fresta, Ester viu Naomi embalar o pobre corpinho, ninando-o e cantando para ele. Klara observou-a por um momento e então, com um movimento ríspido da cabeça, virou-se para longe.

– Vocês são loucas, todas vocês, completamente loucas. Deveria castigá-la por isso, Número 39882. Você roubou do Reich uma criança, com seu útero fraco e seu sangue ruim.

Naomi continuou a cantar uma suave e doce canção de ninar, e com outro movimento impaciente da cabeça, Klara partiu. A porta de seu quarto bateu com força, e um silêncio pacífico caiu sobre o barracão. Lentamente, Naomi encerrou a canção, colocou com delicadeza o bebê morto sobre o fogão e sussurrou:

– Obrigada, pequenina.

Cobriu o pequeno corpo com um pedaço de cobertor e sentou-se, exausta, ao lado dele, chamando fracamente:

– Ester?
– Estou indo.

As mulheres à sua frente se afastaram para abrir passagem e, agradecendo-lhes, Ester saiu do esconderijo com Isaac ainda sugando seu dedo mindinho, como se de algum modo soubesse como se salvar. Naomi estendeu as mãos, e Ester colocou cuidadosamente o bebê em seus braços. Por um instante, foi como entregar Pippa à SS novamente, mas Naomi não era nazista, e este bebê tinha uma chance. Uma leve chance, mas ainda assim uma chance, e Ester fez a si mesma a promessa de que, enquanto aquela guerra sombria avançava aos tropeços rumo à sua conclusão, ela salvaria o pequeno Isaac por sua amiga. E por sua própria sanidade.

VINTE E OITO
30 DE NOVEMBRO DE 1944

ANA

Ana caminhava de um lado para outro em frente ao Bloco 24, tentando fazer com que seus pés recuperassem um pouco de sensibilidade. Conseguira um par de botas, retiradas respeitosamente dos pés de uma mulher morta por uma mãe profundamente agradecida, ou melhor, uma ex-mãe. Por que, perguntara-se Ana tantas vezes naquele ano vil, não havia uma palavra específica para descrever uma mãe que perdera seu filho? Quem perdia o marido era viúva; quem perdia a esposa, viúvo. Mas uma mãe que perdia o filho…? Ester chamava-as "mães perdidas", e Ana compreendia bem o porquê disso. Mas Ester, ao menos, talvez ainda pudesse reencontrar seu bebê – caso conseguissem escapar daquele inferno.

Todos os dias rezavam pela libertação, e realmente acreditavam que suas preces poderiam finalmente ser ouvidas. Os guardas da SS mostravam-se cada vez mais apáticos e, milagrosamente, os crematórios permaneciam vazios. As execuções por gás haviam cessado abruptamente havia algumas semanas, e desde então os céus estavam, maravilhosamente, livres da fumaça humana. Nenhum trem chegava mais à estação, e o único apito que se ouvia era o dos ventos cortantes, que traziam neve do leste, embora ainda não trouxessem soldados russos. Os guardas se encolhiam nas torres de vigia, faziam as chamadas matinais mais tarde e as noturnas mais cedo, e mal tinham energia suficiente para aplicar um golpe superficial com o cassetete. O perigo iminente de assassinato parecia ter passado, mas seus companheiros silenciosos – a fome e o frio – rondavam o campo com liberdade.

E, no entanto, bebês continuavam nascendo.

De algum modo, mesmo em meio à onda maciça de transportes durante o verão, quando os nazistas faziam seu último esforço para limpar a Europa dos povos "racialmente inferiores", muitas mulheres haviam chegado com o germe de novas vidas dentro de si, escapando até do olhar treinado de Mengele nas seleções. Talvez os bebês em seus ventres lhes concedessem uma energia, um brilho que as fizesse parecer aptas ao trabalho, mas, conforme o inverno se insinuou, mais e mais mulheres tinham ido ao Bloco 24 para serem examinadas por Ana. No início, precisavam continuar trabalhando para evitar Mengele e os outros médicos que percorriam os barracões procurando pessoas para liquidar, como se aquele pequeno ato de crueldade fosse lhes trazer algum alívio de seus próprios medos. Agora, porém, os crematórios estavam sendo destruídos numa tentativa débil de ocultar os crimes hediondos cometidos em Auschwitz-Birkenau, e era mais seguro para as mulheres se declararem grávidas. Assim, a ala da maternidade de Ana estava mais cheia do que nunca.

Havia certa ironia deliciosa em saber que, pela primeira vez em sua história, Birkenau provavelmente estaria trazendo mais vidas ao mundo do que ceifando. Manter vivas essas novas internas, entretanto, continuava sendo um problema imenso. A comida estava mais escassa do que nunca, o clima cada vez mais rigoroso. Mais roupas conseguiam escapar do Kanada, nestes que certamente eram os últimos dias do campo, e a maioria das prisioneiras tinha pelo menos um casaco e um suéter por cima de seus uniformes finos. Mas sem combustível para acender os fogões e apenas míseros restos de comida chegando às cozinhas, parecia ser uma batalha perdida.

Isso fazia Ana querer gritar de frustração. Os rádios clandestinos espalhados pelo campo informavam que os Aliados estavam a cerca de cem quilômetros de Auschwitz; certamente o fim deveria estar próximo. E era exatamente isso que tornava ainda mais doloroso sentir a sobrevivência escapando por entre seus dedos, cada vez mais ossudos.

– Ana!

Aquele grito rouco e patético sequer a fez virar-se. Klara havia adoecido na semana anterior e chamava por seu nome sem cessar. Ou pelo de Ester. "Me ajude. Cuide de mim. Me salve."

– Por quê? – perguntara-lhe Ester recentemente.

– Por humanidade – dissera Klara, com a voz trêmula, ao que Ester apenas rira.

— A humanidade não é muito comum por aqui, Klara. Certamente, nunca vi nenhuma vinda de você.

— Mas por que se rebaixar ao meu nível? — engasgara-se Klara, afastando o cabelo úmido do rosto febril.

Aquilo era ridículo, mas havia certa lógica amarga nas palavras dela, e Ester acabara levando água para aliviar sua febre. Porém, não ficou ali para enxugar-lhe a testa enrugada. A *kapo* tinha tuberculose, já avançada demais para haver esperança de recuperação, mesmo se houvesse alguém que nutrisse essa esperança. Ela estava demorando mais do que a maioria para definhar completamente – seu corpo grande mantinha-se ligeiramente acolchoado graças aos "presentes" da SS –, mas ainda assim estava definhando.

— Ana, por favor — Klara suplicava agora. — Achei que você fosse cristã.

— Eu *sou* cristã.

— Então seja uma boa samaritana e me traga um pouco de vodca, só para aliviar a dor.

— Não temos vodca, Klara.

— Mas eu tenho.

— Não vai ajudá-la.

— Vai sim.

— Deixe-me colocar de outra maneira então: não vou ajudá-la, não desse jeito.

— Acho que deveria.

Algo no tom ameaçador que restava na voz de Klara fez algo se eriçar dentro de Ana, e ela se aproximou lentamente da porta da *kapo*. Klara sorriu com maldade de sua cama.

— Eu sei — sibilou. — Eu sei do bebê. Do bebê secreto.

Ana sentiu seu coração pular. Tinham conseguido manter Isaac escondido por um mês inteiro, as mulheres do bloco revezando-se para brincar com ele, acalmá-lo e segurá-lo enquanto dormia. A notícia se espalhara pelo campo, e muitas mulheres cujos próprios filhos haviam morrido no Bloco 24 vinham sempre ajudar, como se o pequeno Isaac tivesse se tornado um símbolo de esperança para todas as mães perdidas. Uma ou outra das prisioneiras políticas ainda lutava para manter vivos seus recém-nascidos, mas nenhuma mãe judia conseguira salvar seu bebê. Se, juntas, conseguissem libertar ao menos um bebê judeu de Birkenau, isso representaria uma pequena vitória do amor sobre o abandono. Mas se Klara sabia, podia arruinar tudo. Ana lutou para manter a calma.

– Que bebê secreto, Klara?

– O bebê... – as palavras de Klara perderam-se num acesso de tosse, mas quando finalmente voltou a respirar, ela conseguiu pronunciar: – O bebê de Naomi.

Ana cerrou os dentes.

– O bebê de Naomi morreu – respondeu com firmeza. – Você mesma sabe disso.

Klara ergueu-se apoiada nos travesseiros e puxou uma respiração profunda.

– Eu não sou idiota, Ana, não importa o que você ache. Eu descobri tudo. Ia contar para Irma, mas ela nunca mais veio aqui, *Schweinhünden*... E então fiquei doente. Mas ainda posso denunciar você, mesmo daqui.

– Os nazistas não chegam perto dos hospitais, Klara, você sabe disso.

– Por enquanto não chegam. Mas virão quando... quando...

Klara foi tomada novamente pela tosse. Ana observava-a, detestando aquela indiferença que era capaz de sentir diante de uma mulher à beira da morte. Mas essa não era uma mulher qualquer. Era uma mulher que afogava bebês num balde sem pestanejar; uma mulher que ria das mães que não tinham leite suficiente para alimentar seus recém-nascidos famintos; uma mulher que teria arrancado a filha de Ester do ventre se não fosse pelo diamante roubado por Naomi.

– Quando nos transferirem – disse Klara, cuspindo finalmente as palavras.

– Transferirem?

– A qualquer momento. Talvez hoje mesmo. Estão fechando esta parte do campo, movendo as mulheres para o outro lado dos trilhos, para manter os últimos miseráveis judeus e degenerados juntos. Eles virão e, se você não me ajudar, eu conto tudo.

Ana fitou-a. Os olhos de Klara estavam estreitados, antecipando sua vitória, pobre tola. Lentamente, Ana balançou a cabeça.

– São delírios – disse com suavidade, num tom de reprovação. – É triste, mas bastante comum entre pessoas com tuberculose, foi o que Ester me explicou. Você está tão cercada por bebês chorando que passou a escutá-los mesmo em sua mente perturbada.

— Não é isso! — Klara protestou violentamente, e logo voltou a tossir. Uma gota de sangue respingou em seu cobertor. — Há um bebê. Eu sei que há. E vou contar a eles.

— E quando não encontrarem bebê nenhum, saberão que você está delirando.

— Mas vão encontrar.

— Agora não vão mais — disse Ana, lançando-lhe uma piscadela. — Obrigada pelo aviso, Klara.

Com isso, ela virou-se rapidamente e deixou o quarto, retornando ao barracão onde Naomi e Ester estavam juntas, cantando baixinho para Isaac, no fundo de um beliche inferior.

— Vão nos transferir — sussurrou Ana com urgência. — Precisamos de um plano, e rápido.

Ester franziu a testa, depois disse:

— Batom.

Ana e Naomi a encararam, confusas.

— Batom? — questionou Naomi. — Esse é o seu plano? Que eu passe um vermelho forte e seduza a SS até sairmos daqui?

— Não! Não pediria isso a você, mesmo que fosse possível. Mas você tem um batom?

— Você sabe que sim.

Naomi retirou o pequeno bastão de cor rosa-escuro do esconderijo que haviam escavado sob os novos ladrilhos de tijolo do chão e ergueu-o, desconfiada.

— Mas não vejo como isso pode ajudar.

— Me dê isso e tire sua blusa.

— O quê?

— Serei rápida.

Naomi olhou para Ana, que percebeu o brilho determinado no olhar de Ester e assentiu encorajando-a. A jovem entregou Isaac a Ana e, tremendo, retirou seu casaco, o uniforme listrado, e então a delicada blusa de seda que usava por baixo. Ana sabia que Naomi tinha conseguido mais joias desde a ocasião em que precisaram subornar Klara, e guardou o precioso ornamento, esperando que a garota tivesse a chance de usá-las um dia. Um diamante poderia garantir um bom começo de vida a uma "viúva" e seu filho. Mas primeiro precisavam escapar dali.

— Ótimo — disse Ester. — Agora fique parada.

Mordendo a língua entre os dentes com concentração, Ester ergueu o batom e começou a desenhar feridas avermelhadas de tifo pelos ombros de Naomi, descendo pelos braços e subindo até o pescoço, salpicando algumas ao redor da mandíbula inferior. Depois, espalhou um pouco do rosa nas bochechas e ao redor dos olhos dela para simular febre, e finalmente afastou-se, satisfeita.

– Você está horrível! – anunciou com alegria.

– Obrigada!

– Isso, junto com uma respiração curta, uma tosse leve e um caminhar cambaleante, vai garantir que nenhum oficial da SS se aproxime de você. Agora, vista-se de novo com cuidado, mas não coloque o suéter.

– O quê? Por quê?

– Porque vai precisar de um maior. Ana?

Ester lançou a Ana um sorriso meio apologético, mas a amiga assentiu prontamente. O suéter que tinham conseguido para Ana era masculino e pendia em seu corpo como um vestido. Entregando Isaac a Ester, Ana tirou a peça e vestiu o suéter menor de Naomi. Ficou ridiculamente apertado em seu peito velho e flácido, mas quem se importava? Em Birkenau todos pareciam estranhos, e haveria bastante tempo para a moda depois da guerra.

Depois da guerra.

Era a frase nos lábios de todos agora – e não só das prisioneiras. Outro dia, enquanto buscava água, Ana ouvira dois guardas da SS conversando em voz baixa, discutindo rotas de fuga para fora da Europa. Segundo um deles, os poloneses do outro lado das cercas estavam fazendo bons negócios com documentos falsos para ajudar nazistas a fugir daqueles que poderiam levá-los à justiça. O estômago de Ana revirou-se ao ouvir aquilo. Seu querido Bartek correra grandes riscos para oferecer esses mesmos documentos aos inocentes judeus que escapavam de uma perseguição muito mais horrível do que haviam imaginado; sua família toda sofria por isso. Agora, outros locais inescrupulosos poderiam fazer o mesmo para ajudar justamente os homens que haviam trazido tamanhos horrores à Polônia, e tudo por dinheiro.

Ana suspirou, devolvendo a blusa a Naomi e sentindo as joias duras costuradas na barra. Diamantes de sangue. Seriam eles tão ruins quanto o inimigo? Aquela guerra teria destruído qualquer moral? Balançou a cabeça. Pensar nisso não ajudaria ninguém naquele momento. Seu trabalho era, como sempre fora, manter seguras as mães e futuras mães de Birkenau, e ela continuaria fazendo isso até que aqueles portões se abrissem e o mundo real voltasse a entrar. Haveria tempo suficiente, então, para pensar.

Naomi já tinha vestido o suéter, seus braços e pescoço "doentes" despontando, o peito subindo e descendo com respirações curtas cuidadosamente encenadas. Parecia em todos os aspectos uma vítima do tifo. Restava apenas um pequeno detalhe.

– Isaac? – perguntou a Ester.

– Isaac vai por baixo, numa tipoia.

– Uma tipoia...?

– Vamos improvisar.

Sons de gritos soaram do lado de fora – uma chamada inesperada. Era chegada a hora.

– Depressa! – insistiu Ester.

Ela pegou alguns pedaços de pano do estoque precioso que guardavam. Com Klara presa à cama, não havia ninguém para supervisionar a retirada dos corpos, lamentavelmente frequentes, e assim geralmente conseguiam guardar pelo menos uma peça de roupa antes de deixá-los para coleta. Essas roupas podiam depois ser rasgadas e usadas para envolver bebês ou, neste caso, adaptadas como tipoia improvisada. Naomi levantou o suéter grande e aninhou Isaac contra o peito, enquanto Ana e Ester, com dedos trêmulos, amarravam as tiras com toda a firmeza que conseguiam.

– Bloco 24 – apresente-se imediatamente! – exigiu uma voz do lado de fora.

Ana foi até a porta.

– Apresentar-se, senhor?

– Chamada geral. Vocês estão sendo transferidas, prisioneira. Agora!

– Sim, senhor, é claro, senhor. Vou chamar as outras dos beliches, mas algumas estão bem avançadas na gravidez.

– Não estarão por muito tempo se não se apressarem.

– Claro, claro. Outras estão muito doentes. O tifo voltou.

– O quê? – O oficial recuou imediatamente. – Nesta época?

– Acendemos os fogões às vezes. Ficou bastante agradável e aquecido, mas parece que os piolhos gostaram tanto quanto nós.

– Sua idiota!

Ele ergueu a mão para golpeá-la, mas não ousou aproximar-se o suficiente para desferir o tapa. O tifo sempre havia apavorado os oficiais da SS. Mesmo com seu hospital impecável lá em Auschwitz I, os que tinham o azar de contrair aquela doença horrível sofriam terrivelmente, sendo a erupção cutânea um insulto particular à sua orgulhosa pele ariana.

— Talvez devêssemos enviar os infectados para a... — Ele interrompeu-se, olhando melancolicamente para o espaço vazio no céu onde antes ficavam as chaminés demolidas.

— Não se preocupe — disse Ana, adotando sua melhor postura de cuidadora, embora cada fibra de seu corpo estremecesse por ter que demonstrar bondade para com aquele monstro. — Vamos mantê-los bem longe do senhor.

— Sim, bem, trate de fazer isso mesmo. Agora saiam!

Atrás de Ana, Ester já estava guiando as mulheres para fora do Bloco 24. As da ala da maternidade tinham a gravidez bastante avançada, mas eram perfeitamente capazes de caminhar. Porém, algumas das pobres pacientes da ala hospitalar, sob os cuidados de Janina, estavam muito fracas, e as gestantes precisavam ajudá-las a seguir em frente. Naomi desempenhava bem seu papel de doente, caminhando lentamente, a cabeça baixa, respirando com dificuldade no ar frio, o corpo coberto não só pelo suéter de Ana, mas também por um casaco grande que alguém mais havia cedido, inclinando-se para esconder o bebê amarrado ao peito pintado de manchas de batom.

Ana observou-a afastar-se, cercada pelas companheiras, e viu os olhares dos oficiais da SS, cheios de desprezo. As mulheres tinham que exibir seus antebraços para que seus números fossem registrados na preciosa lista alemã. Ana rezou para que as manchas feitas com o batom por Ester funcionassem. Se fossem descobertas, todas morreriam. Os nazistas talvez não tivessem mais suas câmaras de gás, mas havia outras formas de eliminar prisioneiras: tiros, injeções ou os velhos espancamentos. Nos últimos dois anos, Ana já havia visto internas morrerem de mais formas do que jamais quisera imaginar, e não tinha qualquer ilusão quanto à segurança delas. As pessoas frequentemente ficavam mais cruéis quando estavam encurraladas.

Ela prendeu a respiração, mas o oficial encarregado mal se aproximou para conferir o número de Naomi antes de empurrá-la adiante, em direção ao caminho. Pelo jeito, Klara tinha razão: seriam transferidas para o outro lado dos trilhos. Aquele lado do campo existira até então apenas no horizonte do seu pequeno mundo, e Ana teve que apoiar uma das mãos no batente da porta do Bloco 24 quando uma tontura súbita a atingiu ao imaginar-se indo tão longe. Repreendeu a si mesma por isso, mas ainda assim olhou para trás, encarando o bloco com algo próximo ao afeto.

Ridículo. Aquele lugar era um buraco infernal de sofrimento e miséria, onde mulheres e bebês vinham para morrer. E ainda assim... Ana havia ajudado a trazer ao mundo quase três mil bebês ali, e todos com segurança, tanto para mães quanto para filhos. Seu único bebê oficialmente registrado como natimorto fora uma mentira – uma mentira maravilhosa e essencial. Era verdade que, desses três mil bebês, apenas seis ainda viviam no campo – cinco nascidos no último mês de mães não-judias e um escondido sob o suéter de Naomi –, mas mais de sessenta haviam sido levados para serem "germanizados", e Ester conseguira tatuar a maioria deles. Certamente aqueles números permaneceriam gravados na pele inocente das crianças? Certamente alguém se perguntaria sobre seu significado e os levaria a organizações como a Cruz Vermelha, quando a guerra acabasse? Certamente forneceriam uma marca de identificação, que combinaria perfeitamente com os números das mães sobreviventes? E pelo menos muitas das mães haviam sobrevivido: isso, por si só, já era uma pequena vitória.

Ana forçou-se a olhar novamente para as mulheres sob seus cuidados, enquanto se alinhavam nas filas rígidas que seus captores ainda exigiam. Foi nesse instante que avistou Klara, ainda deitada em sua cama, sem ser notada pelos dois jovens guardas que haviam feito uma rápida inspeção no bloco.

– Ana... – chamou Klara com voz rouca, estendendo uma mão trêmula.

Ela parecia patética, uma mulher reduzida a quase nada, como se o próprio ódio tivesse sugado toda a vida de seu corpo. Se Ana se virasse, mostrasse seu número aos guardas e atravessasse a cerca, Klara ficaria ali sozinha para morrer – sem comida, sem água, sem cuidado algum. Isso, Ana tinha certeza, era exatamente o que ela merecia, mas... Cristo não pregava o perdão? Não ensinara a seus filhos que oferecessem a outra face e tratassem os outros como gostariam de ser tratados? Era um ensinamento gravado na própria oração do Senhor, e Ana estaria traindo a si mesma se o ignorasse.

– Vamos, Klara.

Indo até a cama, passou o braço em torno da *kapo* e ajudou-a a levantar-se. Klara apoiou-se pesadamente sobre Ana, sua respiração rouca saindo dos pulmões esvaziados.

– Obrigada – conseguiu dizer.

— Humanidade comum — replicou Ana secamente, conduzindo-a para fora, passando pela SS até chegarem ao fim da fila.

Foram conduzidas numa velocidade, felizmente, lenta até a estrada e depois através dos trilhos, até os portões do novo setor, ao lado da área onde os últimos homens haviam sido reunidos. Seria a primeira vez, desde que Ana e Ester haviam sido levadas ali, raspadas e roubadas de tudo o que possuíam, dois anos antes, que deixariam os limites estreitos daquela seção de Birkenau. Apenas pisar na trilha central provocava uma vertigem semelhante à liberdade, e Ana sentiu-se quase grata por ter Klara para se apoiar enquanto atravessavam a grande cerca de arame.

Eram as últimas sobreviventes. Quando Ana chegara, mais de cem mil pessoas estavam encarceradas naquele campo. Agora, pareciam ser, no máximo, um vigésimo desse número. Ainda era muita gente, mas pareciam um grupo reduzido, após tanto tempo acostumadas às enormes multidões que circulavam ali, em filas intermináveis para comida, latrinas — e câmaras de gás.

Ela olhou de relance para os grandes edifícios, agora reduzidos a ruínas, com prisioneiros forçados a apagar os rastros da barbárie que representavam.

— Máquinas de matar — murmurou Ana.

Ao seu lado, Klara também observava.

— Uma vez eu vi uma menina sendo levada para lá — disse Klara, com voz rouca e sofrida. — Ela chegou num dos trens este verão. Ficou ali parada... — a *kapo* apontou para um ponto na trilha — ainda com a mão estendida ao lado do corpo, onde antes segurava sua mala, até que alguém a arrancou dela. Tinha tranças castanhas, amarradas com fitas, e uma saia plissada sob um casaco de lã cuidadosamente fechado. Parecia comigo, quando eu era jovem... Eu já fui jovem, sabe, Ana?

— Imagino que sim.

— Olhei para ela e pensei: se tivessem me levado, e outras como eu, para o gás quando eu tinha aquela idade, será que tudo isto estaria aqui? Será que tudo isso teria sequer acontecido?

Ana piscou, surpresa, encarando a *kapo*.

— Você se arrepende, Klara?

Uma risada curta converteu-se numa tosse amarga.

— Deste lugar? Não. Quando cheguei aqui já era tarde demais para arrependimentos. Minha decadência começou cedo, aos vinte e poucos, recém-saída da escola de parteiras. Engravidei, fui abandonada, me levaram às escondidas para uma mulher numa rua estreita para me livrar da criança.

– Sinto muito.

– Não sinta. Isso não é uma história triste, Ana. Meus pais pagaram muito caro, e percebi que matar bebês era mais lucrativo do que fazê-los nascer. Não há desculpa. Mas sim, se tivessem me mandado para o gás, como aquela menina, nada disso teria acontecido.

– Ou talvez, se tivessem deixado você ficar com seu bebê.

Klara a encarou e, por um breve instante, seus olhos pareceram se abrir em clareza, mas logo sacudiu a cabeça e o olhar se fechou novamente.

– Não seja sentimental, mulher. Ah... parece que chegamos ao meu leito de morte. Que maravilha.

Acenou ironicamente para o barracão diante delas, idêntico ao que haviam deixado para trás. Ao entrarem, porém, Ana surpreendeu-se ao se deparar com um aposento aberto, paredes pintadas de branco e desenhos pendurados – desenhos infantis, coloridos em giz de cera, mostrando arco-íris, balanços e crianças pequenas brincando com cachorros. Parecia uma visão saída de um mundo há muito esquecido.

– Onde estamos? – perguntou, atônita.

– No antigo campo cigano – rosnou o guarda. – Isto era o jardim de infância deles. Mengele disse que seria um ótimo lugar para um bando de porcas grávidas, então aqui estamos. Vocês vão dormir no chão.

– Jardim de infância? – murmurou Ana.

Jamais imaginara que tais coisas pudessem existir ali, em Birkenau, mas a prova estava diante de seus olhos.

– Até que não se saíram mal, os ciganos – resmungou o guarda. – Podiam ficar com seus bebês e tudo mais.

Ana sentiu uma pontada de inveja, mas então o guarda aproximou-se com um sorriso perverso:

– Igualzinho ao campo das famílias – lembra dele?

Ana lembrava. Em tempos que agora pareciam eternamente distantes, haviam tentado secretamente levar Pippa ao campo das famílias. A *kapo* deu uma risada sombria.

– Mas não adiantou muito para nenhum deles, não é mesmo? Todos terminaram no gás. E foi bom, aqueles bastardos ladrões.

Ana sentiu mil respostas lutando para serem lançadas contra aquela nazista, cujos correligionários haviam roubado tudo de tantos – suas terras, sua liberdade, seus bens, suas próprias vidas. Mas não adiantaria. Sua única arma era permanecer viva.

– Obrigada – disse simplesmente, entrando no alojamento, deixando Klara no chão e indo encontrar Naomi.

Janina e as pacientes mais graves tinham sido encaminhadas ao bloco seguinte, mas a médica gentilmente conduziu Ester à seção da maternidade, e Ana agradeceu-lhe mentalmente. Ela estava junto a Naomi, com as outras mulheres agrupadas ao redor das duas, em atitude protetora. Assim que os guardas bateram a porta, o grupo emitiu um discreto murmúrio de celebração e afastou-se ligeiramente. Ana observou, fascinada, Naomi tirando o enorme casaco, depois o suéter grande, e por fim, com cuidado, desfazendo a tipoia improvisada, revelando Isaac, dormindo tranquilo junto ao peito da mãe, apenas uma leve mancha de batom no rosto para indicar sua perigosa jornada.

– Nós conseguimos – disse Naomi, os olhos brilhando. – Graças a Deus, conseguimos.

Enquanto Ana olhava as mulheres ao redor, comemorando silenciosamente, por medo de que seus captores percebessem aquele raro instante de felicidade, ela soube que, fosse o que fosse que viesse a seguir, aquele momento deveria ser guardado com carinho. O amor, de algum modo, venceria o ódio. Elas só precisavam esperar e rezar, e um dia, certamente, seriam os grandes portões que se abririam, permitindo que saíssem enfim rumo ao arco-íris.

VINTE E NOVE

17 DE JANEIRO DE 1945

ESTER

– Está doendo! Por que dói tanto? Nunca doeu assim antes.

Ester olhou para Ana na luz fraca do toco de vela e sentiu-se aliviada ao ver que a parteira permanecia tranquila. A mãe em trabalho de parto diante delas já havia dado à luz duas vezes antes – filhos que tinham sido levados diretamente para o gás ao chegarem ao campo. O bebê em seu ventre era a única coisa que a mantivera viva durante o luto, mas agora que o momento de receber seu filho estava próximo, suas forças começavam a falhar. Ana aproximou-se da mulher e colocou as mãos sobre seus ombros, falando à húngara em alemão lento, a única língua que compartilhavam.

– Está doendo, Margarite, porque acredito que o bebê está virado para a frente. Isso torna as dores mais intensas, porque suas colunas estão pressionadas uma contra a outra. Mas isso não significa que haverá problemas no parto. Entendeu?

– O bebê vai nascer?

– Claro. Vou garantir isso.

– Vivo?

– Até agora, não perdi nenhum bebê aqui em Birkenau.

– Nem um?

– Nem um, e não pretendo começar agora.

Ester viu Margarite assentir diante da tranquila segurança de Ana e preparar-se para enfrentar as dores que percorriam seu corpo exaurido. Certamente não a invejava naquele momento, mas sabia que, assim que o bebê nascesse, sua saudade por Pippa voltaria a doer. Sua filha já teria completado um ano. Será que os seus novos "pais" sequer sabiam sua verdadeira data de nascimento, ou haviam inventado alguma outra data, mais conveniente para acompanhar um nome alemão conveniente e uma identidade alemã conveniente?

Seu sangue fervia ao pensar nessas pessoas colocando sua marca em sua preciosa filha, mas logo lembrava-se de que provavelmente não era culpa deles. Ela duvidava que o Reich tivesse revelado ao casal a quem haviam entregue Pippa que ela nascera em um campo de extermínio, filha de uma mãe judia. Uma história elegante teria sido inventada: um pai perdido na frente russa, uma mãe morta no parto – tudo tragicamente idealizado para que os novos pais se sentissem orgulhosos da criança adotada. Pelo menos era o que Ester esperava, pois a alternativa era insuportável: pensar que Pippa tivesse sido levada a algum lar apenas para servir, cuspida e desprezada como a Cinderela dos irmãos Grimm. Não via sentido nisso, mas o Reich, como ela já havia aprendido tantas vezes, operava por uma lógica muito perversa, e essa possibilidade martelava em sua mente como um prego, imaginando sua filha presa a essas engrenagens cruéis.

Será que Pippa tinha um berço macio, num quarto aquecido? Será que sua mãe substituta a abraçava, lia para ela e cantava-lhe canções de ninar? Ester quase podia suportar que essas melodias fossem em alemão, desde que cantadas com amor. Mas então, geralmente nas horas mais frias e sombrias da noite, ela se perguntava o que essa mulher desconhecida pensava do número que certamente havia encontrado sob a axila da bebê – e como isso poderia afetar o tratamento dispensado à pobre e inocente Pippa. E se justamente aquele número, que Ester tatuara em sua filha para protegê-la, fosse exatamente o que a condenasse a maus-tratos – ou algo pior?

Pare com isso, Ester, ordenou-se com firmeza, esforçando-se para concentrar sua atenção na pobre Margarite, que quase subia pelas paredes do barracão devido às contrações. Não adiantava pensar no que poderia estar acontecendo além da cerca. Já haviam passado quase dois meses desde que tinham sido transferidas para a antiga seção cigana; 1944 tinha finalmente dado lugar a 1945, e ainda assim ninguém viera libertá-las. No final do ano anterior, os nazistas haviam começado a transferir prisioneiros para o interior do Reich, mas as ferrovias tinham sido bombardeadas e até isso fora interrompido. Todos que permaneciam em Birkenau – prisioneiros e guardas – estavam presos naquelas planícies frias e pantanosas até que alguém viesse libertá-los. E mesmo quando isso acontecesse, ninguém sabia como estaria o mundo devastado pela guerra lá fora.

As sirenes de ataques aéreos tocavam cada vez com mais frequência, e aviões cruzavam os céus, rumando para alvos desconhecidos com seus ventres cheios de bombas. Os guardas já mal se davam ao trabalho de procurar rádios clandestinos, e os homens no campo vizinho escutavam as transmissões da BBC para todos os principais comunicados, além de estações polonesas ilegais trazendo notícias locais. Eles passavam essas informações para as mulheres em comunicados sussurrados, e foi em um desses que Ester ouvira a palavra "Chełmno". Ela agarrara o homem através da cerca:

– O que aconteceu em Chełmno?

– Dizem que foi totalmente desativado.

– Totalmente? E os trabalhadores?

– Sumiram.

– Sumiram?

O homem fizera um gesto atravessando a garganta, e o mundo dela rodou, mas então ele acrescentou:

– Bem, exceto um pequeno grupo que ficou para limpar o lugar. Cinquenta, mais ou menos. Parece que gente de Łódź.

– Cinquenta?!

Ester se agarrou a isso. Cinquenta homens! E de Łódź! Era o suficiente para alimentar a esperança. Ela se prendera a isso, em meio a todas as notícias dos avanços dos Aliados dentro da Alemanha e dos soviéticos na Polônia. Aquela informação havia brilhado mais forte em sua mente do que as notícias da libertação de Paris ou Bruxelas. Imaginava Filip nas florestas de Chełmno, trabalhando com um grupo de amigos. Seria um trabalho árduo e amargo, ela sabia disso. Ester ouvira falar do que o *Sonderkommando* tinha sido forçado a fazer ali em Birkenau e odiava imaginar seu doce marido tendo que queimar tantos corpos destroçados. Mas se ele estivesse vivo, ela curaria as feridas que essa experiência tivesse deixado nele, da mesma forma como ele curaria as feridas que Birkenau deixara nela. Juntos nutririam suas almas e seus corpos. Seria lento, mas fariam isso.

Na semana passada, os homens vieram correndo até a cerca para avisá-las de que os russos haviam tomado Varsóvia. Ana havia chorado com essa notícia, e Ester a abraçara forte. A última vez que souberam, o marido e o filho mais velho da amiga estavam em Varsóvia, mas não tinham como saber se eles haviam sobrevivido ao levante. Diziam que alguns haviam conseguido escapar por túneis subterrâneos e caminhos secretos, e isso já era o suficiente para manter a esperança viva.

Agora, o Exército Vermelho avançava sobre Cracóvia e, dali, até Oświęcim, a apenas três quilômetros de distância. Os alemães que haviam se instalado na aldeia tinham sido evacuados, e diziam que o lugar era agora uma cidade fantasma. Os russos podiam estar chegando lá exatamente naquele momento, e Ester só rezava para que não parassem, para que não descansassem nas casas bonitas e vazias, cheias de confortos alemães, mas seguissem adiante até ali, até aquele inferno. Tinham ouvido que um campo em Majdanek já fora libertado, com os alemães em fuga incendiando cada construção, inclusive aquelas com prisioneiros ainda dentro. Todas estavam em alerta. Por enquanto, porém, havia preocupações mais imediatas.

– Esse bebê está me rasgando ao meio! – gritou Margarite. – Juro que está me partindo em duas.

Ela cravou as unhas na parede, derrubando um lindo desenho de uma árvore que caiu suavemente ao chão, e Ester apressou-se para recolhê-lo.

– Não está, não – garantiu Ana. – É só impressão. Se serve de consolo, provavelmente o bebê não está sentindo nada.

– É assim que são os filhos – Margarite respondeu com os dentes cerrados.

Ester acariciou-lhe o braço, enquanto a contração passava e a mulher podia, momentaneamente, descansar.

– Talvez – sugeriu Naomi, levantando-se da cama no chão com Isaac acomodado na curva do braço – o bebê não queira sair até o mundo estar livre.

– Então mande esses soviéticos se apressarem, por favor – implorou Margarite, enquanto seu corpo se convulsionava novamente.

– Bloco da maternidade, apresentar-se! – gritou uma voz rouca do lado de fora, e Ester olhou para Ana, confusa.

Não havia chamadas há vários dias. Muitos guardas da SS já haviam partido, aproveitando a oportunidade de acompanhar os prisioneiros rumo ao oeste. Mandel fugira antes do Natal, Grese na semana anterior, e os guardas que restavam não tinham o mesmo comprometimento com o sadismo ativo daquelas duas mulheres. Agora, porém, ouviam-se nitidamente as botas nazistas pisando sobre o solo duro e coberto de neve do lado de fora. Aquelas que ainda não haviam despertado com os gemidos de Margarite agora piscavam, acordavam e sentavam-se agitadas.

– Apresentar-se! É hora de partir, senhoras – hora de levantar acampamento!

Levantar acampamento!

Subitamente, lanternas apontavam dentro do barracão, suas luzes cruzando-se loucamente sobre os desenhos das crianças há muito levadas ao gás e iluminando os olhos assustados de cinquenta pares de olhos. Ester viu Naomi correndo para cobrir Isaac, mas os guardas estavam apressados e não se detinham em ninguém.

– Vamos!

– Para onde? – perguntou Ester.

– Para o oeste – foi a resposta seca.

– Mas os trens não estão funcionando.

Ele sorriu com desprezo.

– Então é uma sorte que seus pés estejam, judiazinha. Vamos marchar até as estações em Gleiwitz e Wodzisław Śląski.

– Mas ficam a quilômetros daqui! – alguém protestou.

– É exatamente por isso que precisamos sair logo, agora mesmo! – ele estava perdendo a paciência e já retirava a arma das costas, mas o ar do lado de fora estava negro como breu e o chão perigosamente branco. As mulheres hesitaram.

– Não gostam do frio? – zombou ele. – Pois bem, o que acham de nos aquecermos um pouco, hein? *Aufseherin*, os fósforos, por favor.

Aquilo fez todas se agitarem. Por mais ameaçadora que fosse aquela noite, ninguém queria morrer queimada como as pobres almas em Majdanek, e as mulheres apressaram-se a pegar cobertores para se envolver enquanto eram empurradas para fora. Ester olhou para Ana, que por sua vez olhou para Margarite, e então deu um passo à frente.

– Esta mulher não pode marchar. Ela está em trabalho de parto.

O guarda encarou-as rapidamente.

– Muito bem. Ela fica. E quem mais estiver fraca demais para andar também. O resto de vocês…

– Elas não podem ficar sozinhas – insistiu Ana. – Eu cuidarei delas.

– Você? – O guarda examinou-a de cima a baixo. – Quer ficar aqui? Com elas?

– São minhas pacientes.

– São mulheres mortas. A eletricidade vai ser cortada, a água também. Não há combustível nem comida, e ninguém para protegê-las quando os vermelhos chegarem. Já ouviu falar do que eles fazem com as mulheres? Se acha que vão salvá-las, pense outra vez. Vocês ficarão muito melhor conosco.

Ana lançou um olhar para Ester, e ela pôde ler imediatamente seus pensamentos: o que, afinal, poderia ser pior do que isso? Mas, por outro lado, quem teria sido capaz de imaginar tudo aquilo até chegar ali? Quem eram elas para julgar? Um calafrio percorreu-lhe a coluna ao pensar que aqueles "libertadores" pudessem trazer um novo tipo de inferno. Então ela lembrou-se de que aquele era um nazista falando. Todos eles eram moldados no mesmo cinismo mentiroso de Goebbels, e se aquele guarda idiota podia realmente se iludir pensando que estava "protegendo" alguém, então não merecia ser escutado. Mesmo assim, não poderia deixar Ana ali sozinha.

– Eu também ficarei. Tenho pacientes sob minha responsabilidade que não podem deixar suas camas.

– Você? Está louca. Eu não acho...

Mas naquele momento houve um tumulto lá fora, e alguém gritou com rispidez:

– O que está demorando tanto? Estes guardas são todos incompetentes?

O homem olhou em volta em pânico.

– Está bem – disparou ele. – Fiquem com as mortas, se fazem tanta questão. O resto de vocês, saiam! Agora!

Ele puxou Naomi pelo braço e Ester teve que avançar rapidamente para cobrir de novo, com o cobertor, o pequeno Isaac, felizmente ainda adormecido.

– Ela também é enfermeira – tentou Ester, mas o guarda já havia perdido a paciência.

– Nem pensar. Ela vai conosco. Fora!

Naomi olhou desesperadamente para Ester, mas o guarda pressionava a arma contra suas costas, e ela não teve escolha senão seguir as outras até a saída. Do lado de fora, ouviam-se gritos e choros, estalos de chicote e latidos de cães. Já na porta, Naomi voltou-se, lançando a Ester um olhar aflito e indicando discretamente o cobertor. Ester encarou-a, tentando transmitir com os olhos uma promessa sincera de cuidar de Isaac, mas tudo estava acontecendo rápido demais. Por que não haviam pensado nisso antes? Por que não tinham feito planos para se reencontrar, caso fossem separadas? Tudo o que Ester realmente sabia sobre sua amiga era que ela vinha de um lugar na Grécia chamado Salônica. Não era suficiente.

– Łódź! – gritou Ester atrás dela. – Catedral de Santo Estanislau!

Era tudo em que conseguira pensar, mas não fazia ideia se Naomi havia escutado, pois o barulho das prisioneiras reunidas estava tão alto agora que abafava até mesmo o choro repentino de Isaac ao acordar e descobrir-se sozinho no chão. Ester correu até ele, tomando-o nos braços e balançando-o para tentar acalmá-lo e fazê-lo voltar a dormir. Porém, o bebê havia claramente captado o medo que crepitava no ar da noite e não se deixaria consolar tão facilmente.

– Leve-o ali – disse Ana, apontando para o antigo quarto da *kapo*, nos fundos.

Klara morrera apenas dois dias após chegarem ao antigo campo cigano, partindo silenciosamente, com uma lágrima rolando pela face. Sua morte causara apenas alívio, e ninguém escolhera assumir nem a liderança do barracão nem seu quarto solitário.

– E não saia até que tudo esteja silencioso – recomendou Ana.

Ester obedeceu, fechando-se no pequeno aposento com o bebê, que agora se contorcia nos braços dela, em puro desespero.

– Por favor, Isaac, silêncio. Estou aqui com você.

Mas ela não era sua mãe. Por mais que o amasse, por mais que ele significasse tudo para ela, não era sua mãe. Não tinha o cheiro de Naomi, não transmitia o toque de Naomi e não possuía o leite de Naomi – e Isaac sabia disso. O que haviam feito?

Já era possível ouvir as pessoas sendo expulsas do campo, e Ester, ficando nas pontas dos pés, espiou pela janela rachada. O que viu foi, talvez, uma das piores cenas que já presenciara em Birkenau. Ainda estava escuro e permaneceria assim por algum tempo, mas os holofotes lançavam uma luz implacável sobre a multidão na estrada. Pessoas eram empurradas em roupas esfarrapadas e restos de sapatos tão gastos que muitas tinham os pés descalços. O vento soprava, arrancando-lhes a pouca proteção que tinham e lançando neve contra seus rostos atônitos.

Guardas da SS, usando seus casacos mais grossos, chapéus e luvas, açoitavam as prisioneiras para fora dos portões, rumo ao campo aberto e estéril para além das cercas. Devia estar pelo menos dez graus abaixo de zero, e até mesmo os ferozes cães encolhiam-se diante do frio, mas os guardas não demonstravam misericórdia. Quem caía era executado com um tiro, e as pobres evacuadas amontoavam-se cada vez mais, sua respiração conjunta elevando-se no céu escuro como um grito primitivo de socorro.

Ester estava imóvel, tão chocada que até mesmo Isaac pareceu perceber e choramingou baixinho contra seu peito. Para onde estavam indo? Jamais conseguiriam chegar. Pessoas saudáveis, bem alimentadas e com roupas adequadas já não conseguiriam suportar aquele trajeto. Que chance tinham então aquelas prisioneiras famintas e enfraquecidas? E Naomi estava entre elas.

No outro cômodo, Margarite alcançava o estágio crítico do parto, mas Ester nada podia fazer além de permanecer ali, embalando Isaac e rezando por Naomi, enquanto o campo se esvaziava ao seu redor. Durante tanto tempo ansiara ver os portões de Birkenau abertos, mas não daquele modo, não com uma marcha forçada rumo ao abismo. Quando as últimas retardatárias daquela marcha agonizante passaram em fila pelo portão e desapareceram na noite escura, Ester ouviu o ruído das grades sendo recolocadas e trancadas com correntes. A seguir, veio um estalo alto quando a eletricidade foi desligada. E Ester soube, com certeza absoluta, que haviam sido deixadas ali para morrer.

Ela voltou ao cômodo principal e, na luz fraca de uma aurora ainda tímida, viu Ana erguer um bebê que se debatia de entre as pernas de Margarite.

– É uma menina – disse Ana. – Uma menina linda e saudável.

Margarite tomou a filha nos braços e beijou-a com infinita ternura.

– Oi, bebê – sussurrou. – Oi, meu amorzinho. Seja bem-vinda. Você chegou bem a tempo de morrer com a mamãe.

– Margarite, não diga isso! – protestou Ester.

Em resposta, a mãe exausta fez um gesto vago com a mão, apontando o alojamento escuro e vazio.

– Onde vamos conseguir comida?

Ester enrolou Isaac mais firmemente no cobertor e dirigiu-se até a porta. O campo estava estranhamente silencioso. Fileira após fileira, barracões cobertos de neve se estendiam diante dela, agora vazios e abandonados. Conseguia distinguir as silhuetas de uns poucos guardas no perímetro, e um pequeno grupo ainda trabalhava demolindo os crematórios, junto às árvores no fundo. Fora isso, Birkenau estava deserto.

Os edifícios da cozinha e das latrinas estavam às escuras, e o único som que se ouvia era o lamento triste dos que estavam morrendo. Claramente, os alemães tinham deixado ali todos que acreditavam estar a um passo da morte, além de Margarite, Ana, Ester e, claro, Isaac. Ester baixou os olhos para o menino. Ela não permitiria que ele morresse. Naomi podia ter sido levada para a noite cruel, mas elas estavam ali, num lugar que conheciam bem, e tinham uma chance.

– Kanada – disse ela com determinação. – Vamos invadir o Kanada.

– Boa ideia – concordou Ana, juntando-se a ela. – Assim que amanhecer vamos montar nosso acampamento lá e rezar para que os russos estejam perto. Devem estar, certamente, se os alemães já foram embora?

Ester pensou no que o guarda havia dito sobre os russos, mas afastou aquilo da mente. Lidariam com essa questão quando – e se – ela surgisse.

– Como entramos no Kanada? – perguntou. – Eu nunca nem fui até lá.

– Precisamos da Naomi – respondeu Ana.

Ester contemplou a imensidão nevada do campo, balançando Isaac suavemente, tentando acalmar seus choros.

– Este bebê também precisa dela – concordou com tristeza.

– Ainda bem que ainda estou aqui, então – respondeu uma voz tão familiar.

Ambas paralisaram.

– Naomi?

– Me ajudem a sair daqui.

Ao seu lado, a pilha constante de cadáveres se moveu, e Ester deu um passo para trás, assustada. Mas então, de baixo dos corpos esqueléticos, Naomi emergiu, rastejando para fora, viva, bem e com um sorriso que parecia capaz de iluminar todo o campo. De repente, era como se o sol tivesse acabado de surgir sobre Birkenau.

– Naomi!

Ester correu até ela, abraçando-a com força. Entre elas, sentindo a presença de sua mãe, Isaac soltou um gorgolejo animado.

– Como você...?

Naomi deu de ombros.

– Simples. Estava escuro e havia muita confusão. Ninguém parecia estar contando direito, então eu apenas, sabe, me joguei de lado e rastejei para debaixo... debaixo... – Ela hesitou por um instante ao olhar seu esconderijo macabro, mas depois afastou essa imagem com firmeza. – Debaixo dessas gentis senhoras. Elas me mantiveram a salvo.

– A salvo?

Ester olhou ao redor, observando o campo escuro e deserto.

– A salvo – confirmou Naomi –, porque estou com você, estou com Ana e estou com Isaac. O que mais eu poderia querer?

Ester conseguia pensar em algumas coisas, mas com Naomi literalmente de volta dos mortos, sentiu novamente a esperança. Com esperança, certamente seriam capazes de suportar aquilo.

TRINTA

20 DE JANEIRO DE 1945

ANA

— Não! — Ana agarrou Ester, enquanto atrás das cercas as chamas subiam aos céus e as riquezas do Kanada começavam a arder. — Eles não podem fazer isso!

Ela bateu furiosamente nos portões, mas os guardas estavam ocupados demais, alimentando as chamas que consumiam um após outro os trinta barracões abarrotados com preciosos pertences. Toda aquela riqueza judaica revelara-se irresistível demais para os nazistas em fuga, e eles haviam deixado apenas alguns poucos guardas e grandes cadeados para continuar selecionando os objetos. Caminhões tinham até chegado para levar os melhores itens após os prisioneiros em marcha para a Alemanha. Joias e peles tinham recebido muito mais cuidado do que pessoas, mas aquele era o Terceiro Reich.

Durante dois dias Ana e Ester tentaram entrar ali. Haviam tentado adular os guardas, cavar sob a cerca e até mesmo forçar seus corpos esqueléticos através das lacunas do arame farpado — tudo em vão. Agora os nazistas estavam incendiando tudo aquilo: deixando as roupas e os cobertores queimarem enquanto os prisioneiros restantes tremiam nos barracões vazios; deixando salsichas e biscoitos secarem e queimarem alegremente, enquanto eles próprios morriam de fome. Aquele também era o Terceiro Reich.

Ana pressionou a testa contra o concreto gelado do poste da cerca, tentando desesperadamente manter sua sanidade. A fome era terrível. Tinham água, graças à neve cobrindo o solo, para saciar sua sede, mas seus estômagos devoravam a si mesmos, e Isaac já havia drenado completamente o leite da pobre Naomi logo no primeiro dia. Haviam entrado no barracão vizinho, na esperança de encontrar Janina, mas ela provavelmente fora forçada a seguir junto com as pacientes capazes de caminhar, e seu "hospital" guardava apenas cadáveres. Parecia que tudo o que lhes restava era se amontoar com o maior número possível de sobreviventes e esperar; mas naquele dia, o terrível som das chamas as atraíra para fora.

O último dos trinta barracões ardia agora, e o calor era imenso. Pela primeira vez desde que outubro arrastara o inverno até aquele lugar, Ana sentia o calor penetrar em sua pele. Mas a que custo? Os guardas estavam se afastando, acelerando o passo enquanto as chamas se erguiam cada vez mais altas. Chegaram ao portão e saíram apressadamente, rindo em meio ao caos. Ana e Ester recuaram. Se eles partissem, talvez pudessem tentar correr até os últimos barracões, resgatar algumas coisas do incêndio, mas os guardas apenas lhes lançaram um olhar de desprezo e fecharam o enorme cadeado com força.

– Vejam, acendemos uma bela fogueira para vocês – um deles zombou, e então se foram, os braços carregados com os últimos itens roubados, dirigindo-se à entrada principal.

– Eles estão indo embora – disse Ester. – Estão todos indo embora.

E parecia que estavam mesmo. Caminhões se aproximavam do outro lado do grande portão arqueado de Birkenau, e os últimos guardas subiam neles, deixando tudo aquilo para trás como se nunca tivesse acontecido – como se ainda não estivesse acontecendo.

– Desgraçados – murmurou Ana, cobrindo a boca logo em seguida. Ela nunca havia usado palavrões antes, mas também nunca havia sido deixada para morrer atrás de uma cerca sem misericórdia.

Do bloco onde estavam ouviu-se um choro fraco, e Ester imediatamente se virou, com um olhar angustiado no rosto. Ana sabia que a jovem odiava quando Isaac chorava, sentindo cada vibração daquele sofrimento como um eco da dor pela sua própria filha perdida.

– Eles não vão nos vencer! – gritou ela, com sua voz ecoando pelos barracões de madeira ao redor. – Não agora, não depois de termos chegado tão longe. Vão embora! – ela gritou para os caminhões que sumiam na distância. – Vão embora, levem suas almas imundas daqui. Vocês não escaparão. Os russos estão chegando! Os russos estão chegando e vão nos encontrar vivas. Eles vão...

Sua indignação transformou-se numa série de tosses violentas que sacudiram seu corpo frágil. Ana passou-lhe um braço pelos ombros, mas então, em meio ao ar frio, ouviram algo que parecia um grito em resposta. Um grito muito baixo e muito jovem.

Ester controlou a tosse e encarou Ana:

– O que foi isso?

Ana escutou com atenção.

– Parece...

– Crianças?

Os gritos se repetiram, débeis e claramente infantis. Ester pôs-se a correr, passando rapidamente de um barracão ao outro, em busca das vozes. Ana fez o possível para acompanhá-la. Seus joelhos doíam, seus tornozelos doíam, sua coluna inteira doía, mas Ester estava certa: os nazistas não iriam derrotá-las agora.

– Aqui! – Ester havia chegado a um dos barracões mais distantes, idêntico aos outros, exceto por ressoar com gritos. Empurrou a porta, mas ela não cedeu. – Está trancada. Está trancada, merda!

Ester também nunca tinha falado palavrões antes. Birkenau havia transformado a todas em bárbaras; mas não a ponto de trancar crianças indefesas.

– Me ajude! – pediu Ana, unindo-se a Ester diante da porta, enquanto gritava para quem estivesse do outro lado se afastar. – Agora!

Elas chutaram. Chutaram com toda a sua fúria, frustração e medo profundo contra aquela porta de madeira. As dobradiças rangeram e, de dentro, veio um grito encorajador que parecia vir de cem vozes infantis.

– Mais uma vez!

Elas chutaram novamente, e desta vez a madeira se estilhaçou em torno da dobradiça inferior. Os pulmões de Ana pediam misericórdia devido ao esforço desacostumado, e ela precisou parar para recuperar o fôlego, mas Ester continuou chutando até que, com um rangido final de protesto, a madeira cedeu e ela caiu para dentro. Ana entrou logo depois e olhou, em choque, as crianças encarceradas ali. Birkenau ainda tinha o poder de chocá-la. As mais próximas à porta, agarrando desesperadamente Ester, eram claramente as mais fortes, mas havia muitas outras além, deitadas no chão, enfraquecidas. Teriam elas ficado ali por dois dias sem comida ou água?

Ana abriu mais a porta quebrada.

– Vão – incentivou aquelas que ainda se sustentavam de pé. – Peguem neve para beber e tragam também para as outras. Precisamos todas trabalhar juntas agora.

Elas a encararam atônitas. Ana tentou repetir em alemão, mas as crianças balançaram a cabeça negativamente.

– Nós entendemos – disse um menino, o mais alto entre eles, que claramente se nomeara líder. – É que... só que... – ele engoliu em seco – Está seguro lá fora?

Ana sentiu o coração apertado. Quanta crueldade aquelas pobres crianças deveriam ter sofrido?

– Está seguro, eu prometo.

O garoto avançou cambaleante e abraçou-a com tanta força que quase a derrubou. Em seguida, correu para fora, devorando neve desesperadamente.

– Apenas a neve fresca! – advertiu Ana, indo atrás deles às pressas. – Apenas a neve limpa da superfície.

Sob aquele branco inocente estavam lama, ratos e cadáveres sem fim; a neve poderia matar tão facilmente quanto salvar. Mas Ester saíra para supervisionar as crianças, então Ana, enchendo as mãos com neve, entrou cuidadosamente no barracão. Não havia tantas crianças quanto parecia inicialmente. O desespero devia tê-las feito parecer mais numerosas, pois havia no máximo cinquenta delas ali dentro, e pelo menos metade não estava sequer em condições de gritar.

Ana ajoelhou-se ao lado de uma garota pequena e lhe ofereceu a neve das mãos. A menina ergueu a cabeça e começou a lambê-la delicadamente, como um gatinho.

– Obrigada – murmurou ela em polonês, com voz rouca.

– Tudo bem. Pegue mais um pouco. Devagar, isso mesmo.

A menina lambeu o resto da neve e o esboço de um sorriso surgiu em seus lábios rachados.

– Qual é seu nome?

– Tasha.

– Que nome lindo. Quantos anos você tem, Tasha?

– Dezesseis.

A resposta assustou Ana, pois a garota parecia não ter mais que doze anos. Mas ela concluiu que aquela era a consequência da vida no campo para aqueles jovens e esforçou-se para não demonstrar surpresa.

– De onde você é?
– Varsóvia.
O coração de Ana deu um salto.
– Varsóvia?
– Eles expulsaram todos nós quando nossos pais foram maus.
– Maus?
– É o que os alemães disseram. Mamãe disse que foi "corajoso e bravo e necessário", mas os alemães não achavam isso.

A menina lançou um olhar sedento para as mãos de Ana, e ela se ergueu com dificuldade para buscar mais neve. Ainda havia muitas crianças para ajudar, mas precisava ouvir mais primeiro. Tasha lambeu avidamente a segunda porção e encostou-se na parede.

– Eles mataram meu pai.
– Sinto muito, muitíssimo.
– Depois nos colocaram num trem com a mamãe. Todos nós. A cidade inteira.
– Ninguém escapou?
– Não sei. Nós tentamos. Meu pai tinha amigos que haviam fugido para as colinas e ele quis nos levar também, mas os alemães o mataram. Nos encontraram escondidos num galpão e atiraram nele, bem ali, na nossa frente. – Os olhos dela brilharam, mas não havia líquido suficiente em seu pobre corpo para chorar. – Depois nos empurraram para o trem.

Ana apertou com força a mão dela.

– Sinto muito – repetiu, lamentando estar pressionando a menina, mas precisava perguntar. – Você conhecia um homem chamado Bartek, Tasha?

Ela deu de ombros.

– Conheci vários.
– Claro, desculpe. Um Bartek Kaminski e seu filho, Bronisław. Você os conheceu?

Tasha franziu o cenho, e Ana apertou-lhe novamente a mão.

– Você os viu? Sabe o que aconteceu com eles?

Tasha abriu a boca, e Ana inclinou-se ansiosa, mas então os olhos da menina perderam o brilho, fechando-se em si mesmos, e ela apenas balançou a cabeça.

– Não sei. Não sei o que aconteceu com ninguém. E agora mamãe também já se foi.

Ana puxou-a para seus braços. Não queria sequer pensar no que aquela hesitação poderia significar, e não importava naquele momento. A criança era o que realmente importava.

– Para onde foi sua mãe?

– Não sei. Eles a empurraram para a neve, mandaram que marchasse. Ela quis nos levar, mas disseram "nada de crianças". Eu disse a eles que tinha dezesseis anos e não era mais criança, mas não acreditaram. Só me jogaram aqui dentro com os outros e depois trancaram a porta. Nós tentamos sair, eu juro que tentamos. Georg disse que tínhamos que sair, por causa dos mais pequenos. – Ela assentiu em direção ao primeiro garoto com quem Ana havia falado, que agora trazia neve para as crianças menores. – Nós tentamos, de verdade. Mas foi muito difícil.

– Com certeza foi – confortou Ana, odiando ver Tasha culpar-se por aquilo. – Vocês fizeram tudo o que puderam. Foram muito corajosos.

– Mas não muito fortes – disse Tasha, entristecida.

– Não é verdade. Ficar vivo é ser forte. Estar aqui ainda é ser forte.

Tasha ergueu os olhos, arregalados e assustadoramente confiantes.

– Vamos conseguir sair? – perguntou.

Ana respirou fundo.

– Claro – respondeu com firmeza. – Claro que vamos sair.

A única pergunta agora era como.

TRINTA E UM

27 DE JANEIRO DE 1945

ANA

Sete intermináveis dias depois, Ana estava sentada em um barracão abarrotado, mexendo um panelão de sopa que tentava desesperadamente cozinhar sobre o fogão de tijolos. A descoberta das crianças fora o incentivo de que ela, Ester e Naomi haviam precisado para renovar a busca por suprimentos. Com a ajuda de Tasha, Georg e das crianças mais velhas, tinham tentado novamente invadir o Kanada. Georg mostrara uma habilidade para abrir fechaduras que Ana preferira não questionar detalhadamente. Invadiram o complexo, ávidos por bens. A maioria dos depósitos estava reduzida a pilhas de cinzas fumegantes, mas seis no fundo permaneciam quase intactos – as chamas deviam ter se apagado antes de consumi-los por completo. Elas carregaram braçadas de roupas para manter todos aquecidos no campo. Melhor ainda, conseguiram recuperar tábuas parcialmente queimadas e, com pás cheias de brasas ainda quentes, puderam acender os fogões nas duas pontas do barracão, devolvendo alguma sensação de calor ao ambiente.

Animados com isso e aliviados por terem encontrado companhia, Georg organizou seu grupo para manter os fogões funcionando, e eles também ajudaram Ester e Naomi a carregar alguns dos doentes de outras partes do campo para o único prédio aquecido em Birkenau. Tinham combustível suficiente para vários dias, se fossem cuidadosos, mas ainda precisavam de alimento.

A busca pelo Kanada tinha rendido pouco, e Ana já começava a se desesperar quando Naomi e Tasha voltaram ao barracão carregando grandes caixas nos braços. Todos que tinham forças correram para ver e, orgulhosamente, elas revelaram que haviam encontrado um vagão de trem carregado no fim dos trilhos. Devia ter sido destinado à Alemanha antes de as ferrovias serem destruídas e, então, fora esquecido ali. Quando Georg arrombou o cadeado, descobriram algumas caixas contendo linguiças secas e pacotes de biscoitos velhos; estavam duros, mas ainda perfeitamente comestíveis. Era realmente um banquete.

A excitação fora enorme, e a disputa por cada pedaço de carne tinha sido feroz. Ana precisou intervir com sua voz mais severa de parteira para impedir que as crianças brigassem por um simples pedaço. Embora a descoberta fosse realmente maravilhosa, havia muitas pessoas no barracão, e aqueles suprimentos não iriam durar muito. Distribuindo biscoitos para todos, ela tomou controle das caixas, sentando-se com Ester firmemente sobre elas para impedir disputas, e mandou o grupo invadir também as cozinhas. Essa incursão resultara num pequeno estoque de cebolas, batatas e nabos – todos bem passados de sua melhor condição, mas suficientes, misturados com baldes de neve, para fazer uma sopa que renderia muito mais do que meros pedaços de linguiça, além de ser mais gentil com os estômagos vazios.

Era disso que viviam desde então, mas os suprimentos estavam perigosamente baixos novamente. Já fazia uma semana que os últimos guardas haviam abandonado Birkenau, mas tudo o que continuava chegando do leste eram ventos gelados. Por que diabos ninguém vinha?

Ana mexia a sopa, girando e girando, assistindo aos pedacinhos de linguiça rodopiando no líquido. À sua esquerda, uma pobre mãe estava no início do trabalho de parto, e logo precisaria atendê-la, mas por enquanto estava perdida nos simples redemoinhos daquela refeição rala. Esses últimos dias haviam sido os primeiros, em dois anos, em que realmente cozinhara alguma coisa, e isso era ao mesmo tempo gratificante e surpreendentemente exaustivo. Mesmo que alguém viesse resgatá-las daquele lugar devastado, seriam capazes de se readaptar a uma vida normal?

Pensou na hesitação de Tasha quando perguntara por Bartek e Bron, e mexeu a sopa com mais rapidez. Será que as lembranças tinham sido pesadas demais para a garota, ou ela sabia algo que não quisera compartilhar? E será que isso faria diferença se não conseguissem sair dali? Vez após vez, ela, Ester e Naomi tinham debatido se deveriam tentar sair pelo portão principal em busca de ajuda, mas a neve ainda caía, e não faziam ideia do que havia lá fora. A caminhada poderia durar dias, e muitos estavam gravemente doentes. Ester ficava ocupada o dia todo tentando aliviar o sofrimento das pacientes com tuberculose, e mesmo com o calor precário dos fogões, continuavam perdendo muitas delas. Não havia alternativa senão empilhar os corpos atrás do barracão, na neve, e era impossível não olhar aquela pilha crescente e se perguntar quanto tempo demoraria até que todos estivessem nela.

Um grito da mulher em trabalho de parto a arrancou de sua melancolia, e Ana obrigou seus ossos doloridos a se erguerem para ir atendê-la. O parto estava progredindo mais rápido do que ela esperava, e inclinou-se para massagear as costas da mulher.

– Você está indo muito bem, Justyna. Vamos, deite-se no fogão.

Ana afugentou algumas crianças dali para abrir espaço. Elas ficaram em volta, observando curiosamente enquanto Justyna arfava com as contrações, claramente mais intensas, mas Ana ignorou-as e concentrou-se naquilo que melhor sabia – trazer bebês ao mundo. Aquela seria, pelo menos, a criança número três mil que ajudava a nascer ali em Birkenau e, mesmo com os alemães já tendo partido, não fazia ideia de quais chances aquele bebê teria. Que tipo de trabalho infernal era aquele? E mesmo assim, o milagre do nascimento continuava a surpreendê-la todas as vezes; ainda trazia luz à escuridão e esperança ao desespero. Enquanto bebês nasciam, havia um futuro. Por isso, dedicou-se a ajudar aquela mãe a trazer mais uma vida ao barracão lotado, em meio ao nada.

– Muito bem, Justyna. Logo estaremos fazendo força, prometo.

Viu Naomi aproximar-se da sopa, Isaac amarrado ao peito, e seu coração se ergueu. Isaac logo faria quatro meses. Ele sobrevivera e até mesmo prosperara, com tantas "mães perdidas" ajudando a cuidar dele. E essa nova criança também sobreviveria.

– Não falta muito, Justyna – garantiu Ana. – O bebê vai nascer logo e então virá o resgate e…

Um grande grito ecoou lá fora, e todos no barracão estremeceram. Georg irrompeu pela sala com Tasha logo atrás, espalhando pedaços de madeira na sua empolgação.

– Eles chegaram! Os soldados estão aqui!

Justyna olhou para Ana.

– Eles foram rápidos – disse ela com um sorriso exausto, mas outra contração veio e Ana precisou se concentrar em ajudá-la enquanto todos que conseguiam caminhar seguiram Georg para fora do barracão.

Naomi estava logo atrás dele, mas Ester se deteve ao lado de Ana.

– Você acha que é isso mesmo, Ana? A libertação?

Ana inclinou a cabeça, ouvindo com atenção.

– Certamente parece que sim.

– Estou com medo – admitiu a jovem. – E se as intenções deles forem... forem...

Ana apertou-lhe a mão.

– Se as intenções deles conosco – e fez um gesto ao redor, apontando as mulheres emaciadas e exaustas – forem maldosas, então o mundo está realmente perdido e melhor será deixá-lo. Venha, vamos juntas.

Ela se ergueu devagar. Justyna ficaria bem por enquanto e ela precisava ver aquilo. Tomando o braço de Ester, saiu pela porta, deu alguns passos na brancura do campo e encarou.

Os imensos portões de entrada estavam escancarados, e soldados entravam, vestidos nos uniformes com detalhes escarlates dos soviéticos. Era o temível Exército Vermelho, mas os homens e mulheres que avançavam pela grande estrada central em direção a elas não pareciam ferozes; pareciam aterrorizados. Seus olhos arregalados como os de crianças, olhavam em volta constantemente, absorvendo a vastidão de Birkenau, as intermináveis fileiras de barracões, as cercas impiedosas de arame farpado, os corpos esqueléticos e os homens e mulheres igualmente esqueléticos, clamando por socorro.

– Lembra-se do dia em que chegamos? – murmurou Ester, virando-se para Ana. – Eu também não conseguia acreditar neste lugar.

Ana lembrava-se vividamente. Recordava-se de ter sido empurrada para aquele trem de carga, cheia de hematomas e dolorida da cruel tortura do interrogatório. Lembrava-se de mais e mais pessoas serem comprimidas ali depois dela, e lembrava-se do horror ao ver o rosto doce de Ester surgindo na multidão sofrida. Recordava-se da pobre Ruth morrendo nos braços da filha e da longa jornada sem comida ou água, para enfim chegarem ali. Ao inferno.

– Será esta a libertação? – repetiu Ana, repetindo a pergunta anterior de Ester, incapaz de acreditar por completo.

Os soldados estavam próximos de sua parte do campo agora, atraídos pelos gritos de Naomi, Georg e Tasha, e Ana podia perceber o horror em seus rostos, podia ver os sorrisos com que se abaixavam diante das crianças, retirando dos bolsos toda a comida que tinham e oferecendo-lhes com carinho, olhando para as mulheres com a ternura de pais e irmãos. O mundo ainda não havia, aparentemente, se perdido totalmente. A bondade estava viva.

– Esta *é* a libertação – confirmou Ester, e as duas olharam novamente para os portões de Birkenau, escancarados pela primeira vez em seis anos.

– Conseguimos – disse Ana, agarrando-se a Ester. – Chegamos até o fim.

– Conseguimos mesmo – concordou Ester, puxando Ana para si num abraço tão apertado que, por um instante, Ana achou que suas costelas já demasiado finas poderiam quebrar – mas não se importou.

Em meio à neve, ao vento e aos gritos exultantes das crianças, Ana ouviu a voz de Ruth: *Ela é sua filha agora.* Caiu de joelhos.

– Eu consegui, Ruth – sussurrou. – Eu a mantive segura. Cuidei de Ester por você.

– Ana? – Ester puxou-lhe o braço. – Ana, veja!

Ana voltou os olhos, afastando-os da mãe imaginária de Ester, para a própria jovem. Ela apontava para caminhões que atravessavam os portões. Atrás deles vinha uma ambulância – uma ambulância verdadeira, com o símbolo da Cruz Vermelha, trazendo não o gás mortal, mas ajuda genuína para os doentes. Ester começou a chorar, e Ana, tropeçando para se levantar, voltou a abraçá-la com força. Porém, um gemido vindo de dentro do barracão as fez saltar e recuar imediatamente.

– Justyna! – exclamou Ana, e correram de volta para dentro. Encontraram a nova mãe com o rosto avermelhado, gritando.

– Acho que preciso fazer força! – avisou ela entre dentes.

– Acho que talvez precise mesmo – confirmou Ana, correndo até ela enquanto uma risada inesperada surgia em seu interior, explodindo no barracão numa onda de alegria. – Porque a libertação chegou, e seu bebê quer vê-la!

TRINTA E DOIS

28 DE FEVEREIRO DE 1945

ESTER

Ester percorreu o olhar pela enfermaria, incapaz de acreditar que estava de volta a um verdadeiro hospital. Elas haviam sido transferidas para o campo principal, Auschwitz I, na semana passada e tinham se surpreendido ao encontrar prédios sólidos de tijolos, agora ocupados pela Cruz Vermelha polonesa e rapidamente sendo abastecidos com luxos como cobertores, colchões e medicamentos. Ainda era tudo muito rudimentar, mas parecia um palácio comparado à vida no campo de Birkenau. Ester estendeu a mão para tocar nos recém-chegados suprimentos de antibióticos, sentindo-se como se tivesse atravessado um século.

Por dois anos vivera a mais primitiva das existências, pouco melhor que um animal enjaulado, salva apenas pela camaradagem e pelo apoio das mulheres ao seu redor. Retornar à civilização era como mergulhar mãos congeladas em água quente – um misto de prazer e dor. Aos poucos, ia compreendendo plenamente tudo o que lhe fora roubado nos últimos dois anos, e com aquela dolorosa tomada de consciência vinha também a raiva.

Cerrando os punhos para conter a vontade de socar as paredes em frustração, olhou pela janela para o movimento lá fora, no campo agora ocupado pelas forças libertadoras. Os russos haviam avançado rumo ao leste, assegurando a completa rendição alemã, e organizações polonesas vieram logo em seguida. Médicos e voluntários chegavam todos os dias, e, pela primeira vez em muito tempo, Ester se via falando seu idioma nativo regularmente. As ordens ríspidas em alemão tinham dado lugar às doces e reconfortantes palavras em polonês e, embora estivesse profundamente agradecida, isso também aumentava sua saudade de casa.

Casa! Onde ficava aquilo agora?

Os trabalhadores haviam dito que Łódź estava libertada e que os muros do gueto haviam sido demolidos. As pessoas tentavam retornar às suas antigas casas ou a novas, confiscadas dos alemães em fuga, e a cidade estava em plena mudança. Estariam seus pais e os de Filip lá? E se estivessem, onde viviam agora? Leah teria voltado do campo? Havia se casado com aquele jovem fazendeiro que namorara? Lembrou-se da única carta que recebera de Filip com notícias sobre sua irmã e sentiu novamente a dor de ver as preciosas palavras dele dissolvidas pelo desinfetante nazista. Mas a guerra havia terminado – agora podia ir atrás do próprio Filip. Ele estaria vivo? Teria retornado à cidade natal? Estaria ali, naquele exato instante, procurando por ela? Como saberia onde encontrá-la?

Por um momento, ela sorriu. Ele saberia, sim: nos degraus da igreja de Santo Estanislau, onde haviam feito suas refeições no horário de almoço um diante do outro, seis anos atrás. Desde aquele primeiro dia em que Ester olhara para Filip sentado ali, seus dedos longos brincando com a massa quebradiça do seu *pasztecik*, o rosto bonito franzido em concentração enquanto lia o jornal em seu colo, o mundo dela mudara de maneiras que haviam parecido importantes – e que haviam se mostrado realmente importantes. O problema é que outras forças, muito maiores, também haviam movido o mundo, e de formas muito mais sísmicas.

Mas Ester sabia de uma coisa com certeza: seu amor, e a filha nascida desse amor, eram tudo o que tinha, e por eles estava decidida a lutar. Bastava que pudesse voltar para casa. A cada pedaço de notícia que chegava através dos trabalhadores, percebia o quanto estivera isolada no campo, e a fome por notícias de seus entes queridos roía-lhe o coração com mais força do que qualquer estômago vazio.

E havia também Pippa.

O nome da filha envolveu o coração de Ester, como sempre fazia, e ela se aproximou mais da janela, olhando para o portão e o mundo que se estendia além dele. Não fora a lugar algum, a não ser os três quilômetros de Birkenau até Auschwitz I, e embora tivesse sido mágico atravessar aquele arco escuro do campo feminino, na verdade havia progredido muito pouco. Em algum lugar lá fora estava sua filha. Toda vez que pensava em como poderia encontrá-la, Ester sentia o corpo fisicamente doer de saudade.

– Enfermeira, pode me ajudar?

Ela virou-se, deixando suas próprias preocupações de lado para atender à mulher debilitada na cama próxima. Havia tantas pessoas em estado pior do que o seu, e naquele momento elas precisavam ser sua prioridade. Mas, ah, o desejo de deixar aquele lugar crescia a cada vez que via alguém saindo pelos portões odiosos. Outro dia vira até mesmo Pfani, vestida com babados e peles, saindo no banco traseiro do carro de um oficial polonês. Ficara claro o custo daquela travessia, mas, mesmo assim, Ester a invejara. Ao vê-la, Pfani abrira um sorriso espantado e então acenara com entusiasmo, como se fossem velhas amigas; feito uma tola, Ester retribuíra o aceno. Mas quem era ela para recriminar a passagem de alguém para fora daquele inferno?

Todas as noites, Ester e Ana sentavam-se e trocavam memórias de Łódź, prometendo retornar assim que pudessem, mas com o mundo inteiro em trânsito, conseguir um assento em trens, ônibus ou mesmo carroças parecia impossível.

– Ester!

Naomi entrou correndo, Isaac no quadril, gargalhando enquanto sacudia com cada passo dela. Ester foi ao encontro deles, pegando o menino e levantando-o bem alto no ar, arrancando-lhe risadinhas ainda mais sonoras.

– Oi, Isaac, querido! Como você está?

A resposta foi outra gargalhada e um puxão carinhoso em seu cabelo. Isaac estava com quase cinco meses e começava a explorar seus movimentos. Suas roupas permaneciam sempre sujas devido ao chão áspero do hospital, mas havia peças extras agora e água para lavá-las, então Naomi não se importava.

– Deixa ele livre – dissera ela. – Que mexa essas perninhas tanto quanto quiser. Já foi limitado por tempo demais.

Agora o garoto se contorcia querendo descer e, rindo, Ester colocou-o no chão, agachando-se ao seu lado para vê-lo se remexer.

– Logo, logo ele vai engatinhar – disse.

– Sim. – Sua amiga encarava-a com uma expressão estranha no rosto.

– Naomi? Está tudo bem?

– Tudo está ótimo, Ester, mas...

Ela remexeu-se, e, atraído pelo ruído, Isaac virou-se e começou a tentar rastejar de volta para ela. Ester ergueu-se outra vez.

– O que foi, Naomi? O que aconteceu?

Naomi engoliu em seco e focou no filho, que brincava com os cadarços das suas botas novas.

— Nós conseguimos um trem.

Disse aquilo tão baixo que, a princípio, Ester achou que não tivesse ouvido direito.

— Um trem?

Naomi subitamente agarrou as mãos dela.

— Um trem, Ester, para fora daqui. Ainda não até Salonica, mas até Budapeste. Os húngaros estão empenhados em levar seu povo de volta para casa, e há um lugar para mim e Isaac também. De lá, podemos seguir ao sul para a Grécia, para... para casa.

— Isso é maravilhoso, Naomi – conseguiu dizer Ester, mas as palavras travaram em sua garganta. Olhou para Isaac de novo, ainda mordiscando os cadarços da mãe, e lágrimas brotaram em seus olhos. Naomi estava indo embora e levando Isaac consigo. Desde que o menino nascera, Ester dedicara todas as forças para garantir sua segurança. E havia conseguido. Isaac estava indo para casa. Então, por que se sentia tão vazia?

— Não quero deixar você, Ester – Naomi disse baixinho.

Ester olhou-a através das lágrimas e percebeu que a garota também chorava.

— Não seja boba, Naomi. Você precisa agarrar essa chance. Você precisa voltar para casa.

— Estou com medo.

— Todos estamos. Durante muito tempo fomos mantidos longe de tudo o que é essencial e real; não é de admirar que isso nos assuste, mas não podemos deixar que façam isso conosco. Lembra-se de como costumávamos dizer que nossa única arma era permanecermos vivas? – Naomi assentiu. – Agora é mais do que isso; agora é encontrarmos nossa vida, nossa verdadeira vida.

Naomi avançou e abraçou-a com força, esquecendo-se de Isaac, que tombou de lado. A expressão de surpresa no rosto dele enquanto rolava de lado fez com que ambas rissem e logo em seguida chorassem novamente. Ester abaixou-se, ergueu o menino nos braços, abraçando-o tão forte que a pele macia do bebê pressionou seu rosto castigado pelo campo.

— Ele vai sentir saudades suas – disse Naomi, envolvendo os dois num abraço.

– E eu dele. Ana também, tenho certeza. Mas poderemos trocar cartas, Naomi. Nós podemos – nós devemos – nos manter em contato, e quando encontrarmos nossas famílias, quando eu encontrar...

As palavras engasgaram, misturadas demais para sair, e Naomi cobriu-lhe o rosto de beijos.

– Quando você encontrar Pippa – disse Naomi com firmeza –, vamos nos reencontrar.

– Ah, Naomi – disse Ester, apertando-a contra si –, de onde você tira tanto otimismo?

A jovem grega deu de ombros, e Ester absorveu aquele gesto tão familiar, tentando gravar Naomi na memória antes que ela partisse. Birkenau havia sido um lugar terrível, mas trouxera a ela amigas maravilhosas, e Ester já sentia um vazio no estômago com a iminente partida.

– É bem simples – Naomi disse com tranquilidade. – Lido com isso porque, caso contrário, eu desmoronaria. O mundo é um lugar aterrorizante. Passou a ser assim no momento em que os nazistas começaram a pisar em todos nós, e mesmo agora, quando estamos pisando de volta neles, continua tão aterrorizante quanto antes. Eles levaram nosso passado, ainda dominam nosso presente e sabe-se lá de que maneira obscura arruinaram nosso futuro. É extremamente, extremamente injusto, e se me permito pensar demais sobre isso, vou me enfurecer e gritar, me atirar ao chão como um bebê. Mas para que serve isso? Temos apenas uma vida, e os nazistas já a estragaram o suficiente.

Ester enxugou suas lágrimas.

– Você tem toda razão, Naomi. E tanta força. Sei que você e Isaac vão ficar bem. Quando vocês partem?

Naomi remexeu os pés novamente, e o coração de Ester afundou.

– Hoje à noite.

– Hoje à noite?!

– Sinto muito. Conseguiram um vagão extra no trem, e apareceram lugares livres. Perguntaram se eu queria ir, e achei que precisava dizer sim.

Ester lutou contra o turbilhão de emoções dentro de si.

– Você fez o certo. Claro que fez. Claro que deve ir. Ah, mas...

Recuou e olharam-se longamente. Ester absorveu a imagem da jovem, sua amiga e irmã ao longo daquele pesadelo, mal acreditando que, amanhã, Naomi já não estaria mais ali. De alguma forma, custasse o que custasse, precisava levar a si e a Ana de volta para Łódź.

*

Foi dois dias depois que o homem apareceu no campo. Vinha com três grandes carroças puxadas por cavalos fortes, e caminhava pelas ruas do campo médico gritando uma única palavra: "Łódź". Ester ouviu através da janela do hospital e correu para encontrá-lo.

– Estou indo para Łódź – ele disse. – Percorri as aldeias próximas, tenho esses homens e essas carroças, e ficarei feliz em levar quem quiser ir.

– Por que preço?

O homem pareceu ofendido.

– Preço nenhum. Quero ajudar as pessoas a sair deste inferno, e quero companhia na estrada, é só isso. Me chamo Frank.

Ele estendeu a mão, e Ester apertou-a, refletindo que era a primeira vez que tocava um homem em dois anos inteiros.

– Muito prazer, Frank. É muita gentileza sua.

Ele fez uma careta e sorriu rapidamente.

– Não sei se é gentileza. Será uma viagem difícil. Łódź fica a duzentos e cinquenta quilômetros daqui, não iremos rápido, então levaremos semanas. Mas cansei de esperar por trens e acredito que o povo polonês nos ajudará ao longo do caminho, então... vale o risco. – Ele olhou para ela. – Você é de Łódź?

– Sim.

– E quer voltar para casa?

– Sim! Demais.

Ele deu de ombros e abriu outro sorriso repentino.

– Então, o que você está esperando?

Era uma boa pergunta. Ester imaginou sua cidade natal e, pela primeira vez, sentiu que estava ao alcance das mãos. Olhando rapidamente para o hospital, pensou em Ana. A parteira vinha trabalhando duro enquanto mais mulheres davam à luz a bebês que haviam escapado de Birkenau por um triz, mas Ester sabia que pensamentos sobre casa e família atormentavam Ana tanto quanto a ela própria.

– Posso levar uma amiga comigo?

– Claro. – Frank sorriu novamente. – Parto amanhã cedo, bem cedinho mesmo. Com a graça de Deus, estaremos em Łódź a tempo de ver as árvores florescendo novamente.

Ester fechou os olhos e imaginou a cerejeira junto aos degraus da catedral de Santo Estanislau. Aquela mesma árvore havia derramado suas pétalas sobre ela e Filip nos primeiros dias de namoro, e se aquele homem gentil estivesse certo, logo estaria novamente ali, embaixo da árvore, reencontrando-o. Filip estava vivo, tinha certeza disso. O caminho à frente seria frio e difícil, mas estava enfim pavimentado pela esperança. Ester escaparia dali, voltaria para Łódź, encontraria Filip e, de alguma forma, juntos encontrariam a filha perdida, tornando-se novamente completos.

– Então – perguntou Frank –, você vem?

– Estou dentro – respondeu Ester decididamente, e correu para encontrar Ana.

*

Na manhã seguinte, aos primeiros raios do sol, ambas estavam ali, agasalhadas com roupas quentes, botas novas nos pés e sacos cheios de alimentos enviados pela Cruz Vermelha nas costas. Havia cerca de trinta pessoas naquele grupo corajoso, e elas se alinharam juntas, assumindo por instinto filas disciplinadas como prisioneiros – até que, com risadas constrangidas, libertaram-se delas enquanto Frank os conduzia para longe de Auschwitz e pela estrada adiante.

Alguns minutos depois, num consentimento mútuo e silencioso, pararam e olharam para trás. Ester suspirou. O desolado Birkenau, onde ela e Ana tinham passado os últimos dois anos terríveis, já estava fora da vista, mas os traços austeros do campo principal eram igualmente ameaçadores. Sabia que partes de si haviam sido irremediavelmente danificadas pelos horrores que testemunhara naquela construção nazista inimaginavelmente cruel. Disseram-lhe que tivera sorte de sobreviver, e é claro que tivera; mas não parecia sorte. Não se sentia verdadeiramente viva; sentia-se mais como uma casca vazia do que fora a vida algum dia.

– Maldito seja! – gritou Frank, encarando os edifícios sombrios e baixos. O grupo soltou um fraco grito de aprovação e virou as costas, cansados, para o inferno. Havia uma longa e difícil escalada pela frente.

PARTE TRÊS
ŁÓDŹ

TRINTA E TRÊS

MARÇO DE 1945

ANA

– Łódź!

Ana ouviu o grito que partia das pessoas à frente da caravana e levantou a cabeça do carroção em que Ester finalmente a convencera a subir alguns dias antes. Ela conseguira andar boa parte dos últimos dezesseis dias, mas os ossos já não aguentavam mais, e Ester bateu o pé e convenceu o gentil Frank a deixá-la viajar no carroção de bagagem, junto com os escassos pertences dos viajantes e as provisões da Cruz Vermelha. Embora tivesse sentido vergonha de ceder, fora maravilhoso. Passara boa parte do tempo dormindo, aconchegada em mantas e embalada pelo ritmo cadenciado dos cavalos, admitindo para si mesma que toda aquela experiência tinha um quê estranhamente infantil. Quase não queria chegar, com medo do que pudesse encontrar, mas quando finalmente emergiu ao ar livre, encontrou Ester olhando-a com olhos brilhantes.

– Chegamos, Ana. Estamos em casa.

Ana sentou-se e observou ao redor, atônita. Esquecera-se do tamanho de Łódź – e do quanto era bela. Nunca a considerara particularmente bonita, especialmente em comparação com Varsóvia, mas após dois anos vendo somente barracões idênticos e cercas de arame farpado, sentia-se subitamente mergulhada em riquezas. Ao virarem na parte inferior da rua Piotrkowska, ergueu os olhos para contemplar os belíssimos palácios dos antigos industriais do século passado, altivos de ambos os lados da rua com seus elegantes pórticos e janelas alongadas. Era um dia quente, e muitas janelas estavam abertas. Ana conseguia ver as pessoas lá dentro – aqui, uma empregada limpando pó; ali, um homem sentado à escrivaninha;

mais adiante, uma jovem lendo atentamente um livro – atividades que lhe pareciam tontamente exóticas.

– É tão... tão...

– Normal – completou Ester por ela. – Maravilhosa e surpreendentemente normal.

Estendeu-lhe a mão e Ana a apertou enquanto Ester caminhava ao seu lado. Sua caravana exausta avançava ainda mais lentamente agora do que na longa e penosa jornada pelo interior da Polônia. Em dado momento, parecera que nunca chegariam, mas ali estavam e, de repente, era quase como se jamais tivessem partido. A cidade parecia ter sido poupada de bombardeios, estava perfeitamente intacta e, na verdade, até melhorada. Claramente, os nazistas haviam demonstrado talento para construir estruturas impressionantes quando isso lhes convinha, pois havia vários edifícios novos deslumbrantes.

Um lampejo de raiva atravessou Ana, e sentiu vontade de saltar da carroça e cobrir aquelas paredes arrogantes com tinta vermelha como sangue; então lembrou-se de que, agora, elas pertenciam aos poloneses novamente. A pobre Polônia fora abatida, mas nunca derrotada. Tinham ouvido tantas histórias pelo caminho. Donas de casa bondosas lhes trouxeram pão, sopa e até – inacreditável deleite na língua – bolos e doces. Sentaram-se com eles enquanto comiam, perguntando-lhes sobre o campo e contando histórias de seus homens que haviam partido para lutar nos regimentos poloneses sob comando britânico ou soviético. Todos ainda estavam lutando, avançando sobre Berlim, onde Hitler, por algum milagre perverso, seguia liderando suas forças enquanto recuavam cada vez mais diante do avanço dos exércitos do resto do mundo.

– Nós vamos pegá-los – todos diziam, quando chegava a hora de os viajantes se levantarem da grama da primavera e seguirem em frente. – Vamos pegá-los por vocês.

Elas haviam agradecido, tentado sorrir, mas ficara cada vez mais evidente, a cada família bondosa com quem conversavam, que sua própria experiência da guerra era algo que jamais poderia ser plenamente transmitido. Haviam contado às pessoas sobre dormir em tábuas de madeira, quinze pessoas por cama. Tinham descrito a fome, o frio que penetrava até os ossos, a humilhação das intermináveis contagens, a brutalidade dos guardas e, claro, o horror das enormes câmaras de gás, cuspindo fumaça humana dia e noite sobre eles como uma maldição sem fim. As pessoas escutavam, ofegavam e diziam "que horror!" com sinceridade, mas ainda assim não eram capazes de compreender plenamente. E talvez isso fosse bom.

Mas mesmo assim doía.

– Você nem é judia – as pessoas diziam a Ana, como se isso fizesse diferença, como se o povo judeu estivesse de alguma forma acostumado ao sofrimento. Mas ninguém jamais se acostumaria aos horrores sofridos nos campos e, enquanto Ana olhava a movimentada Łódź, cheia de pessoas que consideravam vinte minutos esperando um bonde na neve um sofrimento, ela temia nunca mais conseguir se encaixar em uma vida normal novamente. Se é que ainda haveria uma vida normal ali para ela.

Alguns dias atrás, haviam encontrado um casal que escapara de Varsóvia. Ana agarrara-se a eles, desesperada por informações, mas os dois haviam fechado suas expressões e dito que não conseguiam sequer falar sobre aquilo. Do pouco que haviam revelado, Ana entendera que os bravos moradores da cidade tinham sido enganados pelos russos, que os encorajaram a se rebelarem e prometeram enviar tropas que nunca chegaram. O ataque inicial havia sido gloriosamente bem-sucedido, recuperando boa parte da cidade para os poloneses e destruindo os muros do gueto, mas o cerco, que deveria ter durado apenas alguns dias, prolongara-se semana após semana de miséria, até que, famintos e doentes, foram forçados a se render novamente aos alemães.

O golpe havia sido duplamente amargo, e o inimigo agira com sua crueldade costumeira, despachando toda a população local, judeus e não judeus, para os campos. A família que Ana encontrara escapara com um pequeno grupo quando o trem ficara preso num desvio coberto por folhas, permitindo que eles arrombassem o vagão. Eles não sabiam nada sobre Bartek ou Bronisław, e admitiam que as baixas haviam sido enormes, mas o simples fato daquela fuga havia dado a Ana um fiozinho de esperança ao qual precisava se agarrar.

– Como é que vamos encontrar nossas famílias? – perguntou ela a Ester, sentando-se e observando as ruas movimentadas com desespero.

– Nós ajudaremos.

Ana deu um salto e virou-se, enquanto um pequeno grupo de homens se aproximava. Estavam vestidos com as roupas escuras típicas dos judeus hassídicos e, com seus chapéus de aba larga elegantemente ajustados sobre a cabeça e os cachos de cada lado de seus rostos barbudos, pareciam uma visão do passado.

– Como? – perguntou Ana cautelosamente.

— De várias formas — respondeu o líder do grupo. — Estamos trabalhando bastante desde a libertação. O Comitê Central dos Judeus Poloneses está em Łódź, ajudando as pessoas que retornam para casa. Vocês estiveram nos campos?

— Auschwitz — disse Ester, e eles fizeram uma careta.

— Vocês são, portanto, milagres vivos — disse o homem, fazendo uma reverência.

Ana percebeu o desconforto no rosto da amiga.

— Vocês também? — perguntou Ester.

Eles balançaram a cabeça.

— Nós nos escondemos. Nas colinas. Foi uma vida muito difícil.

— Foi mesmo? — Ester perguntou sem interesse.

Ana apertou a mão dela.

— Como vocês podem nos ajudar? — perguntou Ana gentilmente.

Os homens olharam para Ana de cima a baixo.

— A senhora é judia?

— Não.

— Mas esteve conosco durante todo o nosso tempo no campo — interveio Ester rapidamente. — Ela nos ajudou, cuidou de nós e foi uma verdadeira amiga para nós.

— Pelo que agradecemos — disse o homem, com outra pequena reverência. — Mas não podemos ajudar nesse caso. Simplesmente não temos contatos para tanto. Você, entretanto — ele olhou para Ester — você é judia?

— Sou.

— Então deve ir até a rua Śródmiejska. O comitê judaico de assistência está distribuindo apartamentos para judeus que retornam, e há muitos locais onde deixar recados para sua família e obter informações.

Ana viu os olhos de Ester se iluminarem, mas logo ela a olhou e hesitou.

— E minha amiga? O que ela pode fazer?

O homem deu de ombros.

— Como podemos saber? — ele respondeu rispidamente, mas logo se controlou e acrescentou: — Talvez a sua igreja?

Ele apontou para o outro lado da rua, e Ana virou-se para ver que estavam passando em frente à catedral de Santo Estanislau. Imediatamente ela se viu inundada por imagens do seu rico interior, e algo dentro dela se expandiu em resposta. Ela quase podia sentir o aroma do incenso, ouvir os suaves cânticos dos padres, ver o bendito Cristo na cruz, chamando-a de volta para casa. Quase podia ver também os jovens na Capela de Nossa Senhora, naquela vez em 1941 em que havia entrado ali, procurando alívio para sua raiva contra os nazistas, e encontrara o grupo da Resistência que a ajudara a combatê-los – e que a levara até Birkenau.

Ana estremeceu. Não se arrependia nem por um segundo de seu chamado, mas Deus sabia o quão difícil havia sido – e o quanto ainda poderia ser. Buscou Ester com o olhar em busca de segurança, mas a garota permanecia imóvel, fixada nos degraus da catedral, e Ana lembrou que aquele lugar tinha lembranças dolorosamente importantes para Ester também. Suas religiões, assim como seus destinos, tinham se tornado estranhamente entrelaçados, e Ana voltou-se novamente para a catedral, rezando, como sabia que Ester também estava fazendo, para que Filip estivesse ali, esperando sua esposa. Mas os degraus estavam vazios.

Ana afastou as cobertas de suas pernas e segurou a lateral da carroça.

– Preciso descer. Obrigada, Frank – chamou ela, mas Frank estava reunido com os anciãos judeus e o restante do grupo, perguntando por amigos e buscando indicações para o centro de repatriação. Ana admirava a comunidade judaica por sua energia. E a invejava. Como encontraria seu próprio lar?

– Deixe-me ajudar, Ana.

Ester despertou subitamente dos seus devaneios e correu para ajudar a amiga a descer da carroça.

– Obrigada, querida. – Ana apoiou as mãos nos ombros da jovem para se equilibrar e então percebeu que estava relutante em soltá-la. – Vou sentir tanto a sua falta...

– Não vou a lugar algum – disse Ester rapidamente.

– Eu sei. Łódź é a casa de nós duas e espero que continue assim, que nos vejamos com frequência, mas será diferente agora. Será...

– Quero dizer que não vou a lugar algum agora, além de talvez entrar na catedral com você.

– Não! Você precisa ir ao centro judaico. Precisa encontrar sua família.

– E irei. Há tempo para isso. Estive na estrada para casa por tanto tempo que um dia a mais não fará diferença. Eu vou com você.

Ana sentiu as lágrimas arderem nos olhos e aproximou-se de Ester, que a envolveu num abraço.

– Eu não teria conseguido sem você, Ana – continuou Ester, suavemente. – Você não é judia, essa não era a sua luta, mas mesmo assim você a tornou sua. Você nos ajudou no gueto e nos deu esperança no campo. Nunca esquecerei isso, e agora quero vê-la segura novamente com sua família.

— Ah, Ester...

Qualquer outra coisa que Ana pudesse ter desejado dizer perdeu-se em meio à emoção, e ela só conseguiu se agarrar à amiga — sua filha — e tentar não chorar alto demais. Ouviu Ester soltar um riso suave, cujo som se espalhou ao redor delas, mais alto até mesmo que o repicar repentino dos sinos da catedral ali perto.

— Venha, Ana — disse Ester, sorrindo. — Vamos encontrar seus garotos.

*

Várias horas depois, aproximavam-se com cautela da rua Zgierska. Primeiro tinham ido até o apartamento na rua Bednarska, o lugar para onde os nazistas haviam deslocado os Kaminski, mas agora o encontraram ocupado por outra pessoa. Assim, voltaram à antiga casa, o lar original da família de Ana. As cercas do gueto haviam sido removidas, deixando uma cicatriz feia no chão, e elas as cruzaram com um cuidado exagerado. Ambas haviam se acostumado demais aos limites impostos durante os anos de guerra, e ultrapassá-los agora parecia uma ousadia vertiginosa. Pararam do outro lado por um instante, mas, ao perceber que nada acontecia, seguiram em frente.

A área estava danificada, mas vibrava com vida. Pessoas por toda parte limpavam casas, reparavam ruas, carregavam tinta, móveis e tapetes numa movimentação intensa de reconstrução. Passaram por um grupo de jovens que pintava o exterior de uma fileira de casas, cantando com entusiasmo uma tradicional canção folclórica polonesa.

— Boa tarde, senhoras! — saudaram alegremente de cima das escadas, tirando os chapéus e quase sem interromper o ritmo da música.

Ana sentiu o coração se alegrar e também fez um cumprimento imaginário em resposta. A rua seguinte, contudo, era a sua própria rua, e os joelhos lhe fraquejaram com uma ansiedade nervosa. Ester apertou seu braço com força, reconfortante ao seu lado, e juntas avançaram. Cada casa era familiar para Ana. Atrás daquelas portas ela havia ajudado muitos bebês a nascerem em tempos mais felizes; em tantas delas tinha compartilhado refeições com amigos, ou levado Bronisław, Zander e Jakub para brincar. Logo na próxima esquina ficava a escola onde os meninos haviam estudado por tantos anos, e um pouco adiante, a igreja que frequentavam todo domingo. Tinha sido fechada junto com o gueto, entre os pobres judeus, e ela ouvira dizer que fora transformada em uma fábrica de colchões.

— Ave Maria, mãe de Deus.

Seus dedos tocaram a cintura e encontraram o rosário que Georg havia achado para ela entre os escombros fumegantes de Kanada. Ana havia ficado tão comovida quando ele o entregara, dizendo meio sem jeito: "Ester disse que você gostaria desse colar, senhora". Onde estaria ele agora? As crianças haviam sido retiradas de Birkenau quase imediatamente. Uma das enfermeiras dissera que estavam criando orfanatos por toda a Polônia e que uma "operação de resgate" tinha sido iniciada para tentar reuni-las com suas famílias. A Cruz Vermelha Polonesa estava ajudando, assim como o Departamento de Educação do Comitê Central dos Judeus da Polônia. Além disso, uma nova organização norte-americana chamada Administração das Nações Unidas para Ajuda e Reabilitação estava formando uma "equipe de busca de crianças", o que parecia um pouco intimidante, mas promissor.

Ana olhou para Ester. Guardava consigo a esperança silenciosa de que essa operação de resgate pudesse ajudá-las a encontrar Pippa, mas não mencionara nada ainda para não alimentar falsas expectativas na frágil amiga antes de obter mais informações. De uma coisa tinha certeza: faria tudo ao seu alcance para encontrar aquela garotinha. Primeiro, no entanto, precisava considerar seus próprios filhos.

Tinham parado em frente à antiga casa dela, e Ana sentiu uma nova onda de lembranças, tão fortes que seus sentidos foram inundados pelos sons e cheiros de trinta anos de vida familiar. A casa ainda estava lá, os mesmos dois degraus levando à mesma porta verde-escura. Os degraus estavam lascados e a tinta descascando, mas tudo o que importava era quem poderia estar lá dentro. Ester guiou-a até a porta, mas Ana sentiu que começava a tremer e recuou. Deste lado da porta ainda havia esperança; do outro, poderia encontrar apenas dor.

— Não consigo — murmurou.

— Então deixa que eu bato.

— Não, eu...

Mas Ester já batia com o velho batente de latão que Bartek instalara com tanto carinho quando se mudaram para ali, recém-casados, vinte e nove anos atrás. Ana ouviu o som ecoar do outro lado da porta e, em sua mente, viu o corredor, os casacos pendurados logo na entrada, sua maleta de parteira embaixo, sempre pronta para um chamado. Nada aconteceu. Talvez eles não estivessem em casa, pensou. Ou talvez morassem ali, mas estivessem fora. Talvez morassem em outro lugar. Talvez... talvez nem estivessem mais vivos. Talvez aquele toque não trouxesse resposta alguma, e então, para onde iria? E se...

Ana paralisou. Passos. Ela conseguia ouvir passos vindo pelo corredor de azulejos – um pouco lentos, talvez, um tanto incertos – mas passos. Ester voltou depressa para o lado dela, segurando seu braço de novo, e quando Ana a olhou, as palavras de Ruth pareceram ecoar pelos trilhos: *Ela agora é sua filha.* Ao menos isso ela tinha. Fosse o que fosse que tivesse acontecido com seus meninos, ela tinha Ester. Mas, ah, como o coração doía por...

– Mamãe?

O mundo parou. Havia um homem na porta. Um homem magro, de cabelos ralos e desalinhados, certamente já de meia-idade – mas o doce som daquela palavra, saindo de sua boca, fez com que Ana olhasse de novo. E ali, na doçura dos olhos azuis, ela o viu.

– Bron!

Então ele correu até ela, e Ester deu um passo para trás para que ele pudesse envolvê-la nos braços. Ana sentiu quando ele a levantou como se ela fosse uma criança, girando-a no ar, e dizia aquilo sem parar:

– Mamãe, mamãe, mamãe!

Quando enfim a pôs de volta no chão, ela ergueu a mão e tocou aquele rosto tão querido – mas, naquele instante, dois homens saíam aos tropeços da casa, se amontoando ao redor dela, e, ao encarar os olhos deles – cheios de alegria e amor – ela se sentiu de novo uma jovem mãe, rodeada por crianças agarradas às suas saias.

– Zander, Jakub! Vocês estão aqui! Vocês estão vivos!

A alegria corria por seu corpo exausto num ímpeto tão intenso que ela achou que as veias fossem estourar. Abraçou cada um deles, um por um.

– O que aconteceu com vocês? Onde estiveram?

– Jakub e eu fomos mandados para um campo de trabalho, em Mauthausen-Gusen – contou Zander. – Passamos os últimos dois anos carregando pedras, olha como estamos fortes.

Ele flexionou o braço, e Ana viu os tendões saltarem por baixo da pele fina como papel. Soube que ele não estava contando tudo, mas entendeu. Haveria tempo. De repente, havia tanto tempo.

– Bron?

– Eu estava em Varsóvia, com... com...

As palavras esvaíram-se, e ele baixou o olhar. Naquele momento, Ana soube. Olhou para os olhos do filho mais velho – tão parecidos com os de Bartek – e neles só viu tristeza. A alegria se transformou numa dor escura, nauseante, e ela agarrou as mãos dele.

— O papai não conseguiu?

— Sinto muito, mamãe. Eu tentei protegê-lo. Juro que tentei. Mas ele foi tão corajoso, tão destemido. Era um líder, mamãe. Estava em todas as reuniões, no centro de todos os planos para a rebelião. Liderou uma das primeiras investidas e fez parte do grupo que tomou o edifício dos correios como base. Ele estava radiante, todos nós estávamos. Achamos que tínhamos conseguido, mamãe. Achamos que havíamos libertado Varsóvia. Só precisávamos esperar o Exército Vermelho chegar para nos apoiar e então teríamos conseguido a liberdade. Você precisava vê-lo, mamãe. Ele dançou sobre as mesas naquela noite, como fazia no Ano-Novo, quando você ralhava com ele e ele apenas ria e puxava você para dançar nos braços dele.

As lágrimas escorriam pelo rosto de Bronisław, e seus irmãos se aproximaram dele, envolvendo os ombros do irmão num abraço apertado.

— Não foi sua culpa, Bron. Você não poderia ter feito nada.

Jakub se virou para Ana.

— Os soviéticos nunca entraram. Ficaram acampados nos arredores e deixaram os rebeldes enfrentarem o exército alemão sozinhos, não foi, Bron?

Bronisław assentiu, sombrio.

— Papai ficou lá até quase o fim. Recusou-se a deixar os nazistas tomarem a Avenida Jerusalém, disse que preferia morrer a se render novamente. Mas então os alemães começaram a ir de casa em casa, arrancando civis e executando-os, homens, mulheres, crianças. Não importava. Mataram milhares. Nosso exército amador teve que fazer alguma coisa. Precisou atacar.

— Como ele morreu? — Ana conseguiu perguntar.

— Atiraram nele na primeira investida. Foi fácil. Ele estava bem na frente, e eles tinham metralhadoras. Morreram muitos naquele dia. Eu deveria ter morrido, eu...

— Não, Bron! Não diga isso. Nada teria deixado seu pai mais feliz do que saber que você sobreviveu.

— Eu cheguei até ele, mamãe. Fingi que estava morto, e quando os alemães seguiram para o próximo alvo, rastejei por entre os corpos e consegui alcançá-lo. Ele... ele morreu nos meus braços.

— Ah, Bron...

Ela estendeu os braços e ele se aninhou neles, apertando-se contra o corpo dela, que sentiu o filho tremer de dor.

— Ele estava calmo, mamãe. Disse que Deus o chamava e que ele precisava ir. Disse que me amava e que amava os outros também.

Ele lançou um olhar aos irmãos, que sorriram para ele.

— E então me disse que, por mais que nos amasse, amava você acima de tudo neste mundo. Disse que você era a mulher mais bondosa, corajosa e bela que ele já conhecera, e que ter sido seu marido completara sua vida. Que um único dia com você teria sido suficiente, e ele teve muitos anos maravilhosos. Suplicou que eu a encontrasse e cuidasse de você. E eu não fazia ideia de como faria isso e, mesmo assim... aqui está você.

Ele engoliu em seco.

— Me desculpe por não ser ele, mamãe. Me perdoe por não ser ele. Mas eu vou cuidar de você. Todos nós vamos.

Ele a abraçou de novo, e ela se entregou ao abraço. Bartek, seu querido Bartek, tinha partido. Estava com Deus, em paz. Mas, de algum modo, seus filhos estavam ali. A dor se misturava à alegria em seu sangue, e ela já não sabia qual das duas dominava, mas ela estava ali. Estava livre. E devia essa liberdade — ainda que em parte — ao marido corajoso e aos seus companheiros. E agora ela precisava viver uma vida que honrasse aquele sacrifício.

— Entra, mamãe — dizia Jakub, puxando-a pela mão até a porta.

Ela começou a segui-lo, mas, ao chegar nos degraus, lembrou-se.

— Ester.

A jovem estava parada mais atrás, sorrindo, embora Ana visse as lágrimas que riscavam seu rosto — e temeu que nenhuma alegria, dali em diante, viesse sem alguma dor.

— Entre, Ester.

Estendeu-lhe a mão. A jovem a olhou, sem entender.

— Por favor — insistiu Ana. — Entre e fique conosco até encontrar sua família.

— Ah, não, eu...

Ela recuava, mas Ana não podia permitir aquilo. Ester lhe dissera que fora ela quem a mantivera de pé no campo, mas Ana sabia que Ester também a sustentara. E não ia abandoná-la agora. Soltou-se dos filhos e foi até a jovem, tomando suas mãos e puxando-a para dentro da casa.

— Você me ajudou, Ester, e agora sou eu quem vai ajudar você. Meninos — disse, conduzindo Ester à frente —, conheçam sua nova irmã, Ester Pasternak, a mulher que me trouxe de volta até vocês.

Ester ainda hesitou, mas os filhos de Ana, sem a menor pausa, estenderam os braços e disseram:

— Seja bem-vinda.

TRINTA E QUATRO

ABRIL DE 1945

ESTER

Ester virou a esquina da rua Śródmiejska e começou a caminhar lentamente ao lado da longa fila de pessoas que aguardavam para se registrar no comitê judaico de assistência. Observava cada rosto, como fazia todos os dias havia duas semanas, rezando para reconhecer alguém. Havia poucos homens ou mulheres mais velhos, e ela já nutria pouca esperança de ver novamente seu pai ou seu sogro. Mas parava diante de cada homem alto, o coração travando no peito a cada vez, no caso de ser Filip. Até agora, só decepções, mas ela continuava a procurar.

Jovens loiras também atraíam seu olhar. No dia seguinte ao retorno de Ester, Ana enviara Jakub ao interior para encontrar sua prima Krystyna, com quem Leah estivera escondida. Mas tanto Krystyna quanto Leah haviam desaparecido. A casa estava fechada. Os SS deviam ter chegado antes e ou as fuzilaram ali mesmo, ou as levaram presas. Pelo que Ester sabia, a irmã poderia ter sido levada para Auschwitz e marchado pela rampa da morte a poucos metros dela, sem que jamais soubesse.

Ou então poderia ter escapado.

Começava a cair a ficha para Ester de que talvez passasse o resto da vida sem saber o que acontecera com aqueles que amava, e isso, talvez, fosse o pior de tudo. Por isso, todos os dias ela vinha até ali, examinava a fila, esperava no pátio junto de tantos outros, tentando encontrar ligações na multidão. Era afortunada. Ana insistira para que ela morasse com a família, então não precisara buscar um quarto. Mas ainda assim, sentia-se sem raízes.

A primavera havia explodido sobre Łódź, e, como Frank prometera, eles chegaram a tempo das flores. O pátio aberto das repartições do comitê de assistência era banhado de sol todas as manhãs, mas isso pouco iluminava a vida dos que estavam ali, desesperados para reencontrar os seus. Ester geralmente precisava abrir caminho até o longo corredor que levava ao departamento de repatriação, cujas paredes estavam forradas de quadros de cortiça cheios de bilhetes pregados nos mais variados pedaços de papel:

Procura-se Moishe Lieberman – sua esposa Rachael e seu filho Ishmael estão bem e com muita saudade de você. Encontre-nos na rua Szklana, número 18.

Meu querido Abel. Rezo para que você leia isto e venha me encontrar na Przelotna, número 21. Com amor eterno, Ruthie.

Procurado: meu tão saudoso marido. Me desculpe por termos discutido na noite anterior à chegada dos alemães, meu doce Caleb Cohen. Pensei em você todos os dias desde então. Estou hospedada no Grand Hotel e mal posso esperar para abraçá-lo novamente.

De vez em quando, um bilhete era arrancado da parede com um grito de alegria, e todos ao redor se viravam, tomados de ciúme. Mas a grande maioria das mensagens de esperança já começava a enrolar nas bordas, ignoradas, sem resposta. Ester havia pregado o seu ali também, escrito num pedaço de papel cor-de-rosa que Jakub encontrara na antiga gráfica:

Busco desesperadamente meu amado marido Filip Pasternak e minha preciosa irmã Leah Abrams. Encontrem-me na casa de Ana Kaminski, rua Zgierska, 99. Amo vocês. Ester.

Mesmo do fim do corredor, ela conseguia ver que o bilhete ainda estava ali, enrolando como os demais. Nenhuma mão ansiosa o arrancara da parede, um marido querido ou uma irmã amada não se agarrara àquele endereço. O bilhete permanecia ali, tão desesperado quanto ela. Ainda assim, Ester caminhou até ele, e foi quando notou o homem se aproximando e estendendo a mão para tocar um canto do papel. Seu coração falhou uma batida, e ela se esgueirou pela multidão para alcançá-lo.

Havia corpos demais no corredor estreito. Ela não ia conseguir. Ele iria embora. Já podia ver que não era Filip – era bem mais baixo e mais robusto que seu marido – mas aquele interesse, aquele gesto, devia significar alguma coisa.

— Por favor — deixem-me passar!

Uma senhora gentil à sua frente abriu caminho, e ela se espremeu por entre os outros até conseguir estender a mão e tocar o braço do homem.

— Com licença? Você conhece o Filip?

O homem se virou e a encarou, e ela ofegou. Estava tão magro que era quase irreconhecível, mas aquele emaranhado de cachos escuros era inconfundível.

— Noah? Noah Broder?

Ele agarrou as mãos dela, e ela sentiu os calos do trabalho árduo sob seus dedos.

— Sra. Pasternak! Você sobreviveu! É um milagre!

Ela teve que sorrir diante daquilo.

— Ester, por favor. E talvez não um milagre... mas com certeza uma das sortudas.

Ele virou as mãos dela várias vezes entre as suas, como se tivesse dificuldade em acreditar que eram reais.

— Minha Martha não conseguiu. Nem meus filhos. Alguém da Resistência conseguiu um maço de registros de Chełmno e os nomes deles estavam na lista de mortos, rabiscados com descuido.

A voz grave falhou, e ele largou as mãos de Ester para passar uma mão pelo rosto, limpando os olhos.

— Sinto muito, Noah.

Ele se recompôs.

— Obrigado. Já desejei ter ido com eles, ter morrido junto. Mas agora, não. Agora quero viver. Quero fazer algo bom neste mundo, para mostrar àqueles malditos nazistas que não conseguiram destruir todos nós, por mais que tenham tentado.

— Isso é bom, Noah. Você será sempre bem-vindo em nossa...

Ela tropeçou na palavra *casa*. Não havia "nossa casa", não enquanto seu marido não voltasse. Engoliu o nó súbito na garganta e se obrigou a perguntar:

— Você sabe o que aconteceu com Filip?

— Eu estava com ele — disse ele, e ela quase desmaiou com o tempo verbal que usara. Percebendo, ele a segurou pelo cotovelo e a guiou até o pátio. — Eu estava com ele, Ester, em Chełmno. Escapei com ele.

— Escapou?!

O sol estourava, brilhante como fogo sobre o pátio, mas ele ergueu uma mão em sinal de alerta.

— Deixe-me ser preciso: eu escapei ao mesmo tempo que ele. Sinto muito, não sei onde ele está agora.

Foi uma decepção amarga, mas a palavra *escapou* ainda dançava em sua cabeça, e ela se sentou com entusiasmo ao lado de Noah, implorando que lhe contasse tudo o que soubesse.

— Foi em abril do ano passado, quando um grupo inteiro de nós foi arrancado das ruas do gueto. Fomos designados para um novo *Sonderkommando* e enviados a Chełmno. Meu Deus, estávamos apavorados. Achávamos que estavam nos levando direto para a morte. Consegui ouvir Filip rezando o caminho todo, e só quando me aproximei mais dele percebi o que dizia: *"Deus, abençoe Ester"*, repetia sem parar. *"Deus, abençoe Ester e a mantenha a salvo".*

Noah olhou para Ester, e um sorriso repentino se abriu em seu rosto devastado.

— E Deus a manteve. Filip vai ficar tão feliz.

— Você acha que ele está vivo? — perguntou ela, cheia de esperança.

Ele apertou a mão dela.

— Há uma chance, minha querida. Com certeza há uma chance. Não fomos levados para morrer, veja bem, mas sim para uma casa caindo aos pedaços numa vila comum. Ah, os olhares horrorizados dos moradores! Devem ter pensado que já tinham visto o fim da máquina de matar, e lá estavam os nazistas de novo, com a gente como agentes deles, obrigados a construir dois barracões enormes no meio do bosque, que sabíamos que serviriam para abrigar nossos companheiros a caminho da morte. Queríamos impedir, de verdade que queríamos, mas o que podíamos fazer? Trabalhávamos sob a mira de fuzis.

— Eu entendo — garantiu Ester. — Era assim também nos campos.

Ele a olhou com gratidão e prosseguiu com a história.

— Quando os caminhões começaram a chegar, foi terrível. Tínhamos que ficar ali parados, assistindo enquanto as pobres pessoas eram empurradas para um dos barracões para se despirem — e depois conduzidas como gado para os caminhões. Todo mundo sabia o que ia acontecer com elas. As histórias já circulavam pelo gueto naquela época, e eu juro que os gritos delas vão me assombrar até o dia da minha morte. Mas para nós ainda havia algo pior. Fomos forçados a enfiar os cadáveres nos fornos de terra e depois... quebrar com malho qualquer osso remanescente em uma grande laje de concreto. Quando vinha a noite, tínhamos que descarregar os restos no rio Ner, antes de nos ser permitido dormir.

– Sinto muito – disse Ester. – Pobre de você. Pobre Filip.

Achou que o coração fosse se partir diante da imagem do marido, tão doce, tendo que reduzir ossos a pó. Mas Noah sacudiu a cabeça.

– Filip não precisou fazer isso. Teve sorte. Os alemães tinham montado uma grande tenda em um terreiro de fazenda na aldeia, e colocaram alguns prisioneiros para inspecionar as roupas em busca de coisas de valor. No início, Filip foi designado para isso, mas, um dia, um oficial SS trouxe a esposa para ver a tenda, e ela gostou de determinado vestido. Acho que era uma peça muito elegante, mas pequena demais para ela. Ela estava lamentando as "inúteis judias magrelas" quando Filip se adiantou e disse que poderia reformá-lo.

"Ela não acreditou nele: quem reforma uma roupa para *aumentar* de tamanho? Mas o oficial arranjou uma máquina de costura para ele e ele conseguiu. Não sei como. Tentou me explicar naquela noite – algo sobre cortar outro vestido para preencher as laterais e adicionar um acabamento combinando na barra e na cintura para disfarçar – mas eu não tinha inteligência suficiente para visualizar. De todo modo, a mulher ficou encantada e, antes que percebêssemos, Filip e mais alguns alfaiates tinham sido instalados num dos lados da tenda, ajustando as melhores roupas para as famílias dos oficiais. Eles não gostavam daquilo, entenda, mas...

– Todos temos que encontrar nossos próprios meios de sobreviver.

– Exato. Seu marido era um alfaiate talentoso.

– *É* um alfaiate talentoso – corrigiu Ester, com firmeza, e Noah mordeu o lábio, assentindo.

– Me desculpe. Tenho certeza de que você está certa.

– Eu sei que estou. Eu não conseguiria enxergar as cores do mundo se Filip não estivesse mais nele. Continue, o que aconteceu depois?

– Depois... – ele estremeceu – depois veio um mês inteiro de matança. Foi horrível, Ester. Eram todos de Łódź, e a cada caminhão que parava, alguém da nossa equipe precisava reunir forças para encarar a possibilidade de ver seus próprios familiares lá dentro.

Ele cobriu os olhos com a mão, e Ester sentiu-se péssima por ter lhe pedido aquela história. Mas ele enxugou o rosto e ergueu a cabeça, determinado a prestar testemunho.

– Finalmente, por volta de meados de julho do ano passado, os caminhões sumiram. Assim, de repente. Num momento, estávamos queimando cadáveres sem fim; no outro – nada. Nada de novos caminhões. Os SS nos disseram que não servíamos mais para nada, porque os brilhantes nazistas haviam encontrado um método de extermínio mais eficiente.

– Auschwitz – disse Ester, com amargura, lembrando-se do pobre Tomaz chegando lá e morrendo diante de seus olhos.

– Ao que tudo indica, sim. Mas, na época, não sabíamos de nada. Estávamos apavorados. Pensávamos que seríamos os próximos a morrer. Mas, com os russos avançando, os alemães estavam em pânico. Queriam que as valas comuns das operações iniciais, lá em 42, fossem desenterradas e os corpos queimados. Então foi isso que fizemos. Um trabalho horrendo, mas ao menos aqueles pobres esqueletos já não tinham mais feições reconhecíveis.

– E o Filip?

– Filip e os outros alfaiates continuaram costurando. Todos nós dormíamos juntos, trancados num depósito de tijolos atrás da tenda das roupas, e os alfaiates faziam o possível para tornar nossas vidas um pouco mais suportáveis. Roubavam roupas para nós e repassavam guloseimas que as senhoras alemãs lhes davam. Filip até tentou me ensinar a costurar, para que eu pudesse ser transferido para um grupo de trabalho menos penoso. Mas eu nunca fui habilidoso com as mãos, e, à noite, estava exausto demais para aprender algo assim. Tive que continuar com os cadáveres.

"Ainda assim, eu me considerava com sorte, porque estava vivo. A gente trabalhava em dois grupos, um para cada forno, e no outono eles desmontaram o forno do outro grupo e atiraram em cada um deles, à beira da própria cova. Os alemães já estavam completamente paranoicos naquela altura, e tínhamos que queimar os corpos cada vez mais depressa – mas ainda assim eles queriam aquelas roupas, os desgraçados gananciosos Não conseguíamos separar com a rapidez necessária, então, de algum modo, Filip me arrumou um trabalho na tenda, tirando moedas e joias escondidas nas bainhas. Foi na hora certa. O segundo forno foi desmantelado nos últimos dias de 1944 e a tenda, no ano novo. Só restavam quarenta de nós, arrumando tudo aquilo, mas então, na noite de 17 de janeiro, os guardas que sobraram resolveram ir embora e não queriam nos deixar para trás."

Ester o encarou, assimilando a data. Naquele momento, ela não soubera – em Birkenau, os dias haviam se fundido uns nos outros –, mas depois descobrira que 17 de janeiro fora justamente a noite em que os alemães haviam iniciado as marchas da morte para fora do campo. Enquanto ela lutava para manter Naomi e Isaac no barracão, Filip lutava pela própria vida nas florestas de Chełmno.

— Conte — pediu a Noah, e ele esfregou a testa, como se as lembranças coçassem por dentro, antes de continuar.

— Estávamos no depósito naquela noite, e os guardas vieram esmurrar a porta, mandando que saíssemos em grupos de cinco. Bem, sabíamos exatamente o que aquilo queria dizer, e corremos para nos defender. Cerca de metade do grupo dormia no térreo, mas Filip e eu estávamos no andar de cima, graças a Deus. Eles agarraram os pobres rapazes lá embaixo e os arrastaram para fora. E os executaram. A gente ouviu — *bang, bang, bang, bang, bang.* E de novo — *bang, bang, bang, bang, bang.* Tão frio, tão eficiente.

"Sabíamos que seríamos os próximos, mas eles só podiam chegar até nós por uma escotilha, então empilhamos tudo o que conseguimos sobre ela para mantê-los fora. Mandaram o chefe da polícia local, mas conseguimos dominá-lo e tomamos a arma dele. Ester, juro por tudo, nunca estive tão apavorado na vida, nem tão eletrizado. Depois de meses de rotina que consumia a alma, era um alívio fazer algo, qualquer coisa, para enfrentá-los. Eles ficaram furiosos e começaram a atirar contra o prédio, mas ficamos longe das janelas e as paredes eram de tijolo polonês dos bons... resistiram a todos os disparos. Achei que iríamos conseguir. Achei que iam se cansar e ir embora. Mas então vieram os traçantes.

— Traçantes?

— Balas incendiárias. Passaram direto pelas janelas e atingiram a palha onde dormíamos. Pegou fogo na hora, as chamas tomaram as vigas, o assoalho, o cômodo se encheu de fumaça e ficamos presos. Dava para ouvir os putos SS gargalhando lá fora — desculpe a linguagem. Juro que pensei em me ajoelhar e morrer ali mesmo. Mas Filip não deixou. Os alemães estavam na frente, veja bem, esperando que saíssemos pela porta ou que queimássemos diante dos olhos deles, mas havia uma janela nos fundos. Era alta, mas dava para um campo e uma floresta além. Tudo o que precisávamos fazer era pular...

Ester prendeu a respiração, imaginando o depósito e torcendo pelos homens.

— E então...?

— Então nós pulamos. Filip, eu e talvez mais seis ou sete. Pulamos e corremos. Havia nevado, o que amortecia a queda, mas também dificultava a corrida e iluminava demais. As chamas dançavam sobre o branco enquanto corríamos para as árvores, mas já estávamos quase lá quando nos avistaram. Começaram a atirar e, dali em diante, foi cada um por si. Corri, desviando entre as árvores, abrindo caminho pelo mato. Fiquei todo arranhado, mas encontrei uma toca antiga de texugo. Graças aos anos de fome que os nazistas me impuseram, encaixei-me ali perfeitamente e ali fiquei. Por dois dias. Saía apenas à noite para lamber um pouco de neve, até ter certeza de que tinham ido embora. Por fim, senti-me seguro o bastante para sair, seguir pela floresta até o rio e acompanhá-lo até chegar a Grudziądz.

– E os outros?

Ele lhe deu um sorriso triste.

– Não sei. Sinto muito, Ester, mas realmente não sei. Rezo para que também tenham escapado, mas não vi nenhum deles desde então. Procuro todos os dias, lendo novos bilhetes, mas o seu é o único que encontrei. – Ele apertou as mãos dela. – Desculpe não poder contar mais, mas isto posso garantir: Filip a amava demais. Se estiver vivo e com forças, ele virá procurá-la. Precisa rezar e manter a fé.

– Obrigada, Noah. Muito obrigada. Você está morando em Łódź?

– Por enquanto, sim. Eu era ator antes da guerra, acredite se quiser, e pediram que eu integrasse um comitê para fundar um teatro judaico.

– Algo de bom no mundo? – sugeriu ela.

– Exatamente. Há tanta arte na cidade agora. Varsóvia está em ruínas, o que é uma tristeza, mas faz muita gente vir para Łódź. Temos a chance de criar algo novo a partir do pó da destruição, e fico animado por fazer parte disso. Não é o mesmo que família, mas ainda é um ato de criação, e precisamos buscar cura onde pudermos.

Ela sorriu para ele.

– Precisamos, Noah. E tenho certeza de que, com você envolvido, será maravilhoso. Mal posso esperar pela sua estreia.

– Com Filip?

– Com Filip – confirmou ela, firme, embora a dúvida voltasse a se insinuar.

Que arrogância era supor que ela pudesse saber se o marido ainda estava neste mundo, quando tantos outros cambaleavam de dor por não terem os seus? Noah fora a última pessoa a ver Filip, exceto talvez o alemão que poderia tê-lo abatido, ou as almas bondosas que poderiam tê-lo acolhido. Ela precisava manter a fé.

Depois de anotar o endereço de Noah e despedir-se dele, Ester tomou, como sempre, o caminho da catedral de Santo Estanislau. Se Filip estivesse vivo, ele apareceria ali a tempo das badaladas do meio-dia, exatamente como fazia quando eram jovens, tímidos, desperdiçando o tempo em lados opostos dos degraus.

– Ah, Filip, que saudade de você – disse ela à pedra, ao sentar-se exatamente no mesmo lugar onde sempre passava sua meia hora de intervalo do hospital. Sabia que precisava voltar a trabalhar. Havia pessoas doentes. Elas precisavam dela, e ela lhes devia cuidado. Mas ainda não. Não até encontrar Filip. Ele haveria de vir, não haveria?

Olhou para o antigo lugar dele, tentando formar sua imagem no ar primaveril, mas já se tinham passado dois anos inteiros desde que fora arrancada de Łódź e, para sua vergonha, não conseguia mais ver todos os detalhes preciosos do marido com nitidez. O brilho do amor dele, no entanto, esse permanecia forte, e era para ele que ela olhava agora, lançando cada grama de sua alma ao universo, na esperança de que isso o trouxesse de volta.

Tinha que trazer. E se ela passasse o resto da vida sentada ali, dia após dia, nas escadas vazias, esperando como uma louca por alguém que jamais viria? Ela se sacudiu. Preferia isso a correr o risco de perder a menor chance de encontrar Filip de novo – pois isso, sim, seria loucura.

– Ester? Oh, meu Deus! Ester!

Ela se levantou num salto, girando desesperadamente para ver quem a chamava.

– Filip?

A multidão na rua Piotrkowska pareceu se abrir, e alguém avançou, usando um casaco grande, um sorriso imenso e uma fita vistosa nos cabelos loiros.

– Leah!

A dor atravessou Ester por um instante, mas, em seguida, ela desceu correndo os degraus e agarrou a irmã. Não era Filip, mas ela também acreditava que Leah estivesse morta. Tê-la ali, nos braços, era uma libertação abençoada. E se uma pessoa amada sobrevivera a esse inferno, por que não outra? Apertou a irmã contra si com força.

– Fomos até a cabana da Krystyna – disse, ofegante, com o rosto encostado no peito, agora reconfortantemente cheio, de Leah. – Não havia ninguém lá. Achei que tivessem te levado. Achei que tivessem, tivessem…

– Me gaseado? De jeito nenhum. Acho que eles chegaram a ir até lá, mas já tínhamos nos mudado, e eu, bem… consegui uma nova identidade.

– Outra identidade nova? – Leah deu uma risadinha.

– Isso mesmo. É uma longa história, mas depois a gente conta. Agora o que importa é você. Tenho vindo a Łódź sempre que posso, Ester, torcendo para te encontrar aqui.

Ester franziu a testa.

– Por que não foi direto à casa da Ana?

Leah fez uma careta, daquelas tão familiares a Ester que ela quase desatou a chorar ao vê-la. Era uma mulher agora, estava claro. Mas por um instante, apenas um instante, parecia ter três anos de novo.

– A Krystyna não lembrava o endereço! Acredita? Diz que nunca vinha a Łódź porque detesta cidade grande. Eu tinha o endereço do apartamento antigo, na rua Bednarska, mas agora mora outra gente lá. Então só me restou ir ao Comitê de Assistência procurar bilhetes. E hoje...

– Hoje você viu o meu.

– Vi e copiei – respondeu Leah. – Não quis tirar o bilhete do mural, no caso de Filip...

Ela engoliu em seco.

– Você ainda não encontrou o Filip?

Ester balançou a cabeça, e a irmã mais nova a envolveu num abraço apertado.

– Não se preocupe. Ainda há muito tempo. As pessoas estão espalhadas por toda a Polônia e além. Algumas se alistaram nos exércitos, outras podem estar em hospitais, outras ainda estão escondidas ou tentando voltar. Ele vai aparecer, eu sei.

– Assim espero – concordou Ester, engolindo o nó na garganta. – Sabe de algo sobre o papai? – perguntou. – Ou sobre Benjamin?

Leah abaixou o olhar.

– Eles morreram, Ester.

Ester inclinou a cabeça, aceitando a inevitabilidade daquilo, mesmo com a dor a mordê-la por dentro. Mas as palavras seguintes de Leah fizeram com que ela erguesse o rosto num sobressalto de horror.

– Eles foram enforcados.

– Enforcados? Os dois? Por quê?

Leah enxugou uma lágrima.

– Por matarem um oficial alemão. Esperaram por ele do lado de fora do prédio no mercado de Bałuty e o atacaram com garrafas quebradas. Claro que foram contidos, mas não antes de atingirem a têmpora dele com um golpe fatal. Foram enforcados naquela mesma tarde. Um dos homens que ficou para limpar o gueto me contou que todos se reuniram para assistir, que os nomes deles foram sussurrados entre a multidão como heróis por terem ousado revidar. Disse que eles entrelaçaram as mãos e as ergueram quando as cordas apertaram – e que todos os aplaudiram rumo ao céu.

As pernas de Ester tremeram, e ela desabou nos degraus, tentando assimilar tudo aquilo.

– Mas… por quê?

Leah agachou-se ao lado dela.

– O nome do oficial era Hans Greisman.

– Hans? – Ester arregalou os olhos. – Você quer dizer…?

Leah assentiu.

– Papai não foi embarcado como gado, nem executado como um animal. Ele se foi em glória, vingando-se do homem que tentou me violentar.

– E o pai do Filip junto com ele. Um ato final de resistência?

– Exatamente.

Ester ouviu Leah engolir em seco e a observou com mais atenção.

– Tem mais?

– Só que ele me escreveu. Deve ter feito isso na noite anterior à execução e arranjou um jeito de alguém contrabandear a carta para mim. Era curta, Ester – você sabe que ele nunca foi de discursos –, mas era linda. Ele dizia o quanto se orgulhava de nós duas, como rezava todos os dias pedindo a Deus que nos mantivesse vivas para um futuro melhor. Dizia que você e eu carregamos ele e a mamãe no sangue e no coração, e que esperava que, um dia, tivéssemos filhos que mantivessem nossa família marchando adiante.

As lágrimas já escorriam pelo rosto de Ester, e ela nem tentou escondê-las. Pippa não fora tirada apenas dela, mas também de Filip e dos avós – todos os quatro levados por Deus. Ela precisava encontrá-la.

– Leah… – começou, mas a irmã ergueu a mão para afastar um fio de cabelo do rosto dela – e o sol brilhou sobre algo dourado em seu dedo. Ester agarrou e encarou, espantada, a aliança de ouro simples.

– Você está casada?

A irmã corou.

– Estou.

– Essa é a sua nova identidade!

Leah assentiu.

– Adam é fazendeiro, mora perto da cabana da Krystyna. É judeu, mas "mestiço", a mãe prussiana dele conseguiu os documentos antes mesmo da guerra, então ele ficou seguro. E quando me casei com ele… eu também fiquei.

– Leah, isso é maravilhoso! Quando vou conhecê-lo?

Leah de repente pareceu tímida.
– Que tal agora?
– Agora?!

Virando-se, ela acenou do outro lado da rua, e um jovem de rosto rosado veio correndo.

– Este é Adam Wójcik, meu marido.

Ela deu outra risadinha, e Ester agradeceu a Deus por alguém, ao menos, parecer ter saído ileso da devastação da guerra.

– Muito prazer, Adam – balbuciou Ester, ainda tentando processar tudo.

– O prazer é meu, Ester. – Ele apertou a mão dela e passou o braço com naturalidade pela cintura de Leah. – Estou muito feliz que você voltou em segurança. Leah fala de você o tempo todo. Ela te adora.

– Nada disso! – riu Leah, dando um tapinha nele.

Ester sorriu, deixando que a adorável normalidade da troca entre os dois a envolvesse. Mas foi nesse momento que o casaco da irmã se abriu, e Ester viu sua barriga – arredondada e empurrando com força o tecido do vestido.

– Você está grávida!

Leah pousou as mãos sobre o ventre e se inclinou em direção a Adam.

– Estou. O papai ficaria feliz, não é?

– Muito. Para quando é o bebê?

– Já estou de quase oito meses. Graças a Deus a Ana voltou, né? Ela ainda é parteira?

Ester assentiu, sem conseguir falar. As lembranças de Pippa voltaram com força, e ela cambaleou, sentando-se pesadamente no degrau.

– Espero que ela não esteja muito enferrujada – Leah continuava, tagarelando. – Imagino que não tivesse muito trabalho de parteira no campo, né?

Ester baixou a cabeça entre as mãos.

– Você não faz ideia – respondeu à irmã.

A enormidade de tudo o que havia vivido – e de tudo o que perdera – a atingiu de repente com força, e ela desmaiou ali mesmo, sobre os degraus da catedral de Santo Estanislau.

TRINTA E CINCO

JUNHO DE 1945

ANA

– Agora você e o bebê descansem.

Ana sorriu para a mãe, aconchegada em uma cama quente com o bebê mamando tranquilamente, e pensou que talvez nunca se cansasse de dizer aquelas palavras. Sempre considerara o milagre do nascimento uma bênção, mas nunca antes havia percebido que era igualmente milagroso poder oferecer calor, cuidado e paz a um bebê depois de nascido. Esse parto fora um caso suspeito de apresentação pélvica, por isso a mãe fora trazida ao hospital por precaução. No fim, o bebê dera a volta no último instante e o nascimento correu bem, sem necessidade de intervenção cirúrgica – mas o simples fato de haver essa possibilidade enchia o coração de Ana de gratidão.

Os três mil bebês que ajudara a trazer ao mundo na imundície e no ódio de Birkenau a assombrariam para sempre. Havia os pobres recém-nascidos judeus, afogados no balde de Klara ou deixados para definhar nos braços devastados de suas mães. Havia os que, "generosamente", tinham sido autorizados a se alimentar, mas cujas mães estavam tão desnutridas que não produziam leite – e morreram de qualquer forma. E havia aqueles que haviam sido levados...

Ana sorriu para a mãe e foi contar ao pai, que andava de um lado para o outro do lado de fora, a boa notícia. Os olhos dele se iluminaram e ele correu para junto da esposa, beijando-a com ternura e tocando, com dedos maravilhados, o topo da cabeça do filho. *Era assim que devia ser* – Maria com o bebê na manjedoura e José velando por ela. Foi isso que Ana tivera a bênção de viver três vezes e, embora ainda sentisse a falta de Bartek em cada fibra do seu ser, ter os filhos por perto era um consolo precioso. Já a pobre Ester não tinha nem marido, nem filha, e ver a amiga se consumindo por dentro estava rasgando o coração de Ana.

Quanto a Filip, nada podia fazer, apenas confiar que, se estivesse vivo, daria um jeito de voltar para junto da esposa. Mas Pippa...

O estômago de Ana se revirou ao sair da ala da maternidade e ver o homem de meia-idade parado ali, usando o uniforme cáqui do exército polonês, boné nas mãos em gesto respeitoso e olhos gentis voltados para ela.

– Rabino.

Apressou-se até ele e apertou suas mãos.

– Que bom vê-lo de volta são e salvo de suas viagens.

Isaiah Drucker era rabino capelão do exército polonês e dedicara-se à tarefa quase impossível de localizar órfãos judeus que sobreviveram à guerra escondidos e trazê-los de volta à comunidade e à fé. Um médico atencioso do hospital ouvira Ana perguntando sobre como rastrear crianças desaparecidas e sugerira que ele poderia ser um bom contato para alguém em busca de bebês de Birkenau "germanizados".

Ana fora apresentada a ele no dia em que, duas semanas antes, anunciara-se a Vitória na Europa. Encontraram-se num café vibrante no centro de Łódź, com as ruas cheias de gente comemorando a rendição final da Alemanha. A notícia os alegrava, mas o assunto deles era sério. A guerra podia ter acabado, mas seus efeitos se espalhariam por muito, muito tempo – incluindo o destino das pobres crianças arrancadas de seus pais biológicos e espalhadas pela Europa. Crianças como Pippa.

– O senhor tem notícias? – perguntou Ana, correndo até ele com ansiedade.

O rabino Drucker ergueu a mão, num gesto de advertência.

– Não exatamente as notícias específicas que a senhora espera, dona Kaminski, mas encontrei três bebês com as marcas que descreveu.

– Números nas axilas?

– Exatamente isso.

– Quais são os números?

– São 57892, 51294 e 47400.

– 47400 – repetiu Ana, com o coração apertado. – Tão parecido com o número de Ester. Tem certeza de que é um sete?

– Tenho uma fotografia.

Ele retirou um quadrado sépia do bolso e o entregou a Ana. Ela se moveu até colocá-lo sob luz direta. Seus olhos já vinham enfraquecendo desde antes de Birkenau, e a nutrição do campo só agravara o problema, mas mesmo suas retinas cansadas conseguiam ver claramente o traço horizontal marcando o sete, gravado na pele delicada com a mesma precisão cuidadosa com que Ester tatuara todos – até mesmo o próprio bebê.

– As autoridades polonesas têm os registros – continuou Drucker –, então poderemos encontrar o nome da mãe, mas depois...

Ele deu de ombros, impotente.

– As crianças foram levadas para o orfanato aqui em Łódź e, quando os registros chegarem, tentaremos localizar as mães.

– E se não encontrarem?

Ele lhe deu um sorriso triste.

– Se os registros indicarem que as mães eram judias, posso levá-los para o meu novo lar infantil em Zabrze, onde serão criados na fé.

– Mas... sem mãe?

Ele baixou a cabeça.

– Posso divulgar nos templos, colocar avisos nos corredores do Comitê de Assistência e torcer para que algum parente apareça. Mas fora isso...

Ele abriu as mãos, e Ana assentiu.

Iria visitar o orfanato mais tarde, ver aqueles bebês que ela havia trazido ao mundo no Bloco 24 e que, de algum modo, haviam sobrevivido. Se fechasse os olhos, ainda conseguia ver o fogareiro de tijolos sobre o qual aquelas mães davam à luz, enxergar a paz absoluta nos olhos de cada mulher que segurava seu filho – e o tormento daquelas que os viam arrancados dos braços por Wolf e Meyer. Cada um daqueles bebês tatuados levava um pedaço dela, e ela estava decidida a descobrir os nomes das mães por meio do rabino e espalhar a informação por todos os canais possíveis.

Ela conhecia gente na Cruz Vermelha, na agência de ajuda humanitária das Nações Unidas (UNRRA), e seus próprios filhos estavam dispostos a ajudar. Bronisław e Zander agora trabalhavam em hospitais e mantinham contato com redes polonesas que buscavam restaurar o orgulho nacional. Já Jakub treinava na gráfica do pai, mas passava boa parte do tempo em reuniões políticas.

Eles se preocupavam – e ela sabia que com razão – com o futuro do país sob domínio russo, mas sua própria mente cansada só conseguia focar numa coisa: reunir bebês com suas mães. Estava exausta da política, exausta de ser arrastada pelas ondas do mundo, mas isso ela compreendia. Se conseguisse reunir até mesmo uma mãe com seu filho, sentiria que, de alguma forma, havia começado a reparar uma pequena parte do estrago causado por Birkenau e todos os outros campos bárbaros.

Só desejava que essa mãe fosse Ester.

Ana olhou o relógio – quase meio-dia.

– Venha, rabino.

Tomou o braço dele e o conduziu pelo corredor até uma grande janela. A luz do sol inundava o espaço, e lá embaixo, na rua Piotrkowska, as pessoas vestiam roupas claras de verão, sentadas em cafés ao ar livre, carregando sacolas cheias de compras ou parando para conversar com amigos.

Mas do outro lado da rua, nos degraus da catedral de Santo Estanislau, estava Ester. Sentada sozinha, muito quieta, os olhos seguindo os movimentos da multidão com uma esperança de partir o coração. Tinha um *bajgiel* no colo, mas, embora os dedos o esmigalhassem pouco a pouco, nenhum pedaço chegava à boca. Ana apontou para ela ao capelão.

– Ela fica ali todos os dias, esperando que o marido venha encontrá-la. Foi ali que se conheceram. E foi ali que ele a pediu em casamento.

– Você acha que ele virá? – perguntou o rabino.

Ana suspirou.

– Se Deus quiser. Ele estava em Chełmno e fugiu de um celeiro em chamas no fim da guerra, mas é tudo o que sabemos. Levamos Ester para vasculhar a floresta, caso o corpo dele ainda estivesse lá, mas não encontramos nada.

Ana olhou para a jovem lá embaixo, lembrando-se daquela sombria viagem. Viram a fundação dos antigos barracões de madeira, o local dos imensos fornos de argila usados para queimar tantas vítimas de Łódź, e os restos carbonizados do armazém de tijolos de onde Filip devia ter escapado. Vasculharam o bosque o dia todo, e Jakub tinha até pegado um cachorro emprestado com um amigo, mas nenhum deles tinha achado nada além de jacintos e coelhos.

– Ele não está aqui – ela disse a Ester com toda a delicadeza possível no começo do entardecer, e teve que tirar a moça de sua busca.

– Suponho que isso seja uma boa notícia – Ester respondera, mas não parecia acreditar no que dizia.

Ana temia que ela estivesse começando a acreditar que Filip estava morto – e quem poderia culpá-la? Chełmno não era tão longe de Łódź. Certamente era mais perto do que Auschwitz. Então, se eles tinham conseguido voltar três meses atrás, por que Filip não voltara?

– Ele pode estar sendo cuidado em algum lugar – era o que Ana sempre dizia a Ester, toda vez que o assunto voltava.

Mas até aquela ideia começava a se desgastar. A guerra tinha terminado. Os hospitais estavam abertos e recebendo refugiados. Se Filip ainda precisasse de cuidados, alguém já deveria tê-lo levado a algum hospital, e seu nome já teria sido registrado no sistema. *Se*, é claro, ele ainda lembrasse o próprio nome.

Ana apoiou a testa no vidro. Viviam girando em círculos nas possibilidades, mas o que quer que tivesse acontecido com o pobre Filip, uma coisa era certa: ele não estava ali com Ester. E isso a estava destruindo, pedacinho por pedacinho.

– Enviei avisos para todos os hospitais, pedindo que nos avisem se aparecer algum Filip Pasternak, mas além disso, não há muito mais o que eu possa fazer – disse ao rabino. – Mas se eu conseguisse encontrar a filha dela...

O rabino Drucker observava Ester com tristeza e assentiu.

– Farei tudo o que puder, eu prometo.

– O senhor é um bom homem.

Ele se virou para ela.

– Não sei se sou, sra. Kaminski. Só temo que, nos últimos anos, a régua para o que é "bom" tenha sido colocada muito baixa.

Ana apertou a mão dele.

– Isso não é verdade. Os nazistas podem ter tentado nos sufocar com um cobertor de ódio, mas, à medida que ele é retirado, vemos cada vez mais exemplos de coragem e bondade. Essas crianças que o senhor está rastreando foram abrigadas, protegidas. Tantos judeus sobreviveram porque cidadãos corajosos os esconderam, e é essa capacidade de cuidar uns dos outros que vai nos permitir seguir adiante.

Ele sorriu para ela.

– Gosto do mundo para o qual a senhora traz seus bebês, Ana Kaminski.

Ela retribuiu o sorriso, mas seus olhos logo voltaram para Ester, ainda sentada rígida nos degraus da catedral.

– Só queria poder trazer o bebê dela de volta a esse mundo, rabino.

– A de número 41400?

– Isso mesmo.

Ele apertou a mão dela.

– Continuarei procurando.

E então se foi, e Ana ficou ali, observando o relógio marcar a meia hora – enquanto Ester se obrigava a levantar, afastando-se lentamente dos degraus, cabeça baixa, as migalhas do *bajgiel* espalhando-se ao redor para alegria dos pássaros.

TRINTA E SEIS

1º DE SETEMBRO DE 1945

ESTER

Ester sentava-se nos degraus da catedral, observando os pássaros que bicavam com avidez as migalhas de seu *pasztecik*. Ana preparara os pastéis esfarelentos naquela manhã, tentando estimular seu apetite vacilante, e Ester tentava comer, tentava de verdade, mas parecia que seu estômago encolhera nos últimos tempos, fosse pelos anos de privações em Birkenau ou pelo vazio corrosivo da vida desde que escapara das cercas do campo.

Sabia que tinha sorte, por ter um lugar seguro e acolhedor para viver com Ana e os filhos dela – e amava profundamente a amiga por isso –, mas não era um lar.

Todos seguiam com suas vidas, e isso era certo. Bronisław estava se mudando para Varsóvia para liderar um departamento no hospital de lá, Zander passara nos exames finais de medicina, e Jakub ia bem na gráfica e cortejava uma jovem encantadora. Até Ana seguia em frente, trabalhando duro e trazendo ao mundo cada vez mais bebês.

Ester se sentira honrada por estar com eles na pequena cerimônia de homenagem que haviam feito para Bartek na igreja local, restaurada após ter servido como fábrica de colchões, e ali mesmo fizera suas próprias orações por Sarah, que fora obrigada a trabalhar naquele lugar durante os anos do gueto, e por Ruth. Com as sinagogas voltando a funcionar, ela e Leah planejavam um memorial para homenagear Mordecai e Benjamin, que morreram com bravura, mas estava determinada a esperar para que Filip pudesse estar presente.

O relógio bateu meio-dia, e ela ergueu os olhos para ele – e para o céu azul além. Era 1º de setembro, exatamente seis anos desde o dia em que a

Alemanha invadira a Polônia, arrastando os tanques cruéis e as metralhadoras vorazes do Terceiro Reich por cima de todas as suas vidas. Também se completavam seis anos exatos desde que Filip ajoelhara diante dela e lhe pedira em casamento – e do "sim" que explodira de seus lábios numa onda gloriosa de alegria, quase impossível de imaginar agora. A cada dia que passava sem notícias dele, as bordas daquele casamento tão breve se desgastavam mais um pouco – até que ela às vezes começava a duvidar se tudo aquilo realmente acontecera.

Ela levou a mão ao ventre. Havia marcas ali, gravadas em sua pele marcada pelo campo, que falavam do bebê que dera a Filip – o bebê que segurara nos braços por três lindos dias antes de ser arrancado para ser "germanizado". Ester não queria odiar, de verdade que não queria, mas, que Deus a perdoasse, era difícil não odiar.

Forçou a mente a se afastar da escuridão nazista e a se concentrar em coisas mais doces. Recebera uma carta de Naomi, enviada por meio do comitê judaico de assistência. De algum modo, a menina havia conseguido embarcar em três trens diferentes rumo ao sul e agora estava em casa, em Salonica, reunida com o pai e as irmãs, todos miraculosamente vivos. Tinham ficado radiantes ao conhecer o bebê Isaac, ela escrevera, e estavam batizando o restaurante que abririam em sua homenagem. Ester precisava ir visitá-los, como haviam combinado ainda em Birkenau.

"Você vai ter que vir nos visitar quando tudo isso acabar", Ester se lembrava da amiga lhe dizendo, no primeiro dia em que se conheceram, ainda na imundície de Birkenau. Lembrava-se de ter olhado para ela, maravilhada com aquele otimismo tão simples.

– Você acha que vai acabar? – perguntara.

– De um jeito ou de outro, tem que acabar – respondera Naomi. – E qual é o sentido de pensar no pior?

Pois é, Naomi tinha razão, e agora tudo havia acabado. Naomi estava em casa e a convidava para visitá-la. Mas não havia a menor chance de ela ir para a Grécia sem o marido.

Ester deixou os olhos seguirem uma nuvem branca que passava lentamente acima da torre do relógio. O tempo estava parecido com aquele mesmo dia, em 1939, mas mal ela e Filip tinham trocado o primeiro beijo, os aviões cortaram o céu azul-claro – escuros e ameaçadores.

– Rápido – dissera Filip, pegando-a pela mão e puxando-a para dentro da catedral. E Ester não soube, naquele instante, se aquele havia sido o melhor ou o pior dia da sua vida. Era uma pergunta que voltara a si incontáveis vezes ao longo dos anos sombrios que se seguiram, e que temia que a perseguisse pelo resto dos seus dias. Valia a pena ter conhecido uma felicidade tão bonita, se sua ausência posterior causava tanta dor? Pelo menos no campo suas emoções haviam sido entorpecidas, junto com todas as demais funções do corpo. Mas ali, em Łódź, onde tudo começara com Filip, a dor parecia cortá-la sem parar.

Ester enfiou a mão no bolso e puxou sua cópia da carta que encontrara no quarto de Ana, na semana anterior. Não estava bisbilhotando, nem sequer sabia que havia algo a ser bisbilhotado. Só procurava uma fita escura para amarrar o cabelo antes do trabalho – e lá estava ela, sobre a penteadeira, sob a escova de cabelo de Ana. Mesmo assim, não teria tocado nela se não fosse o selo no envelope: *Sociedade para a Recuperação de Órfãos Judeus*. Ao ler aquilo, no entanto, não conseguiu resistir. Verificou se havia alguém se movendo pela casa e, cautelosamente, a abriu.

A carta era do rabino Isaiah Drucker, relatando uma viagem pela Alemanha em busca de crianças judias. Ao que tudo indica, Ana pedira a esse homem que ficasse atento a bebês com números tatuados nas axilas, e ele havia encontrado alguns. Cinco, para ser exata – além de três da viagem anterior –, mas nenhum com o número 41400 gravado naquela pele delicada.

Ele anexara fotografias, pequenas e escuras, mas ainda assim nítidas o bastante para mostrar uma série de axilas infantis, com suas cuidadosas tatuagens dobradas no vinco da pele.

Ester ficou ali, olhando e olhando, tentando imaginar quais mães haviam segurado seus filhos enquanto ela gravava aquelas marcas horríveis na pele nova deles – tudo por isso. Por esse momento: o momento em que eles talvez reaparecessem depois da guerra e pudessem ser encontrados. E alguns estavam sendo. De verdade.

A carta deixava claro que Ana havia escrito ao rabino diligente para contar que um dos bebês – o de número 51294 – havia sido devolvido à mãe, na Bielorrússia. Desde então, Ester lutava para se sentir feliz por isso. Às vezes, porém, a única emoção verdadeira era a inveja, uma inveja gritante e furiosa.

– Me desculpe – ela sussurrou ao céu.

Outra nuvem passou docemente pelo céu, e ela tentou enxergar nela a grande bondade de Deus. Os nazistas haviam sido derrotados. Soubera que tanto Irma Grese quanto Maria Mandel tinham sido capturadas e seriam julgadas por seus crimes, junto com tantos outros, e certamente seriam enforcadas. Era mais brando do que mereciam, mas o que importava agora era que havia paz, e famílias estavam se reencontrando. Havia muito pelo que ser grata. Mas, ah, como desejava sentir os braços de Filip em torno de si outra vez. Como desejava contar a ele que tinham uma filha. Como ansiava por tê-lo ao seu lado para procurar Pippa. Sem ele, tudo parecia tão sem propósito.

Ela forçou os olhos a descerem do céu e cruzarem a rua, em direção ao hospital. Não era sem propósito. Havia seu trabalho, seus pacientes, seus colegas. Havia Ana e seus novos "irmãos". Havia Leah. O bebê de sua irmã nascera apenas dois dias depois da rendição alemã, como se soubesse que agora era seguro vir ao mundo. Leah estava de volta à fazenda de Adam e enviara um recado para Ana, mas, quando ela e Ester conseguiram chegar lá na carroça de Jakub, o bebê já havia nascido e Leah estava deitada na cama, com Adam ao redor, todo orgulho e zelo.

– Olhem! – dissera ele, radiante. – Olhem o que ela fez!

Foi tão doce que Ester desatou a chorar, e Leah a abraçara e dissera que ela seria uma tia maravilhosa. Ester não quis estragar o momento falando do bebê que perdera, então apenas assentiu e deixou passar. Agora se sentia mal por isso. Perder Pippa não era um segredo vergonhoso – era uma tragédia. Não era algo que ela tivesse feito, mas algo que lhe fora imposto da forma mais cruel possível. E, mesmo assim... como alguém que não estivesse lá poderia entender? E por que macular a felicidade de Leah com sua própria dor?

Ainda conseguia ver a noite terrível em que ela e Ruth ficaram nas sombras, assistindo à carroça que levava Leah escondida sob sacos de uniformes da Wehrmacht aproximar-se dos portões do gueto. Ainda podia ver o soldado sacando a baioneta e ouvir os gritos da mãe ao simular um ataque para desviar a atenção. Os hematomas que os SS deixaram em Ruth naquela noite a enfraqueceram tanto que mal teve chance de sobreviver. Mas ela fez aquele sacrifício para que Leah escapasse, para que ficasse segura e inocente – e conseguiu. A contínua ingenuidade de Leah diante das verdadeiras devastações da guerra devia ser celebrada, não ressentida.

Mas, às vezes, parecia que havia um limite para o que os ombros magros de Ester conseguiam suportar.

Uma única badalada soou acima dela, marcando a meia hora. Seu intervalo havia acabado, era hora de voltar ao trabalho. A pedra dos degraus estava fria contra suas pernas, exatamente como estivera no dia em que Filip descera a rua correndo e lhe pedira em casamento. Não havia aviões no céu naquele setembro, mas também não havia seu marido a seu lado.

Ela espalhou as últimas migalhas sobre a pedra e observou os pombos descerem e bicar, arrulhando agradecidos ao redor de seus pés. Quantas vezes mais ela conseguiria fazer aquilo? Quantos dias ainda conseguiria sentar ali, sobre a marca já desbotada da vida que tivera? Talvez fosse hora de dar um fim àquela esperança tola. Mas, se fizesse isso... o que, afinal, restaria para viver? O que...

– Ester...?

Ela piscou, encarando os pombos como se algum deles tivesse falado.

– Ester, é você mesmo?

Outros pés entraram em seu campo de visão e os pombos alçaram voo, soltando arrulhos indignados. Mesmo assim, ela não teve coragem de olhar para cima. Muitas vezes suas esperanças haviam sido arruinadas, e ela não suportaria mais uma decepção.

Mas então uma mão estendeu-se e, com infinita delicadeza, segurou seu queixo, erguendo-o... até que ela se viu olhando dentro dos olhos mais queridos, mais calorosos, mais amorosos do mundo.

– Filip – sussurrou. E então, mais alto: – *Filip!*

Agarrou-se a ele, puxando suas roupas, tentando trazê-lo para mais perto, tentando se certificar de que ele era real, de que estava mesmo ali, diante dela.

– Ester – disse ele mais uma vez, e então se inclinou, e seus lábios encontraram os dela, e o mundo explodiu nas cores mais brilhantes, mais alegres que ela já vira.

– Você está aqui – ela arfou, contra os lábios dele. – Você está vivo. Você está aqui.

As lágrimas escorriam pelo seu rosto, misturando-se às dele. Os braços dele a envolviam, suas mãos acariciavam suas costas, seus lábios beijavam seu rosto uma, outra e outra vez – e, de repente, toda a dor desapareceu. A escuridão de Birkenau foi empurrada para os cantos sombrios do passado e a luz do amor ofuscava tanto que ela teria cambaleado, não fosse ele, ali, firme, a sustentando.

– Onde você esteve? – balbuciou ela, quando enfim se separaram e ela pôde olhar para aquele rosto tão querido.

– Por toda parte. Eu escapei de Chełmno. Meu Deus, Ester, foi horrível.

– Eu sei – disse ela, passando ternamente os dedos pela linha marcada da mandíbula dele, afiada pela guerra. – Noah me contou.

– Noah? Ele também sobreviveu? Ele está aqui?

– Aqui mesmo, em Łódź. Ele me contou sobre a fuga do depósito, mas não sabia se você havia sobrevivido aos tiros dos alemães.

– Por pouco. Uma bala pegou minha perna, mas eu não ia parar de correr. Consegui chegar do outro lado, desci até o rio e me escondi entre os arbustos da margem, seguindo a corrente até chegar a uma floresta.

– E depois?

Ele suspirou e sentou-se nos degraus, puxando-a para junto de si, colada ao seu peito.

– Eu estava fraco, Ester. Tão fraco. Podia ter morrido, se alguns combatentes da Resistência não tivessem me encontrado. Eles enfaixaram meu ferimento, me alimentaram. Me mantiveram seguro até eu conseguir andar de novo. E então apareceu um recrutador do exército polonês e nos convidou a nos unir à ofensiva final contra a Alemanha. E nós fomos. Lutamos até Berlim, até as ruas da cidade. Foi glorioso, Ester. Mas, na batalha final pelo Reichstag, levei um tiro.

– De novo?!

– Desculpe.

Ele lhe deu um sorriso irônico, e ela segurou o rosto dele com as duas mãos, rindo.

– Não peça desculpas, meu querido, meu amado homem. Meu marido. Meu Filip.

Ele a puxou para mais perto, beijando-a até que ela estivesse quase tonta demais com o toque dele para se importar com como ele havia conseguido chegar ali. Mas, por fim, ele se afastou.

– Fiquei um tempo em um hospital da Cruz Vermelha, inconsciente. Mesmo depois que acordei, foi uma verdadeira batalha convencê-los a me deixar sair para vir te procurar.

Nervosamente, ele puxou o cabelo para trás, e ela ficou sem fôlego. Faltava a parte superior da orelha, e uma cicatriz irregular corria de lá até o couro cabeludo. – Não é tão ruim quanto parece.

– Graças a Deus, porque parece terrível!

– Eu sei. Você ainda consegue me amar, Ester?

Ela lhe deu um tapa de leve.

— Amar você é a única coisa que me manteve viva durante todos esses anos horríveis. Bom, isso e... — Ela se interrompeu. — Uma cicatriz não vai me impedir.

Ester estendeu a mão e traçou a linha da cicatriz, maravilhada. Um milímetro mais profundo e ela sabia que o teria perdido. Por margens tão minúsculas se decidira a sobrevivência naquela guerra amarga — mas a deles, ao que parecia, havia ficado do lado certo da linha. De alguma forma, ambos tinham resistido. E o futuro era deles novamente.

— E você? — perguntou ele com a mais terna das vozes. — O que aconteceu com você?

— Estive em Auschwitz-Birkenau.

Os olhos dele se encheram de tristeza.

— Todo esse tempo? Você sobreviveu?

Ela sorriu.

— Eu sobrevivi. E Ana também. E talvez também...

Ela parou.

— Filip, eu tenho algo para te contar.

Ele a olhou bem fundo nos olhos, e ela precisou piscar mais uma vez para acreditar que ele estava realmente ali.

— O que foi, meu amor?

Ela engoliu em seco.

— Nós temos uma filha.

— Uma filha? Oh, Ester, é verdade?

Ele olhou ao redor.

— Onde ela está?

As lágrimas voltaram a escorrer e Ester se aninhou no peito de Filip, permitindo-se, finalmente, ser tomada pela dor real.

— Eu não sei, Filip. Me perdoe. Eu... eu não sei. Levaram ela de mim quando tinha apenas quatro dias de vida.

Os olhos de Filip se encheram de dor, e ele tentou abraçá-la novamente, mas dessa vez ela resistiu.

— Existe uma maneira de encontrá-la, Filip. Ana já está procurando, mas eu... eu ainda não tinha forças para ajudar de verdade — até agora.

Dessa vez, ela não resistiu quando ele a acolheu contra o peito.

— Estamos juntos agora, Ester. Encontramos um ao outro — e agora vamos encontrar nossa filha.

EPÍLOGO

ABRIL DE 1946

Há berços por toda parte. Eles preenchem o saguão com chão de madeira que ecoa os sons mais sutis, e de cada berço uma criança pequena espia, toda olhos. Não há esperança, os bebês ainda não têm idade suficiente para isso, mas há um tipo de anseio que me toca profundamente, puxando não as cordas do meu coração, mas algo ainda mais profundo, direto ao meu ventre. Já faz muito tempo desde que houve uma criança dentro de mim, mas talvez essa sensação nunca desapareça completamente. Talvez cada filho que eu dei à luz tenha deixado algo para trás, um pedaço do cordão umbilical que sempre permitirá que um par de olhos infantis e grandes derreta facilmente meu coração. E talvez cada criança que ajudei a nascer em meus vinte e sete anos como parteira também tenha me afetado da mesma maneira.

Avanço alguns passos para dentro do salão. Os berços são toscos e velhos, mas limpos e cuidadosamente arrumados. Em um deles, um bebê chora, e escuto uma voz feminina se erguer numa canção de ninar, suave e reconfortante. O choro vai se transformando em soluços até cessar por completo, restando apenas a melodia. Como tudo neste salão, não é brilhante nem sofisticado, mas emana amor. Sorrio e rezo para que este seja o lugar pelo qual procuramos há tanto tempo.

– Você está pronta?

Viro-me para a jovem mulher parada à porta, cujos dedos apertam firmemente a madeira caiada do batente, os olhos tão grandes quanto os de qualquer um dos órfãos lá dentro.

– Não tenho certeza.

Estendo a mão para segurar a dela.

– Foi uma pergunta tola. Você nunca estará pronta, mas está aqui, e isso basta.

– E se não for...?
– Então continuaremos procurando. Venha.

Puxo-a gentilmente para a frente, enquanto uma senhora simpática se aproxima, caminhando entre os berços, sorridente.

– Vocês conseguiram chegar. Estou tão contente. Espero que a viagem não tenha sido muito difícil.

Não consigo evitar um riso amargo. A viagem desta manhã foi simples, mas os anos anteriores a ela foram um emaranhado de sofrimento e dor. Trilhamos o tipo de estrada sombria e enlameada que ninguém deveria precisar percorrer para chegar até este lugar precário, onde a esperança quase se extingue. Essa jornada nos enfraqueceu profundamente e não sei, independentemente do que acabei de dizer, até onde seremos capazes de seguir.

A encarregada parece compreender. Toca meu braço gentilmente e acena com a cabeça.

– Os anos ruins acabaram agora.
– Espero que esteja certa.
– Todos nós perdemos demais.

Olho para minha querida amiga, que se aproximou lentamente, atraída pelo berço próximo à janela. Nele está sentada uma menina, cabelos loiros emoldurando um rostinho sério banhado pelo sol que entra. Ao perceber a aproximação, a bebê se levanta com esforço, as pernas bambas, mas determinadas. Minha jovem amiga cobre os últimos metros rapidamente e estende a mão até a grade. A criança enfia os bracinhos entre as barras, e meu coração se parte com essa visão – houve grades demais, cercas demais, segregação e divisões demais.

– É ela? – pergunto com a voz falhando.
– Ela tem algo parecido com a tatuagem que você descreveu – a senhora dá de ombros, constrangida.

Algo parecido... Não é o bastante. Meu coração despenca, e, de repente, sou eu que não estou pronta. De repente, desejo que aquela estrada sombria e enlameada continue serpenteando, pois enquanto estamos viajando, ainda podemos viajar com esperança.

Pare! Quero gritar, mas a palavra fica presa na garganta porque agora a jovem mulher se inclina sobre o berço e levanta a criança nos braços, e o anseio estampado no seu rosto é maior que o de todos esses pobres órfãos juntos. Chegou a hora de descobrir a verdade. Hora de saber se nossos corações podem enfim ser curados.

— Deixe-me ajudar.

Avanço depressa e, juntas, Ester e eu pegamos a menina e a deitamos, com muito cuidado, na mesa de troca bem no centro da sala. Há um móbile de madeira pendurado acima dela, e a menina sorri e estica os dedinhos em direção às figuras de animais. Vejo um lampejo de tinta preta em sua axila e engulo em seco. Procuramos por tanto tempo – eu, o rabino Drucker, Ester e Filip. Foram muitas pistas falsas e esperanças vazias, mas essa menina reacendeu a fé de todos nós.

— Quer que eu...?

Ester morde o lábio. Lança um olhar na direção da porta, onde Filip hesita, girando o chapéu nas mãos trêmulas, e então se volta para mim e assente. Lentamente, levanto o bracinho da menina e o posiciono acima da cabeça. Ela se remexe, mas os animaizinhos mantêm sua atenção e conseguimos erguer a blusinha e revelar o número.

Ester ofega. Meus olhos cansados já não são os mesmos, mas um feixe de sol entra pela janela e ilumina nitidamente a pele da criança: 58031.

Ester me encara, os olhos brilhando.

— É ela – diz. – É a Oliwia.

Faço o sinal da cruz. Foi há um mês que uma adorável senhora americana da UNRRA entrou em contato com o rabino Drucker para dizer que haviam encontrado uma menininha loira, com cerca de dois anos, e um número tatuado na axila. A notícia reacendeu a esperança no olhar de Ester, mas, quando o número foi enviado, soubemos de imediato que não era Pippa. Mesmo assim, o 58031 falou conosco de imediato: Oliwia, o primeiro bebê que Ester tatuou.

Lembro da mão dela tremendo ao aplicar a agulha naquela pele recém-nascida. Lembro de como mordeu o lábio e se obrigou a inscrever com precisão implacável o número de Zofia, tão jovem e indefesa, na axila minúscula do bebê. Foi ali que tudo começou. Foi ali que nasceu o impulso de tentar reunir bebês a quem os ama. Isso ainda não acabou – está longe de acabar –, mas foi verdadeiramente iniciado.

Lágrimas me inundam os olhos enquanto Ester aperta a criança nos braços.

— Oliwia! – exclama, enterrando o rosto nos cabelos da menina.

Ela me olha e, por um momento, estamos suspensas, de volta ao Bloco 24, entre os beliches lotados, os ratos vorazes e os piolhos que espalhavam doenças. Por um momento, estamos agachadas sobre um bebê recém-nascido, com a agulha de uma prostituta nas mãos, em uma missão desesperada para ligar mãe e filha – uma missão desesperada que funcionou.

Zofia está morta, e, ao olhar para Oliwia, sinto vontade de chorar novamente por tudo o que ambas perderam. Mas essa menina terá uma mãe. No dia em que aquele número chegou, vi o lábio de Ester tremer ao se lembrar da bebê, arrancada dos braços da mãe por Wolf e Meyer, tal como Pippa foi arrancada dos seus. Vi o brilho das lágrimas em seus olhos ao falar de Zofia, que perdera primeiro o marido e agora a filha, e que definhava de tristeza nos braços dela. E vi o enrijecer determinado de seu queixo ao dizer: "Temos que ir até ela. Oliwia não tem pais".

Ou melhor, ela não tinha nenhum até hoje. Os papéis de adoção estão prontos.

– Vou te levar para casa, Oliwia – diz Ester, em polonês.

A menina se esforça para entender as palavras.

Ester me lança um pequeno, mas significativo aceno, e então corre até a porta, onde Filip ainda hesita, observando nervoso.

– Filip – ela diz, com a voz clara e luminosa –, é hora de conhecer Oliwia, nossa nova filha.

Ela estende a menina, e por um momento os dois adultos se encaram por cima da cabeça da criança inocente. Vejo a tensão no ar. Vejo a dor tangível por essa não ser Pippa, ainda não. Continuaremos procurando, todos nós, mas, por ora, Oliwia precisa de pais, e esses pais precisam dela. As feridas podem ser curadas de muitas maneiras, e essa adoção – da primeira bebê que Ester tentou salvar – é o início disso. A tensão se desfaz quando Filip estende a mão e acaricia os cachos loiros da menina.

– Olá, Oliwia – diz ele. – Eu vou ser seu papai.

– Papai? – repete a menina, maravilhada, e seus novos pais riem alto e se abraçam, apertando-a entre os dois.

Eu me recosto contra a mesa de troca, as pernas subitamente fracas de alívio, e elevo minha própria prece ao Senhor lá do alto. Aquela linda criança nasceu em Birkenau, o lugar mais sombrio da terra de Deus, e foi arrancada dos braços esqueléticos da mãe depois de apenas dois dias de amor. Mas o amor não pode ser destruído por armas, tanques ou ideologias perversas. O amor não pode ser interrompido pela distância ou pela ausência, pela fome ou pelo frio, por espancamentos ou humilhações. E o amor é capaz de atravessar o sangue, por mais que os nazistas tenham negado isso, e formar laços que valem mais do que um milhão de ideologias doentias.

Sorrio, lembrando de mim e de Bartek com nossos próprios filhos, e envio uma oração ao querido marido que perdi e de quem sinto falta todos os dias. Estou tão grata por Ester ter sido poupada dessa dor, e abençoo essa filha que me foi presenteada em meio ao horror da guerra. Ruth não pôde estar aqui para ser avó desse novo presente em nossa família torta porém feliz – mas eu posso. E serei.

A encarregada se aproxima, e, enxugando uma lágrima, faço sinal para Ester e Filip. Com os dedos trêmulos, eles assinam os papéis da adoção, que os tornam, oficialmente, uma família – uma que esperamos ver crescer, um dia, com o reencontro com Pippa e, quem sabe, mais lindos bebês. Observo-os assinarem os nomes com firmeza, beijarem Oliwia, agradecerem à senhora. Eles lhe entregam dinheiro, doações recebidas da igreja e da sinagoga, na esperança de que mais desses órfãos da guerra encontrem o caminho de volta para casa – e, por fim, acrescentam um pedaço de papel.

Há um número escrito com clareza: *41400. Pippa Pasternak.*

Ela está em algum lugar – e continuaremos a procurá-la enquanto houver ânimo em nossos corpos.

A senhora aperta as mãos dos dois com as suas, imensamente cuidadosas, e prende o papel à parede. Ester estende os dedos e toca nele por um instante; então Oliwia faz o mesmo e, com um riso entrecortado, Ester segura os dedinhos da menina e se vira. Ela olha para mim.

– Obrigada, Ana. Agora estamos prontos. Prontos para voltar para casa.

Assinto, abotoo minha capa e pego a bolsa. Levarei essa nova família para casa – para que aprendam a ser família juntos. E então devo voltar ao trabalho. Há bebês esperando para nascer – e o mundo, enfim, parece novamente um lugar digno para recebê-los.

UMA CARTA DE ANNA

Querido(a) leitor(a),

Quero agradecer imensamente por ter escolhido ler *A parteira de Auschwitz*. Desde o momento em que descobri que mais de três mil bebês nasceram em um campo de extermínio, soube que essa era uma história que precisava ser contada. Espero, de coração, que minha versão ficcional tenha tocado você. Se quiser acompanhar meus próximos lançamentos, basta se inscrever no link abaixo. Seu e-mail jamais será compartilhado, e você pode se descadastrar a qualquer momento:

www.bookouture.com/anna-stuart

Este não foi um livro fácil de escrever. O tema, naturalmente, é doloroso, mas durante a pesquisa encontrei histórias inspiradoras de solidariedade e coragem em meio à lama de Auschwitz-Birkenau, e elas trouxeram um pouco de luz. Mesmo quando visitei Auschwitz e estive diante do local onde incontáveis crimes contra a humanidade foram cometidos, era difícil imaginar como alguém conseguira sobreviver. Só posso supor que, apesar de toda a barbárie, a humanidade persistiu entre os prisioneiros – e foi isso que permitiu que alguns poucos saíssem vivos daquele inferno nazista.

Recomendo fortemente uma visita a Auschwitz. Não será um dia feliz, mas será um dia comovente e essencial. Num mundo ainda tão turbulento, é preciso lutar por humanidade, decência e tolerância, e espero que *A parteira de Auschwitz* seja um testemunho desses valores e uma história que permaneça com você.

Se isso acontecer, ficarei muito grata se puder deixar uma avaliação do livro. Adoraria saber sua opinião, e suas palavras fazem toda a diferença para que novos leitores descubram meu trabalho. Também gosto muito de conversar com quem lê meus livros – você pode me encontrar no Facebook, no Twitter, no Goodreads ou no meu site.

Obrigada,
Anna

NOTAS HISTÓRICAS

Escrever sobre o Holocausto é uma honra e também uma grande responsabilidade em relação à verdade. Embora este romance seja uma obra de ficção, me empenhei para garantir que todos os detalhes estivessem o mais próximos possível da realidade, de forma a representar fielmente o sofrimento atroz vivido por aqueles que, como meus personagens, foram confinados em guetos e campos de concentração e extermínio sob o regime nazista.

Pessoas reais no romance

Muitos dos personagens existiram de fato, e considero importante detalhar um pouco mais suas histórias reais para esclarecer as inspirações por trás da ficção:

Stanisława Leszczyńska foi a inspiração original deste romance. Embora *A parteira de Auschwitz* não siga exatamente sua trajetória, diversos elementos de sua vida extraordinária inspiraram cenas-chave da obra.

Stanisława atuava como parteira em Łódź quando a guerra estourou. Ela e sua família ajudaram judeus aprisionados no gueto, o que levou à prisão de todos, exceto o marido e o filho mais velho – ambos chamados Bronisław – que conseguiram escapar para Varsóvia. O marido morreria mais tarde lutando na trágica revolta do Gueto de Varsóvia, já nos momentos finais da guerra (ver adiante).

Stanisława foi enviada a Auschwitz, onde enfrentou com coragem figuras como a temida enfermeira Klara e Pfani, recusando-se a permitir o assassinato dos bebês que pudesse salvar. É um fato registrado que ela ajudou a trazer ao mundo cerca de três mil bebês em Birkenau – e que nenhum deles morreu durante o parto. Tragicamente, dadas as condições extremas do campo e o fato de que os nazistas negavam qualquer ração alimentar aos recém-nascidos, pouquíssimos sobreviveram por muito tempo.

Stanisława era conhecida por cuidar das mães com calma e profissionalismo, e chegou a enfrentar até mesmo Josef Mengele para exercer sua função da melhor forma possível, mesmo nas circunstâncias mais cruéis.

Depois da guerra, ela retornou a Łódź e trabalhou como parteira até 1958. Raramente falava de sua experiência em Auschwitz-Birkenau, até que foi convencida por seu filho do meio a registrar um breve relato de sua passagem pelo campo (disponível integralmente na internet). Nele, descreve o sofrimento brutal das mães e bebês e afirma que, a partir de maio de 1943, bebês loiros de olhos azuis eram regularmente levados para o programa *Lebensborn* (ver nota adiante). Stanisława conta ainda que criou uma forma secreta de tatuar esses bebês, na esperança de que um dia pudessem ser identificados e devolvidos às suas mães. Foi a partir desse detalhe que nasceu a história ficcional de Ester.

Como dito, muitos elementos deste romance foram inspirados na vida de Stanisława, mas a personagem Ana é inteiramente ficcional. Algumas partes da sua trajetória divergem da realidade, e gostaria de destacar o seguinte:

Stanisława tinha uma filha chamada Sylwia, que também foi capturada e enviada com ela para Auschwitz. Sylwia era estudante de medicina e colaborou com a mãe tanto nos partos quanto nos atendimentos no hospital do campo. Ela serviu de inspiração para a personagem Ester, e espero que a relação retratada entre Ester e Ana represente, de alguma forma, o carinho e a força do vínculo real entre Stanisława e sua filha.

Um dos relatos de sobreviventes menciona que Sylwia, debilitada por tuberculose, chegou a ser selecionada para a câmara de gás, mas foi salva quando a mãe se agarrou a ela com todas as forças, recusando-se a deixá-la ir sozinha. O fato de ambas terem sobrevivido provavelmente se deve ao imenso respeito que os médicos de Birkenau tinham por essa mulher notável.

Os detalhes exatos sobre em quais blocos Stanisława trabalhou são incertos, mas encontrei testemunhos que a situam tanto no Bloco 17 quanto no Bloco 24, por isso optei por utilizar esses dois para fins de simplicidade narrativa. Curiosamente, ainda há uma cabana de madeira de pé em Birkenau que os visitantes identificam como sendo a seção de maternidade onde ela atuava, mas o local não possui o fogão de tijolos no centro que Stanisława descreveu como sendo o lugar onde realizava os partos de forma improvisada. Por essa razão, usei essa cabana como o Bloco 17 inicial de Ana e Ester, e depois as transferi para o Bloco 24, que seria a seção de maternidade propriamente dita, pouco após sua chegada.

O número de prisioneira de Stanisława era 41355. Escolhi não usar esse número como forma de respeitar sua identidade real em relação à minha personagem ficcional. Em vez disso, utilizei os números 41401 para Ana e 41400 para Ester. Esses números, como tantos outros, constam nos registros de judeus poloneses reais – Mayer Szac e Abraham Sukerman – ambos assassinados em Auschwitz. Espero que o uso de seus números para contar essa história essencial ajude a lançar luz sobre a bravura dos que enfrentaram os horrores dos campos de concentração.

Stanisława Leszczyńska foi uma mulher verdadeiramente inspiradora. É homenageada na Polônia – a estrada em frente ao campo de Birkenau leva seu nome – e é candidata à canonização pela Igreja Católica. Ela permanece como um notável exemplo de bondade, profissionalismo, modéstia e coragem.

Irma Grese chegou a Birkenau vinda do campo feminino de Ravensbrück em março de 1943, com apenas 20 anos de idade, e era uma mulher tão bela quanto sádica. Relatos descrevem sua extrema vaidade, seus envolvimentos sexuais com diversos médicos do campo e o prazer que extraía em torturar prisioneiras. Uma sobrevivente relatou que ela costumava cortar os seios das mulheres com um chicote, episódio que incluí no romance para ilustrar o grau de sadismo dessa jovem e de outras como ela. Irma deixou Birkenau durante as marchas da morte, mas foi capturada pelos britânicos, julgada e executada por crimes de guerra em dezembro de 1945.

Dr. Josef Mengele entrou para a história como um dos nazistas mais perversos – numa lista infelizmente bem povoada – talvez por seu uso frio e científico dos judeus sob seus "cuidados" como cobaias de laboratório. Conhecido como o "Anjo da Morte", é infame por seus experimentos cruéis, sobretudo com gêmeos. Também era conhecido por ser o único médico que conseguia realizar as seleções nas rampas sóbrio, e que parecia até mesmo apreciar essa tarefa. Há indícios de que tenha confrontado Stanisława em algumas ocasiões e talvez – na medida do possível – a respeitasse por sua firmeza. Contrariando a percepção comum, Mengele não era o único, nem o principal médico de Auschwitz-Birkenau. Inicialmente, ele era o responsável pelo campo cigano, e só foi transferido para o comando da seção feminina quando os ciganos foram exterminados, em agosto de 1944.

Mengele viveu o resto da vida no Brasil, onde morreu afogado após um acidente vascular cerebral, em 1979, aos 68 anos – uma morte muito mais branda do que aquela que infligiu a tantas vítimas inocentes.

Mala Zimetbaum era uma judia belga enviada a Auschwitz em setembro de 1942, sob o número de prisioneira 19880. Talentosa poliglota, ela trabalhou como intérprete e mensageira, o que lhe garantia privilégios como poder usar suas próprias roupas, manter os cabelos e se alimentar melhor. Apesar disso, dedicou-se a ajudar outros prisioneiros, conseguindo transferências para trabalhos mais leves para os mais frágeis, alertando sobre seleções iminentes e escondendo fotografias enviadas por familiares – como a carta de Filip para Ester mostrada na ficção.

Ela teve um "namoro" (no sentido de que conversaram o suficiente para se apaixonar) com **Edek Galiński**, um mecânico do campo feminino. A história da fuga deles é contada fielmente no romance. De fato, conseguiram escapar com Edek disfarçado de guarda da SS e Mala como uma prisioneira encarregada de instalar uma pia. Depois, passaram a se apresentar como um guarda e sua namorada em um passeio. O plano funcionou por três dias, até que Mala foi flagrada tentando comprar pão e presa. Edek, que observava à distância, entregou-se, conforme haviam combinado: nunca se separariam. Há relatos, como mostro no romance, de que os dois cantavam um para o outro em suas celas, no campo principal de Auschwitz.

Edek foi enforcado gritando "Viva a Polônia!", e naquela mesma tarde, Mala foi conduzida para ser enforcada diante do campo. Em vez disso, retirou uma lâmina de barbear escondida nos cabelos e cortou os pulsos. Em meio a um tumulto, ela teria sido colocada numa carriola para ser levada ao crematório, possivelmente para ser queimada viva. As enfermeiras presentes teriam enfaixado seus braços devagar, para deixá-la morrer. Alguns dizem que ela sangrou até a morte ali mesmo, outros que tomou veneno, e há ainda quem diga que foi baleada por um guarda. Escolhi sintetizar esses relatos em algo que me pareceu coerente com sua personalidade e que não prolongasse demais a narrativa. Espero ter representado um fim corajoso e digno para essa mulher extraordinária.

Auschwitz-Birkenau

Abordei a escrita sobre Auschwitz com grande cautela, consciente de que é quase impossível expressar plenamente os horrores vividos pelos prisioneiros – não há vocabulário que baste. Esforcei-me, então, para mostrar ao leitor o que ali aconteceu, e quero assegurar que, embora alguns personagens e todos os diálogos sejam ficcionais, cada incidente descrito no livro foi baseado em pesquisa. Talvez valha a pena listar alguns pontos para deixar claro que em nenhum momento houve exagero na representação da crueldade bárbara da vida em Auschwitz-Birkenau:

A comida fornecida era, como testemunham muitos sobreviventes, tão escassa e horrível quanto descrito – imitação de café no café da manhã, sopa rala no almoço e uma casca de pão à noite. É impossível conceber como alguém conseguia sobreviver com essa dieta, enquanto trabalhava longas jornadas de trabalho físico pesado.

As condições nos alojamentos eram tão desumanas quanto mostrei, com prisioneiros dormindo amontoados, pelo menos dez por beliche, sobre tábuas duras, cada um com um pedaço de cobertor. Os uniformes não protegiam do frio extremo no inverno, e uma das crueldades mais perversas era tirar as meias e sapatos dos prisioneiros e forçá-los a usar tamancos de madeira. Como a numeração tatuada e o raspamento dos cabelos, tudo fazia parte de um sistema de desumanização, e não é de se surpreender que tenha surgido um mercado negro ativo, geralmente alimentado com os bens "arranjados" vindos do Kanada.

Os hospitais eram ainda piores. A prevalência de doenças e diarreia, aliada à falta de latrinas, água e desinfetantes, fazia com que os pacientes frequentemente ficassem deitados em seus próprios fluidos corporais e, se estivessem nas camas inferiores dos beliches, recebiam os dejetos dos que estavam acima. Ratos do tamanho de gatos se multiplicavam, roendo pacientes vivos e mortos, e os piolhos eram impossíveis de eliminar. Novamente, o fato de alguém ter sobrevivido é um testemunho da resistência e do espírito humanos.

Uma árvore de Natal realmente foi montada pelos guardas da SS, que fizeram os prisioneiros se postarem diante dela e revelaram um monte de cadáveres nus como um "presente de Natal". O cântico de Natal em desafio, porém, é uma invenção minha.

A "seleção" é outra verdade bem documentada, mas ainda assim quase impossível de conceber. Construído como campo de extermínio, Birkenau realizava seleções desde o início: os recém-chegados eram divididos em duas colunas, os mais aptos eram destinados ao trabalho, enquanto os mais fracos eram enviados diretamente às câmaras de gás. Frequentemente, eram ludibriados com a mentira de que iam tomar banho. Já os que trabalhavam no campo não tinham ilusões quanto ao destino. Seleções periódicas, muitas vezes aleatórias, também ocorriam dentro do campo, e todo prisioneiro selecionado sabia que estava sendo mandado para a morte.

Os trens: Quando minhas personagens Ana e Ester chegaram, em abril de 1943, o trem ainda deixava os prisioneiros fora dos portões de Birkenau. Mas a partir de maio de 1944, os trilhos foram estendidos até o interior do campo – como mostro com a chegada de Tomaz – para acelerar o processo. A "rampa" interna ainda pode ser vista pelos visitantes hoje.

As marchas da morte são um dos horrores finais bem conhecidos da história de Auschwitz e demonstram a profundidade tanto da crueldade quanto da loucura nazista ao final da guerra. Os pacientes mais doentes foram deixados para morrer, e Stanisława, junto com outras mulheres, convenceu os nazistas a permitir que ficassem para cuidar deles. Após concordarem, os nazistas cortaram a eletricidade, trancaram as cozinhas e incendiaram o Kanada, privando os sobreviventes de qualquer conforto final. Crianças foram deixadas, embora seja difícil saber quantas estavam acompanhadas de suas mães. Há testemunhos de pessoas que evitaram as marchas escondendo-se sob pilhas de cadáveres, como Naomi faz no romance. A única alteração que fiz foi no tempo: o processo real levou dois dias inteiros para forçar todos os prisioneiros remanescentes às estradas congeladas, mas encurtei isso por simplicidade narrativa.

Domingos: Parece ser verdade que os prisioneiros tinham os domingos "livres" no campo, no sentido de que não eram mandados para o trabalho oficial.

Notícias sobre os campos: Quando os dois fugitivos retratados no romance chegaram à Eslováquia, na primavera de 1944, relataram ao conselho judaico a verdade sobre Auschwitz-Birkenau. Seu relatório foi enviado ao Congresso Judaico Mundial, mas não houve ação imediata, mesmo após ser complementado por mais dois eslovacos que escaparam em maio. O dossiê chegou aos Aliados em junho de 1944, alcançando inclusive a neutra Suécia e o Vaticano. A BBC, a imprensa suíça, jornais e rádios norte-americanos começaram a reportar as atrocidades no campo com mais frequência a partir de meados de 1944, e aviões de vigilância americanos chegaram a fotografar Auschwitz. Mesmo assim, os Aliados não realizaram nenhuma ação direta.

O campo não foi bombardeado, nem os trilhos claramente visíveis que levavam até ele. Por quê? Não me cabe comentar, mas é certamente uma tragédia que as mortes não tenham sido interrompidas antes. Talvez, apesar de todas as evidências, os crimes desumanos cometidos em Auschwitz e nos demais campos de concentração fossem tão terríveis que não se podia acreditar neles até que fossem vistos com os próprios olhos.

Para além de Auschwitz-Birkenau

Além dos limites terríveis de Auschwitz-Birkenau, há outros aspectos do mundo retratado neste romance que merecem maior esclarecimento:

O Gueto de Łódź

Para minha vergonha, até começar a pesquisar para este romance, eu sabia muito pouco sobre os guetos nos quais os judeus de tantas cidades europeias – especialmente na Polônia – foram forçados a viver. Łódź (pronuncia-se algo como Wudge) foi um dos maiores e mais duradouros guetos – principalmente por conta da política rígida de trabalho imposta por seu líder, Chaim Rumkowski – e existiu de fevereiro de 1940 a agosto de 1944. A vida ali está bem documentada por meio de registros oficiais do próprio gueto, além de vários diários pessoais, entrevistas com sobreviventes e fotografias impressionantes. Recomendo fortemente a leitura dessas fontes, pois são mais eloquentes do que eu jamais poderia ser.

Embora a maioria dos personagens que apresento nas passagens ambientadas no gueto seja fictícia, procurei retratar com fidelidade as condições e os acontecimentos reais. A comida era escassa e de péssima qualidade; o combustível era tão raro que as pessoas eram obrigadas a queimar seus móveis para cozinhar e se aquecer. A superlotação inicial tornou-se ainda pior quando mais pessoas foram transferidas de guetos menores, considerados "menos lucrativos". As escolas foram fechadas, e todos foram obrigados a trabalhar em oficinas. A partir do final de 1941, muitos judeus passaram a ser deportados: primeiro para os caminhões de gás em Chełmno, depois para Auschwitz – alguns poucos para o trabalho, muitos diretamente para a morte.

O único alento é que minha representação das pessoas que tentavam ajudar os outros dentro do gueto também é verdadeira. Stanisława e sua família estavam entre os que tiveram coragem de se juntar à Resistência contra os nazistas.

O Programa *Lebensborn*

Esse programa brutal tinha como objetivo colocar crianças com traços arianos em lares alemães, para que fossem criadas dentro da ideologia nazista. Milhares de crianças foram sequestradas de seus pais – especialmente na Polônia – e transportadas impiedosamente para o Reich, onde eram entregues a casais alemães ou colocadas em lares especiais. Muitas eram tão pequenas que, após a guerra, não tinham qualquer lembrança de seus pais ou de sua vida anterior.

Para piorar, havia um programa estatal de prostituição, inacreditável, no qual jovens arianas dos territórios ocupados eram atraídas para grandes casas, onde eram incentivadas a se relacionar com "bons" homens arianos (geralmente soldados), com o objetivo de gerar filhos para o Reich. Essas mulheres geralmente eram mantidas nesses locais até o parto – e, às vezes, por mais tempo –, e os bebês eram criados nas próprias casas ou entregues para adoção. Um número trágico dessas crianças foi rejeitado e estigmatizado após a guerra, especialmente na Noruega, onde passaram a ser vistas como evidência viva da colaboração vergonhosa com os nazistas, e tiveram vidas terríveis.

Levar bebês "adequados" dos campos de concentração foi uma parte relativamente pequena do programa *Lebensborn*, mas nem por isso menos devastadora para as mães envolvidas. Originalmente, apenas bebês não judeus eram levados, mas há evidências claras de que, com o aumento das mortes de jovens soldados na frente oriental, os critérios passaram a ser flexibilizados, com um acordo tácito de que qualquer criança loira "não poderia ser verdadeiramente judia".

É difícil rastrear o destino de muitos adultos que sobreviveram a Auschwitz-Birkenau – e ainda mais das crianças. Apesar dos meus melhores esforços, não encontrei um relato concreto de que algum dos bebês tatuados por Stanisława e suas assistentes tenha sido reunido à sua mãe. Felizmente, existem histórias comoventes de outros bebês do programa mais amplo que conseguiram reencontrar suas famílias, então não é impossível que isso tenha acontecido. Mas, por mais que eu desejasse reunir Ester e Pippa no fim deste romance, isso não me pareceu fiel à realidade devastadora vivida pelas mães de Birkenau. Por isso, escolhi narrar a busca por Oliwia.

Em meu coração, espero que minha personagem fictícia tenha encontrado sua filha, um dia – mas talvez essa seja uma resposta que o leitor deva decidir por si mesmo.

O levante de Varsóvia

Essa corajosa revolta polonesa começou em 1º de agosto de 1944, com o objetivo de que os rebeldes locais tomassem o centro de Varsóvia para preparar o avanço das tropas soviéticas vindas do leste. Os poloneses fizeram sua parte, mas os soviéticos ignoraram suas tentativas de contato por rádio e não avançaram além dos limites da cidade. Não se sabe ao certo o motivo, e as teorias variam: desde terem sido pegos de surpresa com a ação dos poloneses até a hipótese de que os russos teriam deliberadamente deixado os poloneses serem massacrados para facilitar a dominação soviética no pós-guerra. Seja qual for a razão, o resultado foi um cerco prolongado aos habitantes de Varsóvia, com a falta de água e comida se tornando um problema grave. Em setembro, os alemães retomaram a cidade, causando perdas humanas catastróficas.

Toda a população civil de Varsóvia foi expulsa, com muitos sendo enviados para campos de trabalho forçado no Reich, e a cidade foi dizimada. Os bravos rebeldes – entre os quais o marido e o filho mais velho de Stanisława de fato estavam – foram abandonados por seus supostos aliados, e sua revolta, corajosa e, ao fim, infrutífera, é mais uma entre as inúmeras tragédias da Segunda Guerra Mundial.

Voltando para casa

Só quando comecei a pesquisar o desfecho deste livro é que me dei conta da enorme quantidade de pessoas deslocadas cruzando a Europa nos meses – e até anos – após o fim da guerra. Havia refugiados, evacuados, prisioneiros de guerra, internados e soldados tentando voltar para casa, além de incontáveis pessoas que não sabiam sequer se ainda tinham um lar – ou uma família – para onde voltar.

Foi comovente descobrir que várias organizações de caridade realizaram um trabalho extraordinário para tentar reunir pessoas aos seus entes queridos. Um efeito perversamente útil do regime nazista foi seu registro meticuloso de tudo, o que possibilitou rastrear muitas das pessoas enviadas aos campos de concentração. Os alemães tentaram destruir parte desses arquivos ao recuar, mas muitos sobreviveram à correria final e serviram de base para o trabalho de grupos como a Cruz Vermelha, o Comitê Judaico de Assistência e a Administração de Assistência e Reabilitação das Nações Unidas (UNRRA).

A maioria das cidades contava com escritórios de repatriação, sendo os comitês judaicos um ponto de apoio central nesse processo. Łódź, por exemplo, tornou-se uma cidade vibrante nos meses seguintes à guerra – uma capital substituta para a devastada Varsóvia – e algo que me surpreendeu foi saber que a reconstrução de teatros e outros espaços culturais já acontecia em maio de 1945. Para a Polônia, a guerra terminou antes do que para o Reino Unido – e como era necessária essa trégua. O país sofreu enormemente, e os relatos de bilhetes colados nas paredes dos escritórios do comitê judaico de Łódź são de partir o coração. Muitas pessoas jamais tiveram um reencontro. Permaneceram separadas para sempre pela guerra.

Pareceu-me importante que os leitores pudessem saber o destino de alguns personagens – especialmente Filip. Assim como Ester, ele é fictício, mas o que vive em Chełmno, no fim da guerra, é baseado em fatos reais. Diversos homens foram levados para lá quando o campo foi reativado como centro de extermínio, em abril de 1944, e foram obrigados a trabalhar queimando os corpos das vítimas. Também é fato que foi montada uma tenda para triagem dos pertences dos prisioneiros, e que alguns alfaiates habilidosos foram mantidos vivos para adaptar roupas desejadas pelas famílias dos oficiais da SS. Isso salvou temporariamente a vida de alguns até que o campo fosse desmantelado diante da aproximação das tropas russas.

A fuga dramática de Filip e Noah do celeiro também se baseia em testemunhos reais: os prisioneiros no andar inferior foram executados, enquanto os do andar de cima desafiaram os nazistas e escaparam para a floresta. É uma pequena história de esperança em meio a tanta tragédia, e fiquei muito feliz em me apropriar dela para devolver Filip aos braços de Ester ao final deste romance.

AGRADECIMENTOS

Este não foi um livro fácil de escrever. Houve momentos em que questionei se cabia a mim abordar esse tema, mas eu sabia que era uma história que precisava ser contada – e quero agradecer a todas as pessoas incríveis que me ajudaram a fazê-lo.

As primeiras dessa longa fila são minha editora, Natasha Harding, e minha agente, Kate Shaw. Essas duas mulheres extraordinárias me ajudaram a desenvolver o conceito de *A parteira de Auschwitz* e a moldar a narrativa de um modo que prestasse testemunho ao sofrimento atroz vivido por tantos durante o Holocausto, sem deixar de contar uma história individual. Embora este romance tenha sido inspirado por Stanisława Leszczyńska, Natasha e Kate me ajudaram a encontrar uma abordagem ficcional para o que ela enfrentou – algo que a homenageasse sem fingir ser uma biografia – e também a criar Ester, personagem que corre em paralelo à de Ana e que permitiu trazer à tona a história real e assombrosa das tatuagens secretas em bebês, feitas na esperança de que um dia pudessem ser reencontrados. Meu mais profundo agradecimento às duas – este romance não seria metade do que é sem vocês.

Meu agradecimento sincero vai também a toda a talentosa equipe da Bookouture, que contribuiu com a edição, a leitura sensível e a fabulosa capa que ajudou a levar esta história aos leitores em sua melhor versão possível. É um orgulho e uma alegria trabalhar com vocês.

Um agradecimento especial ao meu "time" de escrita, em especial às queridas Tracy Bloom e Julie Houston, por todo o apoio, os conselhos – e o vinho! No ano passado fizemos nosso primeiro retiro de escrita, com a querida Debbie Rayner, e foram dias realmente inspiradores. É incrível como se produz mais com outras pessoas escrevendo e mentes sábias por perto quando se está prestes a bater a cabeça na parede ao lado. Obrigada, meninas – e que venham os próximos!

Um enorme obrigada aos meus "assistentes de pesquisa", Brenda e Jamie Goth, que gentilmente viajaram com meu marido e comigo para Cracóvia. Foram fundamentais em nossas explorações de cervejas e pratos poloneses – e, memoravelmente, patinetes elétricos! Mas, em tom mais sério, caminharam conosco por Auschwitz, onde tanto sofrimento ocorreu, e juntos saímos de lá abalados, porém transformados pela experiência. Que algo assim jamais volte a acontecer neste mundo – e que possamos lembrar disso sempre, especialmente enquanto eventos horrendos continuam a se desenrolar na Ucrânia.

Fomos abençoados com o nosso guia em Auschwitz, David Kennedy. Extremamente conhecedor e gentil, respondeu a todas as minhas perguntas – no dia e também depois, via Messenger – e ainda me indicou ótimas fontes. Ele me ajudou a calçar os sapatos das milhares de mulheres aprisionadas em Auschwitz-Birkenau, e sou muito grata por isso.

Guardei o maior agradecimento para o fim: meu marido, Stuart, que esteve comigo em cada etapa desta jornada – e de todas as outras que já vivi como escritora. É ele quem enfrenta minhas inseguranças noturnas, minhas frustrações durante a pesquisa e as intermináveis "posso te contar essa ideia rapidinho?". É ele quem escuta pacientemente meus devaneios sobre novas tramas, descobertas "fascinantes" ou enredos nos quais me enrosquei. Ele é minha base, meu contrapeso, meu porto seguro. Obrigada, Stuart.

Este livro foi composto com tipografia Adobe Garamond Pro e impresso em papel Off-White 70 g/m² na Formato Artes Gráficas.